전나무와 매

ⓒ이 책은 저작권법에 의해 보호받고 있습니다. 이 책의 저작권은 저자에게 있으므로
저자의 허락없이 어떠한 용도로도 내용의 일부분 혹은 전체를 인용, 전재, 모방할 수 없습니다.

전나무와 매

초판 1쇄 | 2011년 7월 23일
초판 24쇄 | 2024년 2월 29일

지은이 | 전민희
펴낸이 | 서인석
펴낸곳 | 제우미디어
출판등록 | 제 3-429호
등록일자 | 1992년 8월 17일
주소 | 서울시 마포구 상수동 324-1 한주빌딩 5층
전화 | 02-3142-6845
팩스 | 02-3142-0075
홈페이지 | www.jeumedia.com

ISBN | 978-89-5952-236-1
• 파본은 본사나 구입하신 서점에서 교환해드립니다.

만든 사람들
출판사업부 총괄 | 손대현 **책임 편집** | 전태준 **기획** | 하일구, 김용진
제작 | 김금남 **영업** | 김한호, 김소영, 이창배, 설종원
디자인 | 이라란 **커버 일러스트** | ONACIA
도움주신 분 | 송재경, (주)엑스엘게임즈 사업팀, 홍보팀, 개발팀, 웹서비스팀, 김창원

The Fir and the Hawk

전나무와 매

전 민 희 장편소설

제우미디어

세계가 태어난 자리에 도달했던 날
모든 일이 시작되었다.
문이 열렸고, 우리는 정원에 발을 들여놓았다.
그리고 우리는 갈라졌다.

CONTENTS

프롤로그

여신의 어린 딸.....011

눈의 새.....125

그림자 성.....183

오른쪽 검.....191

맨발과 빈손의 새벽.....203

PROLOGUE

우리는 그 시절을 빛과 장미의 시대라고 불렀다.
4백 년이 흐르고서야 그 이름의 진정한 의미를 깨달았지만.

그 시절 세계의 수도는 밝게 빛나고 있었고
위대한 도서관에서는 수만 송이의 장미가 피어오르고 있었다.
우리는 종족의 차이를 잊고 서로를 사랑했고 서로를 구하고자 했다.

세계가 태어난 자리에 도달했던 날
모든 일이 시작되었다. 문이 열렸고, 우리는 정원에 발을 들여놓았다.
그리고 우리는 갈라졌다.

이제는 잊힌 신들이여, 영웅들이여.
그대들 모두는 나의 친구였다.

최후의 전쟁이 모든 아름다움을 쓸어버렸을 때
우리는 무엇인가를 해야 했다.
서로를 사랑해서라도, 서로에게 칼을 겨누어서라도.
그것이 우리가 숨을 쉬는 방식이었다.
이제 그대들은 내 곁에 없지만
나는 우리가 태어났던 세계를 수만 번 되풀이해 적고자 한다.

나는 제사 언덕의 맹약을 잊지 않으며
여신과의 약속도 잊지 않는다.
나는 어떤 것도 잊지 못하건만, 그 모두는 이제 없다.
나는 세계가 묻힌 자리에 꽂힌 묘비였다.
그러나 무덤에서도 또다시 생명들은 태어나고
오늘 나는 새 생명들이 만든 세계를 바라보고 있다.
우리가 만든 것만큼이나 아름답고 죄 많은 그 세계를.

이리하여 최후의 전쟁은 끝나지 않았으며
시작되지도 않았다.
나, 루키우스 퀸토는 그 모두를 증거해야 한다.
오늘날의 세계는 그대들과 나의 자식이 아니던가?

여신의 어린 딸

막 비가 그친 밤, 커피와 물 담배, 민트 차와 과자를 파는 기온의 카페에 누더기나 다름없는 망토를 뒤집어 쓴 여자가 들어왔다. 딸랑, 문에 달린 작은 종이 울렸을 뿐인데 여자는 깜짝 놀라며 주위를 두리번거렸다. 그녀를 쳐다본 손님들은 곧 관심을 잃는 대신 양미간을 찌푸리거나, 눈을 크게 뜨거나, 고개를 갸웃거렸는데 이유는 여러 가지였다.

우선 여자의 차림새였다. 거지에게 동전 두 개쯤 주고 빼앗았을 법한 망토와 달리 망토자락 아래로 보이는 치마는 금박무늬가 찍힌 푸른 비단이었다. 저렇게 좋은 비단은 시장에 나가도 쉽게 구하지 못했다. 재고로 두기에 부담스러울 정도로 값진 천들은 포목상들도 귀부인들의 주문을 받고서야 확보하곤 했다.

올리지도 땋지도 않고 풀어헤친 머리는 미친 여자가 아닌가 싶은 몰골이었다. 반면 망토가 벌어진 틈으로 드러난 상완에는 근사한 문신이 있었다. 역시 귀족들의 집에 드나드는 문신 장인들이나 새겨줄 법한 화려한 장미덩굴이었다. 장미를 새긴 걸 보면 누군가의 사랑을 듬뿍 받는 후처일 가능성이 높았다.

그런 추측을 증명하듯 여자는 몹시 아름다웠다. 발그레한 뺨에 짙은 눈썹, 깊은 녹색 눈이 매혹적이었고 살짝 벌어진 입술은 갓 맺힌 핏방울처럼 도톰하게 부풀었다. 그러나 여자는 불안한 표정이었고 쉴 새 없이 눈을 깜빡거렸다. 망토 안쪽으로는 보퉁이 같은 짐을 껴안고 있었다.

가게에는 빈자리가 없었다. 가게를 한 바퀴 둘러보던 여자는 이윽고 한 남자와 눈이 마주쳤다. 아니, 모두가 여자를 보고 있었으니만큼 여자가 남자를 선택했다고 하는 편이 옳을지도 몰랐다. 여자는 잰걸음으로 가게를 가로질러 남자가 앉은 구석 자리로 갔다. 방해를 받기 싫은 손님들을 위해 야트막한 칸막이가 쳐진 곳이었다. 여자는 대뜸 남자 곁에 앉으며 만면에 미소를 띠었다.

"이런 시간에 나오라고 하다니 짓궂으셔."

남자가 입을 열려 하자 여자가 바짝 다가앉으며 속삭였다.

"잠깐만 저와 아는 사이인 체해주세요. 뭐든지 드릴게요. 제발 밀쳐내지 마세요. 잠깐이면 돼요."

남자는 잠시 여자를 바라보다가 품에서 손수건을 꺼내 내밀었다.

"오느라 고생했구려. 머리라도 닦으시오. 흠뻑 젖었군."

여자는 수건을 돌돌 말아 머리의 물기를 짜냈다. 그 사이 남자가 빈

잔에 뜨거운 차를 따랐다. 이웃 자리의 늙은이가 여자의 모습을 유심히 살피고 있었다. 여자는 시선을 의식했는지 목소리에 힘을 주며 말했다.

"일껏 차려입었는데 갑자기 비가 와서 다 망쳤지 뭐예요. 이것, 이 치마가 어, 얼마짜린데. 여기 나오느라 이랬으니 새, 새로 하나 사주시려나?"

"그러지."

"어머나, 관대하셔라. 이번엔 노란 비단이 좋겠어요. 내일 시장에 같이 나가요."

여자가 빠른 말씨로 말했을 때 남자가 찻잔을 여자 앞으로 밀어주었다. 여자는 김이 오르는 찻잔을 내려다봤지만 뭔가를 소중하게 껴안고 있어서 팔을 꺼낼 수가 없었다. 남자가 낮은 목소리로 말했다.

"다 좋은데, 그런 망토를 들쓰고서 밤나들이라도 나온 듯한 태도는 우습잖소."

여자가 당혹한 표정으로 입을 다물자 남자가 다시 말했다.

"메티온."

"네?"

"아는 사이인 체하려면 이름쯤은 알아야 할 것 아니오."

"에…… 티나. 티나예요."

메티온은 고개를 끄덕이고 자기 잔에도 차를 따르며 말을 이었다.

"그리고 당신이 걸친 비단은 시장에서 바로 사지 못한다오. 주문을 하면 보름쯤 걸리지."

티나는 입을 다물고 원망스러운 눈으로 치맛자락을 내려다봤다. 흙탕물이 튀어 더럽혀졌지만 아직 반들반들하고 고운 비단이었다. 그때 메티온이 치맛자락을 움켜잡더니 금박이 박힌 치맛단 약 두 뼘을 쭉 찢어냈다. 티나는 놀라 숨을 들이켰다. 이어 메티온이 자기 망토를 테이블 밑으로 건네주었다.

"입으시오."

티나가 머뭇거리자 메티온은 이유를 몰라 미간을 찌푸렸다. 메티온의 망토는 여자가 두르더라도 이상하지 않을 단순한 모양이었다. 지금 여자가 걸친 누더기처럼 시선을 끌지도 않을 터였다.

"저기……."

티나가 뭐라 말하려 하는데 카페의 문이 다시 열렸다. 딸랑, 하는 소리에 티나가 소스라치며 입구를 쳐다보고는 얼굴을 감췄다. 병사들이었다. 메티온이 어깨를 으쓱했다.

"당신을 찾으러 온 거요?"

티나의 숨소리가 거칠어졌다. 병사들은 입구에서 가까운 테이블부터 살펴보며 젊은 여자가 있으면 신분을 묻고 증명하지 못하면 가게 밖으로 끌어내는 중이었다. 티나가 갑자기 누더기 망토를 젖히더니 품에 안았던 것을 메티온에게 건넸다. 받고 보니 붉은 천에 싸인 아기였다. 메티온의 눈이 휘둥그레진 사이 티나는 새 망토를 잽싸게 두르고 메티온의 팔에 기대며 팔짱까지 꼈다.

"국왕 폐하의 이름으로 신분을 검사하고 있으니 응하시오."

병사들을 이끈 자는 상대의 차림새를 보고 정중한 태도를 취했으나 메티온의 팔에 안긴 아기를 보자 표정이 달라졌다. 메티온은 태연하게 대꾸했다.

"나는 키사의 우르스의 아들 메티온이다."

메티온이 팔을 들어 보이자 원통형 인장이 달린 금팔찌가 딸그랑거렸다. 병사는 인장을 손끝으로 잡아 빙 돌려보았다. 키사 지방에서 가장 유명한 우르스 가문의 표지를 그도 알고 있었다. 상인들이 주로 쓰는 원통형 인장은 정교해서 위조하기도 어려웠다.

"잘 알겠습니다. 그런데……."

병사들이 티나를 바라보자 그녀는 아기를 어르는 체하며 고개를 숙였다. 메티온이 노골적으로 불쾌한 기색을 보이며 말했다.

"내 딸과 첩이다."

"실례했습니다."

지체 높은 가문의 여자들은 신분 낮은 자들에게 이름을 밝히지 않을 권리가 있거니와 특히 첩의 얼굴을 보려 하는 것은 매우 무례한 행동이었다. 병사들이 물러나자 메티온은 아기를 내려다보았다. 아기는 소란도 아랑곳 않고 잠들어 있었다.

"잘생긴 녀석이군. 당신 아들이오?"

"아, 아들이요?"

티나가 눈에 띄게 당황하자 메티온이 입 꼬리를 올렸다 내리더니 다시 아기를 보았다. 티나가 말했다.

"이 앤 딸이에요. 이, 이름은 제니, 제…… 유제니아예요. 제니라고 불러요."

메티온은 대꾸 없이 계속 아기를 들여다보았다. 티나는 안절부절못했다.

"저…… 그만 돌려주세요. 깨면 울어서……."

메티온이 티나를 쏘아봤다. 티나는 흠칫 놀라다가 얼른 말했다.

"도와주셔서 고마워요."

"고맙다고? 조금 전과는 얘기가 다르군."

"네?"

"뭐든지 주겠다고 했지. 그렇지 않소?"

티나가 입술을 약간 벌린 채 대답을 지체하는 사이 메티온은 벌떡 일어나 모자를 집어 들었다. 마치 그대로 갈 기세였다. 티나가 급히 따라 일어나 그의 앞을 막아섰다.

"왜 이러세요? 제발……."

"약속을 지켜야 할 것 아니오?"

"뭘 원하시는데요?"

메티온이 빙그레 웃었다.

"이 아이."

안탈론은 '왕의 조언자'라고 불렸지만 그리 쓸모 있는 조언을 해준 적은 없었다. 그러나 왕도 그도 개의치 않았다.

안탈론은 보통 아침에 국왕의 처소로 가서 오늘은 사냥을 나가보라거나 오랜만에 청원자들을 만나주라는 등 의견을 말했다. 저녁이 되면 또다시 가서 오늘 밤에는 어느 후궁의 처소에 드는 것이 좋겠다거나

전나무와 매

어느 대신과 술자리를 갖는 것이 좋겠다고 말했다. 왕은 안탈론의 말대로 하기도 하고 그러지 않기도 했는데 그것은 전적으로 우연에 달려 있었다. 사실 에페리움의 왕 로안드로스는 일생 남의 조언에 귀를 기울인 일이 없었다. 자신에게 별다른 의견이 없을 때는 안탈론이 말하는 대로 하면 편하다고 여길 뿐이었다.

사비나 왕비는 그 점을 참을 수 없었다.

아홉 해 전, 갈망하던 자리에 오른 스물네 살의 사비나는 기고만장했다. 그녀는 젊었고 명문가 출신이었으며 날씬한 허리와 어린애를 셋은 낳은 여자처럼 근사한 엉덩이를 갖고 있었다. 사실을 말하자면 하나는 낳은 일이 있었지만 죽은 아이였고 그 일을 아는 사람은 친정의 부모형제뿐이니 왕가에서는 결코 알 일이 없었다. 사비나는 자신이 곧 왕의 아이를 연달아 낳아 자신의 핏줄로 당당한 숲을 이루리라 믿어 의심치 않았다.

아홉 해가 흘러 서른세 살이 된 사비나는 혼자였다. 아이들이 뛰놀아야 할 궁전에는 궁녀와 시종들만이 유령처럼 돌아다녔다. 왕조차도 그녀 곁에 없었다. 로안드로스에게는 여러 후궁들이 있었고 어느새 사비나는 그들과 별다르지 않은 존재였다. 어쩌면 충분히 예상을 했어야 했다. 먼저 왕비가 되었던 두 여자가 후궁들 사이에 섞여 조용히 살아가는 모습을 보았으면서도 사비나는 자신에게 그런 운명이 닥치리라는 생각은 조금도 하지 않았었다.

그런데 사실을 말하자면 왕의 침소를 지키는 십여 명의 여인들 중 누구도 아이를 낳지 못했다. 그렇다면 사비나의 희망은 처음부터 헛된 것이었을까? 아니었다. 예외가 있었다. 로안드로스가 왕자 시절에 거리의 무희와 사랑에 빠져 낳았던 아기가 있었다. 로안드로스의 부왕이 천한 핏줄을 남겨선 안 된다 하여 어미와 함께 주살을 명한, 석 달밖에 살지 못한 그 아기는 왕을 꼭 닮은 건강한 사내아이였다고 했다.

사람들은 죽은 모자가 왕가를 저주해서 후손이 태어나지 않는다고 수군거렸다. 왕이 죽은 아이의 배내옷을 간직하고 있어 그렇다고도 했다. 사비나는 왕비가 된 지 다섯 해째에 로안드로스에게 정말로 그런 옷을 갖고 있느냐고 물었다. 로안드로스는 어이없는 표정을 지었을 따름이었다. 그 후 왕비의 궁녀들이 은밀히 왕의 침소를 뒤졌다는 이야기가 나돌았다. 정말로 피 묻은 배내옷을 발견했는지는 알려지지 않았다. 어쨌든 그 후로도 아이는 태어나지 않았고, 일곱 해째에 사비나의 친정 가문에서는 몸값 비싸기로 이름난 무녀를 불러 이름이 밝혀지지 않은 누군가의 넋을 달래는 제사를 올렸다. 추도의 불 속에서 아기가 비명처럼 우는 소리가 났다는 소문도 들렸다.

그 무엇도 소용없었다. 사비나는 여전히 혼자였다.

사비나는 햇볕이 따뜻한 안뜰을 내다보며 어린 왕자와 공주들이 웃으며 숨바꼭질하는 상상을 수없이 했다. 강박적으로 되풀이하다 보니 재잘대는 소리가 사방에서 들리는 듯했다. 아니, 들었다고 믿었지만 미쳤다는 말을 듣고 싶지 않아 입을 다물고 지냈다.

절박했던 사람은 사비나만이 아니었다. 왕의 조언자 안탈론이 예언으로 유명한 하제 신의 신당을 찾아 갈대무리 땅까지 갔다는 말을 들었을 때까지만 해도 별다른 일이야 생기려니 싶었다. 이십여 년 동안

전나무와 매

해결되지 않은 문제에 하제 신녀인들 뾰족한 답을 주겠는가?

예상은 맞았다. 신탁의 내용을 전해들은 사비나는 비웃었다. 굳이 따르려 해도 어떻게 따라야 할지 모를 헛소리였으니까. 구불구불 꼬인 염소 내장에서도 의미를 찾아내는 작자들에게 이 정도 신탁은 별 적수가 안 된다는 생각을 했어야 했는데. '네미 강에서 천공 호수에 이르는 모든 땅을 손에 쥘 자손이 태어나리라. 그는 버려진 자리에서 돌아와 버렸던 자리를 오랫동안 지배하리라'라는 말을 죽은 무희처럼 천한 여자를 택해 취하면 저주가 풀려 자손이 태어나리라고 해석하는 인간의 창의력은 도대체 어떻게 되어먹은 것일까?

왕인들 귀를 기울이겠는가 생각했던 것도 오산이었다. 다시 말하지만 왕은 별다른 생각이 없을 때는 안탈론의 말을 잘 따랐다.

어느 날 밤, 안탈론이 어디선가 데려온 새파랗게 젊고 예쁜 무희가 왕의 침실로 들여보내지는가 싶더니 덜컥 임신을 했다는 소리가 들렸다. 열 달 뒤 태어난 아기는 아들이었다. 사비나는 이게 다 꿈인가 싶었다. 그녀가 넋을 놓고 있는 사이에 무희는 가장 높은 후궁으로 봉해지고 왕자의 탄생을 축하하는 축제가 사흘 밤낮으로 벌어져 광장에 꽃과 금화가 비처럼 뿌려졌다.

정신을 차린 사비나는 그 아기가 로안드로스의 자식일 리 없다고 확신했다. 다른 증거가 있어서 그런 것은 아니었다. 왕비만 나타나면 겁먹은 얼굴로 어쩔 줄 몰라하는 저 무식하고 천한 여자가 자신도 낳지 못한 왕의 아이를 낳다니, 그럴 리 없었다. 그러나 로안드로스는 수십 년 동안 수십 명의 아이들에게 쏟았어야 할 정성을 왕자 한 명에게 퍼붓도록 했다. 심지어 법도에 따라 며칠에 한 번씩 행하던 왕비전 방문조차 딱 끊었다. 그는 남의 기분에는 아무런 관심이 없었다.

왕이 관심을 갖지 않는 왕비의 기분에 궁정의 누구인들 관심을 가질 리 없었다. 이름조차 없던 무희가 왕자의 어머니, 에렉티나라는 이름을 받아 첫 공식 행사에 나타난 날 사람들의 눈은 아기를 안은 젊은 미녀에게서 떨어질 줄 몰랐다. 왕은 아예 그 곁을 떠날 생각도 하지 않았다. 누가 보아도 그들 셋이 가족이고 사비나는 손님, 아니 불청객으로 보였다. 사비나는 에렉티나에게 다가가 아기를 들여다보았다. 국왕을 닮은 검은 눈이 뭔가를 아는 것처럼 사비나를 올려다보았다. 마치 이렇게 말하는 듯했다. '장차 내가 왕이 되면 당신처럼 쓸모없는 존재는…….'

안탈론이 다가와 '폐하의 자식은 곧 왕비님의 자식이다. 왕비님은 지금까지처럼 지고하다. 무희 따위가 고귀한 왕비님의 적수가 되겠는가'라고 속삭였을 때 사비나는 분명히 알았다. 저 여자는 나의 적이로구나. 나는 지고 있구나. 이대로라면 영영 지겠구나.

며칠 뒤 사비나는 리볼라 장군을 불렀다. 왕비의 친정 가문을 대대로 섬기며 은혜를 입어 왔고 그 덕택에 장군의 자리에까지 오른 자였다. 그는 비밀스러운 명을 받들며 곧 실행하겠노라고 답했다.

안탈론은 왕에게 왕비를 좀 더 돌아봐야 한다고 조언했으나 왕은 언제나 그렇듯 귀찮은 조언은 못 들은 체했다.

비가 그친 밤은 바람이 많았다. 큰길도 샛길도 가리지 않고 파고들

전나무와 매

어 왔다. 찢어진 치맛단 밑으로 드러난 발목이 흙탕으로 얼룩졌다. 티나는 뭔가에 홀리기라도 한 것처럼 종종걸음 치면서, 앞서 걷는 남자의 등만을 바라보았다. 메티온의 품에는 여전히 아기가 있었다. 몇 번이고 사정하고 부딪쳐 매달리고 덤벼들어 봤지만 소용없었다. 이렇듯 뒤따라가는 것 말고는 어떤 것도 가능하지 않았다.

그가 아기를 해칠까? 알 수 없었다. 해친다면 왜? 물론 데려갈 이유도 없었다. 그가 아기의 정체를 알았다면 이보다는 정중하거나 잔인해야 했다. 티나를 노렸다면 이렇게 헤매고 있을 필요가 없었다. 그러나 메티온은 아기를 빼앗아 안고 어디론가 걷고 있을 따름이었다. 티나는 메티온의 팔목에 매달린 인장에 시선을 집중했다. 그는 훌륭한 집안의 사내일 것이다. 그가 이러는 데는 이유가 있을 것이다. 상금을 노리는 용병이나 여자를 팔아먹으려는 건달은 아닐 것이다…….

갑자기 메티온이 뒤를 돌아보는 바람에 티나는 오히려 숨을 들이키며 놀랐다.

"들어가시오."

그제야 보니 메티온은 문 손잡이를 잡은 채 티나를 바라보고 있었다. 허리를 굽혀야 겨우 들어갈 법한 쪽문이었다. 티나가 더듬거리며 들어가자 메티온이 뒤따라 들어가 문을 닫았다. 안은 어두웠다.

"여기가 어디예요?"

메티온은 대답 없이 어둠 속을 더듬어 촛불을 켰다. 밝아지고 보니 사방에 옷이며 피륙이 걸린 것이 바느질 가게인 듯했다. 주인은 보이지 않았다. 아마 가게를 닫고 자러 갔을 것이다. 메티온은 어떻게 문을

여신의 어린 딸

열었을까? 티나는 긴장했다.
"이러다가 주인이 오면……."
"그럴 걱정은 하지 않아도 되오."
메티온은 주위를 둘러보더니 무늬 없는 검정 튜닉을 하나 떼어 티나에게 건네주었다.
"입으시오."
"이건 남의 옷이잖아요."
"당신이 입은 옷으로 값이 되고도 남을 거요. 오히려 저쪽이 남는 장사지."
티나는 머뭇거리다가 망토를 벗고 찢어진 드레스도 벗었다. 그러자 가슴께가 드러났다. 메티온은 멈칫했다가 몇 초 뒤 돌아서며 말했다.
"그런 쪽으로 생각했다면 날 잘못 본 거요."
"네? 전……."
티나가 뭐라 말하려다가 입을 다물고 옷을 갈아입는 동안 메티온은 입속으로 뇌까렸다. 참, 그대는 무희였지.
무희는 에페리움의 맨 밑바닥에 놓인 자들로 몸을 감출 권리조차 없어 길바닥에서도 곧잘 옷을 갈아입었다. 티나도 그런 생활을 했을 것이다. 작년까지는. 살아온 습관은 한두 해로 씻어지는 것이 아니었다. 미간을 찌푸린 채 생각에 잠겼던 메티온은 티나가 불러서야 고개를 돌렸다.
"다 입었는데……."
"그 머리도 좀 어떻게 하시오."

티나가 머리를 땋는 동안 메티온은 자기 몫의 망토 한 벌과 잘라 놓은 옷감 몇 장을 챙긴 다음 아기를 싼 붉은 벨벳을 버리고 평범한 리넨 보자기를 찾아 아기를 새로 쌌다. 신분 높은 남자들은 아기를 돌볼 일이 없을 텐데 묘하게 익숙한 손길이었다. 막 단단히 쌌을 때 아기가 깼다. 눈이 마주치자 아기가 빤히 바라보다가 씩 웃었다. 메티온은 한 순간 웃으려다가 고개를 돌리며 말했다.

"됐소? 나가시오."

"이제 어디로 가는지 말씀해주시면 안 되나요?"

"안 되오."

메티온은 아기를 안은 채 들어왔던 문으로 나갔다. 티나도 따라가는 도리밖에 없었다. 골목 몇 개를 돌아가자 갑자기 높이 솟은 벽이 나타났다. 왕도를 둘러싼 철옹성, 히에모라의 성벽이었다. 지난 해 새벽녘에 포장을 씌운 수레를 타고 이 성벽을 통과하며 다시는 나가지 못할 것 같은 느낌에 몸서리쳤던 기억이 새로웠다. 그때 티나가 들어왔던 문은 평민들이 드나드는 나귀의 문이었다. 그러나 지금 저만치 보이는 문은 왕과 왕족, 귀족만이 통과할 수 있는 만월의 문이었다.

메티온은 티나에게 머릿수건을 두르게 하고는 만월의 문 앞으로 나아갔다. 녹색 대리석으로 기둥을 올리고 문 머리에서 문의 신 란시샤의 조각상 여섯 점이 굽어보는 만월의 문은 무척 아름다웠지만 평민들은 접근이 금지되어 있었다. 한 해에 두 번, 여름의 문을 열고 겨울의 문을 닫는 축제와 국왕의 즉위, 왕비의 책봉, 왕자의 탄생과 같은 특별한 경사가 있는 날에만 겨우 가까이에서 볼 수 있는 문이었다. 밤이 늦어 성문은 이미 닫혔고 병사들이 그 앞을 엄중하게 지키고 있었다. 특히 오늘은 그 수가 평시의 두 배나 되었다. 메티온은 티나를 조금 떨어진 곳에서 기다리게 하고 수문장에게 갔다. 그는 아기를 마치 보따리인 것처럼 옆구리에 끼고 있었다.

"날세. 볼일이 있어서 좀 나가야겠는데."

"이런 밤에 웬일이십니까? 오늘 큰일이 벌어진 건 알고 계십니까?"

"난 모르고 관심도 없어. 그나저나 오늘 밤새껏 고생들 하겠구먼."

메티온이 주머니를 열고 자그락거리는 것을 한 줌 꺼내 건네주자 수문장은 공손히 받아들어 제 주머니에 넣더니 부하들을 불러 성문 왼쪽의 작은 문을 열도록 했다. 평소 아는 사이인 모양이지만 친분만으로 저렇게 쉽게 성문이 열리는 줄은 몰랐기에 티나는 어안이 벙벙했다. 메티온이 티나를 돌아보며 오라고 손짓했다. 문으로 다가가자 수문장의 목소리가 들렸다.

"저 여자는 누굽니까?"

"아는 사람의 하녀인데 하루 빌렸다네. 오늘 날 봤단 얘기는 하지 말게나."

메티온이 그렇게 말하며 한쪽 눈을 찔끔 감아 보이자 수문장은 고개를 끄덕이며 웃었다. 메티온이 문을 나갈 때 아기가 숨이 막혀 칭얼거리자 메티온은 갑자기 큰 소리로 연달아 기침을 했다. 따라오는 티나에게 벌컥 화를 내기까지 했다.

"빨리 움직이지 않고 뭘 하는 게야!"

그러는 동안 그들은 문에서 멀어졌다. 성벽 밖은 널따란 황야였다.

가다가 돌아보니 기이할 정도로 화려한 만월의 문은 마치 황야에 꽂힌 묘비처럼 보였다.

사비나 왕비는 초 몇 개만 켠 넓은 방에서 홀로 웅크린 채 오들오들 떨었다. 궁녀 하나가 들어와 리볼라 장군이 왔다고 알리고서야 벌떡 일어나 앉았다.
"송구합니다."
첫 마디를 듣자마자 사비나의 악다문 잇새에서 신음과 통곡이 섞인 소리가 흘러나왔다. 꽉 쥔 두 주먹은 분노가 아니라 공포로 떨렸다. 리볼라는 무릎을 꿇었다.
"성 안을 샅샅이 수색했지만……."
"없다고? 연기로 변하기라도 했단 말이냐? 물에 녹아버리기라도 했느냐? 어린것을 안고 헤매는 아리따운 계집이 발에 채는 돌부리처럼 흔하다더냐? 어찌 하루 밤낮 동안 본 자가 없단 말이냐!"
"누군가가 숨겨주지 않았나 싶어 신분이 확실한 자라도 여자와 아이를 동행한 자를 찾으라 했습니다. 제보가 여럿 있어 지금 추적하는 중입니다. 그 중에 가짜 신분을 댄 자가 있어 우선적으로 뒤쫓으라 했습니다."
"가짜 신분?"
"예. 키사의 우르스 가문의 아들이라 했다는데 그자가 댄 이름을 가진 자는 올해 성문을 통과해 들어온 기록이 없었습니다."
키사의 우르스에게는 아들이 열넷이나 되었다. 이름을 빌리고자 한다면 아주 적당한 가문인 셈이었다. 사비나는 화가 나서 발을 굴렀다.

"이름만 듣고 보내주었더란 말이냐?"

"아닙니다. 인장을 보였다고 합니다. 그래서 믿었던 모양인데……."

"헛짓거리만 하는 놈들! 무능한 놈들! 이게 어떤 일인데, 어떤 일인 줄 알고! 폐하께서 내 목을 매다시면 그놈들도 모조리 데리고 갈 테다. 누군들 살아남을 줄 알고! 폐하의 서슬이 얼마나 퍼런지 너희가 알기나 하느냐!"

모두 한 배를 탔음은 자명했다. 아침이 밝아 총희 에렉티나와 왕자 폴리티모스가 실종되었음을 안 국왕은 성 안에 군대 규모의 수색대를 풀었다.

왕은 가장 먼저 왕비를 의심할 것이다. 꼬투리를 잡혀서는 곤란했다. 왕의 수색대가 탐문을 시작하자 리볼라는 수하들을 불러들이고 몇 명만 남겼다. 그렇지 않아도 앞서 탐문을 하며 왕의 병사를 사칭했기 때문에 잔뜩 켕기는 터였다. 그렇다고 머뭇거리다가 혹시라도 에렉티나와 왕자가 살아남아 왕에게 발견되었다가는 끝장이었기에 손 놓고 기다릴 수만도 없었다. 애초에 왕궁 밖으로 유인해 죽이려 한 것부터가 실수였다. 시체를 운반하는 위험을 무릅쓰고라도 별궁에서 죽였어야 했다. 옛 남자와 달아났다고 몰아가려고 짠 계책이었는데 천한 년이 생각 이상으로 눈치가 빨랐다. 심지어 쥐새끼보다도 잘 숨지 않는가.

어떤 결과가 오든 기다리는 수밖에 없었다. 이 순간 기다리는 것이야말로 가장 어려웠다. 사비나가 나가라고 손을 내저으며 일어서는데 리볼라가 품에서 편지를 꺼냈다.

"마마, 본가의 헤로디온 어르신께서 보내신 전갈이 있습니다."

헤로디온은 사비나의 큰오빠이자 가문의 수장이었다. 리볼라가 바친 편지를 잡아채 뜯으며 사비나는 입술을 짓씹었다. 상황을 훤히 들여다보고 있을 헤로디온은 틀림없이 누이의 경솔함을 크게 책망할 것이었다. 그도 그럴 것이 일이 잘못되면 사비나뿐 아니라 본가도 풍비박산 나는 것이다. 그런데 편지를 읽어 내려가던 사비나의 표정이 변했다. 다 읽자마자 즉각 편지를 찢어 화로에 던져 넣더니 물었다.

"아유브는 어디에 있는가?"

"지금 밖에 와 있습니다."

"들라 하라. 어서."

리볼라가 나가고 곧 아유브라고 불린 자가 들어왔다. 그는 키가 몹시 작은 사내였는데 검은 천으로 온 몸을 감싸고 두건을 쓴 데다 두 손도 옷 안쪽에 감추고 있었다. 드러난 곳은 샌들을 신은 발, 그리고 두건 아래로 보이는 입과 턱뿐이었다. 그는 그런 모습으로 왕비를 향해 절을 해 보였다.

"지고하신 왕비마마께 평안과 영총(榮寵)이 깃들기를 바라옵나이다."

"평안과 영총은커녕 네가 당장 손을 써주지 않으면 눈도 붙이지 못하게 생겼다."

"마마의 편안한 침수를 위해 미력이나마 힘써 보겠나이다."

"사람을 찾아라. 젊은 계집과 어린 사내아이니라."

"존엄하신 국왕 폐하의 총희와 그 아들을 말씀하시나이까?"

왕비 가문과 줄이 닿는 사람들은 왕비가 폴리티모스를 왕자로 인정하지 않음을 알고 있었다. 사비나는 아유브를 노려보다가 고개를 끄덕였다.

"그렇다."

아유브가 두건을 조금 젖히더니 말했다.

"지엄하신 명을 즉시 받들어야 마땅하나 마마께서도 아시다시피 소인에게 사람을 찾는 재주는 없나이다."

사비나는 반쯤 드러난 아유브의 이마에서 낙인을 보았다. 촛불 빛만으로도 생생한 붉은 지네 모양이었다. 악귀 주술을 다루는 자의 표지다. 저것 때문에 저자는 어디서든 두건을 벗지 못했다. 태곳적부터 흙 속에서 살아온 악귀들은 늘 피에 굶주린 데다 위험천만한 존재였고 모든 신의 적이었다. 예배를 받는 존재가 아니었지만 드물게 특별한 수단으로 그들을 조종하는 자들이 있어 그자들을 악귀 주술사라 불렀다. 그들은 악귀를 숭배하는 것이 아니라 단지 이용했다. 지네 낙인은 숭배의 표지가 아니라 악귀가 저들을 잡아먹지 못하도록 하는 일종의 부적이었다. 그렇기에 은밀한 곳이 아닌 즉각 드러나는 곳에 새길 수밖에 없었다.

"안다."

"그리하면 역시 죽여도 되오니까?"

"발각만 아니 되면 갈기갈기 찢은들 괜치 아니해."

아유브가 고개를 끄덕였다.

"마마, 제 조건은 알고 계시겠지요?"

알고 있었다. 예전에도 분수 모르는 천한 것들을 이자의 손에 붙인 일이 있는 것이다. 그때도 이자는 같은 조건을 요구했다. 사비나는 고개를 끄덕였다.

"시체는 네 것이다."

아유브가 웃었다.

"마마의 은혜가 제 잔에 넘치옵니다."

리볼라는 아유브를 알고 있었다. 자신처럼 가신은 아니었지만 30여 년에 걸쳐 왕비 가문의 은밀한 지시를 받들어 온 자였다. 왕비의 아버지가 가문을 이끌던 시절부터라 했다. 가신이 되라는 제의를 여러 번 받았지만 그때마다 정중히 거절하고 약속한 보상만을 받아갔다. 리볼라가 알고 있는 마지막 의뢰는 사비나 왕비의 것이었는데 사비나는 대가로 그자에게 황금 한 단지와 홍옥수 목걸이, 그리고 희생자들의 시체를 주었다. 리볼라는 마지막 것 때문에 뒷맛이 개운치 않았다. 희생자 하나는 아이였는데 리볼라가 사랑해마지 않는 어린 아들과 나이가 같았던 까닭이었다.

아유브의 손에 들어간 시체들이 어떻게 되는지는 알지 못했다. 그러나 그저 뒤뜰에 묻어놓으려면 굳이 탐낼 이유가 없으리라는 것만은 알았다. 에페리움 사람들은 죽은 사람을 격식에 맞추어 매장해야만 저승을 지배하는 누이 여신의 인도를 받아 편히 저승으로 간다고 믿었다. 아유브의 손에 떨어진 자들에게는 영영 안식이 없으리라.

아유브가 악귀 주술사가 아니었더라면 권력가들의 제안을 거절할

힘도 없었겠지만 누구도 악귀 주술사의 비위를 건드리고 싶지는 않은 법이었다. 거슬린다면 차라리 그 자리에서 죽여야 후환이 없을 상대였다. 그런데 또 쓸모는 있었다.

아유브는 보상이 크든 적든 제 구미에 맞는 일만 했다. 그의 입맛은 대가로 받는 시체와 관계가 있었다. 탐나는 희생자가 생길 법한 일에는 제가 알아서 나타났다. 그는 억울한 죽음일수록, 누군가가 크게 애통해할 법한 희생자일수록 좋아했다. 그가 의뢰를 받아야만 움직이는 것은 높으신 분의 비호를 받으며 안전하게 시체를 손에 넣고자 해서일 뿐, 그럴 필요가 없다면 훨씬 많은 사람을 죽이고도 남을 자였다. 어쩌면 이미 은밀하게 그러고 있을지도 몰랐다. 그런 생각을 할 때마다 리볼라는 등이 서늘했다.

왕비와 접견을 마친 아유브가 나오자 리볼라는 그를 궁 밖까지 인도했다. 문 밖에 이르러 아유브가 절을 하자 리볼라는 참지 못하고 물었다.

"두렵지 않나?"

밝혀진다면 왕이 용서할 리 없었다. 아유브가 킬킬 웃었다.

"저 같은 놈은 악귀를 다룹지요. 세상에 악귀보다 두려운 건 없습지요."

아유브의 뒷모습이 어둠 속에 묻히자 리볼라는 잠시 생각하다가 그의 뒤를 쫓았다.

새벽녘, 검은 것이 들판에 서 있었다.

언뜻 거름더미 같았으나 곧 움직였다. 짐승이라기에는 네 발도 꼬리도 없었고 털도, 비늘도, 뿔도 없었다. 대신 깊은 곳에 불씨 같은 것을 발갛게 품고 있었다.

그것은 거대했지만 어둠과 같은 색이었기에 자세히 보아야만 존재가 느껴졌다. 밀 이삭들이 바람 방향과 반대로 쓰러졌다가 일어나고 별빛이 숨었다가 나타났다. 수면이 희미하게 갈라지고 젖은 발자국이 찍혔다가 사라졌다. 그리고 냄새가 풍겼다. 타는 냄새였다.

무엇이 타는가? 먼저 내부가 탔다. 그리고 가로놓인 것들이 탔다. 불붙은 이삭이 사그라지고 돌이 달아오르고 짐승이 녹아내렸다. 무엇이 가로막든 피하거나 돌아갈 줄 몰랐다. 그것을 흙 속에서 불러일으킨 표적을 찾아낼 때까지.

그것에게는 온갖 이름이 있었으나 모두 사람이 붙였으므로 진짜 이름은 아니었다. 어쩌면 진짜 이름 따위는 없는지도 몰랐다. 그것은 죽은 사람, 즉 귀신과는 아무 상관이 없었지만 가장 흔하게는 악귀라 했다. 정식 마법사나 주술사들은 이들을 '흙 속의 미친 짐승들'이라고 부르며 절대로 건드리지 않았다. 그것들과는 대화가 안 되며 거래나 설득도 물론 불가능했다. 그것을 조종하는 방법은 단 하나, 식욕뿐이었다. 이러하므로 산 제물 없이는 다룰 길이 없었다.

악귀들은 흙 속에 엎드려 늘 피를 갈망했으므로 지상의 부름에 쉽게 응했다. 약간의 주술만 알면 충분했다. 그러나 그렇게 불러낸 악귀를 제어할 수 있느냐는 별문제였다. 온갖 사고가 잇따르는 가운데 수백 년에 걸쳐 발전된 요령에 의하면 악귀를 불러내려는 자는 먼저 온

여신의 어린 딸

몸에 유황을 발라야 했다. 사람 냄새를 풍기지 않기 위해서였다. 그것이 땅 밑에서 올라오면 표적의 신체 일부나 소지품을 주되 다른 냄새와 섞여서는 안 되었다. 의식이 잘 되면 그것은 표적을 덮치기까지 절대로 포기하지 않았으며 표적을 삼킨 뒤에는 만족스럽게 흙 속으로 돌아갔다.

그러나 의식이 잘못되어 표적이 흐트러지면 악귀는 거대한 식욕덩어리로 변했다. 제어를 벗어난 악귀는 가장 먼저 시전자를 죽이고, 그런 후에는 미친 듯이 피를 탐했다. 돌려보내기 위해 시종들을 먹이로 내주다가 제 가족까지 모조리 바쳤다는 자의 이야기도 있었다. 천여 명이 사는 성읍을 완전히 없애버린 적도 있었다.

그럼에도 불구하고 악귀의 힘에 기대어 주술사 노릇을 하는 자들은 늘 있어 왔다. 악귀는 말이 통하지 않았지만 그렇기 때문에 남을 속이는 일도 없었다. 요령이 있으면, 그리고 규칙만 잘 지키면 위험천만하긴 해도 큰 힘을 부릴 수 있는 것이다. 악귀 주술사들은 흔히 지네 문신으로 알려진 '아라기스의 징표'를 이마나 손등에 새겼다. 악귀가 시전자를 덮치려 할 때 즉시 보이려면 그런 곳이어야만 했다. 악귀는 아라기스의 징표가 있는 자를 죽이지 않았다. 반면 사람들에게 징표를 들키면 그 자리에서 찢겨 죽을지 몰랐으므로 쉽게 택할 일은 아니었다. 그것은 고대에 악귀들을 제압하여 흙 속에 가뒀다는 위대한 왕의 표지라 했다. 어느 시대에 어떤 나라를 지배한 왕인지는 기록이 남아 있지 않다. 아라기스의 징표는 매우 정교해서 일반인의 솜씨로는 새기지 못했다.

들판 가운데 남은 검은 흔적은 이튿날 근방의 사람들에게 공포를 불러일으킬 것이다. 그들 중 몇은 즉시 집을 떠나 달아날 것이고 몇은 마법사를 부를 것이며 몇은 신전으로 달려갈 것이다. 그들 모두는 지난 밤 악귀의 표적이 자신이 아니었음에 크게 감사할 것이다. 그들은 누구인지 모를 표적을 동정하면서도 그자가 죽었다는 소식이 빨리 들려오기를 바랄 것이다. 그래야만 안심하고 밤잠을 청할 수 있으므로.

이윽고 그것은 멈추어 섰다. 넓은 갈대밭이 시작되는 곳이었다. 오래 전에는 강이었으나 물줄기가 바뀌며 늪과 다름없는 곳으로 변한 그곳에는 버려진 집 몇 채와 물레방앗간이 숨겨져 있었다.

막 해가 떠오르는 찰나, 그것은 땅 밑으로 모습을 감추었다.

사방에 갈대가 무성했다. 군데군데 보이는 수면 아래로 수십 년 전에 죽은 나무들이 누워 있었다. 나뭇가지들이 얽혀 발판이 되어주었기에 갈대를 헤치며 걷고 있었지만 물이끼가 낀 나무는 미끄러웠다. 자칫 넘어지면 옷을 적시는 것만으로 끝나지 않을지 몰랐다.

"저, 아기는……."

"자오."

티나는 더 묻고 싶어 머뭇거렸지만 메티온은 갈대를 헤치고 앞으로 나아가는 데 집중하고 있었다. 그는 천으로 싼 아기를 다시 큰 천으로 감싸 어깨와 목덜미에 묶어 놓았다. 그는 어깨가 넓었지만 그래도 불편할 텐데 용케 아기가 버틴다 싶었다. 그리고 아기는 자고 있지 않았다. 아까부터 조그마한 손이 꼼틀꼼틀 움직이고 있었다.

여신의 어린 딸

하지만 티나는 더 따져 묻지 않았다. 그녀는 아직도 메티온이 아기를 해칠까봐 걱정하고 있었다. 딱히 해칠 필요는 없더라도 괜히 이런저런 요구를 했다가 물속에 던져버릴지도 모르는 일이 아닌가.

이윽고 버려진 물레방앗간이 나타났다. 메티온은 먼저 발판으로 올라가 티나의 손을 잡고 올려 주었다. 바닥이 단단해지자 조금 마음이 놓였다. 방앗간은 앞뒤로 문짝도 없이 뚫려 있었으나 내부가 꽤 넓었고 맞은편은 빽빽하게 자란 갈대로 막히다시피 했다. 메티온이 한쪽 벽에 기대어 앉자 티나도 쪼그려 앉았다. 늪은 거의 흐름이 없었지만 기분 탓인지 바닥이 느리게 물결치는 기분이었다. 어쩌면 하루 낮밤을 굶다시피 해서일지도 몰랐다. 티나는 어지러워 눈을 감았다가 다시 메티온을 바라보았다. 메티온은 막 들쳐 맸던 아기를 풀어 안은 참이었다. 이어 아기의 양쪽 겨드랑이를 잡고 세워 얼굴을 들여다보더니 말했다.

"네 엄마 말로는 네가 여자아이라던데."

갑자기 아기가 울음을 터뜨렸다. 티나는 벌떡 일어나려다가 겨우 두 무릎을 누르고는 엉거주춤한 자세로 메티온을 바라봤다. 메티온이 건너다보더니 말했다.

"따라 울 것 같은 얼굴이군."

"배가 고플 거예요. 제발……."

메티온이 아기를 안고 일어날 때까지만 해도 티나는 긴장해서 어금니를 힘주어 물고 있었다. 그런데 아기가 품에 안겨졌다. 한 보퉁이의 옷감과 함께. 메티온이 물러나 도로 앉자 티나는 한숨을 내쉬며 중얼거렸다.

"아니르여, 고맙습니다."

"아기를 넘겨준 건 난데 왜 내가 아니고 아니르에게 고마워하는 거지?"

티나는 서둘러 젖을 꺼내 물리느라 메티온이 한 농담인지 빈정거림인지 모를 말은 알아듣지 못했다. 색색대던 아기는 젖을 물자 조용해졌다. 한참 동안 아기 숨소리 말고는 아무 소리도 들리지 않았다. 메티온은 벽에 기댄 채 천장을 올려다보았다. 반쯤 썩은 가로대가 위험천만하게 걸린 틈으로 하늘이 보였다. 아침이었지만 날이 흐려 주위는 어둑했다.

티나가 입에 올린 아니르의 이름을 입속으로 중얼거려 보았다. 아니르는 예인들의 여신이었다. 여신은 신분이 높은 자이든 낮은 자이든 관계치 않고 재능 있는 자만을 사랑한다고 했다. 에페리움에서 가장 낮은 자인 무희라도, 춤이 아름답기만 하다면 여신이 가장 사랑하는 자였다. 아니르 말고는 다른 어떤 신도 에페리움의 진흙이자 먼지인 자를 비단 옷을 입고 보관을 쓴 자들의 앞에 세우지 않았다. 미친 여신이라고도 하는 아니르 말고는.

낮은 자들의 여신, 무희와 광대와 음유시인의 여신인 아니르는 지난밤 티나 곁에 있었을 것이다. 거침없이 흙을 쓸고 돌을 만지는 상처투성이 손으로 여신의 어린 딸을 인도했을 것이다. 그렇지 않았다면 어찌 티나가 메티온이 앉아 있는 카페로 뛰어들었겠는가.

양껏 먹은 아기는 가물가물 눈이 감기더니 손발이 늘어졌다. 티나는 메티온이 챙겨온 자투리 옷감으로 기저귀까지 갈아주고서야 겨우 허리를 폈다. 옷끈을 여미다가 메티온을 흘끔 보더니 얼굴에 부끄러운 기색이 서렸다. 양가의 여인이라면 친지도 아닌 사내 앞에서 젖가슴을 드러내지는 않았을 것이다. 아기 걱정을 덜고 나니 그제야 자신이 무희가 아님을 떠올린 듯했다. 메티온이 말했다.

"이제 좀 마음이 놓이오?"

티나는 대답 없이 잠든 아기를 끌어당겨 안았다. 메티온이 웃었다.

"그런다고 내가 도로 빼앗아가지 못할 것 같소?"

"왜 아기를 원하시는데요?"

"글쎄, 이렇게 말해 봅시다. 말을 훔치려면 밧줄과 수레와 채찍을 마련하기보다 당근을 하나 가져가는 편이 편리하지 않겠소."

티나가 잠시 생각하더니 말했다.

"아기가 당근이란 말인가요? 저는 말이고? 그럼 나리가 원하시는 건……."

"말하자면 그렇다는 거요, 그건."

메티온이 말을 막자 티나는 더 말을 잇지 않았다. 메티온이 다시 말했다.

"나는 당신을 해바라기의 땅 피로아스로 데려갈 생각이오. 그곳에 내 친구가 사는데 땅을 많이 갖고 있으니 내게 작은 농장 정도는 내줄 거요. 너무 넓으면 관리하기도 힘드니 한눈에 들어올 정도가 좋겠구려. 집도 짓고 말도 한 필씩 사고 노새도 사겠소. 농장에는 수박을 심으면 벌이가 좋을 게요. 그쪽에서는 수박 농사가 잘 된다고 들었소. 아니면 무화과도 괜찮고."

티나는 눈만 깜빡이며 메티온을 올려다봤다. 이 남자가 하는 말을 전혀 이해할 수가 없었다.

"진이 자라면 조랑말도 한 필 사야 하겠소. 셋이서 말을 타고 이웃 농장에 가도록 합시다. 그곳에서는 이웃끼리 물건을 쉽게 나눠 쓴다고 하니 우리 수박을 나눠주고 이웃에게 밀을 얻으면 될 게요. 수박말랭이도 만들면 좋겠군. 나는 수박말랭이를 좋아하거든. 그런데 당신, 빵은 구울 줄 아시오?"

들을수록 뜬금없는 이야기였다. 티나는 눈만 크게 뜬 채 고개를 가로저었다.

"저런. 그럼 이웃에게 가르쳐 달라고 하시오. 그나저나 나는 목마를 만들 줄 안다오. 이웃에도 사내아이가 있다면 우리 집에 놀러 오고 싶어 못 견딜 게요. 진은 목마를 빌려주며 우쭐하겠지."

"저기, 그게, 지금 무슨 말씀을 하시는지……."

메티온이 어깨를 으쓱해 보였다.

"미래를 계획하고 있잖소."

"하지만 전……."

"왜? 싫소? 농장의 아낙네 따위보다는 폐하의 총희로 지내는 편이 좋소?"

역시 알고 있었다. 그녀도, 아기도, 누군지 뻔히 알면서 이곳까지 데리고 왔다. 티나는 입술을 떨다가 물었다.

"나리는 폐하의 적인가요?"

여신의 어린 딸

"적이라고? 난 에페리움의 백성이오. 국왕 폐하는 만백성의 아버지시지."

"그럼 폐하의 신하이신가요?"

"신하라. 굳이 말하자면 가문이 폐하의 녹을 먹고 있긴 하오."

"그렇다면 왜……."

"왜? 왜 폐하께 돌려보내지 않고 이런 곳으로 데려왔느냐고 묻는 게요? 글쎄, 나도 조금은 궁금하오. 하지만 한 가지는 분명하오. 난 당신을 해치려 하지 않았소. 오히려 그 반대지."

도끼를 든 사내로부터 도망쳤을 때 왕성의 거리는 미로였고 품 안의 아기는 목 놓아 울고 있었다. 걸인의 망토를 들쓰고 행인들 틈에서 젖을 물린 채 걸었다. 궁으로 돌아가고 싶어도 연락할 길이 없었고 문을 지키고 선 위병조차 믿을 수 없었다. 그자가 왕비의 끄나풀일지 어떻게 알겠는가?

오랜만에 돌아온 거리는 두려웠다. 어둠은 함정이었고 빛은 올가미였다. 돌아보는 사람들은 모두 고발자의 눈을 하고 있었다. 어딘가에 숨으려 했다면 오히려 붙잡히고 말았을 것이다. 추적자들은 사람이 숨을 만한 창고며 헛간 따위를 제일 먼저 뒤졌다. 일곱 살부터 춤을 배우다가 매를 못 견뎌 도망치면 꼭 그런 데서 붙잡혔기에 피로와 배고픔으로 휘청거리면서도 사람이 많은 곳만 골라 걸었다. 온갖 사람들 틈에서는 어울리지 않는 옷차림도, 풀어헤쳐진 머리도 별 눈에 띄지 않았다. 시장바닥에 떨어진 사과를 주워 먹고 아름다운 샌들이 거치적거리자 벗어 내버리고 맨발로 걸었다. 발에 흉하게 박인 굳은살이 처음

전나무와 매

으로 고마웠다.

하루 종일 쉬지 않고 걸었지만 다시 날이 저물자 행인들이 줄어들었다. 숨을 데가 없어졌다. 어젯밤 카페에서 메티온을 만나지 못했더라면 지금쯤 도끼에 잘린 머리가 되어 어느 자루 속에 들어가 있을지도 모른다. 그리고 아기도…….

티나는 몸을 부르르 떨었다. 고개를 들자 메티온과 눈이 마주쳤다. 그제야 그의 눈빛이 무심한 듯해도 추적자들의 것과는 다름을 깨달았다. 그녀는 지금 구원해주겠다는 제안을 받은 것이다. 돌아가겠다는 생각에 매달려 있어 즉각 깨닫지 못했지만 메티온은 그녀와 아기를 왕성에서, 저 추적자들의 손길에서 탈출시켜주었다. 몇 시간 전까지만 해도 붙잡히면 죽는다는 생각으로 먹지도 쉬지도 못하고 헤맸는데, 겨우 빠져나왔다고 구원의 손을 내밀어 준 사람의 제안을 저울질할 입장일까?

그럼에도 불구하고 티나는 선뜻 대답할 수가 없었다. 무엇보다 갑작스러웠고, 가능한 일인지 헷갈렸고, 혼자 결정해서는 안 될 듯했다. 그리고 아기가 있었다.

겨우 이렇게 말했다.

"아이는 폐하의 자식이에요."

"아, 그래? 하긴 아기는 아버지 곁에 있는 편이 가장 자연스럽겠지. 그런데 폐하께서 아버지 노릇을 훌륭히 해주실 것 같소? 그럴 수도 있겠지. 오랫동안 자식을 기다리셨으니까. 원한다면 여신의 옷자락이라도 잘라다 주실 거요. 하지만 폐하의 선물을 받으려면 살아 있어야지.

그게 제일 중요한 일이 아니겠소?"

"궁으로 돌아가면⋯⋯."

"궁으로 돌아가면 죽소."

티나는 당혹스러워하며 아기를 내려다봤다. 돌아가기가 어려워서 그렇지, 믿을 만한 사람을 만나 궁으로 돌아갈 수만 있다면 폐하께서 지켜주시리라 굳게 믿고 있었다. 영문도 모른 채 수레에 실려와 상대가 누구인지도 모르고 동침했지만, 안으면서 말 한 마디 건네지 않던 폐하였지만 왕자가 태어난 후로는 달랐다. 오후가 되면 알현도 물리치고 별궁에 납셔서 시간 가는 줄 모르고 아기를 얼렀다. 왕자가 잠들면 그녀에게 거리 생활에 대해 묻기도 하고, 춤을 보여 달라 청하기도 하고, 어느 날은 장기놀이도 가르쳐주었다. 폐하가 그녀를 사랑하는지는 잘 몰랐지만 버리지는 않으리라는 믿음이 있었다. 무엇보다 왕자 폴리티모스는 폐하의 하나뿐인 자식이었다. 이름조차 '귀하고 드물다'는 뜻이 아니던가.

"믿어지지 않소? 엄연히 폐하께서 지켜보고 계신데 어찌 그런 일이 일어날까 싶소? 그렇다면 이번 일은 왜 일어났겠소?"

"제가 그만 가짜 편지에 속아서⋯⋯."

"속아서 궁 밖으로 나오는 바람에 이렇게 된 것 같소? 그래서 앞으로는 속지 않으면 될 것 같다? 왕비가 당신을 궁에서 죽일 방도가 없어서 불러낸 줄 아시오? 왕비는 9년간 왕궁의 안주인이었소. 그분이 마음만 먹으면 궁 안에서 못하는 일은 없다오. 이번에 실패했으니 다음에는 완벽히 해치울 것이오. 폐하께서 당신과 왕자의 뼈 한 조각인들 찾아내실 줄 아시오?"

 티나는 말없이 부르르 떨었다. 왕비의 증오심을 이해하지 못할 바도 아니었고 경험하지 못한 바도 아니었다. 그녀는 처음부터 왕비가 무서웠다. 물론 메티온의 말은 과장일지도 몰랐다. 그런 말을 들었다고 폐하의 총희 자리를 버리고 달아나는 것은 우스운 일일지도 몰랐다.

 그러나 티나에게는 아기가 있었다. 세상 무엇과도 못 바꿀 아기였다. 폐하에게만 귀한 자식이 아니었다. 아기의 손끝 하나라도 다친다는 생각을 하자 온몸에 소름이 끼쳤다. 티나는 겁먹은 얼굴을 했다.

"왕비님께서 용서해주시면 좋을 텐데, 정말로……."

"용서라고? 글쎄, 그건 당신들 둘이 흙이 된 뒤에나 가능할 일이오. 물론 당신은 용서받을 만한 일을 저지른 적도 없지. 하지만 용서 같은 소리를 하는 걸 보니 당신은 사비나 왕비와 싸울 준비가 전혀 안 됐소. 그분은…… 거슬리는 것은 반드시 없애고야 말지."

 메티온의 말투가 묘하게 신랄해서 티나는 이상한 기분이 들었다.

"왕비님을 잘 아시는가 봐요."

"잘 아오."

"그래서……."

"그래서 당신을 여기까지 데려온 거요. 그렇지 않다면 내가 당신과 피로아스까지 달아날 이유가 있겠소? 나는 고향을 등져야 하고, 발각되면 지명 수배나 받게 되겠고, 아기한테서는 아버지를 빼앗게 되오. 좋은 일은 조금도 없소. 오직 당신과 아이가 살아난다는 점 말고는."

여신의 어린 딸

"그럼 나리께는 좋지 않은 일밖에 없는데…… 왜 저를 도와주시지요?"

"난 아기 안은 여자가 죽는 꼴은 못 보오."

그런 말을 믿기란 어려운 노릇이었다. 메티온은 벌떡 일어나 삐걱대는 바닥을 왔다 갔다 하기 시작했다.

"내 말을 못 믿는 모양이군. 그럼 달리 무슨 이유가 있겠소? 설마 당신한테 반해서? 내가 당신을 언제 봤다고 사랑에 빠져 목숨까지 걸겠소? 우리가 그럴 틈이나 있었소? 카페에 뛰어든 산발한 여자와 한눈에 사랑에 빠질 만큼 내가 굶주린 놈으로 보였다면……."

티나는 저도 모르게 웃어버리고 말았다. 메티온이 돌아보자 얼른 그쳤지만 눈가에는 아직 웃음이 남아 있었다. 지난밤의 고생으로 검게 얼룩진 눈언저리였지만 웃음이 돌자 다시금 아름다워 보였다. 흐렸던 하늘이 개면서 뚫린 천장으로 빛이 들어왔다. 빛에는 마술이 있어서 낡은 방앗간 구석의 거미줄은 고운 레이스인 듯했고 시커먼 물이끼는 비단처럼 반들거렸다. 메티온은 말을 멈추고 짧은 한숨을 쉬었다가, 다시 말했다.

"웃을 일이 아니오."

"죄송해요."

"난 반드시 당신들을 구할 생각이오. 왕비의 손에 죽도록 내버려두지는 않겠소. 당신이 날 믿는다면 내가 돌아올 때까지 여기서 기다려 주시오."

"저, 저를 두고 가신다고요?"

이리로 오던 때까지만 해도 아기를 빼앗겨 끌려가는 줄 알았는데 어느새 메티온이 간다고 하니 더럭 겁이 났다. 밤새 걸어 왕성에서 멀어지긴 했어도 추적자들은 기를 쓰고 티나를 찾아내어 없애려 할 것이다. 그들에게 티나와 아기는 한 번 건드린 이상 끝까지 찾아내어 땅속에 파묻지 않고는 언제까지나 안심할 수 없는 존재였다.

"뜻밖에 당신을 만나 여기까지 오다보니 여행 준비를 할 겨를이 없었소. 가문을 오래 떠나야 하니 처리해둘 일도 있고. 배가 고프겠지만 조금만 참으시오. 근방에서 먹을 것을 구해선 안 되오. 추적자들은 곧 주변 마을들로 손을 뻗칠 거요. 시골 사람들은 낯선 자들을 잘 기억하지. 하지만 여긴 갈대밭 속이니 사냥개들도 찾아내지 못할 게요."

"그래도……."

"길이 엇갈릴까봐 그러시오? 혹시 무슨 일이 생겨 이곳을 떠야 한다면 지금부터 내가 설명하는 장소에서 만납시다."

남쪽으로 나아가다 보면 습지가 숲으로 바뀌는데, 숲 안쪽으로 얼마간 들어가면 하얀 바위가 흩어진 곳이 보일 거라고 했다. 그중 한 바위 밑에 숨겨진 동굴이 있었다. 그리로 들어가려면 특별한 요령이 필요하다고 하며 메티온은 직접 시범을 보여 주었다.

"알겠소? 여긴 워낙 외딴 곳이라 누가 올 일은 없겠지만 만약을 위해 말해주는 거요. 그만큼 난 진지하오."

그러더니 메티온은 품에서 단도 하나를 꺼내 티나의 손에 쥐어 주었다. 도요새 모양의 문장이 새겨진 황동색 단도였다. 티나는 단도를 받아들고도 아무 대꾸도 못한 채 메티온을 올려다보기만 했다. 메티온

여신의 어린 딸

은 문득 측은한 생각이 들었는지 다짐을 두었다.

"걱정 마시오. 날이 저물기 전에 오겠소. 피곤할 테니 우선 푹 자구려. 돌아왔을 때 이곳에서 당신과 진이 날 맞아준다면 기쁘겠군."

티나가 겨우 입을 열었다.

"저기, 진이라고요?"

"유제니아가 사내라면 진이지 뭐요."

딸이라고 우겨댔던 것이 떠올라 티나가 부끄러운 얼굴로 고개를 숙이자 메티온이 피식 웃었다.

"우리끼리 부르는 이름으로 합시다. 폴리티모스 왕자 전하라고 부를 수야 없잖소. 참, 그리고 난 키사의 우르스의 아들이 아니오. 내 이름은 라반이오."

이튿날 왕이 부른다는 전갈이 왔을 때 사비나는 마음을 굳게 다졌다. 증거가 있을 리 없다. 아무것도 모른다고 버티면 된다. 그녀는 왕비이니 고문할 수도 없고 감옥에 넣을 수도 없다. 폴리티모스는 폐하의 하나뿐인 핏줄이자 만백성의 어미인 나의 자식이기도 한데 그런 귀한 아이를 고작 질투 때문에 해치려 할 정도로 폐하의 비를 분별없는 여인으로 보셨느냐고, 불모의 태(胎)인 까닭에 그런 오해까지 받으니 차라리 나가서 목숨을 끊고 싶다고 눈물을 글썽이도록 하자. 물론 폐하는 그녀가 나가서 목을 매달든 말든 아무 관심이 없겠지만 대놓고 그러라고 하진 못할 테니까.

그런 생각만 되풀이하면서 간 까닭에 로안드로스의 입에서 첫 마디가 나오자 사비나는 멍해졌다.

"내가 그대를 왜 부른 것 같소?"

"모릅니다."

"그렇소? 그대가 솔직하면 짐도 생각을 달리할까 했는데."

"저는 폐하께 아무것도 숨기지 않나이다."

"그거 잘됐군. 그럼 어서 폴리티모스와 에렉티나를 데려오시오."

사비나는 입술을 살짝 깨물고는 놀란 눈을 했다.

"어찌 제게 그런 명을 하시는지요? 저 또한 왕자의 안위를 누구보다 염려하고 있사오나 저에게 행방을 물으심은 어인 영문인지 모르겠사옵니다. 저는 폴리티모스를 제 몸처럼 사랑하고 있사옵니다."

"그래, 그렇게 사랑하니 어서 데려오면 될 게 아니오. 한시바삐 털끝 하나 다치지 않은 왕자의 모습을 보고 싶군. 물론 에렉티나도."

"폐하, 저로서는 도저히……."

로안드로스가 갑자기 찻잔을 집어던지는 바람에 사비나는 기겁을 했다. 찻잔은 박살나고 뜨거운 차가 사비나의 옷에 튀었다. 로안드로스가 소리쳤다.

"감히 짐을 기만하려 하다니! 동생을 사주해서 빼돌리지 않았나! 어디로 보냈는지 어서 바른 대로 고하라!"

사비나는 얼어붙었다. 순간 로안드로스가 자신을 때리지 않을까 싶어 본능적으로 움츠렸을 정도였다. 그간 왕이 그녀에게 무관심하긴 했어도 예법에 어긋나게 대한 일은 없건만 지금은 노예를 대하는 태도와 다를 것이 없었다. 순간적으로 차라리 평소처럼 무관심하게 대해줬으면 하는 생각이 났다. 심지어 입 밖에 낼 뻔했다.

사비나는 매를 무서워했다. 그녀의 어머니는 세 번째 부인이었는데 아버지의 총애를 받은 까닭에 첫 번째 부인, 즉 큰어머니가 이런저런 시비를 걸어 채찍으로 때리곤 했다. 어머니에게 달려가다가도 채찍 소리만 나면 재빨리 돌아 나오며 제발 매의 불똥이 자기한테까지 튀지 않기만을 간절히 빌었다. 그러면서도 저러다가 어머니가 맞아 죽으면 어쩌나, 그러면 아버지는 복수를 해 줄까, 왜 자신은 쫓아가 어머니 앞을 막아주지 못할까, 왜 아버지는 어머니를 사랑한다면서 저런 일을 내버려둘까, 온갖 생각이 뒤죽박죽 교차되었다.

끝내 한 번도 매 맞는 어머니에게 달려가지는 못했다. 채찍질의 공포는 어린 소녀가 견디기에 너무나 컸다. 자기혐오는 복수심으로 귀결되었다. 언젠가 큰어머니를 찔러 죽이고 말겠다고 단도를 마련해 매일같이 날을 간 적도 있었다. 그러나 복수하지 못했다. 아버지가 돌아가셨어도 큰어머니는 여전히 가문의 웃어른이었고 큰어머니가 낳은 큰오빠 헤로디온은 가문을 이어받았다. 왕비가 되었지만, 아니 왕비가 되었기에 오히려 친정 가문에 복수한다는 것은 꿈도 꿀 수 없었다. 그게 얼마나 어리석은 짓인지 사비나 자신이 가장 잘 알고 있었다. 아버지가 그랬듯 큰오빠 헤로디온은 가문을 지배했으며 사비나의 가장 중요한 우군이기도 했다.

어머니는 이제 채찍으로 맞지는 않았지만 아직도 옷을 갈아입을 때면 그때의 흉터가 보였다. 그 흉터를 떠올리는 순간 사비나의 미간이 바르르 떨렸다. 자신은 로안드로스의 무관심한 태도를 증오해 왔었

전나무와 매

다. 어찌나 무관심했던지 그와 싸울 수도 없고 화나게 할 수도 없었다. 의례적인 말 말고는 어떤 말도 건네주지 않았다. 어느 날은 연회에서 돌아와 궁녀에게 '너는 내가 보이느냐?'라고 물은 적도 있었다. 그런 상태로 수년을 지내자 자신이 마치 유령 같아 일부러 사납게 굴며 제 몸에 상처도 내보고, 궁녀도 때려보고, 집기도 부숴 보았지만 로안드로스의 입에서는 그러지 말라는 말조차 나오지 않았다. 사비나가 한 일, 사비나가 한 말 따위는 로안드로스의 귀에서 그저 미끄러질 뿐 귓속으로 들어가는 일은 없었다.

차라리 미움을 받았으면 했다. 그가 놀랄 만한 일을 저지르고 싶었다. 왕비 대접을 받기 전에 사람대접부터 받고 싶었다. 궁전을 떠도는 유령이 아니라 그에게 상처 낼 수 있는 산 사람임을 증명하고 싶었다. 그랬는데 매의 공포가 되살아나자마자 차라리 무관심이 나았다고 생각하다니. 지난 세월은 다 뭐였지? 그때의 분노는 단지 투정이었단 말인가?

사비나는 벌떡 일어나 부서진 찻잔 조각을 집어 들었다. 그것으로 목을 찌르려 했다. 예상대로 로안드로스는 그녀의 팔을 붙들었다.

"이게 무슨 짓이오?"

"내버려두십시오. 늘 그러셨던 것처럼 내버려두시면 될 일이 아니옵니까!"

"이런다고 해결될 일이 아니지 않나!"

사비나는 몇 번 뿌리치려 하다가 되지 않자 로안드로스를 쏘아보며 눈물을 흘렸다. 로안드로스는 사비나의 손에서 찻잔 조각을 빼앗아 던져버렸다. 소란스러운 소리에 시종이 달려오자 로안드로스가 돌아보며 일갈했다.

"나가라!"

시종은 내실의 광경에 아연하여 즉시 도망쳐 나갔다. 로안드로스가 사비나의 손을 놓자 사비나는 의자에 몸을 던진 채 입을 막고 흐느꼈다. 그러는 동안 왕이 잠시 조용하기에 혹시나 한 줄기 희망을 품었지만 어리석은 기대였다.

"왕자의 행방을 말하기 전에는 죽을 자유조차 없는 줄 아시오."

사비나가 소중해서 살린 것이 아니었다. 사비나는 그 순간 입술을 사려 물며 어떤 일이 있어도 에렉티나와 폴리티모스를 용서하지 않겠다고 결심했다. 지금까지는 눈앞에서 사라지는 것이 목적이었으나 이제는 달랐다. 그들이 다시는 궁으로 돌아오지 않는다 하더라도, 땅 끝까지라도 뒤쫓아 반드시 죽이고 말 것이었다.

"폐하, 제 말씀을 들어주시옵소서. 이제부터 말씀드리는 것은 한 치의 거짓도 없는 진실이옵니다."

눈물 젖은 눈으로 로안드로스를 올려다보았다. 그가 고개를 끄덕이자 사비나는 일어나 의자에 앉았다.

"저는 이 지독한 오해를 풀려면 목숨을 끊는 수밖에 없다고 생각했으나 폐하께서 이렇듯 막으셨으니 비록 구차하나 한 말씀 올리겠습니다. 폐하께서는 제가 왕자와 그 어미를 감추도록 사주하였다고 하시며 그런 짓을 한 자로 제 동생을 지목하셨사옵니다. 그러나 제 동생 중 단 한 명도 올해, 그리고 지난해에도 궁에 들어온 일이 없사옵니다. 저는 그들의 얼굴을 두 해 넘게 보지 못하였습니다. 궁에 들어오지 않은 그들이 어찌 왕자와 그 어미를 감출 수가 있었겠사옵니까?"

로안드로스의 얼굴에 경멸이 떠올랐다.

"그대와 그대의 동생이 어떻게 모의하고 어떤 계략을 썼는지는 관심이 없소. 짐은 왕성 전체를 샅샅이 뒤지게 했소. 그런 후 성문을 나간 자들도 조사하게 했소. 수문장들은 입을 모아 그런 여인과 아이를 보지 못했다고 하더군. 그런데 만월의 문을 지키는 병사 중 하나가 지난밤 수문장이 한 사내와 의심쩍은 여인을 기록 없이 내보내주었다고 고하지 않았겠소? 그래서 수문장을 끌어와 그게 누구이며 왜 몰래 내보냈는지 물었소. 그대들에 대한 그자의 충성심은 보잘것없었는지 손가락 하나도 자르기 전에 실토를 하더군."

그때까지도 사비나는 전혀 예상도 못하던 이야기인지라 눈만 번히 뜨고 로안드로스를 올려다보았다. 이어지는 말을 듣자 목구멍도 혀도 얼어붙어 버렸다.

"그자가 왕비의 막냇동생, 라반이라고 말이지."

메티온, 아니 라반은 말 한 필을 구해 타고 점심 무렵 본가에 당도했다. 왕성의 5대 부호 중 하나라는 에케노스의 아들 헤로디온의 저택으로. 4년 전에 죽은 에케노스에게는 일곱 자식이 있었다. 헤로디온, 클라우디온, 벨리노스, 두난, 사비나, 에메르나, 그리고 라반.

에케노스는 세 명의 정식 부인을 두었는데 라반은 둘째 부인이 낳은 유일한 자식이었다. 몸이 약했던 그녀는 오랫동안 자식이 없다 보니 서열이 둘째임에도 불구하고 큰소리 한 번 내지 못하고 살았다. 아들을 셋이나 낳아 기세가 등등했던 첫째 부인은 그녀를 마치 몸종처럼 다루었다. 라반을 낳았을 때 그녀는 이제 눈을 감아도 여한이 없다고 했다. 그리고 실제로 얼마 뒤 눈을 감았다.

에케노스는 어머니 잃은 막내아들을 측은히 여겼다. 그래서 엄격하게 길렀던 다른 자식들과는 달리 하고 싶은 대로 하도록 놔두었다. 스무 살 가까이 차이가 나는 형들은 라반이 저들의 자리를 위협할 일은 없으리라 생각해 신경도 쓰지 않았다.

성인이 되고 나자 사람들은 라반이 그 가문 출신답지 않다고 했다. 귀족 특유의 거만함과 냉혹함을 갖춘 형제들과는 달리 라반은 아랫사람들과 곧잘 어울렸고 몸 쓰는 일을 어려워하지 않았으며 소박한 옷차림과 식사를 즐길 줄 알았다. 무엇보다 그는 여행을 좋아했다. 목적지도 없이 떠나 일 년씩 돌아오지 않곤 했으므로 에케노스가 병이 들어 유독 사랑하던 막내아들을 찾던 때는 수백 명의 전령들이 이웃 나라들까지 뒤지고 다니는 소동이 벌어졌다. 다행히 제 때 소식이 전해져 달려온 라반은 아버지의 마지막 축복을 받을 수 있었다.

라반이 가문의 일을 조금도 돌보지 않았는데도 아버지의 임종 머리맡을 차지한 것을 다른 형제들은 달가워하지 않았다. 다행히 에케노스는 유산까지 막내아들을 우대하지는 않았다. 그것은 지혜로운 처사였다. 만약 그렇지 않았더라면 형제들은 무슨 수를 써서라도 그를 추방하거나 심지어 죽였을지도 몰랐다.

라반은 본가에 몰래 돌아와 비서를 만나 그의 몫으로 남겨진 땅의 관리를 위임하고 여행 자금을 챙겨 바로 나올 작정이었다. 실제로도 그럴 뻔했다. 수십 채의 건물로 이뤄진 대저택에서 형제자매들의 눈에 띄지 않고 다니는 것쯤은 어렵지 않았다. 그러나 막 마당으로 나왔을 때 마구간에 둔 애마가 생각났다. 아버지가 애지중지하다가 물려준 말이었다. 가문의 낙인이 찍힌 데다 눈에 띄는 준마인지라 도망치는 입장에서 데려갈 순 없었지만 마지막 인사쯤은 하고 싶었다.

마구간에 들어가 애마에게 향초를 좀 집어주고 나오는데 막 대문으로 들어서는 자가 보였다. 안면이 있는 궁인이었다. 재빨리 돌아서려 했지만 늦었다.

"라반 님이 아니시오! 어서 나서시오. 마마께서 부르시오이다."

아뿔싸, 싶었으나 뒤늦은 후회였다. 사비나 왕비는 라반을 궁으로 부른 일이 한 번도 없었다. 당연한 일이었다. 그들 둘은 다시는 얼굴을 마주해선 안 될 사이였다. 왕비가 왜 그를 부르는가? 이유는 하나뿐이었다.

사비나는 왕비가 된 후 단 한 번 라반을 만났다. 궁에 들어간 지 1년이 지나 처음으로 본가에 행차했던 날이었다. 그 자리에서 참을 수 없는 말을 듣고 격분한 후로 다시는 만나지 못했다. 그 사이 그녀는 달라졌고 동생도 그럴 것이다. 도착했다는 보고가 전해지고 내실로 들기를 기다리고 있자니 뱃속 어딘가가 저릿하게 아파왔다. 그녀는 마음을 단단히 먹었다. 죽느냐 사느냐의 문제였다. 지난 생각에 빠져있을 때가 아니었다.

왕비전으로 들어온 라반은 눈을 내리깔고 있었다. 사비나를 마주보고 싶지 않아서일 터였다. 그러나 사비나 곁에 앉은 로안드로스의 존재를 깨닫자 즉시 엎드려 머리를 세 번 조아리고 무릎걸음으로 다가와 왕의 손에 이마를 댔다. 왕이 그의 머리를 가볍게 밀자 그는 물러나 무릎을 꿇고 앉았다.

"존엄하신 주상 폐하께 무한한 강성과 승세가 있기를 삼가 바라나이다. 폐하께 의지한 대지에서는 꿀처럼 단 강이 세세토록 흐르고 충성하는 자손이 태어나며 반역의 불길은 식멸될지니 영광된 이스칸드의 별이여 언제까지나 폐하를 지키소서."

거창한 칭송을 하는 사람도, 그걸 듣는 사람도 눈썹 하나 까딱하지 않았다. 관례이기도 했지만 무엇보다 이 순간 조금의 진심이라도 들어 있을 리 없음을 둘 다 알기 때문이었다. 로안드로스는 지체 없이 첫 마디를 내뱉었다.

"에케노스의 아들 라반이여. 오늘 그대를 부른 건 짐이다. 만약 그대가 왕비의 동생이 아니었더라면 이곳이 아닌 형리의 손에 있었을 것이다."

"어느 가문의 누구라 하더라도 폐하께 죄를 지었다면 마땅히 벌하셔야 할 것이옵니다. 소신의 아둔함을 일깨워 주소서."

"왕자와 그 어미는 어디에 있는가?"

라반은 고개를 숙인 채 잠시 침묵했다. 사비나가 더 긴장하여 숨소리가 커졌다. 이윽고 라반이 고개를 들었다.

"폐하, 저는 지난밤에 왕성을 나갔다가 오늘 돌아오며 크게 놀랐습니다. 왕국의 보배인 왕자마마를 두 밤이 흐르도록 찾지 못하다니, 마땅히 호위대장의 목을 베고 시비(侍婢)들의 손을 잘라야 할 일일진대 그들이 형벌을 두려워하지 않고 맡은 바 임무를 게을리 함이 어찌 이리 망극할 수가 있사옵니까?"

그렇게 말하는 라반의 태도는 몹시 담담해서 조금 전 왕의 힐문에 든 뜻을 이해하지 못했는가 싶을 정도였다. 로안드로스의 미간이 좁아졌다.

"그대의 소행을 부인하고자 하는 말이냐?"

"하지 않은 일을 부인할 필요는 없나이다. 만일 제가 왕자마마와 그 어머니를 숨겼다면 어찌 제 발로 궁에 들어왔겠사옵니까?"

"짐이 왜 그대를 의심하는지 아는가?"

"지난 밤 제가 성문을 나간 일로 부르셨으리라 사료되옵니다."

"아는구나. 그렇다면 그대와 동행한 여인은 누구인가?"

라반은 다시 머리를 조아렸다가 들었다.

"폐하께 소상히 아뢰고자 하매 왕비마마 전에서 입 밖에 내어서는 안 될 일들을 논함을 부디 해량하여 주옵소서. 먼저 말씀드리옵건대 그 여인은 현재 왕성에 돌아와 있사옵니다."

"무엇이라? 고하라! 어디에 있는가?"

"그 여인은 왕도에서 장사를 하는 안도라의 하녀로 이름은 슈미라고 하옵니다. 평소 친분이 있어 드나들면서 그 하녀의 자태가 곱기에 눈여겨보았는데 지난밤 잠시 빌리겠노라고 하자 안도라는 선뜻 응하였습니다. 그 대가로 마카리온 금화 두 개를 주었습니다. 병사를 보내

조사해보시면 그대로 밝혀질 것이옵니다."

사비나의 얼굴이 굳어졌다. 로안드로스는 라반을 노려보다가 대꾸했다.

"대저 그런 일로 성문 밖으로 나가야 할 까닭은 무엇이더냐?"

"슈미에게는 남편이 있어서 눈을 피하고자 멀리 데리고 나갈 수밖에 없었습니다. 저는 외딴 장소를 택해 여인을 품고는 먼저 돌려보낸 후 오후에 느지막이 왕성으로 돌아왔습니다."

국왕을 모독하는 거나 다름없는 천한 이야기의 연속이었지만 하라고 시킨 터라 꾸짖지도 못하고 로안드로스는 화를 참느라 얼굴이 붉으락푸르락했다.

"네 말을 증명코자 한다면 소상히 밝혀야 할 것이다. 그 여인은 어디에서 무슨 장사를 하느냐?"

"안도라는 남문 근처의 비둘기 우물 뒷골목에서 큰 유곽을 경영하옵니다. 이름난 곳이라 찾기에 어렵지는 않을 것이옵니다."

"짐이 왕자와 그 어미를 감춘 죄인을 잡는다면 어찌 할 것 같은가?"

"능지처참하고 그 가솔들도 목을 벰이 가한 줄로 아뢰옵니다."

"그렇다. 너는 방금 그 죄인으로 의심을 받았다. 그런데 어찌하여 두려움에 떨지 않았는가?"

"신은 입궁하면서 왕비마마께서 어찌하여 저를 부르시는가 가늠해보았습니다. 먼저 신은 가솔들에게 들어 이미 왕실의 변고를 알고 있었습니다. 그러므로 이처럼 사세난처한 때에 남매간의 정담을 나누고자 저를 부를 리는 없다고 여겼습니다. 도움을 청하시는가 하고도 생각해 보았지만 신은 에케노스의 아들들 중 가장 나이도 어리고 경험도 적은 자로서 가형(家兄)들이 모조리 외국에 출타라도 하지 않는 한 그런 이유로 저를 부를 리는 만무했습니다. 그렇다면 무슨 연유인지 모르나 제가 뭔가 알고 있다고 여기시는 게 아니겠습니까? 허나 저처럼 작은 벼슬 하나 해보지 못한 백면서생이 알면 무엇을 알고 있겠습니까? 이런저런 생각 끝에 제가 의심을 받고 있다는 데에 생각이 미쳤습니다. 역시 지난밤에 왕성을 나간 일이 문제가 되는구나 싶었습니다. 이 문제로 저는 자칫하면 죽겠구나 싶어 두려웠으나 그렇다 하더라도 달아나 죄인으로 낙인찍힌 채 일생을 살기보다는 끝까지 해명을 해보고 잘 되지 않으면 차라리 깨끗이 죽기로 결심했습니다. 그리 생각하니 마음이 평온해져서 폐하의 힐문 앞에서도 담담할 수 있었나이다."

잠시 침묵이 흐르는 가운데 사비나가 처음으로 말했다

"폐하, 제가 말씀드렸지 않았습니까?"

로안드로스는 대꾸하지 않고 시종장을 불렀다.

"너는 에케노스의 아들 라반과 함께 그가 말하는 곳에 가서 그의 말이 사실인가 확인하라."

시종장이 절을 하고 나가고 라반도 그 뒤를 따랐다. 로안드로스는 사비나에게 한 마디도 하지 않고 내실 쪽의 문으로 나갔다. 홀로 남은 사비나는 고개를 숙인 채 옷자락을 움켜쥐고 있었다. 한참 뒤 낮은 한숨이 흘러나왔다. 안도의 숨이 아니었다.

사비나는 조금도 마음을 놓지 않았다. 라반의 말은 처음부터 끝까지 거짓이었다.

라반이 유곽에 드나든다는 말 자체가 허구였다. 사비나가 8년이나 라반을 보지 않았어도 그 정도는 알고 있었다. 무엇보다 라반은 오늘도 사비나를 외면했다. 끝까지 눈을 마주치지 않았다. 그는 달라지지 않았다. 그날로부터, 사비나가 그의 평화를 짓밟아버렸던 그날로부터 조금도.

조금 전 라반이 들어오기 전까지는 8년이나 흘렀으니 증오심도 흐려지지 않았을까 하는 일말의 기대도 있었다. 한때는 상냥한 동생이었던 그를 그 꼴로 만들어놓고서, 아무 노력도 없이 시간이 해결해줬기를 바라고 있었던 것이다. 변명거리가 있다면 동생 역시 그녀의 마음을 헤아려준 일이 없다는 정도였다. 라반이 사비나의 마음을 조금이라도 알아줬더라면 결혼해서 자식을 뒀다는 말을 그리 쉽게 하지는 않았을 것이다.

라반이 왜 거짓말을 했을까. 사비나는 마음속으로 찬찬히 더듬어갔다. 그는 정말로 숨겨야 할 것이 있는 것이다. 그것이 무엇일까? 수문장이 실토하고 라반도 인정한 대로 그는 전날 여자를 데리고 성문을 나갔다. 그 여자는 누구일까? 목숨을 위협받으면서도 정체를 감춰야 했던 그 여자는 명예를 더럽혀서는 안 되는 양가의 여인일까? 들켜서는 안 되는 죄인일까? 라반이 새로이 사랑하게 된 여인일까?

여자가 누구였든 하필이면 경계가 엄중하던 그날 밤 성문 밖으로 데려가야만 할 이유가 있어야 했다. 수문장을 속여야 했고, 그러면서도 실랑이 없이 나가기 위해 왕비의 동생이라는 신분을 드러내야만 했다. 나중에 의심받을 위험을 무릅쓰고도. 수문병사가 밀고하지 않았다면 라반은 그대로 달아났을지도 모른다. 아니다. 그는 다시 성으로 돌아왔다. 그러다가 왕궁으로 끌려와 저렇듯 거짓말을 했다. 정말로 침착한 거짓말이었다. 로안드로스는 속았다. 상대가 라반이 아니었더라면 사비나도 속았을 것이다. 사비나가 그 속을 빤히 들여다보고 있는 동생이 아니었더라면.

문득 사비나는 오래 전 라반이 했던 거짓말을 떠올렸다. 사비나가 열 몇 살이던 때였다. 그녀는 큰어머니의 장신구를 훔치는 것에 재미를 붙여 잔치가 벌어져 방이 비거나 했을 때 몰래 숨어들어 한 개씩 집어다가 자기 거처의 마루 밑 흙에 파묻었다. 큰어머니는 애꿎은 하녀들을 때리면서 걸리기만 하면 손목을 자르겠다고 으르댔지만 아버지를 조르면 보석쯤은 쉽사리 손에 넣을 수 있는 사비나가 그랬으리라고는 생각하지 못했다. 몇 년이나 그러면서도 한 번도 들키지 않았다. 아니, 그랬다고 믿고 있었다. 며칠 친척 집에 다녀왔더니 그녀가 살던 별채를 헐기 위해 일꾼들이 들어가 있는 모양을 보기 전까지는.

어찌된 일일까? 사비나가 겁이 나서 어머니도 부르지 못하고 하녀들에게 묻자 큰 마님께서 쥐가 나온다고 헐고 새로 지으라 했다는 대답이 돌아왔다. 일꾼들은 이미 곡괭이를 들고 곳곳의 벽을 부수는 중이었다. 이대로라면 마루 밑에 숨겨둔 장신구들이 발견되는 것은 시간 문제였다. 사비나가 파랗게 질려 옴쭉달싹도 못하고 있는데 어디선가 나타난 라반이 춤추는 듯한 걸음걸이로 별채에 뛰어들었다. 잠시 후 비명소리가 나고 일꾼들이 웅성거리며 몰려 나왔다. 라반의 팔이 곡괭이에 찍혔다는 것이었다. 곧 이어 안겨 나온 아이는 얼굴이 새하얗게 질려 있었다. 소식을 들은 아버지가 놀라 달려오고 작업은 중단됐다. 애지중지하던 막내가 다쳤다보니 아버지는 이런 일을 벌인 큰어머니에게 크게 역정을 냈다. 집은 헐지도 고치지도 못하는 상태로 수 일 간 방치되었고 사비나는 그 사이 밤중에 몰래 장신구들을 꺼내어 연못 속에 던져버렸다.

이 모두가 우연이었을까? 궁금했지만 꾹 참는 수밖에 없었다. 지레짐작으로 물었다가 잘못 짚은 것이라면 제 입으로 도둑질만 까발리는 꼴이 될 터였다. 몇 년이 흐르고서야 알았다. 어른이 된 둘이 침대에 나란히 앉았던 어느 날, 연못에 든 보석 이야기가 나오자 라반은 '그건 채찍질 값이었으니까'라고 말했다. 어머니도 다르고, 살갑게 대해준 일조차 없던 누나를 위해서 곡괭이에 일부러 다친 그 소년은 사랑 때문에 그런 것이 아니었다. 공정함 때문이었다. 사비나가 장신구를 빼돌리는 줄 알았지만 그럴 만하다고 여겼고, 부당한 결과를 막겠다고 생각하자 상상하기 힘든 일을 선뜻 저질렀다. 그럴 수 있는 성미였다.

옛 생각에서 깨어난 사비나는 몸을 부르르 떨었다. 직감이 맞을 것만 같아 불안하기 짝이 없었다. 있어선 안 되는 일이었다. 자신을 위해서도, 가문을 위해서도, 이미 산산이 부서진 그들의 옛 관계를 위해서도.

혹시 그 여자는 정말로 에렉티나가 아닐까?

처음엔 바람 소리 같았다. 티나는 몸을 뒤척이다 품 안의 아기를 만져보고는 도로 잠을 청하려 했다. 갈대가 다시 꿈틀거렸다. 그러더니 사람을 토해 냈다. 하나, 둘, 열 명이나 되는 사내들이었다.
아기가 울기 시작했다.
티나는 일어나 앉아 아기를 세워 안으며 다독거렸다. 아기는 그치기는커녕 점점 더 크게 울었다. 자다가 놀란 것일까? 배고프고 지치고 아기 우는 소리에 정신이 팔린 티나는 기척을 듣지 못했다. 막 젖을 물리려 하는데 등 뒤로 들어온 사내가 입을 열었다.
"드디어 찾아냈군."
고개를 돌리자 익숙한 얼굴이 보였다. 리볼라 장군이었다. 단 한 번 봤는데도 기억이 난 이유는 그때 그가 왕비 곁에 서 있었기 때문이었다. 왕비 곁에 선 자들은 예외 없이 티나를 노려보았다. 그중에서도 리볼라 장군은 흡사 맹수 같은 시선이었다. 지금도 마찬가지였다. 티나는 작은 짐승처럼 얼어붙어 있었다.
"가만히. 그래, 그대로."
리볼라가 손짓하자 앞쪽으로도 두 사내가 들어와 막아섰다. 나머지는 갈대밭에서 망을 보고 있었다. 어린애를 안은 여자쯤은 남자 셋으로 충분하기 때문이기도 했지만 그보다 리볼라는 두려워하는 것이 있었다. 그는 부서진 천장을 흘끗 봤다. 아직은 해가 있었다. 적어도 세 시간은 안전했다.
"우리 번거로운 과정은 생략하면 어떨까? 편하게 가면 좋잖아."
"무, 무슨 말씀이신지……."
"안전한 데로 모실 테니까 같이 가자 그 말이야."
안전한 데라는 말이 피로한 티나의 머릿속을 어지럽혔다. 리볼라는

여신의 어린 딸

왕비의 심복이지만 왕의 신하이기도 했다. 혹시 그녀를 궁으로 데려가려고 온 것일까? 드디어 푹 쉴 수 있게 된 것일까? 그러나 멍해진 머리가 자아낸 상상은 리볼라가 다음 말을 하는 순간 깨져버렸다.

"먼저 왕자님을 넘겨주실까?"

안 된다.

티나는 아기를 안은 팔에 힘을 주며 천천히 일어섰다. 본능이 그녀를 일깨웠다. 자신이 맹수를 만난 작은 짐승일지라도 품 안에는 더 약한 존재가 있었다. 자신 말고는 누구도 지켜주지 못할 아기였다.

"제가 안고 갈게요."

"그러지 말고 이리 내놔."

"싫어요."

티나가 결연한 태도를 보이자 리볼라는 코웃음을 치더니 주위를 둘러봤다.

"여길 찾아내느라 아주 수고로웠지. 하지만 좋은 점도 있군 그래. 들킨 이상 도망칠 길도 없고 소리친다고 와줄 자도 없겠더군."

"아기를 어쩔 셈인가요?"

리볼라가 대답을 지체한 것은 아주 잠시였다. 그러나 티나는 모든 것을 알아차렸다. 그러자 다리가 떨리며 눈물이 쏟아졌다. 남자 셋을 이길 가망도, 뿌리치고 도망칠 가망도 없었다. 자신은 여기서 죽게 되는 것이다. 도사리고 발버둥 쳐 봤자 아기를 십 분도 더 지켜 주지 못하리라. 자신이 죽고 나면 아기가 무슨 일을 당할지, 생각만으로도 목이 졸리는 듯했다. 아기만 무사하게 지켜준다면, 그걸 믿을 수만 있다면 자신은 무슨 일을 당해도 좋았다. 찢어 죽인다 해도 좋았다.

부들부들 떨며 눈물을 흘리는 티나를 보던 리볼라는 문득 티나가 아기를 낳고 이름을 하사받았던 연회를 떠올렸다. 그날의 승자는 티나였고 왕비는 패자였지만 티나는 조금도 승리를 만끽하는 것처럼 보이지 않았다. 그렇게 아름다웠고, 화려하게 차려입었고, 왕의 관심을 한 몸에 받으며 왕국을 물려받을 왕자를 안고 있었지만 티나는 겁을 내고 있었다. 리볼라는 묘하다고 생각했다. 미천한 자라도 그만 한 벼락출세에 든든한 우군까지 있으면 기고만장해지기가 쉬울 텐데. 천민인 무희가 그런 자리에서 겸손해야겠다고 생각할 만한 분별은 없을 텐데.

지금 보니 알 듯했다. 그건 본능이었다. 몸으로 하는 일을 오래 수련한 자는 본능이 발달한다고 했다. 고행하는 사제들, 대장장이나 석수들, 악사나 광대들, 군인들이 그렇고 무희도 마찬가지였다. 몸을 편안히 두는 귀족이나 학자들은 알지 못할 세계였다. 남들은 담담히 마시는 술잔이 문득 쓰고, 그 안에 진짜 독이 들어 있지 않더라도 누군가가 독을 품고 술을 담았음을 깨닫는 감각을. 티나는 무식해서 자신의 감정에 이름을 붙일 줄 몰랐지만 그때 그녀는 알았을 것이다. 오늘과 같은 날이 올 것임을.

알았는데도 피하지 못하다니.

"그럼 그대로 따라와라. 만약 도망치려 한다면……."

어차피 죽일 터라 더한 조건은 없었다. 리볼라는 잠깐 생각하더니 말했다.

"아기는 아주 잔인하게 죽게 될 거다."

여신의 어린 딸

티나의 표정을 본 리볼라는 그녀가 결코 도망치지 못할 것임을 확신했다.

왕비는 둘을 살려 데려오라고는 하지 않았다. 죽인 뒤 확인만 받으면 되었다.

목을 잘라가서 확인을 받는 것이 가장 확실했지만 왕궁 안으로 가져가야 한다는 위험이 따랐다. 만약 발각된다면 능지처참을 면치 못할 일이었다. 그래서 왕비는 적당한 곳에 시체를 숨겨 놓으면 믿을 만한 자를 보내 확인하겠다고 했다. 장소는 어디든 상관없었다. 다시 말해 물레방앗간 안도 문제가 되지 않았다.

리볼라가 그곳에서 티나와 아기를 죽이지 않은 것은 그들이 불쌍해서가 아니었다. 그에게는 다른 두려움이 있었다. 티나를 찾아내는 데는 도움이 되었지만 그 이상은 맞닥뜨리고 싶지 않은 두려움이. 그래서 그 갈대밭에서 피를 흘리고 싶지 않았다. 되도록 멀리 떨어진 곳으로 데려가서 피를 묻히지 않고 죽일 작정이었다.

병사 둘이 앞서 걷는 가운데 티나가 뒤를 따르고, 맨 뒤에서 리볼라가 걸어갔다. 나머지 병사들은 조금 떨어져 주위를 감시하며 걷고 있었다. 갈대가 길어 그들의 모습은 보이지 않았다.

흐린 날씨였다. 밤쯤에는 비가 내릴 듯했다. 티나는 말이 없었다. 살려달라고 호소할 법도 한데 그러지 않았다. 산 시체처럼 비틀거리며 나아갈 따름이었다. 체념해서 오히려 담담한 걸까. 심지어 조금 전부터는 젖을 물린 채 걷고 있었다. 리볼라는 저러다 넘어지면 아기가 다칠 텐데, 하고 생각하다가 자신이 무슨 생각을 하는 건가 싶어 웃고 말았다. 그런 생각을 하자니 어쩐지 이 말을 하고 싶어 견딜 수가 없었다.

"내 손에 잡히다니 넌 참 운이 좋은 년이야."

"무슨 말씀인지……."

"다른 놈 손에 잡혔으면 훨씬 끔찍한 꼴을 봤을 거다, 그 말이야."

티나는 맥없이 뒤를 한 번 돌아보더니 고개를 끄덕였다.

"그렇군요."

"헛말처럼 들리나보군."

"아뇨. 정말인 것 같아요. 고마워요."

잠시 후 티나는 낮게 콧노래를 부르기 시작했다. 자장가처럼 다정한 가락이었다.

"이런 상황에서 노래를 다 하는군."

"이런 상황이어서 그래요."

"무슨 소리야?"

"오늘뿐인걸요. 아기가 엄마의 노래를 들을 날도."

리볼라는 대꾸할 말이 없어 입을 다물었다. 낮은 노랫소리만이 흐르는 가운데 기묘한 행렬은 갈대밭을 헤치고 나왔다. 그동안 리볼라의 마음속에서 변화가 일어났다. 이상한 일이었다. 티나의 흥얼거림을 듣고 있자니 점차 욕구가 동해 오는 것이었다. 처음에는 적당히 무시하려 했으나 갈대밭이 끝나갈수록 심해져 말을 묶어둔 곳에 다다랐을 즈음에는 머리가 어지러울 지경에 이르렀다.

여신의 어린 딸

조금 전까지 감정 없이 바라보던 검은 머리채에 얼굴을 묻고 냄새를 맡아보고 싶었다. 얼룩진 흰 목덜미를 만져보고 가느다란 허리를 끌어안고 싶었다. 그때까지 리볼라에게 티나의 아름다움은 사람을 식별하는 특징에 불과했다. 왕의 여자치고 아름답지 않은 여자는 없었다. 무슨 상관이랴? 어차피 그와는 무관한 것을. 그러나 이 순간 한때 왕의 여인이었던 연약한 여자는 그의 힘 아래에 있었다. 그녀의 자장가는 곧 죽어갈 자신에 대한 애도인 듯했다. 다정했기에 더 구슬픈 그 노래가 기묘한 매혹을 자아냈다. 자신이 하고 싶은 것이 힘의 확인인지, 위험을 즐기고픈 것인지, 위로인지 잘 구별이 되지 않았다. 그 모두가 섞인 것 같기도 했다.

우리 아기의 남은 일생에 엄마가 무얼 해 줄까.
보듬어 안아주고 젖을 줄 거예요.
입 맞춰 주고 토닥여 줄 거예요.
노래를 불러 줄 거예요.
우리 아기의 남은 일생 동안 내내…….

병사들이 말을 풀자 리볼라는 자기의 말 뒤에 티나를 올라타게 하고는 병사들에게 먼저 성으로 돌아가 보고하라고 지시했다. 병사들은 의아한 기색이었지만 명령대로 떠났다. 리볼라는 앞으로 하려는 일을 병사들에게 알리고 싶지 않았다. 그랬다가 사비나 왕비의 귀에 들어가기라도 하면 엄청나게 난처한 상황에 빠질 게 뻔했다.

전나무와 매

한참 동안 말을 달려 어느 잡목 숲으로 들어갔다. 여기라면 하려는 일을 하기에도, 죽이기에도 적당할 듯했다. 빈터에서 말을 멈추고 내렸다. 그런 뒤 말채찍을 뽑아 쥐었다. 티나는 나무를 등지고 서 있었다. 눈물은 말랐지만 눈가가 붉게 부어오르고 뺨과 턱에는 눈물자국이 하얗게 말라붙어 있었다.

"옷 벗어."

티나는 리볼라를 빤히 바라보았다. 무슨 상황인지 생각하는 듯했다. 어쩌면 수없이 겪어본 상황일지도 모른다. 리볼라가 막 재촉하려 했을 때 티나가 한 손을 목 뒤로 돌려 옷끈을 풀었다. 튜닉이 바닥에 떨어져 내렸다. 알몸으로 아기를 안은 채 티나가 물었다.

"그래도 역시 죽일 작정이겠지요?"

리볼라는 눈썹만 약간 움직였다. 티나는 고개를 끄덕였다.

"알았어요. 두 가지만 부탁드리고 싶어요. 하나는, 우리 아기가 보지 않았으면 좋겠어요."

리볼라가 고개를 끄덕이자 티나가 말을 이었다.

"또 하나는 그 전에 제 얘기를 조금만 들어주셨으면 해요. 어이없더라도 중간에 막지 마시고 일단 끝까지 들은 다음에 결정해 주세요. 거절하시더라도 괜찮으니까 끝까지만 들어주세요. 그러고 나면 하자는 대로 할게요."

"뭔데? 짧게 해 봐."

얘기 따위에는 관심도 없었지만 들어주는 척하는 것쯤이야 어렵지 않았다. 살려달라는 얘기일 게 뻔했고, 살려주지 않으면 그만이었다.

그저 짧기만 하면 됐다. 그런데 첫 마디부터 예상 밖이었다.

"오늘 우릴 죽이면 그쪽도 죽어요."

갈대밭 밑에서 땅거미가 솟아올랐다. 넓게 번지다가 서서히 위로도 자라났다. 웅크린 등이 펴지고 목이 섰다. 그림자가 일어나 짐승으로 변하는 듯한 광경이었다. 마침내 사람의 모습을 한 그것은 갈대밭 속을 뚫어져라 바라보았다. 그러더니 갈대밭을 버리고 다른 쪽으로 나아가기 시작했다.

검푸른 얼룩이 하늘을 뒤덮었다. 비 몇 방울이 떨어지다 그치기를 반복했다. 빛은 없었다. 숲이 시작되는 곳에 그림자가 드리워졌을 때 목소리가 들려왔다.

"무슨 소리야?"

"그쪽도 죽는다고요. 아무 증거가 없어도. 누구도 고발하지 않아도 장군님은 범인이 된다고요."

"거참 놀랍군. 어젯밤에 별을 보니 그렇다고 쓰여 있었나?"

티나는 고개를 흔들었다.

"그럴 수밖에 없다는 뜻이에요. 폐하께서는 왕비님을 의심할 테고, 왕비님도 그걸 알고 있기 때문에 그렇게 돼요. 이제부터 왜 그런지 말씀드릴게요."

리볼라는 낮게 코웃음을 쳤다. 비록 궁에서 얼마간 살았다 해도 태생이 천하고 무식한 이 여자가 장군인 자신을 말재주로 설득하겠다니 어이가 없었다. 그러나 티나는 필사적이었다. 목소리는 떨렸지만 한

전나무와 매

마디 한 마디 또렷하게 이어갔다.

"극단에 있던 때의 일인데, 그날 번 돈이 든 돈주머니가 사라진 일이 있었어요. 아무리 찾아도 나오지 않자 극단주는 갑자기 광대가 훔쳤다면서 끌고 가서 매를 때렸어요. 증거가 없었는데도요. 나중에 누군가가 말해줬어요. 돈이 없어졌는데 범인이 없으면 안 되는 거라고요. 그러면 극단주를 우습게보고 또 돈을 훔치는 놈이 나오게 된다고 했어요."

"그래서 뭐가 어쨌다는 거야?"

"왕자가 사라졌는데 죄인이 없을 수는 없어요. 증거가 있든 없든, 그 누구라도."

"아, 그래? 그래서 아무나 붙잡아 범인으로 몰아갈 거다 그거야? 그게 하필이면 내가 될 거고? 그것 참 그럴싸하네. 걱정해줘서 고맙군. 얘기는 그게 끝이야?"

티나는 고개를 흔들었다. 이 순간 그녀가 얼마나 초인적인 노력을 하고 있는지 누구도 알지 못했을 것이다. 이 사람을 설득해야만 했다. 왕비의 심복이자 처음부터 둘을 죽이기 위해 뒤쫓아 온 사내를. 불가능해 보여도 그 길뿐이었다. 아기를 살리려면.

"아니에요. 그때 광대가 범인으로 몰린 데는 이유가 있었어요."

리볼라는 짜증스러운 얼굴을 했다.

"증거가 없었다면서?"

"없었어요. 인기가 있다고 제멋대로 굴던 곡예사의 동생이었을 뿐이죠. 극단주는 광대를 매질해서 경고했던 거예요. 증거가 있든 없든

난 누구든지 벌을 줄 수 있다, 계속 우쭐대면 다음 차례는 너다, 라고. 저희가 사라지길 누구보다도 바랄 사람이 왕비님이라는 것을 세상 사람이 다 알아요. 폐하도 물론 아시고요. 왕비님은 증거 없이 벌할 수 없죠. 그러니 왕비님 주변의 누군가를 벌하셔서 경고하실 거예요. 왕비님도 그걸 알아요. 누군가를 내놓아야 한다는 것을. 그리고 그쪽은 정말로 그 일을 한 사람이기 때문에 왕비님이 가장 없애버리고 싶을 사람이죠. 그쪽이 없어지면 모든 증거가 없어지니까요."

리볼라는 기막힌 표정이었다.

"헛소리는 집어치워."

"왕비님을 믿으세요? 무슨 일이 있어도 보호해준다고 생각하세요? 그 정도로 아끼는 사람한테는 이런 위험한 일을 시키지 않아요."

"너, 듣자듣자 하니까……."

입으로 나오는 말과는 달리 리볼라의 마음속에는 의혹이 드리워졌다. 티나는 목소리에 힘을 주었다.

"전 반드시 은혜를 갚겠어요."

"은혜라고? 그런 꼴이 됐으면서? 지금 그걸 설득이라고 하는 거야?"

"서로한테 다 좋은 일이니까요. 그리고 전 무희예요. 무희한테 이까짓 옷 벗은 일쯤이 중하다고 생각하세요?"

티나는 희미하게 웃기까지 했다. 리볼라가 말했다.

"요리조리 궁리는 잘했다만 널 살려뒀다가 궁정에 불쑥 나타나 오늘의 일을 다 실토해버리면 어쩌지? 죽은 자만이 조용한 법인데 말이야."

"전 궁으로 돌아갈 생각이 없어요."

"뭐?"

"아기가 위험하니까요. 제가 궁에 있으면 왕비님께서는 두 번, 세 번, 계속 이런 시도를 해서 언젠가 우리 아기와 저를 죽여버리고 말 게 아니겠어요?"

"네가 어떻게 알아?"

"저는 멍청한 여자지만 어머니예요. 어떤 어머니라도 자식의 위험만은 세상에서 가장 잘 깨닫기 때문이에요."

"그래서?"

"전 다른 나라로 가서 살겠어요. 갈 곳을 정해주면 거기로 가겠어요. 당신한테 가짜 이름으로 편지를 보낼게요. 당신은 제가 어디에서 뭘 하며 사는지 계속 알 수 있어요."

"그야 네가 편지를 안 보내고 숨어버리면 그만 아니야?"

"그렇지 않아요. 편지를 보내면 저도 이익이니까요."

"네가 왜 이익인데?"

"전 돈 한 푼 없고 도와줄 사람도 없는데 아이까지 키워야 하는 여자예요. 당신이 아니면 누가 살아갈 궁리를 해주겠어요?"

듣다 보니 점점 그럴싸해져갔다. 먼 나라에 감춰두고 먹여 살리면서 가끔씩 슬쩍 들러 함께 지낸다라, 나쁘지 않았다. 한 번 품고 죽이기에는 내심 아깝기도 하던 터여서 더 그렇게 들리는지도 몰랐다.

"저희를 살려두세요. 그래야 당신을 희생양으로 만들려는 왕비님한테 당하지 않아요. 하지만 한 번 죽여버리면 저와 아기는 되살아나지 않아요."

티나가 마지막 말을 하는 동안 리볼라는 마음을 정했다. 그는 티나에게 다가갔다.

"알았어. 그럼 이제부터 약속의 증거를 보여 봐."

티나는 아기를 등 뒤에 내려놓으려는 것처럼 몸을 돌렸다. 천으로 돌돌 말아 강보 위에 넣어 둔 단도의 윤곽이 잡혔다. 막 움켜쥐려다가 그녀는 문득 바닥을 뒤덮은 그림자를 깨달았다. 그건 나무그늘도 비구름도 아니었다. 밤이었다. 아직 날이 저물 시각이 아니라고 생각한 그녀는 저도 모르게 하늘을 올려다봤다. 비구름 위에 검은 경계가 있었다. 움직이고 있었다. 티나가 무어라 말하기도 전에 그것은 리볼라의 등을 덮쳤다.

비가 내리기 시작했다.

티나는 부들부들 떨며 두 손을 내려다보았다. 피투성이였다. 강보도 마찬가지였다. 빗물과 섞인 묽은 피가 팔꿈치를 타고 흘러내렸다. 뜨뜻미지근한 온기가 이 모두가 환각이라는 생각에서 그녀를 건져냈다. 티나는 눈앞을 보았다. 산처럼 솟은 검은 그림자와 빗속에서 불길처럼 타오르는 입을 보았다. 가로로 길게 찢어진 그것은 인간이라면 가슴일 위치에, 지옥으로 들어가는 문처럼 뚫려 있었다.

차라리 눈을 감고 싶었다. 이 두려움에 굴복해 정신을 잃고 마지막 순간을 느끼지 못했으면 했다. 그러나 강보 안의 아기가 움직이고 있었다. 포기하면 아기의 목숨도 포기하는 것이었다. 이 피는 그녀의 것도 아기의 것도 아니었다. 왼쪽 팔목이 잘린 리볼라는 젖은 덤불에 처박혀 움직이지 않았다. 죽었을까?

늙은 여자들이 우는 아이들을 겁주려고 하던 이야기가 떠올랐다. 악귀라고 했었다. 흙 속에 살며 누군가가 불러내기 전에는 나오지 않지만, 한번 나오면 닥치는 대로 사람을 잡아먹는다고 했다. 악귀와는 말도 통하지 않고, 빌어도 소용없다고 했다. 머리며 팔다리는 마치 인간의 그림자처럼 생겼는데 눈이나 코는 없고 오직 불타는 입만 있다고 했다. 그 입은 인간처럼 얼굴에 있는 것이 아니라 몸 어디라도, 다리나 발등, 어깨나 등, 그리고 가슴에 있을 수도 있었다. 눈앞의 존재는 그녀들이 말한 것과 똑같았다. 그 할머니들은 악귀를 보았던 것일까?

티나는 문득 생각했다. 누군가가 악귀와 마주치고도 살아났으니 어떤 모습인지 전해진 것이 아닐까?

"사…… 살려주세요."

살아날 수만 있다면 포기해선 안 되었다. 어떻게 살려낸 목숨이던가. 그런데 악귀는 꼼짝도 않고 그 자리에 서 있기만 했다. 죽이고자 했다면 리볼라에게 그랬듯 한 순간에 찢어발기면 되었을 텐데.

"제발……."

티나는 뒷걸음질 치려 했다. 그런데 한 발짝을 떼어놓는 순간 악귀가 움직였다. 티나가 소스라쳐 멈춰 서자 악귀도 마찬가지로 멈췄다. 숨을 가다듬으며 보니 정확히 그녀가 물러난 만큼만 다가와 있었다. 이건 무슨 뜻일까?

"무, 무얼 원하세요?"

그러자 악귀가 한 팔을 들어올렸다. 티나는 공포로 온 몸이 뻣뻣해졌다. 반사적으로 몸을 돌리며 아기를 숨기려 했다. 악귀의 팔은 다가오는 듯했으나 약간의 거리를 두고 멈췄다. 티나는 그 팔이 뭔가를 가리키고 있음을 알았다. 곁눈으로 턱 아래를 내려다보니 상완에 새겨진 장미 문신이 보였다. 알몸이었기에 드러나 있었고, 몸을 돌렸으므로 악귀를 향해 노출되어 있었다.

아라기스의 약속이다.

심연에서 올라온 듯한 목소리가 말했다. 티나는 악귀에게 목소리가 있으리라는 생각을 해보지 못했다. 동시에 악귀의 목소리를 들어본 자가 이 세상에 자신뿐인 줄도 몰랐다. 악귀 주술사들조차 악귀들과는 말이 통하지 않는다고 믿고 있었다. 악귀들이 대답하지 않을 뿐임을 모르고서. 악귀에게 지성이 없다면 어떻게 아라기스의 징표를 가진 자를 죽이지 말라는 약속을 지킬 수 있겠는가?

그러나 이 순간 티나는 뜻을 몰라 떨기만 했다. 아라기스의 약속이 무엇인지도 몰랐다. 장미 문신은 할머니가 어린 시절에 새겨주었던 꽃잎 하나에서 시작되었다. 다른 여자들의 문신을 보고 티나가 철없이 조르자 한 잎씩 새겨주기 시작해 성년이 되었을 무렵에는 근사한 장미 덩굴 모양으로 커졌다. 왕실에 들어갔을 때 로안드로스도 누군지 참 잘 새겼다고 말하며 굳이 지우게 하지 않았다. 그 문신에 다른 의미가 있다는 생각은 해본 적도 없었다.

 티나는 다시 문신을 내려다보았다. 그때 퍼뜩 눈이 뜨이며 이상한 것이 보였다. 자신의 몸에 새겨진, 수없이 보아왔던 그 문신에 뭔가가 숨어 있었다. 처음으로 보았다. 덩굴 속에, 꽃잎 속에 교묘하게 감춰져 꿈틀거리는 작은 지네를.

 아라기스 왕이 명한다. 너를 해치지 말라고. 그러나 너와 네가 안은 자는 내 사냥감이다. 너희의 피를 마시기 전에는 흙 속으로 돌아가지 못한다. 나는 너희를 죽이지도 살리지도 못한다. 그러니 내게 다오.

 "무엇을요?"

 지네를 내게 다오.

 주고 싶다 해도 어떻게 주어야 할지 상상도 안 갔지만, 주기만 한다면 악귀가 물러간다는 뜻일까 싶어 한 줄기 희망이 솟아났다. 티나는 문신을 다시 내려다봤다. 그리고 확인하려 했다.
 "이것만…… 드린다면 저와 아기를 살려주신다는 거지요?"

 지네의 힘이 나를 불러낸 자의 명령을 깨뜨린다. 그러면 나는 너희를 죽이지 않고도 흙으로 되돌아간다.

티나는 생각했다. 할머니들이 해주었던 악귀에 대한 온갖 이야기들을. 악귀는 결코 거짓말을 하는 법이 없다는 말이 떠오르고서야 결심이 섰다. 사실상 다른 방법은 없었다. 그런데 어떻게 넘겨줄 것인가? 티나는 강보를 더듬어 단도를 뽑아 들었다. 이제부터 하려는 일을 생각하니 온 몸이 저릿저릿해져 왔다. 아기의 얼굴을 내려다보고, 피가 나도록 입술을 깨물고서야 겨우 용기를 냈다.

바닥에 앉은 티나는 아기를 무릎에 내려놓고 한 손으로 지네가 새겨진 살을 도려냈다.

밤이 되자 비는 폭우로 변했다. 바람도 심해졌다. 일찌감치 저물녘처럼 어두웠기에 밤이 된 지금은 들에도 숲에도 인적이 없었다. 이 궂은 밤에 비를 헤치고 말을 달리는 사람이 있었다. 라반이었다.

옛 친구인 안도라는 잘해 주었다. 라반이 자주 드나든다며 스스럼없이 팔짱을 끼더니 하녀를 불러 증언하게 해 주고, 금화를 꺼내 내보이기까지 했다. '저희 같은 장사를 하는 사람은 뭐든 팔 수 있을 때 팔아두는 편이죠.' 시종장은 경멸하는 표정을 짓긴 했으나 어쨌든 왕궁으로 돌아갔다. 안도라는 심지어 눈치도 빨랐다. 라반이 떠나려 하자 보통이를 안겨 주었는데 멀리 나와 풀어보니 깨끗한 여자 옷 몇 가지와 속옷들이 단정하게 접혀 들어 있었다. 돈이 있어도 사내가 직접 사기는 어려울 것들이었다.

우스운 일이었다. 아버지가 억지로 함께 다니게 한 훌륭한 집안의 친구들은 별반 도움 된 일이 없는 반면 몰래 어울리던 가난한 친구들은 몇 번이나 오늘처럼 라반을 보호해주었다. 어쩌면 라반이 아버지가 이끌려 한 길에서 자꾸만 벗어나고 있기 때문일지도 모른다. 오늘처럼. 이제 에페리움을 떠나면 언제 돌아올 수 있을지 모른다. 그러나 미련은 없었다. 아버지도 어머니도 없는 고향이었다. 배신의 고통만이 남은 땅이었다.

늦었지만 라반은 먹을 것을 마련해 왔다. 오래 굶었을 티나를 위해 부드러운 빵과 치즈, 바나나, 대추야자, 그리고 주머니에 든 염소젖을 샀다. 불을 피우지 못하니 뜨거운 것을 마련해 줄 순 없었지만 안전한 곳으로 갈 때까지는 견디는 수밖에 없었다. 갈대밭을 헤치고 들어가 물레방앗간이 보일 무렵 그는 안도라가 마련해 준 옷을 떠올리며 빙그레 웃었다. 그 옷은 티나에게 제법 잘 어울릴 듯했다.

그러나 물레방앗간에는 아무도 없었다.

즉시 뛰어나온 라반은 주위를 살폈다. 다툼이 있었던 흔적은 없었다. 그렇다면 티나가 스스로 떠났단 말인가? 그를 믿지 않았기 때문에? 다시 들어와 바닥을 자세히 보자 흙 자국이 눈에 띄었다. 말라붙은 진흙이었다. 자신의 신발을 내려다본 그는 상황을 알아차렸다. 갈대밭을 헤치고 온 자라면 누구나 신발이 진흙투성이가 되었을 것이다. 떨어진 양을 보건대 여러 명이 들어왔던 것이 틀림없었다. 앞문으로도, 뒤쪽의 뚫린 곳으로도. 그러나 핏자국은 없었다. 아마도 협박당해 제 발로 걸어 나갔으리라는 생각이 들었다. 어디로 갔을지, 지금도 살아있을지 생각하자 목이 졸리듯 답답해져 왔다. 동시에 늦고 만 자신에게 분노가 치밀었다. 이대로 티나와 진이 희생된다면 영영 자신을 용서하지 못할 듯했다.

여러 사람이 갈대를 짓이기며 만든 길은 곧 나타났다. 라반은 사람들이 간 방향을 확인하고 말을 끌어왔다. 그러나 그 사이 거세진 빗줄기가 흔적이라 할 만한 것들을 모두 지워버렸다. 저녁나절 내내 말을 달렸지만 온몸이 흠뻑 젖었을 뿐이었다.

라반은 티나를 데려간 자들이 우연히 들른 인근 주민들은 아니었으리라 확신했다. 그럴 만한 장소가 아니었고, 그랬다면 사방을 포위한 발자국이 설명되지 않았다. 사비나 왕비의 수하라면 왕성 쪽으로 가지는 않았으리라. 만약 그들이 이미 모자를 죽여서 어딘가에 파묻었다면 그는 헛수고를 하고 있는 셈이었다. 그런데도 그는 쉬지 못했다. 자정 무렵이 되도록 무심하게 넓기만 한 들판을 헛되이 달리고만 있었다.

마침내 비가 잦아들자 라반은 멈춰 섰다. 사정없이 내려치던 빗소리가 사라지면서 어지럽던 머리도 개었다. 오랜만에 생각다운 생각을 하게 된 그는 차근차근 따져 보았다. 티나는 이미 죽었을 가능성이 컸다. 시체를 찾는 것은 불가능하리라. 만에 하나 살아 있다면 그녀는 어디에 있을까?

그러자 한 장소가 떠올랐다. 왜 지금까지 생각하지 못했는지 모를 일이었다. 티나가 붙들려 있다고 믿었기 때문이겠지만 그래도 진작 가보았어야 할 장소였다.

목적지가 있으니 먼 길도 아니었다. 하얀 바위들이 나타났다. 하나, 둘, 셋…… 여덟 번째. 바위 두 개가 기묘하게 겹쳐진 아래에 좁은 틈이 있었다. 사람이 허리를 굽혀 기어야 겨우 들어갈 법한 크기였다. 그

전나무와 매

러나 라반은 그렇게 하지 않았다. 그는 엎드리는 대신 누워서 머리부터 천천히 밀어 넣었다. 상체가 동굴 입구를 통과하자 일어나 앉으며 하체를 당겼다. 다리를 끌어들이면서 일어나자 이미 동굴 안에 들어와 있었다.

이곳이 비밀스러운 장소인 이유는 좁은 장소에 들어가려는 사람들이 흔히 하는 대로 엎드려 기어 들어가서는 맞은편 벽이 너무 가까워 도저히 몸을 일으킬 수 없기 때문이었다. 이렇듯 누워 들어가야만 안에서 몸을 세워 일어날 수가 있었다. 그리고 나면 안쪽에 훨씬 넓은 공간이 있었다.

일어선 라반은 잠시 귀를 기울이다가 부시쌈지를 찾아내어 기름주머니에 담갔던 덤불가지에 불을 붙였다. 그런 후 자기 얼굴이 잘 보이도록 들어올렸다.

"티나?"

그러자 구석에서 기척이 있었다. 다가가자 다리를 뻗고 동굴 벽에 기대어 앉은 티나의 모습이 드러났다. 얼굴을 확인하는 순간 마음이 놓여 긴 한숨이 나왔다. 티나를 수호하는 여신에게 무릎 꿇고 절이라도 하고 싶은, 아니 할 수만 있다면 암소라도 한 마리 바치고 싶은 심정이었다. 저절로 이런 말이 흘러나왔다.

"아니르여, 감사합니다. 다시는 당신을 못 만날 줄 알았소."

티나는 대답이 없었다. 라반은 이상한 생각이 들어 불빛을 가까이 가져갔다. 티나는 축 늘어져 있었는데 얼굴을 보니 상태가 심상치 않았다. 억지로 버티고 앉아 젖을 물리고 있긴 했지만 금방이라도 혼절

할 것처럼 눈이 가물거렸다. 그는 곧 티나의 팔이 피투성이임을 알아차렸다. 등골이 쭈뼛해졌다.

"어떻게 된 거요?"

서둘러 다가앉으려다 한 손으로 질척한 것을 짚었다. 살펴보니 바닥에 고인 피였다. 강보로 상처를 감싸 묶긴 했지만 한 손만으로는 세게 묶지 못한 모양이었다. 얼마나 이러고 있었는지, 얼마나 피를 흘린 건지 몰랐다.

"어쩌다가 이렇게 됐소? 티나? 괜찮소? 정신 차리시오!"

티나는 라반을 보고 있었지만 알아보는지 아닌지도 모를 표정이었다. 이마를 만져보니 식은땀이 흐르고 턱이 떨리는 것이 쇼크 상태인 듯했다. 라반은 먼저 아기를 안아 내려놓은 후 천을 다시 꽉 묶어 주고 팔을 잡고 위로 올렸다. 그래도 피가 멎지 않자 쇄골 위쪽의 지혈점을 눌렀다. 이윽고 피가 멈추는 것이 느껴졌다.

등을 부축해 천천히 바닥에 눕혔다. 바닥에 깔아 냉기를 막을 것이 있으면 좋았겠지만 라반의 망토는 비로 흠뻑 젖어 소용이 없었다. 티나가 입은 옷도 축축했다. 문득 안도라가 준 옷가지가 떠올라 보퉁이를 풀어헤쳐 보니 품에 넣고 묶어놓았던 터라 맨 안쪽의 옷들은 다행히 젖지 않았다. 라반은 티나가 입은 옷을 단도로 찢어 가며 벗겨냈다. 상처를 되도록 건드리지 않기 위해서였다. 그런 후 마른 옷가지로 몸을 덮어 주었다. 그 이상 몸을 데울 방법이 없어서 유감이었다. 겨우 한숨 돌리고 앉아 있자니 티나가 손을 뻗으며 중얼거렸다.

"우리 아기……."

그러자 누워 있던 진이 몸을 뒤집더니 엄마 품으로 들어갔다. 티나는 한 팔만으로 진을 안았다. 아기의 몸이 따뜻하니 도움이 되려니 싶었다. 그러다가 더 나은 생각이 떠올랐다.

"불편하겠지만 참으시오."

라반은 젖은 겉옷을 벗고 티나와 진을 감싸 안았다. 과연 효과가 있어서 차갑던 티나의 몸이 점차 온기를 되찾았다. 이렇듯 부둥켜안고 있자니 마치 셋에서 온갖 일을 헤쳐 나온 가족이 된 느낌이었다. 둘 사이에 누운 진이 고물고물 움직이는 느낌이 평화롭기 이를 데 없었다. 잠시 후 티나가 자신의 머리를 쓸어 넘겼다. 여자가 외모에 신경을 쓰는 것은 살아났다는 증거였다.

"티나, 이제 정신이 드오?"

대답은 없었지만 입가에 미소가 어렸다. 라반도 마주 웃어 보였다.

"무슨 일이 있었던 건지 궁금하지만 나중에 얘기해 주시오. 지금은 쉬어야 하니까. 한잠 푹 자시오. 일어나면 좋아질 게요."

티나가 고개를 끄덕이자 라반은 손으로 눈을 쓸어 감겨 주었다. 그리고 덧붙였다.

"늦어서 미안하오."

한참 뒤 티나가 중얼거렸다.

"단도는 도움이 되었어요……."

라반은 대답하지 않았다. 티나가 잠이 들자 라반은 동굴 밖으로 나가 나무토막을 몇 개 구해 왔다. 젖은 껍질을 단도로 깎아낸 뒤 덤불가지의 불을 옮겨 붙여 작은 모닥불을 만들었다. 옷이 마르도록 주위에

여신의 어린 딸

펼쳐 놓고는 다시 티나와 진 곁에 누웠다. 진이 모닥불로 기어가지 못하도록 안고 어르고 있자니 옛 일이 머릿속을 스쳤다.

라반에게는 아내와 어린 아들이 있었다. 아내는 목수의 딸이었고 아들은 한 살이었다. 목공예를 배워보고 싶어 공방을 기웃거리다가 만난 아내는 라반에게 나무 깎는 법부터 가르쳐 주었다. 처음으로 시도한 의자가 마무리되어갈 즈음 라반은 아내에게 같이 살자고 했고, 그녀는 기뻐했다. 아내는 일찍이 부모를 여의었기에 허락받을 사람도 없었다. 그간 아내가 살던 목공방은 아내의 아버지가 제자에게 물려준 곳이었는데 그자는 아내에게 재주가 있는데도 불구하고 허드렛일만 떠안길 뿐 장인으로서 독립할 만한 기술을 가르쳐주지 않았다. 스승의 딸이 독립하면 공방의 명성을 빼앗길까 염려했던 것이다. 라반이 결혼하기 전에 형식적으로나마 그자를 찾아가자 그자는 얼른 데려가라며 반색했다. 라반이 걱정거리를 해결해 주리라는 그자의 예상은 맞았다. 결혼 생활을 하며 아내가 만든 것은 집 안에서 쓸 테이블, 의자 같은 것들뿐이었다. 라반이 만든 삐딱거리는 의자도 그 사이에 놓여 있었다. 얼마 후에는 아기 침대가 슬며시 끼어들었다. 그것이 아내가 만든 마지막 작품이었다. 아기가 태어나니 조각칼을 잡아볼 겨를도 없었다.

8년 전의 일이다. 이제 라반의 곁에는 아내도 아들도 없었다. 티나와 진이 있을 따름이었다. 모닥불이 가물거렸다. 진이 젖을 찾자 티나는 곧 깨어나 누운 채로 젖을 물렸다. 그녀는 어떤 일이 있어도 아들을 지켜낼 여자였다. 그 모습을 내려다보며 라반은 스스로에게 다짐했다. 내가 이 두 사람을 지키리라고. 다시는 위험에 처하게 하지 않으리라고.

해바라기가 바람에 흔들거렸다.
해질 무렵이었다. 서녘에 걸린 해가 들판에 안온한 빛을 뿌렸다. 이 시각이면 모든 것이 주황색이었다. 해바라기 그림자는 관을 쓴 여인들의 무리 같았다. 춤을 추는 듯했다. 그 너머로 가을밀이 느리게 물결치고 있었다.
라반은 밀밭 샛길을 걷고 있었다. 걸으면서도 쉬지 않고 말했다.
"그렇게 하면 어떤 말이라도 뛰지 않고는 견디지 못하거든. 하지만 조심해야 해. 그렇게 만드는 것도 어렵지만, 그때야말로 말 등에서 떨어지기 딱 좋은 때거든. 그 순간이 언제 올지 예상하고 있어야 해. 그래야만 말이 폭발적으로 달리려 할 때 그걸 도와주면서, 말과 한 몸이 되면서, 너도 떨어지지 않는 거란다. 나중에 먼저 껑충이한테 시험을 해봐. 껑충이는 늙은 당나귀가 아니냐고? 그야 물론 그렇지만 당나귀한테도 네 다리가 있거든. 네 다리가 있는 놈치고 이 방법이 먹히지 않는 놈은 없거든. 그리고 늙은 당나귀니까 네가 떨어져도 그리 다치지는 않을 거야. 설마 떨어지는 걸 겁내는 건 아니지? 흐음, 내 아들이 그럴 리 없지."
라반은 어깨 위에서 팔랑거리는 자그마한 발을 꽉 쥐어 주었다. 목말을 탄 자그마한 소년은 라반의 말을 들었는지 못 들었는지 먼발치만 뚫어져라 보고 있었다. 그가 뭘 보고 있었는지는 곧 드러났다. 밀밭 사

여신의 어린 딸

이에서 티나가 고개를 내밀었다.

"왔네요? 그런데 지금까지 무슨 얘길 했던 거예요?"

라반은 어깨를 으쓱하며 아이의 허리를 잡아 높이 올렸다. 아이의 얼굴에서 웃음이 터졌다.

"그저 시간 있을 때 내가 가르칠 수 있는 것들을 조금 말해줬을 뿐이오."

"승마법 같이 들렸는데?"

"맞았소. 난 승마에서만은 늘 형들을 능가했거든. 가문에서 배운 것 치고 도움 되는 건 별로 없었지만 이것만은 지금도 자부심을 갖고 있다오."

"하지만, 라반. 진은 이제 세 살 반이에요. 세 살 반짜리한테는 당신이 만들어 준 목마면 충분해요."

"그래, 이 녀석이 목마 타는 것 봤소? 또래 녀석들 중에 그렇게 목마를 타는 녀석은 없단 말이오. 그야말로 전설적인 목마 기수지."

티나는 웃음을 터뜨렸다. 라반은 웃는 대신 말했다.

"조금만 더 있어 보시오. 네 발 달린 놈이면 소나 양에서 돼지에 이르기까지 모조리 타겠다고 할 테니까."

"닭은 아니고요? 두 발이니까?"

"닭이라니! 위대한 기수가 될 사내한테는 어림도 없는 소리지. 진한테 그런 수치스러운 소릴 했다는 얘기는 절대 하지 마시오."

"명심하도록 하죠."

세 사람은 밀밭 길을 따라 걸어 집에 이르렀다. 라반은 진을 목마에

전나무와 매

앉혀 주고 새끼줄에 매달린 새 두 마리를 티나에게 건네준 뒤 마구간으로 갔다. 마구간에는 늙은 당나귀와 말 한 쌍이 있었는데 평범한 짐말들이었다. 더 좋은 말을 살 만큼 넉넉하지 않았기 때문이었지만 라반은 그 말들을 아꼈다. 오후에 나갔다가 들어올 때면 늘 향초를 뜯어 왔다. 그는 이렇게 몇 년 더 돌보면 말들이 더 빨라지고 튼튼해질 거라고 주장했다. 티나는 향초를 준다고 짐말이 준마로 변하리라고는 믿지 않았지만 남편의 취미 생활을 방해할 생각은 없었다.

그랬다. 남편이었다. 해바라기의 고장에서 둘은 손재주 좋고 점잖은 남편과 어리고 수줍음이 많은 부인이었다. 둘은 밀밭과 포도밭, 그리고 작은 수박밭을 일궜다. 밀은 일용할 양식으로 삼고 남는 것은 생필품과 교환해 왔으며 포도는 내다 팔았다. 그리고 수박은 모두 수박 말랭이로 만들어 일 년 내내 두고 먹으며 이웃에게도 나눠 주었다.

사람들은 라반이 타국에서 목수 노릇으로 돈을 벌어 땅을 산 사람인 줄로만 알고 있었다. 라반이 마을의 신관보다 더 많은 책을 읽었음을 감추듯 티나는 춤을 출 일이 있어도 절대로 거절했다. 그리고 늘 자루처럼 헐렁한 옷만 입었다. 그래도 그녀의 아름다움은 인근에 소문이 나 있었다. 요리 솜씨는 그리 없는 것 같다는 이야기도.

집은 라반이 직접 지었는데 이웃들이 와 보고 만듦새에 감탄하여 그 후로 라반을 '솜씨 좋은 사내'라고 불렀다. 집 주변에는 해바라기와 개양귀비가 자랐고 뒤뜰에는 진이 매일같이 잡으려 애쓰는 고양이들이 살았다. 고양이들은 조그마한 추적자가 살금살금 다가오는 동안 하품만 하고 있다가 손이 닿을 듯하면 피했는데 상대가 끈질기다보니 결국은 지붕 위로 도망가야만 끝이 나곤 했다. 약이 오른 진이 울음을 터뜨리면 티나가 달려와 안아 올려 몇 바퀴 빙빙 돌렸다. 보통은 곧장 웃음이 터졌지만 자존심이 강한 아이다보니 울먹거리며 소리칠 때도 있었다.

"고양이 나빠!"

"그럼. 나쁘고말고. 이러면 어떠냐? 고양이들은 적국이란다. 넌 그놈들과 전쟁을 하다가 지금은 휴전 중이거든. 회담을 해야 하는데 장소는 창가로 결정이 됐지. 넌 창문 안쪽, 고양이들은 창문 바깥쪽이야. 아빠가 거기에 휴전 깃발을 꽂아줄게. 회담 중에 먹을 간식은 맛 좋은 닭고기로 결정됐다. 어때?"

"애한테 그런 복잡한 얘길 하면 어떻게 알아들어요?"

라반은 아랑곳없이 진을 창가로 데려다 앉히고 손수건을 묶은 깃발을 세워주더니 닭고기 조각을 꺼내 창밖으로 던졌다. 그러자 고양이들이 와글와글 모여들어 밀쳐대느라 난리가 났다. 진이 깔깔거리며 웃자 라반이 말했다.

"저런. 저들은 회담 대표를 결정하지 못했구나. 조금 기다려야겠는데."

3년이 아무 일 없이 흘러갔다. 처음에는 극도로 조심했지만 이즈음에는 둘 다 이런 생활이 언제까지나 계속될 듯한 기분에 젖어 있었다. 라반은 의심받지 않도록 한 해에 한 번, 아버지의 기일에 맞춰 에페리움의 본가에 다녀왔다. 돌아올 때는 소문을 잔뜩 갖고 왔다. 왕비에게 아직도 후사가 없다는 이야기, 왕이 새 후궁을 둘이나 들였지만 여전히 성과가 없다는 이야기, 왕의 조언자 안탈론이 일곱 번째로 시중이 되었다는 이야기 등이었다. 사라진 왕자를 찾아왔다고 주장하는 자가 둘이나 나타났다가 모두 목이 잘렸다는 이야기도 있었다. 왕은 신경질적이 되었고, 아들을 다섯이나 낳은 왕의 육촌 동생은 자식들을 데리고 밤낮으로 왕궁에 얼씬거렸다.

티나가 흥미로워할 이야기도 있었다. 리볼라 장군은 그때 빗속에서 죽지 않았다. 왼손을 팔꿈치 아래로 잃었지만 여전히 왕비를 섬기고 있었다. 악귀가 어째서 그자를 살려 두었을까? 라반은 악귀는 목표한 자를 가장 먼저 죽여야만 하기 때문이라고 설명해 주었다.

"그렇지만 임무에 실패했는데 어째서 왕비님이 벌을 주지 않으셨을까요?"

"실패했다고 여기지 않는 게지. 어쨌든 당신과 진은 사라졌잖소?"

"그럼 그자가 살아 있는 건 우리가 안전하다는 증거네요?"

라반은 고개를 갸웃거리다가 웃었다.

"그것도 가능한 해석이겠구려. 이럴 때 보면 당신은 상당히 똑똑하단 말이오."

티나는 빙그레 웃기만 했다. 라반의 말은 사실이었다. 티나는 천민 출신으로 춤밖에 배운 것이 없는데도 인과관계를 잘 짚는 편이었고 작은 계략도 곧잘 짜낼 줄 알았다. 공부를 하면 성과를 볼 법하다 싶어 한번은 라반이 가르쳐보려 했지만 티나는 일상과 거리가 먼 학문에는 금방 넌더리를 냈다. 싫어하는데 억지로 해야 할 필요는 없었기에 라반은 내버려두기로 했다. 글월 따위 알지 못해도 티나는 그에게 완벽

한 여자였다.

그렇더라도 티나가 리볼라에게 붙잡혔을 때 했던 얘기를 들었더라면 라반도 크게 놀랐을 것이다. 그러나 티나는 그날 한 이야기를 누구에게도 하지 않았다. 리볼라에게 끌려가며 흥얼거렸던 것이 무희들 사이에서 전수되는 유혹의 마력을 가진 가락이었다는 이야기도 하지 않았다.

올해도 슬슬 에페리움에 가보아야 할 때였다. 여름이 저무는 10월 말이면 에케노스의 기일이 돌아왔다. 이제는 티나도 라반이 에페리움에 다녀온다고 그렇게 긴장하지는 않았다. 첫 해에 꼬박 열이레 동안 문을 꼭꼭 닫고 바깥출입도 않던 것을 생각하면 대단한 변화였다. 라반이 선물을 사다 주겠다고 하자 티나는 노란 비단이 좋겠다며 웃었다. 라반도 웃으며 대꾸했다.

"주문을 하면 보름쯤 걸릴 텐데?"

"전 당신이 언제쯤 찢어버린 제 치마를 새로 사 주시려나 궁금했거든요?"

"알았소. 노력해 보리다."

라반은 이튿날 떠나갔다. 그는 매년 해오던 대로 자신의 단도를 주고 갔다. 처음 물레방앗간에서 약속했던 이래로 헤어질 일이 있을 때마다 행하는 일종의 의식이었다. 그때 그 단도만으로는 리볼라를 처치할 수 없었기에 다음부터는 칼날에 독을 발라서 주었다. 그러나 그 후로는 단도를 뽑아볼 일조차 없었다. 진이 자라자 아이가 단도를 건드릴까 무서워 아예 집 안의 높은 선반에 치워두곤 했다. 그럼에도 불구하고 옛 그림자를 완전히 떨치지는 못했기에 그 일을 그만두지는 않았다.

가문의 저택에 도착한 라반은 먼저 큰형을 만나러 갔다. 기일 전날 저녁이었으므로 모든 형제자매가 돌아와 있었다. 사비나 왕비만 빼고. 왕비는 당일 아침에 행차했다가 저녁에 환궁할 예정이었다. 한 해에 한 번인데도 친정에서 며칠 느긋하게 머물지 못하는 것은 궁에서의 입지가 많이 약하다는 의미였다. 후궁들 중에는 좋은 가문 출신들이 많았다. 명색이 왕비라고는 하지만 그들 중 하나가 아기를 낳기만 하면 하루아침에 날아가고 말 자리였다. 근심으로 예전의 아름다움도 많이 잃었다는 소문이었다.

"그래. 이번엔 어딜 돌아다니다가 오는 길이냐?"

"북부에 좀 갔었어요. 네미 강을 따라 올라가 '용의 입' 폭포를 봤죠. 근방의 원주민들하고 한동안 지내기도 했고요."

"구경거리라 하더군. 언젠가 보러 갈 일이 있겠지."

라반은 헤로디온이 그럴 리 없으리라고 확신했지만 그냥 미소만 지었다. 큰형에게 나라 밖의 구경거리 같은 것은 지도에 찍힌 점 하나에 불과했다. 가문의 세력과 재산을 유지하고 늘리고 하는 일만으로도 머리가 꽉 찬 사람이었다. 헤로디온뿐 아니라 다른 형제들도 마찬가지였다. 그렇지 않은 형제가 한 명이라도 있었다면 라반도 비밀을 유지하기 어려웠을지도 모른다. 라반은 그간 일부러 수염도 기르고 얼굴도 태워서 형제들은 그의 말을 의심하지 않았다. 라반이 물러나 자신만 아는 만족감에 젖어 있을 때 헤로디온이 불쑥 말했다.

"슬슬 외국 생활은 접고 돌아와 형들을 도와야 할 때가 아니냐?"

라반은 당황해서 반사적으로 대꾸했다.

"형님들이 다 건재하신데 저 같은 녀석이 무슨 도움 될 데가 있겠습니까?"

"네가 비록 막내지만 이제 삼십대 중반이다. 아이처럼 굴 때는 지났어. 일생을 그리 보내고 나서 저승에 가면 아버지 얼굴을 어찌 뵈려고 그러느냐? 너도 우리 가문의 한 사람으로 한몫을 받았으니 마땅히 너의 몫을 해야 한다."

곁에 있던 둘째 형 클라우디온도 맞는 말이라고 맞장구쳤다. 이상한 일이었다. 에케노스의 아들들은 권력이란 나누면 줄어든다고 굳게 믿는 자들로서 라반이 집안일에 관심이 없자 다들 좋아했다. 이제 와서 저런 소리를 하는 데는 이유가 있을 수밖에 없었다.

"형님, 혹시 집안에 좋지 않은 일이라도 있습니까?"

그러자 넷째 두난이 발끈했다.

"무슨 일이 있어 네게 도와달라는 줄 아느냐? 우리가 해결 못하는 일을 네가 해결한다고? 웃기지 마라. 어디 가서 사고나 치고 있지 않으면 다행이지. 큰형님은 그게 걱정돼서 네가 눈에 보이는 데 있었으면 하시는 것뿐이야. 말이 나왔으니 말인데 정말 온 사방 여행만 하고 다닌 게냐? 전처럼 천한 여자하고 붙어나 사생아나 만들고 있는 건 아니고?"

라반의 입이 일자로 다물어졌다. 에메르나가 두난의 무릎을 톡톡 치더니 미간을 찡그려 보였다. 다른 형들도 말을 거들지 않았다. 누구도 그날의 일을 잊지 않았다. 형제들이 보기에도 그날의 일은 지나쳤다. 그러나 상대가 좋지 않았고 상황이 좋지 않았다. 무엇보다 소문을 피해야 했다. 헤로디온은 앞장서서 그 일을 묻어버리면서 라반에게 사과했다. 어떻게든 보상해 주겠다고 했다. 그러나 라반은 보상을 원치 않았다. 보상이 가능할 리 만무했다. 라반은 형제들처럼 아내를 잠시 지나가는 여자로 여겼던 것이 아니었다. 10년이 넘게 흘렀지만 그는 아직도 아내가 만들어 주었던 목각 인형을 갖고 있었다.

"천천히 생각해 보아라. 아직 시간은 있으니."

헤로디온이 그렇게 말하며 일어나자 다른 형제들도 제각기 일어나 흩어졌다. 라반은 마지막으로 일어나 숙소로 가는 대신 어두운 뒤뜰로 나갔다. 에메르나가 뒤쫓아 나오자 라반은 돌아보며 고개를 저었다.

"누님. 지금은 얘기하고 싶지 않소."

에메르나는 고개를 끄덕이고 도로 들어갔다. 라반은 잠시 혼자 뜰을 거닐었다. 그러다가 작은어머니의 별채 근처까지 갔을 때 안에서 누군가가 나오더니 어둠 속의 라반을 뚫어져라 보았다.

"이게 누구십니까? 오랜만에 뵙는군요."

그자가 가까이 오자 늘 들쓰고 다니는 두건과 샌들 신은 발이 드러났다. 얼굴을 모르는데도 잊기는 힘든 사내였다. 악귀 주술사, 아유브였다. 라반은 바짝 긴장했으나 그냥 가버리면 오히려 의심할 듯해 일단 대꾸했다.

"몇 년 만인지 기억이 나지 않는군."

"다망하신 분께서 기억 못하시는 것이 당연하지요. 소인의 생각으로는 3년쯤 된 듯싶습니다. 그간 좋은 곳이라도 다녀오셨습니까?"

"역마살이 낀 게지. 자넨 어쩐 일인가?"

"저야 늘 가문에 도움을 드릴 생각밖에 없습죠. 마침 온 김에 작은마님께 인사 올리고 나가려던 참이었습니다."

"큰형님께서 불렀나?"

"헤로디온 어르신께서는 늘 소인에게 과분한 은혜를 베풀어 주시지요."

아유브는 모호하게 대답하고 절을 꾸벅 하더니 멀어져 갔다. 라반은 그가 사라질 때까지 서 있다가 돌아섰다. 등에서 땀이 흘러내리는 것이 느껴졌다. 티나와 진을 노렸던 악귀는 저자가 불러냈을 수밖에 없었다. 언젠가는 마주칠 일이 있으리라 생각했으나 오늘일 줄은 몰랐다. 악귀 주술사의 능력이 어디까지 미치는지는 그자를 부리는 어떤 주인도 알지 못했다. 설마 라반의 얼굴을 보는 것만으로 티나와 진이 살아 있음을 알아낼 순 없으리라 생각하면서도 못내 불안감을 떨칠 수 없었다. 지나친 상상 같기도 했지만 직감은 위험하다고 속삭여 왔다. 그렇다면 당장 떠나야 할까? 그랬다가 오히려 의심을 사는 게 아닐까?

한 해에 고작 한 번 찾아오면서 추도식도 보지 않고 떠나는 것은 아무래도 의심쩍어 보일 듯했다. 내일은 사비나가 온다. 라반이 왔다가 가버렸다는 이야기를 들으면 해묵은 원한을 떠올릴 것이다. 생각 끝에 라반은 내일 밤중에 떠나기로 결심했다. 방으로 돌아갔지만 잠은 쉽게 오지 않았다.

전나무와 매

사비나는 오지 않았다.

추도의 불은 밤새 태우는 것이 전통이었다. 둘러선 형제들의 얼굴은 일렁이는 불빛 때문인지 기묘하게 심각해 보였다. 라반은 유모로부터 가문의 위세가 예전 같지 않다는 이야기를 전해 들었다. 여러 이유가 있지만 무엇보다 왕이 사비나를 미워한다는 소문이 파다하기 때문이라 했다. 라반은 어깨만 으쓱했다. 왕도 바보가 아니라면 자기 자식을 누가 없애버리고 싶었을지 예상 못할 리 없었다.

새벽 2시경에 라반은 인사 없이 저택을 빠져나왔다. 어제의 일이 있었으므로 그가 말없이 떠나도 형제들이 수상하게 여기지는 않으리라 판단했다. 멀리 가기도 전에 추적자가 있다는 느낌이 들었다. 본래 나귀의 문을 통해 나갈 생각이었지만 만월의 문 쪽으로 방향을 돌렸다. 그의 신분만으로도 추적자를 감옥에 처넣기에 좋은 곳이었다. 그러나 문 근처에 이르렀을 때 뜻밖의 일이 벌어졌다. 추적자가 그를 불러 세웠던 것이다.

"에케노스의 아들 라반!"

라반은 허리춤의 검을 확인하고 말고삐를 단단히 쥔 후 뒤를 돌아보았다. 어둠 속에서 두 마리의 말이 달려들며 좌우를 차단했다. 라반은 말의 배를 걷어찼다. 성문 앞에 다다르기만 하면 되리라 생각했다. 순식간에 횃불이 가까워졌다. 성문의 위용이 덮쳐오는 순간 그는 자신의 눈을 의심했다. 대략 스무 명은 되어 보이는 병사들이 무기를 빼어 들고 있다가 뛰어나오며 뒤를 차단했다. 포위된 라반은 검을 뽑으려다가 먼저 목소리를 높였다.

"무슨 짓이냐! 내가 누구인지 알고도 이러느냐?"

"물론 잘 알고 있소이다. 헤로디온 어르신의 막냇동생이 아니신지?"

성문 앞에 버티고 선 자가 한쪽뿐인 손에 든 담뱃대를 한 차례 빨고는 싱긋 웃어 보였다. 리볼라였다. 라반은 가슴속에서 뭔가가 돌덩이처럼 뭉쳐지는 것을 느꼈다.

"잘 아는군. 그런 내가 저 문을 통과하지 못한단 말이냐?"

"물론 그대는 자격이 충분하지만 오늘밤에는 애타게 기다리는 분이 계셔서 말이오. 대저 육친의 정이란 섣불리 거스를 수 없는 것이 아니겠소?"

라반은 바닥에 침을 탁 뱉고는 대꾸했다.

"진정 육친이라면 보고 싶다는 말 한마디면 충분한 게 아닌가?"

"그리고 그대는 그 말을 거절할 수도 있어야겠지요. 다만 고귀한 분들께서 사교 정담을 나누고자 할 뿐이더라도 소인들에게는 맡은 바 임무가 되어버리는 터라 어쩔 도리가 없군요."

리볼라가 턱짓을 하자 병사들이 달려들어 라반을 말에서 끌어내렸다. 곧이어 머리에 검은 주머니가 씌워지고 두 손이 뒤로 묶여 준비되어 있던 가마에 실렸다. 가마가 움직이기 시작하자 라반은 방향을 가늠해 보려 했다. 성문 밖으로는 나갈 리 없다고 생각했다. 왕궁으로 가는 것도 아니었다. 차근차근 머릿속에서 길을 더듬다 보니 한 장소가 떠올랐다. 경사를 오르기 시작하자 확신이 섰다. 틀림없었다.

전나무와 매

가마가 멈췄다. 여전히 앞이 보이지 않았지만 이끄는 손길만으로도 익숙하게 입구를 통과하고 계단을 올랐다. 서늘한 기운이 느껴지는 방에 이르러 라반은 희미한 조소를 떠올렸다. 여기로 불렀단 말이지.

"풀어 줘라."

두 손이 풀리고 주머니가 벗겨졌다. 라반은 머리를 한차례 흔들고 앞을 보았다. 횃불 두 개가 서 있었다. 그 너머의 사비나는 얇은 튜닉에 망토 하나만을 걸친 차림이었다. 오래 전 에케노스의 장원에서처럼. 옥수수 씨를 뿌린 검은 흙 위를 맨발로 뛰어다니던 그녀를 사람들은 어린 여신 페르디타 같다고들 했다. 신화 시대였다면 그런 칭송을 들은 사비나는 곧 여신의 질투로 새나 벌레로 변했어야 했을 것이다. 그러나 사비나는 거침없이 자라 육감적인 여인이 되었고 마침내 왕비 자리에까지 올랐다. 여신이 자비롭기 때문일까? 여신은 사비나를 축복했을까? 그럴지도 모른다. 모든 신 가운데 가장 앳된 모습이건만 사람들은 그녀를 자비로운 페르디타라고 부른다. 다만 페르디타는 아이를 낳지 않는다. 페르디타가 내려주는 모든 축복 중에도 출산과 다산만은 없다. 그녀는 언제까지나 소녀이니까.

라반을 끌고 왔던 병사들은 언제라도 공격할 태세로 그를 둘러싸고 있었다. 평범한 병사로 변복했지만 이제 보니 모두 왕족을 지키는 정예병들이었다. 라반은 그들 뒤에 선 리볼라를 보고는 피식 웃었다.

"육친을 만나러 왔는데 창검이 필요하단 말인가?"

"안전을 기하려는 것뿐이지요."

"그래? 그럼 네 안전은 누가 챙겨주지? 마마께서?"

여신의 어린 딸

"마마의 자비심보다 곤경에 빠진 자의 말을 믿으라, 그 얘긴 전에도 들어본 것 같군요. 빗속에서. 그때 내 두 팔도 멀쩡했는데."

라반은 미간을 찌푸리며 그게 무슨 뜻인지 생각하려 했다. 그때 사비나가 말했다.

"모두 물러가라. 동생과 오랜만에 둘이 얘기하고 싶으니까."

리볼라는 절을 하고는 병사들을 이끌고 물러갔다. 단지 나갔다 뿐이지 주위를 엄중히 지키고 있을 것이다. 그리고 약간의 불온한 기색이라도 있다면 즉시 뛰어 들어올 것이다. 라반이 그들을 피해 달아나는 것은 불가능했다.

"3년 만이네."

"3년 만이구려. 누님."

"그거, 마마라는 말보다는 듣기가 좋네."

"마마라고 부르는 자들 중에서 누님을 진정 아끼는 사람은 없었던 모양이구려."

사비나가 웃었다.

"그래? 로안드로스는 날 마마라고도 부르지 않는데?"

"폐하께서는 어떤 여인도 진정 아끼는 법이 없지 않소."

"어떤 여인도라. 그거 아주 진실에 가까운데."

사비나는 어깨를 움츠렸다가 펴며 망토를 벗어 바닥에 떨어뜨렸다.

"그래서 네가 대신 아껴 줬니?"

순간적으로 라반은 말려들 뻔했다. 한 호흡을 멈췄다가 일부러 못 알아들은 체했다.

"무슨 소린가 했소. 누님이 그때 일을 들춰내고 싶어 하는 줄은 몰랐군."

"무슨 일? 네가 날 배신한 일?"

"글쎄. 난 새삼스럽게 그 얘기를 하고 싶지 않지만 굳이 따지자면 배신한 사람은 누님이 아니오?"

"난 어쩔 수가 없었잖아. 아버지께서 결정한 일이었어. 거역할 수 있었다고 생각해?"

라반은 비웃음을 억눌렀다. 지금은 웃어선 안 되었다. 사비나를 분노하게 하면 그녀가 처음부터 꺼내려 하던 화제로 돌아가고 말 터였다. 벗어나야 했다. 3년 전의 일이 아니라 12년 전의 일을 이야기해야 했다.

"아아. 그랬군. 몰랐소. 그래서 국혼을 치르던 날 가마 위의 누님은 그렇게 행복해 보였던 거로군. 거역할 순 없으니까, 하고 일찌감치 포기해서?"

"넌 왜 그걸 봤니? 너야말로 그런 광경은 보고 싶지 않았어야 하지 않아?"

"하, 차라리 내가 자살이라도 하길 바라지 그랬소?"

"난 그런 걸 안 바랐어. 네가 변치 않을 줄 알았으니까. 네가 다짐했던 그대로."

라반은 잠시 눈을 감았다가 떴다. 사비나는 여전히 눈을 반짝이며 자신을 바라보고 있었다. 최근 아름다움이 바랬다는 소문은 헛말이었다. 그러나 그 아름다움 속에 무엇이 들어 있는지 이제는 알고 있었다.

모든 사람이 그녀를 위해 움직여야만 하는 무한한 오만함. 저 오만함으로 얼마나 많은 사람을 짓밟았던가.

그때 사비나가 갑자기 다가와 라반의 입술에 자신의 입술을 갖다 댔다. 어쩌면 그는 그 입맞춤을 받아들여야 했을 것이다. 그러나 심장 깊이 새겨진 거부감이 그의 입술을 굳어지게 했다. 사비나는 곧 떨어지더니 입가에 미묘한 미소를 머금었다. 라반은 고개를 흔들어버리고 말했다.

"그래, 누나는 만백성의 어머니 자리를 탐해 떠났으면서 동생은 언제까지나 기다려줄 줄 알았단 말이오?"

"탐했다는 말은 바르지 않아. 난 단지⋯⋯."

"단지 누님 손에 쥔 것은 밀알 한 톨도 놓치기 싫었던 거겠지. 아니오?"

사비나는 어깨를 으쓱했다.

"하지만 난 놓쳤어. 넌 이제 내 손에 없잖아."

"그 과정에서 내가 치렀던 희생은 잊어버렸소?"

"그 여자하고 어린애? 그럼 내가 나도 낳지 못했던 아이를 낳은 여자를 용서할 줄 알았어? 가문도 없는 평민 주제에 너 같은 사내하고 계속 잘 살 줄 알았다면 그것도 오만방자한 노릇이 아니야? 어차피 첩이지만⋯⋯."

라반은 주먹을 부르쥐었다가 허공을 쳤다. 저도 모르게 목소리가 높아졌다.

"이올레는 내 아내였소!"

사비나는 라반을 빤히 바라보았다. 한때 여신 같던 누이는 자신의 불행을 남의 불행과 바꿔보는 법을 알지 못했다. 자신에게 결핍된 것을 채우고자 몸부림쳤지만 남의 결핍은 그저 결점으로만 보았다. 아름답던 얼굴이 이제는 이지러져 보였다. 동시에 그 위에 티나와 진의 모습이 겹쳐졌다. 라반은 그들을 지키기로 맹세했다. 다시는 이올레와 벨레아스처럼 무력하게 잃어버리지 않으려 했다. 그러기 위해서는 흥분해선 안 되었다. 그는 억지로 마음을 가라앉혔다.

"이런 정담을 나누기엔 썩 좋은 장소군. 안 그렇소?"

사비나는 바로 반응했다.

"네가 불쾌한 얘기를 꺼내지 않았더라면 더 좋았을 텐데. 여긴 추억이 많은 곳이잖아?"

두 사람 모두 이곳에는 십여 년 만이었다. 왕도의 언덕 높은 곳에 자리 잡은 하얀 집은 에케노스의 어머니, 즉 남매의 할머니의 별장이었다. 어린 시절에 이곳에 놀러 왔던 기억은 형제자매 모두에게 있었다. 할머니가 죽은 후로는 아무도 살지 않았고 가끔 하녀가 와서 청소만 해놓곤 했다. 다시 말해 열아홉 살, 스물한 살이 불장난을 저지르기에는 최적의 장소였다.

"그때 우리가 짰던 계획대로 멀리, 피로아스 같은 데로 도망갔더라면 지금쯤은 많이 달랐겠지. 안 그래?"

그랬다면 사비나가 지금의 모습이 아닐까? 알 수 없는 일이었다. 뒤늦게라도 본 모습을 깨닫고 치를 떨며 헤어졌을지, 아니면 맨발의 소녀였던 시절의 다정함을 지금도 간직했을지. 수없이 약속했어도 결국 피로아스로 간 사람은 라반뿐이었다. 혼자서는 아니었지만.

"잘 모르겠소. 하지만 누님은 지금 더 행복하지 않을까 싶군."

"그렇진 않네. 왕궁을 내 아이들로 채우지 못해서."

"그것 참 안됐구려. 누님을 축복한 여신이 한 가지를 깜빡한 모양이로군."

"아주 중요한 걸 깜빡했지. 에페리움 왕실에서 아이 없는 여자는 허수아비에 지나지 않거든. 누군가가 아이를 낳으면 난 배경 그림조차도 못 돼. 좋은 가문 출신이든 아니든, 아름답든 아니든, 교양이 있든 아니든. 위대한 에케노스의 딸 따윈 아무것도 아니라고. 오직 아이를 낳았느냐만이 중요하니까! 참을 수 없도록 역겹지 않니?"

"누님의 말이 맞지만 세상에 역겨운 일은 그것만이 아닌 것 같소."

사비나는 라반이 뭐라 하든 까딱도 않고 자기 생각에 빠져 있다가 불쑥 내뱉었다.

"그래서 내가 그 계집을 용서하지 못하는 거야."

라반은 순간 긴장하며 느리게 말했다.

"이올레는 이미 죽었소."

"누가 그런 여자 얘길 한대? 에렉티나 말이야. 로안드로스의 아들을 낳은 천하고 무식한 무희."

라반은 고개를 갸웃 했다.

"기억은 나는데 옛날에 죽지 않았소?"

사비나가 갑자기 카랑카랑한 웃음을 터뜨렸다.

"너 연기 잘하네. 내가 모르고 봤으면 정말인 줄 알았겠어."

전나무와 매

"무슨 소리요?"

"네가 감추고 있잖아. 그 여자. 그 아이."

라반은 입을 꾹 다물었다가 한숨을 터뜨렸다.

"기가 막히는군. 어디서 그런 망상을 얻었소? 꿈에서?"

"뭐 그 비슷한 것이긴 하지. 하지만 꿈보단 훨씬 믿을 만하거든. 자, 말해 봐. 어디서 어떻게 지내지?"

"아무 근거도 없이 그렇게 몰아가면 내가 누나의 공상에 장단을 맞춰 줘야 하는 거요? 좋소. 두 사람은 천국에 갔는데 내가 요즘에 거길 가끔 드나들지. 두 사람 다 잘 지내오. 천국이니까 당연한 일이지. 됐소?"

"내가 지금 그들이 어디 있는지 몰라서 묻는 줄 알아? 네가 어디까지 사실을 말하나 들어보려는 거라고. 헛소리는 그만 집어치워."

"누님이야말로 헛소리는 그만 집어치우지 그러오?"

사비나가 다가와 라반의 코앞에 서더니 눈을 들여다봤다. 라반도 물러서지 않았다. 사비나가 말했다.

"넌 네 아내인가 뭔가 하는 여자와 어린애를 잃었어. 그래서 에렉티나와 폴리티모스를 보자 동정심이 생겼던 거야. 그래서 그들을 몰래 만월의 문 밖으로 빼돌렸지. 너 혼자 돌아왔다가 걸려들 뻔했지만 유곽이 어쩌고 하는 거짓말을 짜내서 도망쳤어. 내가 그 거짓말을 믿었을 줄 알았니? 난 바보가 아니야. 너란 애가 유곽에 드나들 성격이 아닌 걸 내가 모를 줄 알아? 넌 예전부터 그랬어. 한 명밖에 모르지. 그리고 공정한 걸 좋아해. 그래서 그 둘을 보살폈을 거야. 날 골탕 먹이려고."

"그렇군. 이올레와 벨레아스도 누님이 죽였지. 듣고 보니 내가 누님이 앗아간 사람들 대신 똑같이 누님이 죽이려는 그들 둘을 살려냈다는 얘긴데 사실이라면 참 훌륭한 일이겠소. 진짜로 일어났더라면 더 좋았을 뻔했군. 하지만 그러려면 내가 얼굴도 모르는 폐하의 총희를 어디선가 보자마자 누군지 알아채고 즉각 계획을 세워서 외국으로 보냈어야 하는데 아무리 나라고 해도 쉬운 일은 아니었겠는데. 안타깝구려."

"왜 얼굴을 몰라? 그년이 아들을 낳았을 때 꽃가마에 떠받들어서 온 시내를 돌아다니며 금화를 뿌리게 했는데!"

"누님이 관심 갖는 일에 세상 모든 사람이 똑같은 관심을 갖는다고 믿지 마시오. 폐하께서 왕자를 얻든 말든 나하고는 아무 상관없는 일이었으니까. 그리고 난 금화가 필요하지도 않았고."

라반이 까딱도 하지 않자 사비나는 미간을 떨더니 눈을 몇 번 깜빡거렸다. 확신이 흔들리는 모양이었다.

"아니야. 넌 거짓말을 하고 있어."

"그것 참. 어디 가서 신탁이라도 받아왔소? 그런 확신이 있었으면 3년 동안 왜 가만히 있었소? 내가 그간 사방팔방 돌아다니긴 했어도 아버지 기일엔 꼬박꼬박 돌아왔는데."

사비나가 입술을 오므리더니 고개를 홱 돌리며 불렀다.

"아유브!"

라반은 마음속으로 말했다. 그래. 나타날 줄 알았지.

테라스로 향한 문이 열리고 두건을 쓴 사내가 들어와 라반을 향해 절을 했다. 각오하고 있었지만 긴장되는 것은 어쩔 도리가 없었다. 아유브가 말했다.

"어제 뵙고 또 뵙습니다. 여긴 참 풍경 좋은 곳이군요. 밖에 서 있어도 지루하지 않았습니다. 두 분께서 어린 시절에 뛰어 노시던 곳이라 들었습니다."

"객쩍은 소린 접어두고, 여기 온 걸 보니 자네가 신탁을 내린 모양이지?"

"소인은 악귀를 다룹지요. 신들과는 거리가 멉니다."

"요즘은 악귀들이 첩자 노릇도 하는 모양이군. 3년 동안 내 뒤를 쫓아다니다가 드디어 보고한 겐가? 라반이 먼 나라에 여자를 감춰뒀다고? 의심 받지 않으려면 내가 수절이라도 했어야 하는 모양이군."

아유브가 다시 한 번 절을 하더니 말했다.

"이제부터 불쾌한 이야기를 올리게 되는지라 먼저 사죄를 드리겠습니다."

라반의 미간에 주름이 잡혔다. 아유브는 사비나를 향해 몸을 돌렸다.

"연전에 마마께서 명하시어 에렉티나라는 폐하의 총희와 그 아들에게 악귀를 붙인 일이 있었습지요. 대저 악귀란 식욕의 화신으로 시전자가 냄새 맡게 한 자들의 뼈와 살을 씹지 않고는 흙 속으로 돌아가지 않습니다. 그때 그 악귀는 사라졌고, 그래서 저는 두 사람이 필연코 죽었으리라고 마마께 상신하였습니다. 다만 시신이 발견되지 않았는데 악귀가 뜯어먹고 나면 본디 남는 것은 그리 없으나 머리털 한 가닥 남지 않은 것은 조금 의아하였습니다. 그러나 핏자국은 있었으므로 그

같은 상신을 올렸던 것이었고 마마께서도 상량하신 끝에 받아들이셨습니다. 악귀가 피 맛을 보고서 그냥 물러가는 일이란 있을 수가 없으니까요."

라반도 티나에게 들어 대강 짐작하던 일이었으나 적나라하게 들으니 새삼 추악하기 그지없었다. 사비나는 계속하라고 턱 끝만 까딱했다.

"아시는지 모르겠지만 같은 사람에게 두 번이나 악귀를 붙일 수는 없습니다. 사실상 두 번이나 붙일 필요도 없습지요. 그러므로 별다른 수는 없었으나 저는 줄곧 약간의 의심을 품어왔습니다. 그러다가 어젯밤 마마의 친가에서 라반 님을 뵈었을 때 문득 개안하며 사태를 알아차렸습지요. 이런 경우는 워낙 희귀하여 저도 평생토록 이 일을 하면서 처음 보거니와 이유도 알지 못합니다만, 어쨌든 악귀가 무슨 이유로든 목표한 자를 죽이지 않고 흙 속으로 돌아갔을 때는 완료되지 않은 주술이 그자에게 계속 걸려 있게 됩니다. 악귀를 불러내는 주술은 단순하기 때문에 오히려 완성되고자 하는 압력이 아주 강합지요. 마무리되지 않은 채 시간이 흐를수록 주술의 힘은 집요하게 그자 주위를 맴돌게 되는데 마치 붓을 들고 종이 위에 계속 같은 동그라미를 그리는 것과 같습지요. 그러다 보면 종이가 찢어져버리지 않겠습니까? 바로 이와 같은 일이 일어나서 주술의 압력이 그자 주위의 자연스러운 흐름을 조금씩 부수게 됩니다. 마법사들은 그런 흐름을 마력의 샛강이라고 부르는 모양입니다만, 주술사는 마법을 다루지 않는지라 그냥 자연의 기운이라고 합니다. 어쨌든 평범한 사람이라면 일상에 아무런 피해는 없지만 저처럼 주술을 다루는 자나 마법사들이라면 부서진 부분을 곧 알아봅니다. 어제 뵈니 라반 님 주위에도 있더군요."

"그래? 나야 자네가 말하는 게 뭔지도 모르지만 어쨌든 내 주변에 그런 게 있어서, 그 이유가 하필이면 자네가 수년 전에 어떤 여자한테 걸었던 주술 탓이라고 확신했단 말인가? 마치 이 세상에 주술사나 마법사가 자네 혼자뿐인 것 같은 근사한 논리로군."

"소인이 그런 방자한 말씀을 올릴 리가 있겠습니까? 다만 이와 같은 이유에서입니다."

아유브가 망토를 젖히고 자신의 팔뚝을 내밀었다. 그의 팔뚝에는 기호처럼 생긴 자그마한 문신들이 빼곡했는데 모두가 '이프니쉬'라고 불리는 고대 문자들이었다. 라반도 한때 고전 공부를 했기에 곧 알아보았다. 다만 뒤집혀 새겨지거나, 두 개가 합쳐지거나, 다른 표시가 더해져 모양이 변형되어 있었다. 이렇게 변형된 문자들은 저주나 악한 주술에 쓰인다는 말을 들은 일이 있었다. 그런 것들이 지금 보인 한쪽 팔뚝에만도 대략 스무 개가 넘었다. 아유브가 그중 하나를 손가락으로 짚었다.

"보십시오."

그것은 사랑, 연인, 맹목, 희생 등을 뜻하는 문자 '키델라'에 추락, 파괴, 실패, 이별 등을 뜻하는 문자 '테타'가 합쳐진 모양이었는데 다른 것들보다 크고 뚜렷했다. 정확히 말해 어제 찍은 낙인처럼 진했고 타들어간 것처럼 검었다.

"어제 이렇게 변한 것입니다. 감히 무례를 무릅쓰고 소인이 이렇게 하면……."

아유브가 손을 뻗어와 라반의 팔을 붙들었다. 그러자 문제의 문자가 담뱃불처럼 발갛게 변하더니 살 타는 냄새와 함께 연기가 오르기 시작했다. 입가만 보이는 얼굴이 일그러졌다. 마침내 아유브가 뛰다시피 물러나며 비틀거렸다.

"후……. 어떻게 된 일인지 아시겠습니까?"

라반은 밀려오는 두려운 예감을 애써 떨치려 했다.

"모른다. 네가 설명해라."

"이 표지는 제가 에렉티나와 폴리티모스에게 주술을 걸기 위해 새겼던 것입니다. 그게 라반 님과 반응한다는 것은 라반 님 곁에 주술의 목표물, 즉 그들 둘이 있었음을 의미합니다. 그것도 아주 오랫동안."

라반이 대꾸하지 못하자 사비나가 입을 열었다.

"자, 이제 설명해 보겠니?"

"나는…… 할 말이 없소. 누님이 이자가 만든 술수를 믿는다면 내가 무슨 변명을 한들 곧이들리겠소?"

"인정하지 않겠다, 그거야?"

"난 그 여인을 모르오. 내가 할 말은 그게 전부요."

침묵이 흘렀다. 라반은 이 순간 자리를 박차고 나간다면 어떻게 될까 생각했다. 진심으로 그러고 싶었다. 탈출할 수만 있다면. 마법사들처럼 이 자리에서 사라져버릴 수만 있다면.

"난 네 말을 믿고 싶구나."

사비나가 입을 뗐을 때 상상 속을 헤매던 라반은 문득 현실로 돌아왔다. 사비나의 말이 뜻밖이어서 잘못 듣지 않았는가 했다.

"네 말대로라면 우리가 서로를 증오할 필요는 없지 않겠니? 우리 남매 사이도 예전으로 돌아온다면 좋을 텐데."

라반은 조금도 그러고 싶지 않았지만 단지 어깨만 으쓱했다. 사비나는 마주 어깨를 들썩여 보이고는 아유브를 돌아봤다.

"단지를 가져와."

아유브가 다시 테라스로 나가더니 작은 단지 두 개를 갖고 돌아왔다. 뚜껑에 천을 씌워서 묶고 붉은 봉랍으로 한쪽을 여며 놓은 것만 제외하면 평범한 단지처럼 보였다. 아유브는 그 단지들을 소중한 것인 양 조심스럽게 바닥에 내려놓았다.

사비나가 말했다.

"만약 네가 거짓을 말했다 해도 우리 사이가 회복될 방법이 없지는 않아. 이제부터라도 바로잡으면 되지. 다른 사람이라면 한 번의 배신도 용서하지 않을 테지만 넌 내 동생이잖니. 하지만 적어도 보증은 있어야 하지 않겠어?"

"뭘 보증한단 말이오?"

"그야 물론 네가 진심으로 마음을 돌렸다는 보증이지."

"마음을 돌리려면 저지른 잘못이 있어야 하잖소? 내가 알기로 그런 것은 없는데?"

태연하게 말하면서도 라반은 줄곧 단지들이 신경 쓰였다. 저 안에는 무엇이 들었을까? 사비나가 믿는 구석도 없이 저리 침착할 리 없는데.

아유브가 말했다.

"소인은 악귀를 다루는 자로서 일찍이 에케노스 님과 헤로디온 님, 그리고 왕비마마께도 미력이나마 도움을 드려 왔습니다. 그분들께서는 늘 소인에게 과분한 보상을 하셨지만 소인은 본디 재물을 탐내는 자가 아닙니다. 소인은 일생을 바쳐 온 주술을 계속 연마할 수만 있으면 오두막에서 누더기를 걸치고라도 만족할 놈입지요. 그래서 소인이 주술을 행하고 나면 꼭 내려주십사 청하는 물건이 하나 있습니다. 그것이 있어야만 소인의 공부가 진전되는 까닭입니다."

아유브는 사람을 소개할 때처럼 단지 위로 한 손을 펴 보이면서 말했다.

"인사하시지요."

봉랍이 깨지고 단지 뚜껑이 벗겨졌다. 아유브는 바닥에 천을 펴 놓고 단지 안의 것을 쏟아 놓았다. 굴러 나온 것은 사람의 머리였다. 바싹 말라 아주 작아진, 마치 미라의 머리만 잘라 온 듯한 모양이었다. 라반이 흠칫하여 물러서자 아유브가 빙그레 웃었다.

"그렇게 겁을 내시면 죽은 자가 저승에서 슬퍼합니다."

"뭐라고?"

"자세히 보십시오. 누구인지."

햇불 그림자가 일렁이는 가운데 라반은 머리를 뚫어져라 보았다. 살갗은 가죽인 양 말라붙고 머리털은 짚 부스러기처럼 흐트러졌다. 벌린 입은 누군가를 절규하며 부르는 듯했다. 시선이 귀에 달린 고리에 이르렀을 때, 갑자기 목덜미가 팽팽하게 긴장되며 목구멍에 불이 붙는 듯한 느낌이 들었다. 좁은 이마와 섬세한 코, 끄트머리가 조금 부러진 앞니와 귀에 단 두 개의 은고리.

이올레였다.

라반의 입가가 일그러지며 뺨이 떨리는 것을 사비나는 빤히 바라보고 있었다. 이윽고 눈물이 흐르기 시작했다. 아유브가 두 번째 단지에서 조금 더 작은 머리를 쏟아낸 순간 라반은 아유브에게 달려들었다. 아니, 그럴 뻔했다. 이미 상황을 예상했던 듯 어느새 들어와 있던 네 명의 병사가 라반의 팔다리를 움켜잡았다. 소리 없는 실랑이는 한참이나 걸렸다. 한 마디 말도 없이, 몸부림은 무위로 끝났다.

"나도 이렇게까지 하고 싶진 않았지만."

사비나가 그렇게 말하며 눈짓하자 아유브는 머리들을 도로 단지에 집어넣었다. 그러더니 고개를 숙여 보였다.

"죄송합니다. 옛일을 끄집어내어 마음을 불편케 해 드렸습니다."

해쓱해진 라반은 아유브를 뚫어져라 쏘아보고 있었다. 이미 두 팔을 뒤로 묶이고도 양 팔에 병사 한 명씩이 달라붙은 채였다.

"너를 저주한다. 너를 아달누스의 손에 붙이고야 말겠다."

아달누스는 복수와 저주를 관장하는 신이자 분별없는 권능을 휘두르기로 유명했다. 시시비비나 당장의 일이 초래할 결과보다는 자신의 이름을 부르는 목소리에 더 귀를 기울였다. 그래서 아달누스의 이름을 부르면 저주는 곧잘 이루어지지만 한층 큰 대가를 치러야 하는 일이 많았다. 그래서 붙은 별칭이 '양날의 손'이었다. 아유브는 미미하게 웃었다.

여신의 어린 딸

"아달누스의 검은 손톱에 영광 있게 하라."

아유브는 단지에 도로 천을 씌운 뒤 등 뒤에 놓고는 바닥에 앉았다.

"소인이 아직 공부가 부족하여 머리밖에 보존하지 못했습니다만, 이것만으로도 주술은 충분히 걸립니다. 이렇듯 머리가 보존된 자들은 제가 언제든지 저승에서 불러올 수가 있습니다. 불러서 정담을 나누자는 건 아니고, 불려 온 혼령은 이 머리 안에 갇히게 됩니다. 살아 있을 때와 같은 의식을 가지고 말입죠. 몸을 움직이지야 못하지만 주위의 모든 것을 인지할 수 있습니다. 시간이 흐르는 것도 알지요. 그리고 제 꼴이 어떤지도 아주 잘 알 수 있지요. 머리만 남은 미라 꼴이며 사람으로 되살아날 가망이 없다는 것을요. 그리고 이 주술의 가장 근사한 점은……."

"그만해!"

"……영영 죽지 않는다는 것입니다. 먹고 마실 필요도 없고요. 사람에 따라서는 즐거울 수도 있겠지만 몸도 없고 즐거운 일도 없고 심지어 남과 대화를 나눌 수도 없는데 그런 여분의 생애가 보통 즐겁지는 않은 모양입니다. 소인의 스승님께서 보존한 머리를 몇 개 물려주셨는데 그중 몇과 주술로 대화를 시도해 보았더니 모두 다 제정신이 아니더군요. 하긴 백 년쯤 묵은 것도 있는지라."

"지금, 지금…… 내 아내와 아들에게 그런 주술을……."

"그야 왕비마마의 뜻에 달렸지요. 소인한테 개인적인 원한은 없으니 말입니다. 소인은 그저 어떤 기회로든 주술을 연마할 수만 있으면 만족합니다."

전나무와 매

사비나가 말했다.

"오늘로부터 보름 뒤, 이 자리로 오너라. 그때 아유브의 문신이 반응하지 않으면 이 단지들을 돌려주겠다. 깨끗이 태워버리고 나면 주술에 걸릴 일은 없겠지."

라반은 정신을 차리려 했다. 사비나가 하는 말뜻을 이해하려 했다. 그러나 머리가 어지럽고 열에 들떠 제대로 된 생각을 할 수가 없었다.

"그 말은……."

"에렉티나와 폴리티모스가 죽으면 소인이 걸었던 주술은 마무리됩니다. 그러면 이 문신도 다른 것들처럼 평범한 것으로 돌아가지요."

"난……."

"그런 일을 할 수가 없으시다고요? 그들 모자가 어디에 있는지 모르시기 때문에? 그것 참 안타깝군요. 뭐라 드릴 말씀이 없습니다. 다만 소인은 명령을 따르는 자이므로 달리 도울 방도가 없어 안타까울 뿐입니다."

덫에 걸린 짐승처럼 심장이 뛰놀았다. 라반은 가까스로 사비나를 바라보며 말했다.

"이게 누님의 뜻이오? 누님이 죽인 자들을 저승에서까지 불러내어 희롱하는 것이? 이것이 만백성의 어머니인 누님의 자비요?"

사비나의 미간에 날카로운 주름이 나타났다. 칼로 그은 듯한 세 줄기였다.

"자비라고? 내게 자비를 기대해? 그래. 이게 날 농락하고 내 자리를 빼앗으려 한 분수 모르는 계집에 대한, 날 배신하고 제멋대로 행동한

여신의 어린 딸

동생에 대한, 날 속이고 3년이나 행복하게 살아온 너희에 대한 내 자비다. 네가 자비를 원한다면!"

라반은 돌아섰다. 더 이상 어떤 말도 소용없음을 알았다. 동시에 꼼짝 못할 올가미에 걸려들었음도 알았다. 등 뒤에서 허리를 굽히며 아유브가 말했다.

"그나저나 오랫동안 미심쩍던 점을 풀어주셔서 참으로 감사합니다. 이로 인해 소인의 공부는 한층 진일보할 듯하군요. 언젠가 이 은혜를 갚을 날이 있을 것입니다."

병사들이 들어올 때처럼 라반의 양 팔을 붙든 채 밖으로 데려갔다. 사비나는 그 뒷모습을 지켜보았다. 가슴속에서 미약한 감정이 꿈틀거렸으나 밟아 지워버렸다. 왕비가 되면 무엇이든 뜻대로 이뤄질 줄 알았건만, 그래서 대가도 얼마든지 치렀건만 아직도 행복은 먼 곳에 있는 듯했다. 그곳까지 가려면 희생이 필요했고 라반은 그중 하나일 뿐이었다.

이제는 누구도 연못 속에 든 장신구들을 찾아낸다고 그녀에게 채찍을 휘두르지는 못한다. 그러나 왕궁에서 그녀는 또다시 채찍질이 두려워 어머니의 비명을 들으며 달아나던 소녀와 다를 것 없는 신세였다. 그런 꼴로 끝낼 순 없었다. 후궁에서 죽은 듯 살아가고 있는 옛 왕비들은 그녀의 미래가 아니었다.

아유브가 단지들을 소중하게 안더니 사비나를 향해 허리를 굽혀 보였다. 사비나는 이미 그를 쳐다보지도 않았다. 아유브가 말했다.

"악귀가 사람 모습을 하는 것은 수천 년 동안 사람들을 탐욕스럽게 바라보고 있어서라는 말을 들어 보셨습니까? 무엇이든 오랫동안 주시하면 닮아가게 된다지요. 소인이 오늘 뵈오니 라반 님의 얼굴에서 그 여자의 얼굴이 보이더이다."

사비나가 아유브를 노려보았다.

"무슨 소리를 하려는 게냐?"

"별다른 말씀은 아닙니다. 라반 님과 마마는 남매이시고 예로부터 아주 닮으셨는데 오늘만은 두 분께서 더 이상 닮아 보이지가 않았습지요. 이제 마마께서는 누구도 닮지 않으신 듯하나이다."

"그래서?"

"짧은 소견이옵니다만, 마마께서는 드디어 마마를 닮은 새로운 사람을 만들 채비가 되신 듯하옵니다."

모호한 말이었으나 사비나는 잠시 후 고개를 끄덕였다. 에케노스의 딸, 라반의 누이, 로안드로스의 왕비였던 사비나는 이제 자신의 일족을 만들 준비가 되었다. 그 일족은 왕궁을 가득히 채우고, 이윽고 넘쳐 나 온 에페리움에 넘실거릴 것이다.

수일째 비가 오지 않아 해바라기 꽃잎들이 쪼글쪼글 말랐다. 10월의 긴 해는 풍년을 약속했으므로 환영해야 했지만 실은 사람도 작물도 견디기 힘든 날씨였다. 열기가 피어오르는 흙 길을 소가 끄는 수레가 지나갔다. 수레 위에는 옥수수가 가득 든 바구니들이 실려 있었다. 그리고 꼬마 녀석도 하나 실려 있었다.

"요 개구쟁이 녀석. 장난도 정도가 있지."

수레 곁에서 걷던 농부가 꼬마를 향해 눈을 부라리고는 소 엉덩이를 철썩 때렸다. 이제 곧 네 살이 되는 진은 자기 몸집만 한 바구니 사이에 끼어 앉아 입을 꾹 다물고 있었다. 볼이 잔뜩 부은 것이 제 딴에는 화나는 일이 있는 모양이었다.

"조그마한 녀석이 잘못했어요, 소리도 한마디 않고 말이야."

얼마간 더 갔을 때 멀리서 말발굽 소리가 들렸다. 곧 말이 히힝대는 소리도 들렸다. 갑자기 진이 고개를 번쩍 들더니 소리쳤다.

"아버지!"

농부도 걸음을 멈추고 뒤를 돌아봤지만 아직 아무도 보이지 않았다. 농부가 진의 머리를 쥐어박았다.

"네 아버지가 어디 있다고 그래? 이젠 거짓말까지 하는 게냐?"

진은 아랑곳 않고 다시 소리쳤다.

"아버지!"

이윽고 말을 탄 남자가 나타났다. 남자는 과연 라반이었다. 진이 발딱 일어나 수레에서 뛰어내리자 라반도 말에서 내렸다. 달려온 진을 번쩍 안아 올리긴 했지만 얼굴이 묘하게 그늘져 있었다.

"허, 정말 자네였군. 어떻게 알았담? 어딜 갔다 오나?"

라반은 놀라지 않았다. 그에게는 진이 자기 집 말의 울음소리와 말발굽 소리를 구별하는 것쯤은 당연한 일이었다. 다만 진의 얼굴을 보니 무슨 일이 있는 듯했다. 그는 모자챙을 올렸다가 내리며 말했다.

"외지에 좀 볼일이 있어서요. 그런데 무슨 일입니까?"

"아, 요놈이 우리 집 망아지를 몰래 타고는 옥수수 밭을 다 헤집어났지 뭔가? 내가 붙잡지 않았으면 영락없이 떨어져 말발굽에 밟혔을 게야. 내가 애 하나 살린 줄이나 알게!"

"아니야!"

라반의 가슴에 얼굴을 묻었던 진이 갑자기 고개를 돌리며 소리쳤다. 농부도 버럭 소리를 질렀다.

"그래도 요 녀석이!"

"아니야! 안 떨어졌단 말이야!"

라반은 잔뜩 골이 난 진을 토닥거려 주고는 농부를 보았다.

"고맙습니다. 그리고 죄송합니다. 옥수수 값은 변상해 드리겠습니다."

"내가 언제 옥수수 값 물어 달라 그랬나? 요 녀석이 티나한테 혼나면 좀 반성을 할까 해서 데리고 가는 중이었는데 아무래도 글렀구먼. 아무리 말이 좋아도 그렇지, 태어난 지 석 달도 안 된 망아지를 타면 어쩌겠다는 게야? 그것도 세 살 먹은 녀석이, 아이고."

보아하니 농부는 무엇보다 어린애가 다쳤을까봐 놀라기도 하고 화가 났던 모양이었다. 이웃의 아이가 자기 말을 타다가 다치거나 심지어 죽으면 이만저만 큰일이 아닐 수 없었다. 라반은 진의 엉덩이를 몇 대 때리는 시늉을 하고는 말했다.

"제가 데려가서 잘 타이르겠습니다."

"조그마한 녀석이, 목마나 탈 나이에 말이야. 너 다음에 또 그러면 아저씨 농장에 아예 못 오게 할 테다. 말 구경도 못 하는 게야. 알았어?"

여신의 어린 딸

농부의 집에는 망아지가 세 마리나 있어서 진이 늘 기웃거리는 것을 라반도 알고 있었다. 진이 아무 말 못하는 동안 농부는 소 등짝을 갈겼다. 수레가 멀어져 가자 라반은 진을 데리고 말에 올라탔다. 안고 있자니 진의 가슴이 두근두근했다. 혼난 일로 그러는지, 이제부터 혼날까봐 그러는지 알 수 없었다. 라반이 물었다.

"그래, 말을 타보니 어떻더냐?"

"재밌었어."

"무섭지는 않았고?"

"응."

"빨랐어?"

"응."

"많이?"

"아주 많이."

말하는 동안 진의 심장 고동이 빨라져 왔다. 아이는 혼난 일 따위를 염두에 두고 있지 않았다. 조금 전의 놀라운 질주만이 가슴속을 꽉 채우고 있었다. 라반은 자신이 처음 말을 탔던 날을 떠올렸다. 아마 일곱 살 무렵이었을 것이다. 그날의 흥분과 귓가를 스치던 바람은 아직도 생생했다. 이제 그가 느꼈던 경이로움은 아들에게 다시 찾아왔다. 세월이 흘러 진이 청년으로 자라면 얼마나 말을 근사하게 다룰까. 그때는 둘이 나란히 달려도 진이 앞서 가겠지. 그는 뒤따라가면서도 즐거울 테고…….

그때 단지 속에서 굴러 나왔던 작은 머리가 떠올랐다. 동시에 입가에 맺혔던 미소가 말라붙어 버렸다. 진은 그의 아들이 아니었다. 그의 아들은 죽었다.

라반이 한참 동안 말이 없자 진이 고개를 돌려 올려다보았다. 눈이 마주치자 라반은 겨우 숨을 몰아쉬고는 말했다.

"망아지는 위험해. 작긴 해도 어른 말보다 더 위험할 수가 있어. 다음엔 껑충이를 타렴."

"나귀 싫어. 말 탈 거야."

"조금만 더 크면."

그런 날은 올까? 머리가 어지러웠다. 집으로 가는 동안 라반은 더 이상 말을 하지 못했다. 가슴이 터질 것만 같고, 토하고 싶다는 생각만이 머릿속을 맴돌았다. 집에서 조금 못 미쳐 그는 진을 내려 주었다. 아이는 즉시 집으로 달려갔다. 어머니에게 말을 탔던 이야기를 하고 싶을 것이다. 먼발치에서 보니 창문 너머로 티나가 저녁 준비를 하는 모습이 보였다. 춤추듯 가벼운 움직임이었다. 아니, 그대로 춤이었다. 선반에 놓인 병을 꺼내 몸을 돌리며 뚜껑을 열고, 내려놓고 돌아서고, 머리를 넘기며 고개를 돌리고. 모든 동작이 바람결처럼 간결하면서도 완전했다. 피로아스에 정착한 후로 절대로 춤을 추지 않는 그녀였지만 일상의 움직임조차 바꾸지는 못했다.

한참이나 넋을 놓고 바라보았다. 그러는 동안 머릿속이 뜨거워져 왔다. 더운 숨이 턱 끝까지 찼다. 계절이 최후의 불을 뿜는 듯했다. 여름이 죽어 가고 있었다.

말에서 내렸다. 짐이라고는 돌돌 만 꾸러미 하나뿐이었다. 집으로 걸어가는 동안 어느새 진에게 이야기를 들은 티나가 달려 나와 두 팔을 그의 목에 걸쳤다. 입을 맞춘 그녀가 놀란 얼굴을 했다.

"당신, 열이 있나 봐요."

라반은 고개를 흔들고 꾸러미를 건넨 후 안으로 들어갔다. 그 후의 일들은 열병을 앓으며 꾸는 꿈 같았다. 티나가 식사를 내 오고, 생선과 볶은 밥을 먹으며 이웃의 부인이 무화과 잼을 나눠준 이야기, 뒤뜰 울타리 하나가 부러졌다는 이야기, 왕년에 군인이었다던 중늙은이가 진이 노는 모습을 보고 감탄했다는 이야기를 들었다. 어린데도 동작이 물 흐르는 듯해서 뛰고 구르고 나무에 오르고 해도 헛디디거나 떨어지거나 하질 않는다더라고 하자 라반이 중얼거렸다.

"늘 당신을 보고 있으니 그렇지."

티나가 포크를 놓으며 라반의 얼굴을 빤히 보았다.

"당신, 어딘가 안 좋아 보여요. 거의 먹지도 않았잖아요."

"피곤해서."

라반은 억지로 미소를 지으며 의자를 조금 뒤로 밀고는 몸을 기댔다. 식탁 너머에는 벽난로가 있었는데 문득 그 위에 놓인 것들에 시선이 닿았다. 라반이 깎아 만든 목각 인형들이었다. 그중에 요람에 누운 아기 인형이 있었다. 티나에게는 말하지 않았지만 그 인형은 라반이 만든 것이 아니었다. 옛날, 아기를 가진 것을 안 그날 밤에 이올레가 만든 것이었다.

라반은 오랫동안 그 인형을 바라보고 있었다. 그러자 점차 11년 전, 호숫가에 서 있던 작은 집이 떠올랐다. 나무를 교묘하게 짜 맞춰 올렸던 그 집은 라반이 아니라 이올레가 지었다. 방 하나, 헛간 하나가 전부였지만 겨울도 잘 견뎌냈고 폭우에도 비 한 방울 스미지 않았다. 지붕 이음매는 좌우가 딱 맞았고 문설주는 반들반들했다. 어느 곳 하나 주인의 손길이 닿지 않은 곳이 없었다.

새벽 호수의 고요를 닮았던 그 집의 최후는 핏빛이었다. 라반은 집 앞에 어지러이 찍혀 있던 피 묻은 발자국들을 기억했다. 문은 떨어져 호숫가에 내던져져 있었다. 처마도, 홈통도 부서져 있었다. 그는 선뜻 달려 들어가지 못했다. 기묘한 악취가 진동하고 있었다. 냄새가 끔찍한 상상을 불러일으켰다. 팔다리가 굳어졌다. 그는 지금도 그 악취가 진짜였는지 확신하지 못했다. 악귀에게서는 그런 냄새가 나지 않는다 했다. 그러나 그날의 지독한 악취는 뇌리에 박혀 11년이 지난 지금도 가끔씩 코를 스치는 착각이 들 정도였다. 바로 지금처럼.

냄새는 점차 강해졌다. 아니, 생생해졌다. 눈앞에 놓인 음식의 냄새도, 집 안에 떠도는 올리브기름 냄새도, 평소 풍기던 나무의 향긋한 향도 묻혀버렸다. 집요하게 달라붙는 악취와 함께 그는 다시 호숫가의 집으로 돌아갔다. 그날 이후로 다시는 가지 않았던 곳이었다. 내키지 않는 걸음으로 입구로 다가갔다. 문설주를 잡고 눈을 꽉 감았다가 떴다. 집 안은 피바다였다. 그 속에 산산조각 난 안락의자도, 아기 이불도 잠겨 있었다.

그때는 악귀의 소행인 줄 몰랐다. 시체가 없었기에 살아 있을지도 모른다는 한 가닥 희망마저 품었었다. 호수 속에 던졌다는 소릴 듣고 수십 일간 호수 기슭을 샅샅이 돌아다녔다. 개흙 밑이며 물풀 사이를 모조리 헤집고, 그러면서도 이 허망한 탐색이 허사로 끝나기를 빌었다. 갈대 뿌리에 걸리거나 호수 밑바닥에 가라앉은 시체를 몇 번이나 꿈에서 보았는지 모른다. 미친 사람처럼 호숫가를 헤매던 그를 큰형 헤로디온이 찾아내어 억지로 집으로 데리고 왔다. 아버지의 명이라 했다. 돌아온 그는 꼬박 열흘 동안 열병 비슷한 것을 앓았다. 정신을 차리고 사흘이 흘러 겨우 음식을 넘길 만큼 회복되었을 때 아버지가 왔다. 노을을 받으며 오랫동안 앉아 있던 아버지는 사비나를 용서해야만 한다고 말했다.

이미 죽은 두 사람을 왜 감췄는지, 11년이 지난 지금은 알고 있다. 그자는 시체 하나도 낭비하고 싶지 않았던 것이다. 그에게는 심장을 도려내는 듯했던 존재가 그자에게는 한낱 실험 재료에 지나지 않았던 것이다.

티나는 라반이 벽난로 쪽을 보는 줄은 알았지만 무슨 생각을 하는지는 꿈에도 몰랐다. 일어나 라반의 어깨를 감싸 안았다가 그의 가슴이 빠르게 뛰는 것을 알았다. 목덜미에 입을 맞추며 그녀가 말했다.

"쉬세요. 오늘은 너무 더웠어요."

티나는 물수건을 만들러 갔다. 라반은 식탁 너머에서 진이 자신을 바라보는 것을 눈치챘다. 마주 보자 아이가 씩 웃어 보였다. 라반은 도저히 마주 웃을 수가 없었다. 살아 있다면 어엿한 소년이 되었을 아들의 모습이 진의 얼굴과 겹쳐졌다. 아니, 아이는 심지어 되살아날 것이다. 되살아나 영문도 모른 채 참혹한 벌을 받을 것이다. 그 벌은 영원히 끝나지 않을 것이다……

라반이 일어나 팔을 벌리자 진이 품으로 들어왔다. 안아 올렸다. 볕에 그을린 보드라운 얼굴이 뺨에 와 닿고 검은 머리가 귓가를 스쳤다. 산 생명만의 두근거림이 전해져 왔다. 라반에게는 마치 통증과도 같았다. 칼끝으로 쑤셔 대는 듯했다.

뒤뜰로 가는 동안 아이는 아버지의 가슴에 몸을 완전히 기대고 있었다. 고양이들은 어디론가 숨고 없었다. 장작 그늘 아래 아이를 내려놓고 바닥에 앉혔다. 진은 그때까지도 아버지가 새로운 놀이를 시작하려는 줄 알고 눈을 반짝이며 올려다보고 있었다.

"진. 너를 이 세상 어떤 아이보다도 사랑한단다."

저세상에 있는 아이는 아버지의 사랑을 알 겨를도 없었다. 진은 눈을 몇 번 깜빡거렸다.

"곧 다시 만날 거야. 아주 잠깐이면 돼."

라반은 진의 목덜미에 두 손을 갖다 댔다. 가늘고 여렸다. 손끝이 떨렸다.

"누이 여신께서 너를 안아 요람으로 데려가시기를."

누이는 저승의 여신이었다. 죽은 자들을 위해 머리를 풀고 눈물짓는다 했다. 죽어가는 자들의 소리에 늘 고통스러워한다 했다. 죽은 아이를 어머니처럼 안아준다 했다. 어쩌면 벨레아스도 여신의 품에 안겨 있을 것이다. 차라리 모두가 여신의 품에서 쉴 수 있기를 바랐다. 그곳에서는 그럴 수 있을 것만 같았다.

손에 힘을 주었다. 아이의 얼굴이 금세 새파래졌다. 진에게 승마를 가르쳐 함께 달리려던 들판이 눈가를 스쳤다. 유연하고 재빠른 아들을

여신의 어린 딸

자랑스러워하던 나날이 어른거렸다. 팔을 벌리자 의심 없이 다가와 안기던 모습을 떠올리자 눈앞이 흐려졌다. 아이는 있는 힘을 다해 벗어나려 몸부림쳤다. 발버둥을 쳐 흙이 긁히고 작은 손톱이 팔목에 박혔다. 어디선가 '아버지!'하고 부르는 소리가 들리는 듯했다. 아이는 그렇게 반가워하며 불렀었다. 아버지, 아버지.

그 소리가 한 번 더 났을 때 라반의 손에서 힘이 풀렸다.

진의 작은 몸은 축 늘어져 있었다. 라반은 울음을 참으며 맥박을 찾으려고 목을 도로 감싸 쥐었다. 겨우 손끝에 약한 맥이 잡혔다. 울컥 눈물이 쏟아졌다. 무슨 짓을 하려 했단 말인가. 그를 아버지로 믿고 의심 없이 몸을 내맡긴 아이에게.

그때 차가운 것이 등을 파고들었다.

처음엔 차가웠으나 곧 뜨거워졌다. 용암이 전신의 핏줄을 타고 번지는 듯했다. 라반은 뒤를 돌아보려 했다. 그러는 대신 한쪽 몸이 허물어졌다. 머리를 바닥에 부딪쳤다. 부딪친 곳을 만져보려 했으나 손이 말을 듣지 않았다.

"아아……."

무너지듯 무릎을 꿇는 티나가 보였다. 손에 쥔 단도를 내던지고 의식을 잃은 아들을 안아 올렸다. 노을을 등지고 선 여인의 검은 머리가 흩날렸다. 라반은 누운 채로 그 모습을 올려다보고 있었다. 아름답고, 아름답고, 강인했던 내 아내. 그대는 끝내 아들을 지켜낼 사람이지.

눈앞이 어두워졌다. 티나가 진을 내려놓고 무릎걸음으로 다가왔다. 그러더니 라반을 껴안았다. 머리카락 냄새가 물씬했다. 그제야 코끝의 악취가 조금 사라지는 듯했다.

"미안……."

"죽지 말아요. 제발."

눈물 냄새가 났다. 이미 앞이 보이지 않았다. 라반은 티나의 머리를 쓰다듬어주려 했으나 손은 허공만 더듬었다. 티나를 지키기 위해 준비했던 독이었다. 빨리 퍼지는 것으로 애써 구했다. 찔린 자가 저항할 틈이 없도록. 정말이었다. 의식이 빠르게 저물어갔다. 티나가 외치는 소리가 아주 멀리서 들려오는 듯했다.

"라반! 라반!"

몸이 굳어졌다. 생각조차 마비되어갔다. 모든 것이 사라지기 전에 라반은 입술에 온 힘을 주어 이미 자신에게는 들리지도 않는 말을 했다.

"당신의 춤은 아니르의 사랑을 받을 만했소."

이웃이 알아차릴 정도로 불이 치솟았을 때 티나는 이미 먼 곳까지 와 있었다. 등에 진을 업고, 말 한 필의 고삐를 잡고 밀밭 길을 넘어가고 있었다.

등 뒤의 하늘이 불 때문에 훤했다. 티나는 돌아보지 않았다. 생각도 하지 않았다. 본능이 이끄는 대로 쓰러질 듯 급히 걸을 뿐이었다. 눈물도 말랐다. 오늘 밤이 밝기 전에 피로아스를 빠져나가야 했다. 지금이라도 왕비의 추적자들이 나타날지 모른다. 이제는 혼자서 아들을 지켜야 했다. 3년 전, 왕도를 헤매던 누더기 망토의 여인보다 강해져야 했다. 끝없는 도피행이 될는지도 모른다. 안전하다고 믿었던 모든 것은 허상이었다. 이제는 누구도 믿어선 안 되었다.

밀밭을 벗어나자 조금 큰 길이 나왔다. 낮 동안 타오른 해바라기들이 바닥에 쓰러져 있었다. 업었던 진을 돌려 안고 말에 오르려 하자 으응, 하는 소리가 났다.

"깼니?"

진은 얼른 정신을 차리지 못했다. 말에 올라 앞에 앉히고 몇 걸음 나아가자 품에 안긴 아이의 입에서 웅얼거리는 소리가 났다.

"아버지……."

"아버지는 나쁜 놈들의 손에 돌아가셨단다."

단호하게 대답하는 목소리가 조금 떨렸다. 모퉁이를 돌 때 티나는 마지막이라고 생각하며 뒤를 돌아보았다. 모닥불보다도 작아진 집의 최후가 어른거렸다. 거기에 3년 동안 소중하게 가꿔 온 모든 것을 두고 왔다. 모조리 불타고 있었다. 진이 좋아하던 목마도, 요람에 든 아기 인형도, 마침내 지키려던 사람들을 지켜낸 남자도. 마지막까지 라반은 자신의 맹세를 지켰다. 그는 티나와 진을 지켜냈다. 그 자신은 지키지 못했지만.

고개를 돌린 티나는 말의 배를 찼다. 달리기 시작하자 티나는 입속으로 중얼거렸다. 왕비님. 제가 당신을 어떻게 하는지 보세요. 이 무식하고 천한 여자가 당신한테 무슨 일을 할 수 있는지.

한번 기다려보세요.

전나무와 매

여신의 어린 딸

눈의 새

 희고 긴 목은 아름다웠다.
 한 손으로 쓸어보았다. 차가웠다. 겹겹이 맺힌 세모진 비늘들이 여린 손끝을 벨 듯했다. 날개와 이어지는 부분에 난 솜털에 손을 파묻자 두근거림이 전해져 왔다. 새도 긴장하고 있었다. 방금 일어난 일에. 이제부터 일어날 일에.
 '가자.'
 소녀가 속삭였다. 그 말에 새가 날개를 몇 번 움직이더니 쫙 폈다. 아, 그것은 정말로 큰 날개였다. 성루에 걸린 깃발보다도, 그 위에 걸린 구름보다도. 마치 성의 어깻죽지에서 솟아난 양 발밑에 성을 달고 날아갈 수도 있을 듯했다.
 소녀는 웃었다. 기쁨에 차서 명령했다.
 '날아.'

새는 비상했다. 소녀를 목덜미에 태우고. 날갯짓 한 번에 탑과 해자는 장난감처럼 작아졌다. 한 번 더 날개치자 지도에 그린 자그마한 표지가 되었다. 그리고 더는 보이지 않았다.

높이, 더 높이 올라갔다. 구름 속으로 들어가자 사방에서 물방울이 술렁거렸다. 비가 부딪치며 사각거렸다. 소녀가 아래를 가리키자 귓가에서 칼날이 얼음을 긋는 듯한 날카로운 소리가 났다. 급강하하자 깃털 사이에 맺혔던 얼음들이 흩날려 날아갔다.

구름 아래는 탁 트인 하늘이었다. 거인의 어깨 산맥이 녹색 손수건들처럼 서 있었다. 그 사이로 금모래 강이 흘러갔다. 드문드문 보이는 지상의 풍경은 아름다웠다. 아마 작았기 때문일 것이다. 날갯짓 한 번만으로 떠나갈 수 있을 정도로.

새가 목을 빼며 한 차례 길게 울었다. 하늘과 땅의 짐승들을 떨게 하는 소리건만 소녀에게는 음악처럼 들렸다. 긴 부리 속에 두 줄로 난 이빨은 강철 창살도 씹어 끊을 듯했고 화살 모양의 꼬리는 돌탑도 쓰러뜨릴 정도로 단단했다. 목과 꼬리, 배를 감싼 비늘은 어떤 창도 침범하지 못하리라. 이 경이로운 짐승이 소녀에게 목 뒤 자리를 허락하고 그녀의 명령만으로 하늘을 날고 있었다. 마침내 길들였기에.

바람이 강해졌다. 소녀의 머리카락이 휘말려 올라갔다. 펄럭거리는 잠옷자락 틈으로 맨다리와 발이 드러났지만 소녀는 추운 줄도 몰랐다. 두 손은 솜털을 꽉 쥐고 있었다. 손등과 손목에 파랗게 핏줄이 돋았다. 떨어지지 않을 것이다. 자신은 주인이었다. 이 새는 그녀의 것이었다.

남쪽에서 황금빛 구름이 걷히며 거대한 강이 나타났다. 저 강이 바

전나무와 매

다를 만나는 자리에 책에서만 읽었던 세계의 수도가 있을 것이다. 세상 모든 책이 보관된 도서관과 세상 모든 신을 모신 만신전이 있는 곳, 그곳으로 갈 것이다. 소녀는 손을 들어 가리켰다. 막 보일 듯했다. 세상에서 가장 높다는 도서관의 아홉 층 탑이 구름을 뚫고 솟은 위용이…….

키프로사는 눈을 떴다.

두터운 석벽 너머에서 바람소리가 윙윙거렸다. 난롯불이 꺼졌는지 이불 속인데도 시트가 얼음처럼 찼다. 몸을 일으켜 침대 밑에서 낡은 덧신을 찾아 신었다. 휘장을 걷고 일어서자 짧아진 잠옷 치마가 껑충하게 올라갔다. 의자에 걸쳐둔 두툼한 숄을 집어 둘렀지만 몸은 쉽게 따뜻해지지 않았다.

난로 속을 흘낏 보니 불씨도 남지 않았다. 촛불 하나 없건만 키프로사는 익숙하게 나아가 문고리를 찾아냈다. 삐걱거리는 문을 열자 복도에서 한기가 다시금 끼쳐왔다. 망토 자락을 여미고 문 사이를 빠져나갔다.

돌바닥의 냉기를 막기에 덧신은 역부족이었다. 하지만 들고 온 나무 굽 달린 모카신으로 갈아 신으면 소리 없이 걸을 수 없다. 키프로사는 귀퉁이 탑의 좁다란 계단을 내려갔다. 계단은 빙글빙글 돌아 성의 뒤뜰로 이어졌다. 성문과 연결된 중앙 계단 대신 키프로사는 이 계단을 애용했다. 군데군데 뚫린 십자 구멍으로 흐릿한 별이 내다보였다. 새벽빛이 계단을 푸르스름하게 물들였다.

뜰로 나가는 쪽문은 늘 그렇듯 아무도 잠그지 않았다. 드디어 신을 바꿔 신고 덧신은 쪽문 뒤편의 어둑한 틈에 두었다. 흙냄새와 가축 분뇨 냄새가 희미하게 풍겨왔다. 동시에 익숙한 냄새가 하나 더 느껴졌다. 겨울 냄새였다. 전나무의 성에 사는 사람이라면 누구나 알듯 키프로사도 그 냄새를 잘 알고 있었다.

안개에 젖은 흙을 밟으며 탑을 돌아가자 사냥매들을 한 마리씩 가둬 둔 우리들이 나타났다. 작고 하얗고 빠른 '쏜살'부터 최근에는 거의 우리 밖으로 나온 일이 없는 육중한 몸집의 '산 그림자'까지, 키프로사는 일별도 던지지 않고 지나쳤다. 새들이 소녀의 뒷모습을 멀거니 바라보았다. 산 그림자가 한 차례 발목에 감긴 사슬을 절걱거리며 울었지만 키프로사는 돌아보지 않았다.

우리를 다 지나자 사냥꾼들이 매의 먹이를 만드는 통칭 '새 부엌'이 나오고, 짚가리가 나오고, 나뭇광이 나오고, 마지막으로 검은 쇠창살만으로 지은 거대한 구조물이 나타났다. 감옥, 또는 새장이라 불러야 할 모양새인데 높이가 어른 키의 세 배 정도, 넓이는 사방 쉰 걸음 정도, 창살 한 대가 사내들의 팔뚝만 했다.

키프로사는 그 앞에 섰다.

"잘 잤니?"

대답은 없었다. 날갯죽지에 파묻다시피 한 머리는 꼼짝도 하지 않았다. 눈꺼풀은 굳게 감긴 채였다.

"네 꿈을 꾸었어."

창살에 머리를 들이밀 듯 가까이 섰다. 창살이 넓어 실제로 머리를 들이밀 수도 있었다. 그러지 않는 편이 현명함을 알 뿐이었다. 아직까지는 말이다. 익숙한 냄새가 물씬 풍겨왔다. 구정물과 짓무른 짚, 상한 고깃덩이와 파충류 특유의 비린내가 섞인 이 냄새를 모든 사람이 싫어했지만 키프로사만은 그렇지 않았다. 거의 매일 이곳에 오며 코에 익은 까닭도 있었지만 무엇보다 이 악취가 본질적이라고 생각하지 않기 때문이었다. 키프로사가 보기에 이는 수십 년 동안 좁은 감옥에 갇혀 자유를 누리지도, 그렇다고 누군가의 보살핌을 받지도 못한 죄수의 냄새일 뿐이었다. 오물로 더럽혀진 겉모습 너머에는 고귀한 본질이 있었다. 그러리라 믿어 의심치 않았다.

"너와 함께 창공을 날았어. 넌 세상 무엇보다 빠르고 강하고 아름다웠는데. 그런 네가 이 더러운 감옥에 갇혀 있다니."

잠시 후 키프로사는 초조한 듯 창살을 톡톡 두드렸다. 새는 여전히 깃 하나 까딱하지 않았다. 본래의 색을 알아보기 힘들 정도로 얼룩진 목의 솜털이 이따금 바람에 날릴 뿐이었다.

키프로사가 태어나기도 전부터 새는 이 자리에 있었다. 사람들은 저 새가 전설에 나오는 눈새, 또는 설환조(雪喚鳥, 눈을 부르는 새)라고 했다. 눈새는 천 년을 넘게 사는데 구름 위에서 내려와 하늘을 한 바퀴 휘돌면 지상에는 눈이 흩날렸다. 또는 만년설이 쌓인 산꼭대기에 날개를 접고 앉아 있다가 산 아래의 마을에서 타락한 기운이 올라오면 훌쩍 날아오르는데 그러면 반드시 눈사태가 일어난다고도 했다. 그래서 눈사태의 새, 또는 눈사태 그 자체라고도 했다. 눈새의 울음은 눈사태가 우르릉대며 밀어닥치는 소리와 똑같다고 했다. 눈새가 눈사태를 몰고 내려오며 울부짖는 소리가 들리는 것이기 때문이었다.

키프로사의 아버지가 키프로사보다 어렸을 때까지만 해도 눈새는 그렇게 전설 속에서, 또는 폭설이 내리는 날 눈 속에서 정말로 보았다고 우겨대는 사람의 얘기 속에서나 나오는 새였다. 키프로사의 큰할아버지와 친구 하나가 그 새를 정말로 잡아오기 전까지는.

전나무의 성에 사는 사람들은 물론 이웃 성에서까지 눈새를 보겠다고 몰려들었다. 잡아온 눈새는 새끼여서 인간 남자보다 조금 큰 키에 새하얀 솜털만 덮여 있었지만 고개를 들고 비취빛 눈을 번뜩이며 첫 울음을 터뜨리자 모두가 떨며 전설이 사실이었음을 알았다. 거인의 시체로 불리는 압도적인 산들이 굽어보는 땅에서 나고 자란 사람이라면 누구나 가장 무서워하는 소리, 눈사태가 내려오는 소리와 과연 똑같았던 것이다.

당시의 성주는 키프로사의 할아버지, 제임 데이어였다. 그는 형님이 잡아온 전설 속의 새가 수호자가 되어 자연의 재앙과 적의 침입으로부터 전나무의 성을 지켜 주리라고 선언했다. 그리고 눈새를 위해 우리를 만들도록 했다. 새가 안에서 자유롭게 날아다닐 수 있도록, 앞으로 몸집이 커져도 넉넉하도록 만들라고 지시했다. 창검 수백 자루를 만들고 남을 쇠로 새장이나 짓고 있다니 미친 것 같다는 수군거림을 못 들은 체 하고 완성했던 우리가 지금의 감옥이었다. 사람의 눈은 수십 년 뒤를 바라보기에는 역부족인지도 모른다. 세월이 흐르는 동안 성주였던 제임 데이어도, 새를 잡아왔던 란드리 데이어도 죽었다. 처음에는 창살 틈으로 도망치지 못하도록 그물을 덮어 놓아야 했던 눈새는 이제 우리 안에서 날개를 활짝 펼 수조차 없었다.

키프로사가 처음 눈새를 보았을 때 한때 전설의 현신으로 여겨졌던, 그래서 수많은 사람들이 기웃대며 은밀히 소원을 빌곤 했던 새는 슬플 정도로 초라한 몰골이었다. 새가 갑자기 크게 자라고부터는 아무도 청소하러 들어가지 못해서 우리 안은 썩은 짚과 음식물, 배설물이 뒤섞인 채로 수 년째였다. 그 안에서 벗어날 수 없는 새도 같은 꼬락서니일 수밖에 없었다. 눈부시게 희어야 할 몸은 곰팡이 빛깔로 얼룩덜룩했고 긴 목은 늘 둥글게 구부리거나 날갯죽지에 처박고 있었다. 자개처럼 영롱한 비늘과 다섯 개의 뿔로 장식되어 어떤 새와도 다른, 그래서 더 위엄 있는 머리는 벽에 새긴 용의 조각처럼 잠자고 있었다.

"언젠가 그런 날이 올 거야."

키프로사의 중얼거림은 성 안 사람들의 전반적인 희망과는 정 반대였다. 사람들은 이 새가 자유로워지기를 원치 않았는데 소중해서라기보다 두려워서였다. 저런 꼴로 수십 년을 가둬 뒀으니 탈출한다면 반드시 사람들을 해코지하지 않겠느냐는 것이다. 몇몇은 아예 안전하게 죽여 버리는 편이 좋다고 여겼으나 전대 성주가 수호신으로 선포한 새를 놓고 차마 그렇게 말할 수가 없어 대신 새가 먹어치우는 고기 양이나 우리에서 나는 냄새를 불평하며 눈치를 보았다.

"어이, 로사. 또 새하고 얘기해?"

고참 사냥꾼 잰이었다. 두툼한 사냥 장갑을 낀 손에 쏜살을 얹고 있었다. 새벽이라 방해꾼이 없을 줄 알았는데 창병대의 누군가가 일찌감치 매사냥이라도 나가는 모양이었다. 잰은 키프로사가 태어나기도 전부터 영주의 사냥꾼이었다. 평소에는 잡담도 주고받곤 하는 사이였지만 이런 순간에는 반갑지 않았다. 잰은 키프로사의 곁에 서서 새를 올려다보았다.

"자네."

그건 우스꽝스러운 감상이었다. 저 모양이 자는 거라면 새는 종일 자고 있어야 했다. 관심 없는 자들은 하루 종일 자세조차 바꾸지 않는 줄 알 것이다. 그러나 키프로사는 새가 정말로 잘 때와 저렇듯 가만히 있을 때가 어떻게 다른지 알고 있었다.

"저 안이 좋은 모양이야. 저렇게 편히 자는 걸 보면."

놀리려고 하는 말이 뻔한데도 어쩔 수 없이 잰을 쏘아보고 말았다. 잰은 키프로사의 날선 표정을 흘끔 보더니 하품을 했다.

"그렇잖아? 아니라면 뚫고 날아가 버리면 될 걸. 저 이빨을 봐. 창살 따윈 가볍게 씹어 끊고도 남지. 그런데 저러고만 있잖아."

"저런 곳을 좋아할 생물은 없어."

"왜 없어. 바퀴벌레나 쥐 있잖아."

"지금 눈새하고 바퀴벌레나 쥐가 같다는 거야?"

"본래부터 그럴 리야 없겠지만 저 녀석은 새끼 때부터 저기서만 살았잖아. 다른 세상을 모르는 거라고. 저렇게 억센 놈이 왜 창살을 부수려고 안 하겠어? 새끼 때 해보고 안 되니까 지레 포기한 거 아냐. 머저리 같은 놈. 제 몸이 저만치나 커진 줄도 모르고."

주먹을 꼭 쥐자 가느다란 팔목에 핏줄이 일어났다. 잰의 팔뚝에 앉은 쏜살이 노란 눈으로 키프로사를 빤히 보고 있었다. 저 새는 덩치만

전나무와 매

컸지 얼간이라고. 하늘을 나는 즐거움 따윈 잊은 게 틀림없어. 창공을 날아가 사냥감을 낚아채고도 주인의 팔로 돌아오고 마는 사냥매가 우습게 보인다면 저쪽은 훨씬 더하지.

키프로사는 고개를 흔들었다. 저 새는 시시한 사냥매 따위가 아니야. 눈사태를 부르는 신비로운 새란 말이야. 눈새가 마음만 먹는다면 너희쯤은, 아니 이 성까지도 눈사태 속에 파묻어버릴 수 있어. 물론 키프로사 자신도 포함해서.

그런 존재여서 더욱 매혹적이었다. 새장이 무너지는 날이 오면 새는 죽지 못해 살아가는 모든 허망한 인생들을 덮쳐서 깨끗이 소멸시켜 줄 것이다. 수백 년의 역사는 묻혀버리고 한 점 티 없는 눈밭만이 남겠지. 아아, 차라리 그런 일이 일어났으면. 그것도 지금 당장.

"꺼져."

키프로사가 내뱉자 잰은 어깨를 으쓱하더니 몸을 돌려 저벅저벅 걸어갔다. 잰의 등 너머로 해가 뜨고 있었다. 이제 방으로 돌아갈 시각이었다. 예배 시각에 맞춰 데리러 온 사람이 방이 비었더라고 할머니에게 고해바치면 댓바람에 뺨부터 맞고 하루를 시작해야 했다. 키프로사는 가기 전에 새를 돌아보았다. 조금 전과 꼭 같은 모습으로 눈꺼풀도 들지 않는 새를 향해 말했다.

"널 길들일 거야. 그래서 함께 빛나는 수도로 갈 거야. 기다려. 꼭 기다려."

로지아는 예배당 맨 앞에 놓인 의자에 앉아 있었다. 통나무를 깎아 만든 육중한 의자는 장정 서넛이 와도 옮기기 쉽지 않을 듯했다. 본래 체구가 작은 로지아는 의자 위에서 더욱 작아 보였다. 그런 모습으로 예배당 창이 바닥에 그린 흰 얼룩을 무표정하게 바라보고 있었다. 날이 밝았으니 예배가 시작될 것이다. 정해진 시각은 없었다. 그녀가 일어서는 때가 그때였다.

폭이 좁은 붉은 드레스에 가느다란 금 허리띠를 늘어뜨리고 머리에는 쇠로 만든 관을 쓴 쉰여덟 살의 자그마한 여인. 30년 전이었더라면 황금빛 긴 머리를 땋아 둥글게 감아 올렸을 것이고 베일도 내렸을 것이다. 그러나 지금은 금발보다 흰머리가 더 많았고, 그나마 짧게 잘라 버려 땋을 머리도 없었다. 베일은 언제 마지막으로 썼는지 기억도 나지 않았다. 대신 로지아의 머리 위에는 쇠관이 있었다. 그녀가 앉은 의자는 전나무의 성을 지킨 영주들이 대대로 앉아 온 의자였다.

네베 신은 겨울을 다스렸다. 겨울이 시작될 무렵에는 반드시 네베를 위한 예배를 준비해야 했다. 거인의 팔 안에서 사는 자들은 사냥꾼에서 영주에 이르기까지 이 예배를 잊지 않았다. 사나운 네베는 때로 한파가 되고, 눈보라가 되고, 벼랑 쪽으로 달아나는 사슴이 되거나 설원에 교묘하게 숨은 크레바스가 되었다. 네베는 동정심이 없고 교활해서 인간들을 농락하길 좋아했다. 그에 비해 여름을 다스리는 네블라 여신은 상대적으로 덜 두려운 존재였다. 여름에 닥칠 재앙이라고 해봤자 거인의 어깨에 드리워진 빙하가 너무 녹아 금모래 강이 범람하는 정도인데 외지로 오가기가 조금 불편해질 뿐이었다.

로지아의 뒤에는 창병대 대장 넷이 섰고 그 뒤에는 부장 여덟과 가신 일곱이 두 줄로 서 있었다. 창병대 대장들은 마흔에서 예순 사이의 노련한 전사들이고 부장들은 패기 넘치는 젊은이들로 성 안 순찰이라도 할라치면 주민들이 집 안에 숨을 정도로 거친 사내들이었다. 그런 그들이 기침 소리 한 번 내지 않는 것은 이 자리에 없는 한 명 때문에 로지아의 심기가 불편한 것을 알기 때문이었다. 로지아의 미간에 굵게 잡힌 주름은 펴질 줄 몰랐다.

할아버지의 이름을 이어 받은 로지아의 손자 제임은 가신들 곁에 서 있었다. 소년은 묵직하게 흐르는 시간에 숨이 막힐 지경이었다. 몇 번인가 빈자리를 흘끔거렸지만 곁에 선 어머니가 눈짓으로 주의를 주었다. 제임이 바라보는 자리는 그들 곁이 아니라 예배당의 맨 끝 구석, 집사와 하녀장이 선 곳 사이였다.

사실 지금도 예배에 늦은 시각은 아니었다. 로지아의 성미를 알기에 다들 일찌감치 와서 기다리건만 이 한 명만은 그런 눈치를 보는 법이 없었다. 로지아는 그런 대담함을 매우 싫어했다. 예배 시작이 언제든 마지막에 나타나도 된다고 생각하는 것은 주제넘은 짓이었다.

예배당 문이 열렸다. 제임은 조바심이 나서 어머니가 손을 잡아당기는 것도 깨닫지 못하고 즉시 돌아보았다. 대충 묶은 갈색머리에 껑충한 검정 치마 차림의 소녀, 키프로사였다. 소녀가 아무렇지도 않은 얼굴로 집사와 하녀장 사이에 서자 로지아가 자리에서 일어섰다. 제임은 할머니의 노성을 예상하고 입술을 깨물며 어깨를 움츠렸으나 아무 소리도 나지 않았다. 로지아는 예배를 주재하는 신관에게 손짓했다.

네베 신에게 바치는 공물은 다섯 가지 흰 짐승이었다. 토끼, 거위,

염소, 뱀, 그리고 흰 망아지. 각각이 겨울의 한 달씩을 상징했다. 겨울은 토끼처럼 쉬지 않고, 거위처럼 사납고, 염소처럼 거만하며, 뱀처럼 교활하고, 망아지처럼 제멋대로이기 때문이다. 로지아는 신관이 건네주는 의식용 단도를 쥐고 태연하게 가축들의 목을 땄다. 곧 예순이 되는 자그마한 여인이건만 망아지의 목을 긋는 손은 민첩하기 이를 데 없었다. 다섯 짐승의 피가 넓적한 그릇에 담겨 제단에 올라가자 모두가 바닥에 무릎을 꿇었다. 로지아의 목소리가 울렸다.

"무자비한 네베여. 겨울의 왕이여. 저희는 신의 옷깃에 쓸리는 먼지 같은 존재입니다. 보잘것없어 신의 노리개가 될 자격도 없나이다. 저희가 진설한 피로 목을 축이시고 겨우내 만년설 위에서 편안히 쉬시옵소서. 저희는 신의 걸음에 밟힐까 두렵나이다."

기원이 끝나자 로지아는 그릇을 들어 피를 한 모금 마시고 창병대 대장 중 가장 연륜이 오랜 조우엘에게 건넸다. 그 역시 피를 마시고 곁의 대장에게 건넸다. 그런 식으로 그릇은 대장들과 부장들을 거쳐 제임 앞으로 왔다. 망설이면 로지아가 일갈할 것을 알기에 그는 재빨리 입술을 축이고는 그릇을 어머니 엘마에게 건넸다. 남쪽에서 시집온 엘마도 비릿한 피가 고역스러웠다. 하지만 곧 마흔을 바라보는 그녀도 로지아의 분노가 더 두려웠다.

일곱 가신들에게 넘어갈 무렵이면 그릇이 비기 마련이었으나 이날은 어쩐 일인지 가신들이 모두 마시고도 아직 서너 모금이나 남았다. 젊은 순찰대장 알러는 이런 경험이 처음이라 그릇을 누구에게 넘겨야 할지 몰랐다. 그는 머뭇거리며 고개를 들었다가 로지아와 눈이 마주치자 당황해서 뒤를 돌아보았다. 그러자 집사와 하녀장 사이에 서 있는 키프로사가 눈에 띄었다. 그는 키프로사에게 다가가 그릇을 넘겨주었다. 그 나름대로는 합리적이라고 판단하고 한 일이었다.

로지아가 주재하는 의식이며 예배에서 키프로사에게 역할이 주어진 적은 한 번도 없었다. 키프로사는 그런 점을 오랫동안 당연하게 받아들여 왔다. 제임은 로지아의 뒤를 이을 소중한 손자이지만 키프로사는 천한 계집종이며 부엌데기이며 밉살스러운 눈엣가시였다. 다만 계집종이라면 결코 발을 들이지 못할 이런 자리에 반드시 와야 하는 의무만은 있었다. 비록 집사와 하녀장 사이에 서야 할지라도. 그런 키프로사는 로지아의 맏아들이 낳은 딸이자 로지아에게 단 둘뿐인 자손 중 하나이기도 했다.

키프로사는 그릇을 든 채 로지아를 보았다. 눈이 마주치자 자기가 먼저 시선을 떼더니 그릇에 든 피를 마셨다. 서너 모금을 깨끗이 마시고서 앞으로 나아가 빈 그릇을 제단에 올려놓았다. 키프로사가 자리로 돌아가자 신관이 의식을 마무리했다. 예배가 끝나자 로지아가 키프로사를 불렀다.

"키프로사."

키프로사가 다시 제단 앞으로 가자 로지아가 뺨을 후려쳤다. 키프로사는 바닥에 쓰러지고 로지아는 몸을 돌려 예배당을 떠났다. 무엇을 잘못했기 때문이라는 말도, 앞으로 어떻게 하라는 말도 없었다. 예순 가까운 나이였지만 오랫동안 전쟁터를 누빈 로지아의 손은 여전히 매서워 키프로사의 뺨은 금세 벌겋게 부풀었다. 키프로사는 뺨을 한 번

만져보고는 일어났다. 역시 왜 때렸느냐고도, 앞으로 주의하겠다고도 말하지 않았다. 로지아를 뒤따라 대장들과 부장들이 나가자 제임이 다가왔다.

"괜찮아?"

"응."

제임이 키프로사의 입가에 묻은 피를 닦아주려 하자 키프로사가 고개를 저으며 물러섰다.

"내 피가 아냐. 짐승들의 피야."

"너 아까 잘도 마시더라. 난 자주 해봤어도 힘들던데."

"별다른 맛도 아닌걸."

그때 엘마가 다가와 제임의 어깨에 손을 얹었다.

"가자, 제임. 선생님께서 기다리신다. 로사는 바느질 방에 가보렴. 할멈이 실을 넣겠다고 하더라. 오늘 해가 좋지 않니."

키프로사는 대꾸 없이 자리를 떴다. 엘마가 소녀의 뒤통수를 바라보며 고개를 저었다.

"왜 대꾸를 할 줄 모른담. 내가 그렇게 가르치지 않았는데."

제임은 설명도 없이 뺨을 맞은 데다 반나절은 걸릴 고된 일을 하러 가면서 기분 좋게 인사하기란 힘들 거라고 생각했지만 어머니에게 말하지는 않았다. 사촌누이가 측은해도 그가 할 수 있는 일은 거의 없었다. 성의 모든 일은 할머니의 손 안에 있거니와 할머니가 제임의 하루를 온갖 교육으로 꽉 채워 놓기에 바느질 방이며 세탁실, 부엌 따위만 맴도는 사촌누이와 대화할 시간은 사실상 없었다. 그리고 제임은 할머니의 결정에 토를 달 용기가 없었다. 성에 사는 대부분의 사람들과 마찬가지로.

토를 달 용기가 있는 사람은 단 한 명이었다. 그자는 예배당 입구에 서서 건들거리고 있다가 로지아가 나오자 모자를 벗고 절을 하며 휘파람을 불었다.

"휘이! 간만에 뵈어도 여전히 아름다우십니다, 귀여운 마님!"

다른 사람이었더라면 로지아의 뒤를 따르던 창병들이 그 자의 머리를 벌써 반으로 쪼개 놨을 것이다. 그러나 상대는 데니스트리오스, 통칭 미친 마법사였다. 그가 마법사라는 것을 납득할 수 없는 사람들은 그냥 미친 데니라고 불렀다.

로지아는 놀랍게도 그에게 대꾸했다.

"이런 데서 어슬렁대지 말고 가서 새 먹이라도 만들지 그래."

"아니, 마님께서 새 먹이를 다 신경 쓰십니까? 한데 먹이를 만들려면 재료가 있어야죠. 허락하신다면 마님 뒤에 선 놈들의 대가리가 딱 좋겠는데요."

"그건 안 돼."

장교들이 인상을 찌푸렸다. 성 안의 모든 사람이 두려워하는 창병들이건만 그들을 두려워하지 않는 유일한 사람 또한 미친 데니였다. 그리고 로지아는 데니가 무슨 짓을 하든 내버려두었다. 눈 오는 날 성탑 꼭대기에서 춤을 추든, 회의실에 한가운데 주저앉아 닭다리를 뜯든, 다른 사람이라면 매를 맞고 광장에 비끄러매어질 일도 데니라면 문제가 되지 않았다. 불경한 말도, 무례한 농담도 다 흘려 넘겼다. 서

릿발 같은 로지아가 데니에게만은 왜 그렇게 관대한지 많은 사람들이 궁금해했지만 소문만 돌아다닐 뿐 분명하게 아는 사람은 없었다.

　로지아의 죽은 남편 제임이 영주였던 시절에 전나무의 성에 들어와 눌러앉았다는 데니는 자칭 마법사였지만 사람들이 기억하는 한 그럴싸한 마법을 보여준 적은 한 번도 없었다. 부시쌈지를 깜빡한 양치기의 담뱃불을 붙여줬다거나 헛간지기가 진절머리 내던 쥐 소굴을 찾아줬다거나 하는 정도가 가장 큰 업적이다 보니 마법사가 아니라고 하긴 뭣해도 마법사처럼 거창한 이름으로 불리기에는 난감한 인물이었다. 아직 수련 중이라 그렇다고 할 수도 없는 것이 데니는 로지아보다도 늙었다. 전나무의 성에 사는 사람 중 데니만큼 늙은 사람은 바느질 방의 벙어리 할멈뿐이었다.

　로지아의 태도가 이렇다 보니 로지아 말고는 누구의 말도 듣지 않는 창병대도 데니만은 건드리지 못했다. 그를 싫어하는 사람들은 성에 밥버러지가 둘이 있으니 하나는 뒤뜰의 새요, 또 하나는 미친 데니라고 했다. 어떤 사람들은 데니는 마법사라기보다 광대라고 했다. 광대는 본래 무슨 짓을 해도 비난받는 법이 없다. 물론 데니는 정도가 좀 심하긴 했지만.

　"마님께서 안 된다면야 별 수 있겠습니까요."

　데니는 로지아가 지나가도록 게걸음으로 비켰다. 로지아가 걷기 시작하자 장교들이 뒤를 따랐다. 데니는 어깨에 힘이 잔뜩 들어간 젊은 부장들을 보며 킬킬거렸다.

　"등허리에 창대를 쑤셔 넣었나. 뻣뻣한 자세하고는. 저놈들은 침대

속에서도 저렇게 꼿꼿할 게야. 조심해. 그러다가 부러지는 수가 있어. 히히히."

주먹을 부르쥐어도 데니의 골통을 깨 놓을 순 없었다. 창병들이 멀어지고 나자 제임과 엘마가 나왔다. 데니는 그들도 놓치지 않았다.

"어이구, 요 이쁜 병아리 좀 봐. 오늘 아침엔 엄마 젖이 잘 나오던?"

엘마는 데니를 무척 싫어했지만 로지아가 쳐 놓은 보이지 않는 선을 넘을 용기는 없었다. 제임의 손을 잡아당기며 걸음을 빨리하는데 데니가 제임의 옆 얼굴에 쭈글쭈글한 얼굴을 갖다 대며 말했다.

"이뻐서 눌러 터뜨리고 싶네."

두 사람도 사라진 후 마지막으로 키프로사가 나왔다. 보자마자 데니가 웃음을 터뜨렸다.

"얼굴이 그게 뭐냐? 절반만 익은 사과 같구먼."

"데니가 산발한 꼴은 꼭 대왕 해파리 같네."

키프로사는 해파리를 본 일이 없었다. 전나무의 성에 사는 누구도 보지 못했을 것이다. 가장 가까운 바다는 한 해에 석 달씩 얼어 있었다. 그런 바다에 해파리가 있을 리 만무했다.

"너 도서실에서 비르기온이 쓴 책 봤구나."

"재밌던데."

"그림만 봤지?"

"내가 까막눈인 줄 알아?"

데니가 허옇게 센 머리를 벅벅 긁자 비듬이 사방으로 날렸다.

"까막눈이 아니면, 네가 남부어를 읽을 줄 알기라도 한단 말이냐?"

눈의 새

키프로사는 어깨를 으쓱해 보이는 것으로 대답을 대신했다. 키프로사가 걷기 시작하자 데니가 따라왔다.

"남부어를 공부했느냐?"

"조금."

"왜?"

"아버지 책 보려고."

데니는 말을 그쳤다. 키프로사가 쉽사리 대꾸한 것은 상대가 데니였기 때문일 것이다. 키프로사의 아버지, 로지아의 맏아들 레이븐은 살아 있되 죽은 사람이었다. 이상한 책을 탐독하다가 미쳐버렸다는 그는 성에서 뛰쳐나갈 때 아내도 갓 난 딸도 돌아보지 않았다고 했다. 로지아의 실망은 대단해서 아들이 돌아와도 용서하지 않겠다고 선언한 것은 물론 그 후 누구도 자기 앞에서 그에 대한 말을 하지 못하게 했다. 레이븐의 아내는 남편이 그 꼴이 되자 딸을 버리고 친정으로 돌아가 버렸다. 혼자 남은 키프로사가 천덕꾸러기가 된 것은 당연한 수순이었다.

로지아라면 키프로사가 '아버지'라는 말만 입 밖에 내도 뺨을 후려쳤을 것이다. 키프로사도 맞을 일을 자초해 가며 어리석은 고집을 부리지는 않았다. 그렇다 보니 사람들은 키프로사가 제 아버지에게 아무 관심이 없는 줄로만 알았다. 실상 사람들은 키프로사가 무슨 생각을 하며 살아가는지 전혀 몰랐다.

"그런 책 보지 마라."

"내 마음이야."

"할머니가 알면 발가벗겨 눈밭으로 내쫓을 게다."

"데니가 언제부터 할머니를 겁냈다고 그래?"

"난 아니라도 넌 겁내야지."

"겁내잖아. 그러니까 데니한테만 말했지."

무표정하게 잘도 지껄인다. 대담한 것인지 머리가 나쁜 것인지 알 길이 없다. 분명한 건 이 아이의 감정 표현이 비꼬여있다는 것이다. 겁난다고 말하고, 실제로 겁날 텐데도 표정이나 행동으로는 전혀 나타나지 않았다.

"오늘은 왜 맞았느냐?"

"몰라. 피를 마셔서 그런가?"

"누가 네게 피를 줬는데?"

"알러가."

"알러까지 마셨는데 피가 남았어?"

"그렇더라고."

데니는 곧 상황을 알아차렸다. 그러나 소녀에게 이유를 말해주는 대신 이렇게만 말했다.

"별일이 다 있구먼."

복도가 끝나고 나선계단으로 접어들어 한 바퀴 도는데 이상한 일이 일어났다. 박새 한 마리가 십자 창으로 날아들어 키프로사의 어깨에 앉더니 날려버리려 해도 끄떡도 하지 않았다. 데니가 들여다보니 새의 발가락이 키프로사가 걸친 숄의 올에 단단히 얽혀 있었다. 잠깐 사이에 이렇게까지 얽힐 수 있나 싶을 정도였다.

"이건 징조로군."

"무슨 징조?"

"그걸 알면 마법사가 아니고 예언자게?"

키프로사는 새를 떼어내어 창밖으로 던져버리려 했으나 손에 쥐어 보니 새가 너무나 보드랍고 연약해서 차마 그럴 수 없었다. 키프로사는 새를 창턱에 얹어 놓고 계단을 내려갔다. 저렇게 놔두면 기운을 차리고 날아가려니 생각했다. 바느질 방의 독재자인 벙어리 할멈은 옷감을 갉아놓는 쥐부터 요리사가 키우는 쫄랑거리는 개에 이르기까지 모든 짐승을 싫어했다. 작은 새라고 좋아할 가망은 없었다.

그날 밤 모두 잠든 시각에 누군가가 성문을 두드렸다. 사람의 힘으로 두드려서는 날 수 없는 큰 소리였다. 쿵쾅거리는 소리에 많은 사람들이 잠에서 깼다. 그들은 누군가가 공성추라도 가져와 성문을 두드리는 줄 알고 공포에 휩싸였다.

파수병들이 욕설을 퍼부으며 달려 나갔다. 성문 밖에는 하얀 두건을 쓴 여자가 혼자 서 있었다. 공성추 같은 것은 물론 없었다. 흰말 한 마리가 곁에 서 있을 뿐이었다. 여자는 사람들을 보자 키들키들 웃더니 흰말의 엉덩이를 때려 그들 쪽으로 보냈다. 맹렬한 기세로 달려오는 말을 붙드느라 소동을 빚는 사이 여자는 몸을 돌려 떠났다. 뒤늦게 몇 명이 뒤쫓아 갔지만 여자는 어둠에 녹기라도 한 것처럼 찾을 수가 없었다.

안장에 바구니 하나가 단단히 묶여 있었다. 포근한 천을 깐 바구니 속에는 아기가 잠들어 있었다.

로지아의 얼굴은 흡사 나뭇등걸 같았다. 화가 날수록 조용해지는 그녀가 근래 이렇게 격분한 모습은 처음이었다.

탁자 없이 빙 둘러 놓인 의자들에 창병대 대장 둘과 부장 셋, 가신들, 집사와 며느리 엘마가 앉아 있었다. 다들 자다 말고 달려 나왔을 테지만 정신이 번쩍 든 얼굴들이었다. 촛불 쉰 개로 환하게 밝힌 회의실 가운데에 바구니가 놓여 있었다. 잠든 아기는 뽀얗고 작디작았다. 후광처럼 얼굴을 감싼 머리는 로지아와 같은 금빛이었다. 아기의 허리띠에는 '오키드나, 레이븐의 딸'이라는 글귀가 수놓아져 있었다.

로지아에게는 세 아들이 있었다. 그중 둘째는 죽었고 첫째와 셋째는 성을 떠났다. 차라리 셋째가 보낸 아기였다면 로지아의 마음도 지금 같지는 않았을지 모른다. 그러나 아기는 로지아가 미워해 마지않는 맏아들, 레이븐의 딸이었다. 그렇다고 주장하고 있었다.

파수병의 보고가 끝나자 가신 케언이 말했다.

"그 글귀를 반드시 믿을 수는 없습니다. 누군가의 농간일지도 모릅니다."

다른 가신이 말했다.

"그 여자를 잡았어야 했는데. 성 밖 마을에 사람을 풀어 조사하는 것이 어떻겠습니까?"

조우엘 대장이 고개를 저었다.

"그럴 수 없을걸. 그 여자는 마법사일 게야. 레이븐이 어떻게 성을 떠났는지 기억한다면 놀라운 일도 아니겠지만."

눈의 새

물정 모르는 몇몇이 의아한 표정을 지었다. 순찰대장 알러가 물었다.

"레이븐은 정신이 이상해져서 성을 뛰쳐나갔던 게 아닙니까?"

다른 대장이 대꾸했다.

"그런 자가 잘도 여자를 만나 자식을 낳겠군. 그 여자는 레이븐의 새 부인일 게 틀림없어. 뻔뻔스럽기도 하지. 십 년이 넘도록 소식 한 자락 없다가 불쑥 어린애를 보내오다니. 쫓아와서 눈물 콧물 짜며 빌어도 모자랄 판에."

"어머니가 있다면 왜 아기를 키우지 않고 이리로 보냅니까?"

"고귀한 마법사들께서 육아 따위 시시한 일은 차마 할 수 없다고 생각하는 모양이지."

"마법사라고요? 그럼 레이븐이⋯⋯."

전나무의 성에서 나고 자란 사람들이 일생 본 마법사는 미친 데니 정도가 전부였다. 그들에게 진짜 마법사란 남쪽의 큰 나라들에나 있다는 진기한 존재여서 그들이 알던 누군가가 마법사가 되었다는 말은 키우던 닭이 공작새로 변했다는 소리만큼이나 이상하게 들렸다. 알러가 중얼거렸다.

"마법사라니, 데이어 사람과 도무지 어울려야 말이지."

조우엘이 다시 말했다.

"케언 님의 말대로 이 아이가 레이븐의 자식이라는 증거는 없습니다. 그리고 레이븐의 자식이라 해도 그는 가문에서 쫓겨났으니 이 아이를 영주님의 핏줄로 여겨야 할 이유도 없습니다. 성 안의 누군가에게 주어 키우게 함이 좋을 듯합니다."

조우엘은 로지아의 심중을 가장 잘 아는 자였다. 그러나 다른 자들은 그가 그렇게 말하는 의도를 눈치채지 못했다. 또 다른 가신이 말했다.

"그 말씀도 일리는 있습니다만 제가 보기로는 레이븐의 자식이 맞는 것 같습니다. 만약 누군가가 성을 떠난 아드님들의 이름을 빌어 영주님께 아기를 떠맡기려 했다면 레이븐이 아니라 덴의 이름을 썼을 겁니다. 그 편이 더 유리하니까요. 레이븐의 이름을 빌리는 건, 음, 그러니까, 아기를 죽여 달라는 짓거리나 다름없지 않습니까?"

의견이 분분해졌다.

"사정을 잘 모르는 자일지도 모릅니다. 레이븐이 맏아들이니 더 그럴싸해 보였을지도 모르죠."

"그걸 모르는 자라면 처음부터 이런 계획을 떠올리고 실행할 수도 없을 것입니다."

"후계자로 삼아주는 것도 아닌데 맏아들이니 막내아들이니 하는 것이 의미가 있습니까?"

"그만."

로지아의 한 마디에 모두가 말을 그쳤다. 로지아는 엘마를 불렀다.

"엘마."

"저도 이 아기가 레이븐의 딸이 맞는다고 봅니다."

로지아가 계속하라는 것처럼 고개를 까딱했다.

"이름을 보세요. 오키드나. 딸에게 이런 희한한 이름을 붙일 사람은 맏딸에게 키프로사라는 이름을 지어주는 사내밖에 없을 거예요."

"알았다."

로지아가 자리에서 일어나 바구니로 다가가더니 아기의 얼굴을 들여다보았다. 모르는 사람이라면 할머니가 손녀의 얼굴을 보고 마음이 누그러지겠거니 상상했을지도 모르지만 로지아는 그런 사람이 아니었다. 바구니를 툭 차자 아기가 깨어나 울기 시작했다. 울음소리가 커져가도 누구도 달래주지 않았다. 로지아는 우는 아기의 얼굴을 꼼꼼히 살피더니 물러나 사람들을 둘러보았다.

"숲에 내다 버려라. 누구도 주워가게 해서는 안 된다. 숲에서 늑대밥이 되게 해라."

조우엘은 무겁게 입을 다물고 엘마는 얼굴이 창백해졌지만 둘 다 항변하지는 못했다. 창병대의 거친 사내들도 난감해하는 표정이었다. 아기는 자기 운명을 알기라도 하듯 점점 더 기를 쓰고 울었다. 명령을 실행해야 할 텐데 누구도 선뜻 나서지 않았다. 아기의 울음소리를 뚫고 로지아의 목소리가 쩌렁 울렸다.

"내다 버리라고 했다!"

창병 중 가장 젊은 오프레리 부장이 일어섰다. 아기 또래의 어린 딸이 있는 자였지만 이 자리에서 움직여야 하는 사람은 자신일 수밖에 없었다. 그가 바구니를 안아 들고 나가자 사람들의 시선이 로지아에게 쏠렸다. 말은 하지 않았지만 지금이라도 로지아가 명령을 번복했으면 하는 얼굴들이었다. 물론 가망 없는 일임을 그들도 알고 있었다. 로지아는 불길 같은 눈으로 그들을 훑어본 후 나가버렸다.

엘마는 성문이 보이는 창으로 달려가 아래를 내려다보았다. 잠시

전나무와 매

기다리자 오프레리 부장이 말을 끌고 나가는 모습이 보였다. 말안장에는 어김없이 바구니가 매달려 있었다. 성문을 나가 멀어져가는 그림자를 지켜보던 엘마의 뒤에서 키프로사의 목소리가 들렸다.

"레이븐의 딸이래?"

"레이븐은 네 아버지야."

평소 레이븐이라면 진저리치게 싫어하는 엘마였지만 지금만은 아기가 불쌍해 절로 이런 말이 나왔다. 키프로사는 '그래서 어쩌라고?' 하는 표정으로 눈동자만 또록 굴렸다. 직접 키웠는데도 속을 모를 아이였다. 주워온 늑대 새끼처럼, 먹이를 주고 돌봐줘도 고마운 줄도 모르고 말도 통하지 않는다.

"레이븐의 딸이 확실해?"

"확실하면 어쩌게? 다 끝났어. 늑대 밥으로 주라고 하셨다."

키프로사가 몸을 휙 돌리더니 계단 쪽으로 달려갔다. 발소리가 멀어지다가 사라졌다. 좁은 창으로 들어오는 달빛뿐이건만 머뭇거리지도 않고 뛰어간다. 아무리 익숙한 복도라 해도 엘마는 그럴 수 없었다. 짐승 같은 아이들만이 가능한 일이었다.

짐승 같은 아이는 무슨 짓이든 저지를 수 있다. 이튿날 아침 파수병은 엘마에게 키프로사가 어젯밤 혼자 성을 나갔다고 알려 주었다. 말리려 하자 '닥치고 참견 말라'고 했다는 이야기도 함께 전했다.

"이어서 한마디만 더했다가는.해자 밑에 처박아버리겠다고 하더군요."

눈의 새

엘마가 아는 키프로사는 예의 바른 소녀는 아닐지라도 평소 워낙 말이 없는지라 저런 거친 말을 했다는 것을 믿기가 힘들었다. 그러나 파수병이 거짓말을 할 이유도 없었다. 전나무의 성에서 태어나 자란 키프로사가 해가 진 후에 혼자 성 밖으로 나가면 얼마나 위험한지 몰랐을 리 없었다. 성을 둘러싼 숲에는 송아지만 한 늑대들이 들끓었고 산 사람을 홀리는 함정이 곳곳에 흩어져 있었다. 또한 전나무 숲은 어디든 비슷비슷해 보여 수년간 숲을 누빈 사냥꾼도 잠깐 주의가 흐트러지면 길을 잃기 쉬웠다.

키프로사는 정말로 오프레리 부장을 따라갔을까? 엘마가 쫓아가 물어보자 오프레리 부장은 아기가 든 바구니를 놓고 바로 돌아왔고 다른 사람은 보지 못했다고 했다. 엘마는 고민하다가 로지아에게 상황을 전했지만 로지아는 아무런 조치도 취하지 않았다.

눈이 내리기 시작했다.

키프로사는 그날 하루가 다 가도록 돌아오지 않았다. 유일하게 행동을 취한 사람은 제임이었다. 그는 오후 수업이 끝난 후 이야기를 전해 듣고는 즉시 병사 몇을 이끌고 나가려다가 엘마와 다투었다. 엘마가 보기에 고작 창술 수업을 받는 소년이 숲에 나가는 것은 대낮이라해도 자살 행위였다. 날이 저물고서야 전날 만취해서 종일 어디선가 자고 있던 미친 데니가 슬금슬금 성으로 들어왔다가 이 사건을 전해 들었다. 누구도 키프로사를 구하러 나가지 않았다는 말을 들은 그는 이 성에 사는 자들 모두를, 로지아로부터 아궁이 당번 소년에 이르기까지 지옥에 처넣어질 놈들이라고 욕하고는 비틀거리며 성문으로 달려갔다. 그리고 멀리 눈밭에서 움직이는 검은 점을 보았다.

잠시 후 파수병들은 입을 떡 벌린 채 키프로사와 그녀가 끌고 온 전리품을 지켜보았다. 키프로사는 머리며 옷이 피범벅이었지만 거의 말라붙었고 다친 곳도 없어 보였다. 피는 그녀가 끌고 온 거대한 늑대 가죽에서 나온 것이었다. 솜씨 좋게 무두질된 가죽 속에는 곤히 잠든 아기가 들어 있었다. 아기에게도 피가 묻었으나 역시 다친 곳은 없었다.

피투성이 소녀가 피투성이 아기를 안고, 대가리까지 달린 늑대 가죽을 끌고, 마치 지옥에서 돌아오기라도 한 몰골로 거리를 지나가는 동안 성 사람 수십 명이 몰려나와 구경했다. 소식을 듣고 뛰어나온 엘마는 기가 막힌 표정이었으나 일단 막아서서 사정 이야기를 듣고자 했다. 키프로사는 간단하게 '꺼져'라고만 말했다.

키프로사가 아기를 도로 데려왔다는 이야기를 들은 오프레리 부장은 왠지 안도한 표정이었으나 어쨌든 키프로사를 로지아 앞으로 데려갔다. 영주가 추방령을 내린 자를 성에 들이는 것은 중대한 반역 행위였다. 할머니와 마주섰을 때 키프로사가 말했다.

"늑대를 사냥했는데 새끼가 있었어요. 제가 키우겠어요."

로지아는 한참 동안 두 손녀를 바라보았다. 아니, 손녀가 아니었다. 숲에 버려진 오키드나는 전날 밤에 죽은 것이고 키프로사가 데려온 건 늑대 새끼였다. 그걸 강조하기 위해 일부러 늑대 가죽을 끌고 왔을 것이다. 억지였지만 아기를 살려낼 명분으로는 가능했다. 모두가 그 명분을 원했다. 오프레리 부장과 엘마를 비롯한 모두가 간절히 로지아를 바라보았다.

"좋다. 저 아이는 이제부터 네 것이다. 모두 저 아이를 키프로사가 키우는 짐승으로 여겨라. 만일 짐승이 누군가를 문다면 그 자리에서 죽여도 된다."

이리하여 오키드나는 성에 머물게 되었다. 오프레리 부장은 대장들에게 결과를 보고하면서 믿기 힘든 일이 일어났다고 말했다. 로지아가 가장 미워하던 키프로사가 로지아의 결정을 뒤집었다. 어떻게? 모두가 원했기 때문이었다. 어쩌면 로지아도 원했는지 모른다. 모두가 원하는 것이라면 억지라도 통한다. 아무도 가르쳐주지 않았는데 키프로사가 어찌 그걸 알았는지 몰랐다.

경험 없는 키프로사가 아기를 어찌 돌볼지 다들 우려했지만 키프로사는 동생을 직접 키우려 악전고투하지 않았다. 바느질 방에 가면 아기를 데려다 놓고 일하면서 틈틈이 서로 돌봐주는 여자들이 있었다. 그 아기들 틈에 섞어 놓자 여자들은 울며 보채는 오키드나를 외면하지 못하고 젖을 나눠주었다. 그게 끝이 아니었다. 조금 지나자 기저귀 빨래를 세탁부들에게 떠맡기는가 싶더니 창고에서 요람을 찾아와 목수에게 고치게 하고 요리사에게는 죽을 만들어 내놓게 했다. 그 과정에서 키프로사는 그들에게 명령을 했는데 처음 그런 일을 겪은 그들은 당황했으나 영주의 손녀가 빨래 좀 시켰다고 영주한테 호소하기도 뭣한 노릇이었다. 아무리 부엌데기나 다름없는 취급을 받으며 자랐다고 해도 키프로사는 엄연히 영주 가문의 핏줄이었다.

수많은 사람들이 어떻게 늑대를 잡았는지 궁금해했지만 대답을 들은 사람은 데니뿐이었다. 정확히는 데니가 넘겨짚고 키프로사가 인정한 것이었다. 예상대로 마법이었다. 잠재운 뒤 찔러 죽였다고 했다.

"네 아비 책에서 배운 게냐?"

"응."

"겁도 없이."

책만 보고 배운 마법을 쓴 것도, 그게 통했으리라 믿고 손칼로 늑대를 찌른 것도 대담하다못해 무모한 일이었지만 그 덕분에 동생이 살아났으니 탓하기도 뭣했다.

"운이었어. 다른 방법도 없었고."

"그게 통했으니 기고만장하겠구먼. 이제 마법사가 될 테냐?"

"데니 꼴을 보니 별 전망 없는 직업 같은데."

데니는 낄낄 웃더니 말했다.

"맞았다. 전망 없다. 아예 시도할 생각도 마라."

"그런데 아버지는 누구한테 마법을 배운 거야? 설마 데니?"

"내가 그런 덜 떨어진 제자를 뒀을 성싶으냐? 그놈이 하던 짓거리를 따라 하려거든 애초에 집어치워라. 마법을 배우려면 세계의 수도로 가야 해. 이런 시골구석에서 되는대로 쑤셔대 봤자 다 헛공사야. 그러니 레이븐 그놈도 정신이 오락가락해졌지."

키프로사는 입을 다물었다. 데니의 말대로였다. 그녀는 세계의 수도로 갈 것이다. 눈새를 길들여서, 함께. 그런데 그날이 언제 올 것인가?

"데니도 가봤어?"

"세계의 수도? 가봤지."

"뭘 배웠어?"

데니는 다시 낄낄거렸다.

"쥐 잡는 마법 배웠다. 늑대 잡는 마법보다 조금 더 어렵지."

"왜?"

"백 걸음 밖에서 활을 쏴서 쥐를 맞히는 게 쉽겠냐, 늑대를 맞히는 게 쉽겠냐?"

키프로사가 데니를 흘겨봤다.

"그 말대로라면 눈새보다 참새를 잡기가 더 어렵겠네."

"맞았다. 그렇기 때문에 눈새를 잡을 줄 알기 전에는 참새 잡는 마법도 시도해선 안 되는 거다. 레이븐은 그걸 몰랐지. 넌 잊지 마라."

3년 뒤 겨울, 키프로사는 열일곱 살이 되고 오키드나는 종종걸음으로 언니의 뒤를 따라 다녔으며 새는 여전히 잠자는 체하고 있었.

일찍 내린 눈이 꽁꽁 얼어붙자 전나무의 성으로 오르는 길은 두 배로 험해졌다. 그럼에도 불구하고 부득불 찾아오는 자는 보통 달갑지 않은 손님이었다. 그날도 성문 앞에 당도한 말 수십 필의 행렬은 잔뜩 열이 올라 사람과 말 모두가 김을 내뿜고 있었다. 전설 속의 눈새를 보겠다는 핑계로 찾아온 북(北) 메어 사신단의 목적이 무엇인지는 로지아뿐 아니라 성 사람 모두가 알고 있었다.

새가 눈을 꾹 감고 있는 녹슨 새장 앞에서 사신은 재작년에 새로 비스코니아의 영주가 된 록웰이 문제라 했다. 로지아는 묵묵히 듣고 있었다. 사신은 언제는 문제가 아니었다는 것처럼 록웰이 거만하고 잔인

한 데다 국경 숲을 멋대로 장악하고 북 메어의 사냥꾼들을 보이는 대로 죽이고 있으며, 주변에 새로 영주가 됐다는 인사치레도 않을 정도로 파렴치한 자라고 떠들어댔다. 눈새가 눈을 뜨기는커녕 매들이 깃 한 번 퍼덕일 가치도 없을 정도로 시시한 이야기였다. 북 메어와 비스코니아는 한 번도 사이가 좋았던 적이 없었다. 몇 십 년에 한 번씩은 각자가 거느린 소영주들을 앞세워 격돌했는데 이번엔 마지막 전쟁이 있은 지 9년밖에 안 됐다는 것이 특이하다면 특이한 정도였다.

9년 전 전투에서 로지아는 둘째 아들 시어드릭을 잃었다. 시어드릭이 살아 있었다면 로지아는 지금쯤 뒤뜰에서 한가롭게 볕을 쬐며 닭모이나 주고 있었을 것이다. 어린 제임이 자라기를 기다리며 허옇게 센 머리로 창대를 움켜쥐고 있을 필요는 없었을 것이다. 사신이 제풀에 열이 올라 장황해진 연설을 마치기까지 로지아는 눈새처럼 눈을 감고 있었다. 그녀의 일상복이다시피 한 상복 깃에는 두 개의 상장(喪章)이 붙어 있었다. 하나는 남편, 하나는 아들의 것이었다.

"그 건방진 놈들은 마님께서 거느린 데이어 창병의 창끝이 반짝거리는 것만 봐도 갈퀴곶 끝까지 달아나버릴 거요."

그런 일은 몇 번이고 있어 왔다. 남편이 죽은 전투에서도, 아들이 죽은 전투에서도, 로지아가 살아남은 전투에서도. 북 메어에 충성을 서약한 일곱 소영주 중 하나에 불과했지만 고작 몇 천 명의 데이어 창병은 북 메어의 가장 날카로운 무기 노릇을 해 왔다. 잘 드는 무기는 자꾸 꺼내들고 싶어지는 법이다. 그 과정에서 창날 몇 개가 부러진 것쯤은 북 메어의 왕에게 대수롭잖은 일일지도 모른다. 부러진 창날을

눈의 새

다시 벼리기 위해 로지아가 수십 년간 치러온 값은 죽은 사람들만이 아니었다. 로지아는 눈을 뜨고 눈새를 바라보았다. 그러자 새가 목을 움직이며 눈을 가늘게 떴지만 처음부터 새에게 관심을 두지 않았던 사신은 눈치채지 못했다.

"사흘간 푹 쉬시오. 그동안 결정해서 알려줄 것이오."

사신은 만족스럽게 고개를 끄덕이고 자리를 떠났다. 북 메어 사신단은 전나무의 성이 비축한 겨울 식량으로 흥청망청 먹고 마셔가며 사흘을 보낼 것이다. 이미 남부인들이 떨지 않을 정도로 만찬 홀을 데우기 위해 열흘에 한 더미씩 쓰는 장작을 절반이나 덜어다가 때는 중이었다. 외양간에서는 살찐 양 열 마리가 도살되고 있었다.

그날 저녁 만찬장에서 로지아는 열여덟 살이 된 제임을 후계자로 소개했다. 사신은 곁눈으로 슥 보고 소년이 타고난 무골이며 성품도 서글서글하니 창병대를 잘 이끌겠다는 둥 칭찬을 늘어놓고는 말했다.

"젊은 후계자께서 내년 봄에 비스코니아 정벌전에 참전하신다면 잘 이끌어 반드시 공을 세우게 해 드리리. 내 듣기로 데이어 영주라면 데이어 창병대의 진정한 우두머리, '전나무의 왕'이 되어야 한다더군요. 데이어의 창대 끝에 록웰의 머리를 꽂아온다면 노련한 창병들도 젊은 제임 데이어를 인정하고 충성을 바칠 테니 마님도 마음 놓고 푹 쉬실 게 아니겠소?"

제임은 말없이 고개만 까딱해 보였다. 지난 비스코니아와의 전쟁에서 아버지를 잃은 소년이 저런 말에 충동질될 리 없건만 사신은 제 생각에 그럴싸해 보이면 남도 그렇게 여기려니 생각하는 흔한 자일 뿐이었다. 심지어 제임은 학자 같은 인상이어서 능력을 갖추지 못한 자는 지휘관으로 받아들이지 않는다고 알려진 데이어 창병대를 이끄는 모습이 잘 상상되지 않았다. 하지만 로지아도 전나무의 성에서 가장 아름다운 소녀였던 시절이 있었다. 때로는 주어진 상황이 사람의 성품을 만들어내는 법이다. 성 사람들은 제임이 장차 영주가 되고 창병대도 이끌리라는 것을 의심하지 않았다. 아니, 반드시 그렇게 되어야 했다. 로지아는 이제 예순이 넘었다. 세 아들들이 하나같이 기대를 저버리고 떠나가는 동안 그녀는 너무 오래 버티어왔다.

로지아는 아무 말 하지 않았지만 내심 제임의 반응이 아쉬웠다. 시어드릭의 죽음을 염두에 두지 않은 사신의 말은 부주의하기도 했고 거만하기도 했다. 제임이 버럭 화를 냈더라면 곁에서 로지아가 말리는 체하며 사신의 무례를 지적할 수 있었을 것이다. 그게 아니면 차라리 내가 록웰의 머리를 잘라오겠다고 큰소리를 쳐서 기개가 있다는 인상이라도 주는 편이 나았다. 그러나 제임은 그런 말에 격동될 만큼 멍청하지는 않되 화를 낼 만큼 대범하지도 못했다. 그 결과 불만을 안으로 갈무리하며 입을 다물어버렸다. 그런 모습은 데이어의 후계자답지 않았다. 주변의 큰 나라들이 데이어를 인정하는 것은 사나운 창일 때뿐이었다. 전나무의 왕에게 침착함이나 겸손함 따위는 소용없는 미덕이었다.

손자가 언제 자라 그런 것을 알게 될까. 그때까지 늙은 몸이 버티어줄까. 그런 생각을 하자 심한 피로감이 몰려왔다. 로지아는 사신에게 양해를 구하고 먼저 자리를 떴다.

잠자리에 들었던 로지아는 이튿날 새벽, 왼쪽 다리에 격통을 느끼며 깨어났다. 20여 년 전에 검에 꿰뚫렸던 무릎 언저리가 그간 드문드문 아팠지만 이날처럼 심했던 적은 없었다. 그녀는 일생 처음으로 스스로 일어나 앉지 못했다. 신음 소리를 듣고 들어왔던 시녀가 가장 먼저 들은 말은 '발설하지 말라'였다. 북 메어 사신단의 눈과 귀가 곳곳에 있었다. 외지인이 데이어 영주가 건재하지 못함을 알게 되면 큰일이었다.

　은밀히 불려온 의사는 몸 안을 흐르던 독액이 옛 상처 때문에 무릎에 고였다면서 다시 걷고 싶다면 적어도 한 달은 꼼짝하지 말아야 한다고 했다. 로지아는 아편을 달라고 했다.

　그날 사신단은 로지아가 아픈 것을 눈치채지 못했다. 기분이 좋아 보여 비위 맞추기가 수월하다고 생각했을 뿐이었다. 밤에 잘 익은 술이 잔뜩 나와 사신단이 곯아떨어지고 나자 로지아는 제임을 불렀다. 늘 부르던 성 안의 방이 아니라 창병대의 훈련장이었다. 밤이 늦어 보초 몇 명만이 남아 있을 시각이었다. 로지아의 곁에는 작년에 대장 자리에서 은퇴한 조우엘이 서 있었다.

　"창을 잡고 조우엘을 공격해 보아라."

　조우엘은 로지아와 동갑이었으나 아직까지 젊은 창병 몇 정도는 쉽사리 요리할 실력을 갖고 있었다. 제임은 자신이 조우엘의 상대가 못 됨을 알고 있었으나 열심히 공격했다. 제임이 패하자 로지아가 창을 넘겨받더니 조우엘을 공격했다. 제임 때보다 훨씬 사나운 공방이 오간 후 승패가 나기 전에 로지아는 창을 거두었다. 제임이 얼떨떨한 표정으로 바라보는 가운데 로지아가 말했다.

"너는 아직 네 아비에게 미치지 못하고 네 할아버지에게도 미치지 못한다. 그리고 내게조차도 미치지 못한다. 그런 네가 데이어 창병대의 지휘자가 되어야 한다. 창을 잘 써 지휘자가 되는 것은 아니다. 그러나 패기와 기개만은 그들을 압도해야 하느니. 조금 전에 너는 최선을 다했느냐?"

"네, 할머니."

"너와 나의 차이를 알겠느냐?"

제임이 대답하지 못하자 로지아는 낮은 한숨을 내쉬었다.

"내 시대는 얼마 남지 않았다. 아니, 예전에 끝났어야 했다. 나는 부족한 사람이라 네베와 네블라께서 나를 이 자리에 앉힌 후로 하루도 편히 쉰 날이 없었다. 네 할아버지께서 돌아가셨을 때 나는 준비가 되어있지 않았다. 그렇다 보니 얼마나 많은 착오가 있었는지 모른다. 나는 아들놈들이 어서 빨리 내 짐을 받아가길 바랐으나 셋 다 각각 다른 핑계를 대며 달아나버렸다. 나만이, 늙은 나만이 아직도 창대에 매인 깃발처럼 떠나지 못하고 펄럭거리고 있구나."

제임은 눈을 둥그렇게 뜬 채로 이야기를 들었다. 할머니가 늙었다는 말을 입에 담은 것은 처음이거니와 제임 자신도 실감한 일이 없었다. 할머니는 늘 쇠창 같고 떡갈나무 방패 같은 사람이어서 부러지지도 깨어지지도 않을 듯했다. 그런 할머니가 약한 말을 입에 담으니 어찌하면 좋을지 몰랐다.

"너는 준비가 된 후에 이 무거운 창을 받아 쥐었으면 했다. 그런데 아직도 여리디여리구나. 무리도 아니지. 어린 것을. 고작 열여덟 살인 것을."

로지아가 입을 다물자 조우엘이 말했다.

"네가 창병들 중 하나였다면 천천히 성장하도록 기다려도 됐을 게다. 나 또한 멋모르는 어린 병사로 시작해 지금에 이르렀다. 그러는 동안 돌아가신 제임 영주님, 시어드릭 님이 어떻게 변화하는지도 몸소 보아왔다. 그분들도 한때는 너 같았다. 그러나 때가 되자 그분들은 데이어의 창이 어떤 것인지를 보여주셨다. 그분들의 피를 이어받은 너도 그렇게 되리라 믿는다. 잊지 마라. 너는 호랑이 같고 늑대 같은 데이어 영주가 될 몸이다."

정말로 그럴 수 있을까? 허튼 칭찬을 입에 담지 않는 조우엘이 모처럼 해준 말이었지만 제임은 선뜻 고개를 끄덕이지 못했다. 조우엘을 믿지 못한다기보다 자신을 믿을 수가 없었다. 결국 자신이 신뢰받는 것은 데이어 영주들의 아들이고 손자이기 때문일 뿐 제임 자신이 가치를 증명한 일은 없었다.

무엇보다 반드시 그래야 하는지를 알지 못했다. 제임이 아홉 살 때 전사한 시어드릭은 상냥한 아버지였다. 그리고 제임은 창을 쥐었을 때보다 책을 앞에 두었을 때 눈이 더 반짝이는 젊은이였다. 제임은 그간 할머니의 명이 아무리 버겁더라도 따르려 노력하기만 했지 의문을 제기한 일은 없었다. 그런데 오늘은 어쩐지 그간 품어왔던 질문 한 가지를 해도 될 것만 같았다.

"할머니. 상냥함으로 존경받는 지휘자란 없는 것인가요?"

조우엘이 로지아의 얼굴을 흘끗 보았다. 로지아는 잠시 눈을 감았

전나무와 매

다. 제임은 해서는 안 될 질문을 했는가 하는 생각에 움츠러들었다. 어느새 로지아보다 키도 커진 손자건만 로지아의 말대로 어리디어렸다. 이윽고 눈을 뜬 로지아가 말했다.

"그런 것은 없다."

조우엘은 로지아의 눈 속에서 착잡함을 읽었으나 제임은 그러지 못했다. 고개를 끄덕이고 시선을 내리깔았을 뿐이었다. 로지아는 제임에게 그만 가보라고 손짓했다. 하지 않은 대답이 손자의 뒷모습을 바라보는 로지아의 입속에서 맴돌았다.

그런 지휘자가 왜 없겠느냐. 비옥하고 풍요로운 땅이라면 왜 그런 영주를 원하지 않겠느냐. 하지만 너는 그럴 수 없다. 동토의 소영주에 불과한 우리를 왜 사람들이 전나무의 왕이라 부르는지 아느냐. 그들은 우리가 이 혹독한 땅에서 버티기 위해 길러온 힘을 빌리고 싶어 할 뿐이다. 창은 적을 꿰뚫는 무기이지 밭을 갈 수는 없다.

"제임에게는 아직 시간이 필요한 것 같군요."

조우엘이 말하자 로지아가 고개를 끄덕였다. 사신단에게 할 대답은 결정되었다. 약기운이 사라지기 전에 방으로 돌아갈 시각이었다.

로지아가 잠자리에 든 후, 취해 잠들었던 사신단 수행원 중 몇 명이 깨어나 술을 더 가져오라며 행패를 부렸다. 하인들이 감당하지 못하자 창병들이 와서 그만 숙소로 돌아가라고 권했지만 그들은 데이어에는 술맛 돋우는 구경거리가 없다면서 미녀를 데려오든가 부장들에게 창술 시범이라도 보이라고 떠들어댔다. 북 메어 인들은 거만했고, 무뚝

뚝한 창병들은 상대를 구슬리는 법을 알지 못했으므로 실랑이는 끝이 나지 않았다. 그중 특히 무례하던 수행원이 데이어 놈들은 너희의 수호신이라는 눈새하고 똑같다고 말하자 인내심을 잃은 메두스 부장이 그게 무슨 뜻이냐고 물었다.

"전설 속의 새가 어쩌고 하더니 냄새나는 살찐 거위일 뿐이던데? 갇힌 주제에 새장 속이 세상 전부인 줄 알고 꼼짝도 않더군. 너희가 최고라고 믿는 창병대도 똑같지. 남쪽의 큰 왕국들이 경합하는 전쟁터에서는 한낱 시골뜨기 오합지졸일 뿐이니까."

그런 말을 듣고 창병들이 참을 리 없었다. 말릴 자들은 밤이 깊어 이 자리에 없었다. 수행원들은 멱살을 잡혀 새장 앞으로 끌려갔다. 차가운 바람을 쐬고 정신이 든 그들이 그제야 용서해달라고 빌었지만 그런다고 호락호락 보내줄 것 같으면 데이어 창병이 아니었다. 수행원들은 하나씩 걷어차여 새장 안으로 들여보내졌다. 살려달라는 아우성을 뚫고 메두스 부장이 말했다.

"어디 떠들어 봐라. 자는 새를 깨우면 무슨 일이 나는지. 냄새나는 살찐 거위가 내일 아침까지 너희를 살려두나 볼까?"

이튿날 아침에 사건이 알려지자 구경꾼들이 새장 앞으로 모여들었다. 수행원들의 꼬락서니는 대단한 웃음거리가 되었다. 아침까지 살아남기 위해 그들은 새장 구석에 동그랗게 모여 웅크린 채 썩은 지푸라기를 덮어쓰고 있었다. 새는 어제와 똑같은 모습으로 눈을 감고 있었다.

그간 사신단의 거들먹거리는 태도에 눈살을 찌푸려 온 사람들은 다들 재미있어했지만 그렇게 끝날 일은 아니었다. 소식을 듣고 달려온

전나무와 매

사신이 당장 풀어주라고 호통 치자 관리인은 영주님의 지시 없이는 새장을 열 수 없다고 대꾸했다. 사신은 분통이 터져 욕설을 퍼붓고 새장 안에서 추태를 보이고 있는 수행원들에게도 욕을 했다. 로지아는 오지 않고 구경꾼만 늘어나자 점점 더 격분한 사신은 마침내 저 새를 죽여버리겠다며 칼을 뽑아 내던졌다. 칼은 새의 목덜미에 꽂혔다. 아니, 그런 듯했다.

새가 움직였다.

깃이 미끄러지는가 싶더니 한쪽 날개가 반쯤 펴지며 후르륵 떨렸다. 구부러졌던 목이 서서히 펴져 허공으로 올라갔다. 성 사람들도 눈이 커졌다. 그들 대부분도 새가 움직이는 모습을 처음 보았다. 사방이 수런수런해졌다. 저 새가 움직이긴 하는 거였어? 살아있긴 했구나.

새장의 크기 때문에 새는 목을 꼿꼿이 펴지 못했다. 어설프게 구부린 목으로 좌우를 돌아보는가 싶더니 눈을 떴다. 다들 잊고 있던 새의 눈은 비취빛이었다. 감탄 섞인 술렁거림이 퍼지는 가운데 누군가가 말했다.

"저쪽을 보는 것 같은데……."

부리가 열리자 그 안에 들어찬 날카로운 이빨들이 드러났다. 눈치 빠른 자들이 불길함을 느꼈을 즈음 막 도착한 제임이 소리쳤다.

"저들을 내보내! 어서!"

관리인은 제임의 명령을 듣고 문을 열었다. 한 덩어리가 되어 있던 수행원들이 일어나려 했을 때 새의 부리가 내리꽂혔다. 빠르기가 흡사 벼락같았다.

눈의 새

"으악!"

지켜보던 여자 몇이 얼굴을 가렸다. 나머지는 얼어붙었다. 부리에 배를 꿰뚫린 자는 즉사하고 또 하나는 물려 올라가다 팔이 끊어졌다. 살아남은 자들은 도망치려 했지만 밤새 웅크리고 있던 탓에 뻣뻣해진 몸이 말을 듣지 않았다. 발악을 하며 입구로 기어가고 넘어지고 하는 가운데 두 명이 더 희생되었다. 새장 문이 다시 닫혔을 무렵 사신은 물론 사람들도 모조리 달아난 새장 앞은 텅 비었다. 혼자 남은 새는 태연히 시체를 뜯어먹고 있었다.

"북 메어 사신 놈이 새를 죽여 달랬다더라."

키프로사는 말없이 새장을 바라보았다. 새는 늘 보던 자세로 돌아가 있었지만 주위에 굴러다니는 조각난 시체 때문에 더는 잠든 것으로 보이지 않았다. 시체를 수습해 와야 마땅했지만 아무도 안으로 들어갈 엄두를 못 냈다.

"어떻게?"

"독이 든 먹이를 주래. 창피한 줄도 모르고."

대꾸하는 데니는 묘하게 정상인 같은 어조였다. 키프로사는 아침에 일어난 소동을 보지 못했으나 어쩐지 수척해 보이는 로지아 앞에서 사신이 발광하던 꼴은 보았다. 사신은 이번 일은 큰 모욕이며 자신을 모욕한 것은 곧 북 메어 국왕을 모욕한 것과 같다고 주장했다. 사신은 북 메어 국왕의 동생이었다. 성 사람들은 북 메어와 전쟁이 나는 모양이라고 수군거렸다. 키프로사가 한참 뒤에 말했다.

"저 새, 왜 잡아왔어?"

데니는 선뜻 대답하지 않았다. 새는 란드리 큰할아버지가 잡아왔다고 알려져 있었다. 친구 한 사람과 함께. 그 친구가 미친 데니라는 것을 많은 사람들이 잊어버렸다. 그리고 더 많은 사람들이 란드리가 데니를 마법사라고 소개했기에 데니가 지금까지 마법사로 불린다는 것을 잊었다.

"란드리 그놈이……."

란드리 데이어는 스물넷에 전나무의 성을 떠났다가 십 년 만에 돌아와 죽었다. 란드리가 떠났기에 동생인 제임이 영주가 되었다. 왜 떠났는지 기억하는 사람은 거의 없었다. 40년도 더 전의 일이었다.

"성을 위해 뭔가 하고 싶다고 하더라고."

"저 새가 성에 무슨 소용이야?"

키프로사가 그런 말을 하니 어울리지 않았다. 데니는 웃었다.

"소용없지. 그러니 그놈이 한심한 놈이지. 저놈의 새 때문에 제임은 새장을 지어야 했어. 형님이 애써 잡아온 새를 외면할 순 없으니까 말이야. 그러고도 지금껏 저 새 때문에 든 비용이 얼마며 수고가 얼마냐? 이번 일로 로지아는 또 얼마나 골머리가 아플까? 란드리 놈은 성을 위해 선물을 하고 싶다고 했지만 뭔 놈의 선물이 이따위냐? 그놈은 선물은커녕 똥을 싸놓고 간 거야."

"되게 나쁘게 말하네. 친구면서."

데니는 콧방귀를 뀌었을 뿐 대꾸하지 않았다. 잠시 썩은 냄새만이 고요히 흘러갔다. 키프로사가 입을 열었다.

"난 저 새를 길들일 생각이었어."

"불가능해."

"왜?"

"저 새는 천 년을 사는데 넌 백 년도 못 산다. 넌 저 새의 일생에서 한순간 반짝하는 불빛에 불과해. 그런데 길이 들여질 리가 있겠냐?"

"데니는 큰할아버지하고 함께 지낸 시간이 얼마나 돼?"

데니는 대꾸하지 않았다. 키프로사의 말이 맞았다. 란드리와 마법사 데니스트리오스가 함께 지낸 시간은 3년에 불과했다. 그 3년 때문에 그는 미친 데니가 되어 여기에 있었다. 그 후로 30여 년이었다. 전나무의 성은 그를 삼켰다. 아니, 길들였다.

그날 오후, 로지아는 다음 날 아침에 새를 죽이라고 명했다. 그리고 사신에게 내년 봄에 출병할 것을 약속했다. 사신은 전군 출병이어야 할 거라고 못을 박았다. 전군 출병을 하려면 영주가 선두에 서야 했다. 사신은 로지아 곁에 선 제임에게 직접 창병대를 이끌고 오라며 빙그레 웃었다.

새벽에 키프로사는 침대를 빠져나와 새에게 갔다. 완연한 겨울이라 털신을 신고 망토도 둘렀다. 얼음이 발밑에서 사각거렸다. 익숙한 비린내가 나자 키프로사는 심호흡을 했다.

"미안해."

여전히 날갯죽지에 머리를 박고 꼼짝도 않는다. 키프로사는 하얗게 나오는 입김을 잠시 바라보고 서 있었다. 그러다가 다시 움직이기 직전에 말했다.

"약속을 못 지켜서."

관리인은 자러 갔지만 메두스 부장이 그랬듯 키프로사도 새장 문을 여는 법쯤은 잘 알고 있었다. 그러나 그 문으로 사람이 들어갈 순 있어도 새가 나올 순 없었다. 새는 어려서 새장에 들어가 한 번도 나오지 못하고 그 안에서 자랐다. 새가 드나들 문이 없는 것은 당연했다.

키프로사가 두 손을 높이 올리자 손끝에서 흰 불이 너울거렸다. 그런 손으로 창살을 잡고 잠시 기다렸다가 넓히기 시작했다. 굵은 쇠가 소녀의 두 손으로 구부러져 나갔다. 창살이 창살을 밀어내며 문이 만들어져 갔다.

나올 만큼의 공간이 열렸지만 새는 꼼짝하지 않았다. 키프로사는 창살을 놓고 물러섰다.

"네가 왜 머물렀는지는 몰라. 누군가와 한 약속 때문에? 그랬다 해도 그 사람은 이제 없어. 있다 해도 널 더 붙잡고 싶지 않을 거야. 고마웠어. 그동안 성을 지켜 줘서."

키프로사는 몇 발 더 물러나 나뭇광 울타리에 기대어 섰다. 호흡이 가빠왔다.

"이제 가도 돼."

그 말이 떨어지는 순간 새가 머리를 들더니 키프로사가 열어 놓은 곳을 통해 밖으로 나왔다. 소녀는 새가 날개를 펼치는 모습을 바라보았다. 깃이 수없이 늘어나며 하늘 꼭대기로 올라갔다가 어둠을 쓸어내렸다. 눈물이 흘렀다. 이유는 몰랐다. 그 많던 오물은 어디로 갔을까. 새는 한순간도 더러웠던 일이 없었던 것처럼 희었다. 눈의 빛이었다.

눈의 새

"약속해 줘. 세계의 수도에 간다고. 내 대신 그곳 하늘을 날아 준다고. 꼭 그래줘."

대답 없이 새는 날아올랐다. 꿈에 본 것처럼 발밑에 성을 달고 날아갈 정도는 아니었지만 키프로사가 일생 본 가장 장엄한 자태로 멀어져 갔다. 흰 점조차 사라지고 나자 밤하늘이 부옇게 밝아왔다. 키프로사는 방으로 돌아갔다. 눈이 얼어 발자국은 남지 않았다.

성 사람이 모조리 새장 앞에 나온 듯했다. 구부러진 창살을 보며 모두 말을 잊었다. 누군가가 수호신이 떠났다고 중얼거리자 처치 곤란한 오물덩어리로 여기던 시절은 잊은 것처럼 다들 고개를 주억거렸다.

사신은 노발대발했으나 로지아가 전설 속의 설환조가 떠날 때가 되어 떠나는 것을 어찌 막겠느냐고 하자 변변한 반박은 하지 못했다. 바로 어제 사람들을 공격하고 시체를 뜯어먹은 새를 풀어주는 누군가가 있으리라고는 상상하기 어려웠던 까닭이었다. 어쩌면 풀어준 자의 흔적이 없는 것 또한 그 새가 삼켜버렸기 때문일지도 모르지, 그렇게 생각하며 사신은 출병 약속을 지키라는 말만을 남기고 북 메어로 돌아갔다.

이듬해가 밝고 봄이 왔다. 전나무의 성은 출병 준비로 부산해졌다. 그 무렵에는 성 사람들도 로지아의 다리가 불편해진 것을 알고 있었다. 창병들도 이번 출병은 제임이 이끌겠거니 여겼다. 그러나 준비가 마무리될 무렵 로지아는 직접 창병대를 이끌 것임을 알렸다. 로지아의 나이 예순하나. 아마도 최후의 출진이 될 것이었다.

새해 들어 로지아는 특별한 일이 없는 한 밖에 나오지 않아 주민들은 영주의 얼굴을 보기가 쉽지 않았다. 그들은 알지 못했지만 이즈음의 로지아는 아편 없이는 한 발짝도 걸을 수 없었다. 조우엘을 비롯한 원로들과 대장들이 모두 로지아의 출진을 말렸으나 소용없었다. 그들은 제임을 대신 보내라고, 그래도 될 나이라고 했지만 로지아는 고개를 굳게 저었다.

비가 부슬거리던 봄밤에 로지아의 방 덧창을 누군가가 두드렸다. 로지아는 잠깐 생각하다가 대꾸했다.

"열렸다."

창이 열리자 데니가 있었다. 창 너머는 걸머쥘 것 하나 없는 벽뿐이건만 그는 거기에 있었다. 바람을 밟고 오기라도 한 듯했다. 데니가 훌쩍 방으로 들어와 침대 앞으로 다가오자 로지아가 말했다.

"남의 부인이 자는 방에 잘도 들어오는구나."

"열렸다는 말은 허락이 아니고 무엇이더냐."

로지아는 침대에 비스듬히 앉아 있었다. 촛불이 켜져 있었지만 책을 보는 것도 아니고 대화 상대도 없었다. 홀로 허공을 쏘아보고 있었을 뿐이었다. 데니가 의자를 끌어와 곁에 앉더니 읊조렸다.

"밥버러지 하나가 가버렸으니 혼자 남은 밥버러지 외롭구나."

"그거 시냐?"

"내가 마법사지 시인이냐?"

덧창으로 바람이 들어와 촛불이 흔들거렸다. 비도 들이쳤다. 그러나 둘 다 멀거니 보기만 할 뿐 아무것도 하지 않았다. 이윽고 데니가 말했다.

"왜 그리 고집이 세?"

"어떻게 지켜온 창병대인데."

데니가 모를 리 없었다. 영주의 아름다운 아내였던 로지아가 사나운 창병들을 길들이고, 그들을 이끌고 전쟁에 나아가고, 사방의 적들 틈에서 전나무의 성을 보호했다. 그것이 왜 어렵지 않았겠는가. 그런 어머니를 미워한 레이븐은 수상한 마법에 물들어 집을 나갔고, 그런 어머니의 짐을 받아 지려 했던 시어드릭은 첫 전투에서 전사했으며, 그런 어머니를 두려워한 덴은 하녀와 눈이 맞아 가문의 금붙이들을 훔쳐서 달아나버렸다. 그 모두를 치르고 지켜낸 창병대였다. 로지아는 전나무의 여왕이 되었지만 그건 머리 위에 얹은 가시관일 뿐이었다.

"그러다가 다리병신 된다."

"그러니저러니 죽는 게지."

"손자 놈은 왜 그리 못 믿는데? 그놈 올해 열아홉 살 났다. 시어드릭은 그만할 때 아들을 낳았어."

로지아가 낮은 한숨을 내쉬었다.

"제임은 약해. 차라리 로사가 낫지."

로지아가 이런 말을 입에 담는 것을 성 사람 누구도 듣지 못할 것이었다. 데니가 킬킬거렸다.

"알긴 아는구나. 예전에 네베의 대접, 그 피도 걔가 마시나 보려고 일부러 그랬지?"

"잘하더군. 계집애가 독해가지고."

"그러는 넌? 같은 독기 갖고 이 성에 딸린 입을 다 먹여 살렸지 않

전나무와 매

냐. 로사가 제 동생 살려내려고 성질머리 버려가며 하는 짓 보니 꼭 할미하고 같더구먼. 그 애가 아니었으면 눈새는 또 어떻게 됐게."

로지아는 순순히 고개를 끄덕였다.

"그 애가 데이어의 자존심을 지켰지."

만약 북 메어 사신의 요구 때문에 성의 수호신을 죽였다면 데이어 영주의 명예는 땅에 떨어졌을 것이다. 그러나 북 메어와의 전면전만은 어떻게든 피해야 했던 상황이었다. 새가 떠나버렸다고 하자 두 문제가 다 해결되었다. 키프로사가 그걸 알고 한 일인지, 단지 새를 살리고 싶어 한 일인지는 알 수 없었으나 결국 필요한 일을 해낸 것은 그 애였다.

"로사가 그럴 줄 알고 사신 놈한테 새를 죽인다고 약속했던 게지? 할미와 손녀가 눈 감고도 손발이 척척 맞는구먼. 그런 애를 왜 그리 모질게 다뤄? 내 얼굴 닮은 꼬락서니가 더 밉다더니 딱 그 짝이네."

로지아가 데니를 돌아보았다. 성 사람들은 그렇게 보기 어렵다는 미소가 주름진 얼굴에 어렸다.

"그 애가 어딜 날 닮았나. 란드리를 쏙 뺐지."

"란드리가 미워서 그러는 게야? 로사의 뺨을 때리면 널 버렸던 그놈이 저승에서 고꾸라진다더냐? 레이븐 하나면 됐지 꼭 로사까지······."

"시끄러워."

이미 40년도 더 흐른 일이다. 그때의 분노가 아직 남아있다면 거짓말이고 사랑이 남아있다면 더 거짓말이다. 그런 것들보다 오래 가는 것은 책임감이었다. 란드리는 어려서부터 성을 떠나고 싶어 했고 예상했던 방식은 아니었지만 결국 그렇게 되었다. 반면 죽은 제임은 로지아의 뱃속에 형의 자식이 든 줄 알면서도 그녀에게 청혼했고 레이븐을 맏아들로 받아들여 주었다. 심지어 레이븐을 후계자로 여겼다. 비록 건달이었지만 하나뿐이던 아들을 잃은 로지아의 부모도, 살인을 저지르고 달아난 아들 때문에 불명예를 뒤집어쓰게 된 데이어 영주 부부도, 그리고 연인이 졸지에 오빠의 원수가 되어버린 로지아도, 모두 제임의 너그러움으로 구원받았다.

로지아는 그런 제임에게 일생동안 충실하고자 했다. 죽은 후에도 그가 남긴 모든 것을 지켜내려 했다. 어떤 수를 써서라도. 가끔은 저승에 가서 제임을 만나면 자신의 변한 모습에 놀라려니 싶어 쓴웃음이 나기도 했다. 그렇더라도 끝까지 해낼 것이었다. 그의 성은 언제까지나 안전해야 했다.

"그러다가 나중에 후회할 게다."

"알아. 아는데 얼굴만 보면 화가 나서 어쩔 수가 없다네."

로지아가 할 수 있는 가장 솔직한 대답임을 알기에 데니도 더 따져 묻지 않았다. 로지아는 란드리를 사랑하고 미워한 만큼 레이븐을 사랑하고 미워했다. 바쁜 어머니의 관심을 끌고 싶었던 레이븐이 점점 더 엇나갈 때 이해하고 감싸주기는커녕 한층 더 윽박지르다 끝내 내쳐버린 것도 그 애증 때문이었다. 똑같이 집을 나갔지만 덴은 용서할 수 있어도 레이븐은 그럴 수 없었다.

자질이 있든 없든 제임의 핏줄을 영주로 세우리라. 란드리의 자손에게는 주지 않으리라. 키프로사가 아버지의 책을 들춰 마법을 공부하는 줄 로지아도 알고 있었다. 그 애가 뭘 바라는지 짐작 못하지 않건만 내버려두었다. 키프로사는 결국 란드리 같은 존재였다. 성은 제임 같은 자손이 지키는 것이었다.

"그 애가 성을 떠나고 싶어 하는 걸 보면 일어날 일이 일어나도록 하는 건 결국 내가 아니었나 싶기도 하구려."

"로사가 제임보다 자질이 있으니 아쉽겠구먼."

"자질은 자질일 뿐이야. 란드리도 마찬가지였잖나. 다들 제임보다는 그이가 영주가 되어야 한다고 했지. 하지만 결국 성을 누가 지켰나? 지금의 제임도 크겠지. 필요한 건 시간뿐이야. 그 시간은 내가 벌어야지. 나 아니면 누가 그래주겠나."

키프로사는 영영 모를 것이다. 한때 로지아도 떠날 뻔했음을. 란드리가 실수로 로지아의 오빠를 죽이고 도망치던 밤, 그는 위험을 무릅쓰고 로지아를 찾아와 같이 가겠느냐고 물었다. 로지아는 고개를 저었다. 뱃속에 레이븐이 있었는데도. 당시 로지아에게 전나무의 성은 온 세상이었다. 그런 곳을 떠나 살아간다는 것을 상상할 수 없었다.

란드리가 떠나고 제임의 아내가 되고도 로지아는 그날 밤의 선택을 수백 번 다시 생각해 보았다. 그러나 매번 답은 같았다. 그랬기에 란드리도, 레이븐도 용서하지 못했다. 키프로사가 같은 피, 떠나는 자의 피를 타고났음을 보고는 더욱 미워했다. 지키는 자의 자리가 얼마나 힘겨운지 로지아만큼 잘 아는 사람은 없었다. 모자라든 넘치든, 로지아는 그 짐을 받아드는 자의 수호자였다.

"그나저나 데니. 하나 물음세."

"뭘?"

"새가 가버렸지 않나. 그럼 데니도 이제 가도 되는 것 아닌가?"

과연 로지아는 다 알고 있었다. 위대한 데니스트리오스가 왜 전나무의 성에 틀어박혀 광대니 밥버러지니 소리를 들으며 수십 년을 견뎠는지. 눈사태를 부르는 새가 어째서 창살을 씹어 끊지 않고 새장 속에 처박혀 있었는지. 쇠창살 따위로 그런 존재를 가둘 수 있을 리 없었다. 오직 약속만이 그럴 수 있었다.

계약자였던 란드리는 죽었지만 그 힘은 레이븐에게, 그리고 키프로사에게 내려왔다. 그래서 키프로사가 해방시켜 줄 수 있었던 것이다. 데니는 그 계약의 수호자이자 중개자였다. 성을 수호한다는 새. 란드리가 반드시 성에 남겨주고 싶어 했던 선물. 그러나 그간 실제로 성을 수호한 존재는 새가 아니라 데니였는지도 몰랐다.

"그렇긴 해. 빌어먹을 새 새끼, 로사가 가라고 한마디 하니까 냉큼 가버리고. 중간에 끼어 고생하는 이놈 따위는 안중에도 없지. 어쨌든 끝났으니 후련하네."

"그래서 떠날 텐가?"

"갔으면 좋겠나? 참고로 갈 데는 많아. 그리고 난 아직 백 년은 더 살 수 있어."

"백 년이라고? 천 년은 아니고?"

로지아를 들여다보는 데니의 표정이 묘해졌다.

"가만히 보니 너무 많은 걸 아는 모양인데."

"알면 어찌할 건데? 눈사태라도 불러올 텐가?"

잠시 사이를 두고 데니가 킬킬 웃더니 허연 머리에서 떨어진 비듬을 털었다. 로지아는 기다렸다.

"글쎄. 그러기엔 이제 날도 따뜻해졌고. 그런 것보다 내가 해줬으면 하는 일이 있지 않나?"

"있지."

"자기가 했어야 할 일을 잘도 떠맡기는구먼. 못된 할망구 같으니."

"못된 할망구라서 도저히 내 손으로는 못 하네. 자네가 이끌어주게나."

데니가 고개를 끄덕이며 자리에서 일어났다.

"로사가 맞았어. 30년은 충분한 시간이야."

출정일이 밝자 온 성이 술렁거렸다. 데이어 창병들은 성 주민들의 남편이자 아버지이고 아들이었기에 유례없는 대부대가 편성된 지금 온 성 사람들이 연고자라 해도 과언이 아니었다.

키프로사는 높은 성탑에 올라가 몰려나온 사람들을 내려다보았다. 열병을 하는 로지아는 다리가 조금도 아프지 않은 것처럼 보였다. 제임은 입을 꾹 다문 채 할머니를 따라다니며 뭐든지 배우려 애쓰고 있었다. 로지아가 없는 동안 영주 대리직을 수행하라는 명을 받은 제임은 지난 며칠 동안 바짝 긴장하고 있었다. 할머니의 눈을 피해 옥상 정원에서 키프로사에게 글을 가르쳐 주고, 자긴 세상에서 창이 가장 싫다고 털어놓기도 하던 깡마른 사촌오빠도 그렇게 자라는 중이었다.

제임의 길은 로지아가 간 길이었고 아버지가, 할아버지가, 할아버지의 아버지가 간 길이었다. 그 길을 가려면 앞 사람이 벗어놓고 간 피투성이 옷을 그대로 입어야 했다. 몸에 맞지 않더라도, 피비린내가 싫더라도 소용없었다. 제임은 호랑이 같고 늑대 같은 데이어 영주가 될 수 있을까? 그럴 것이다. 그래야 할 것이다. 그를 보호하기 위해 마비되어 가는 다리를 끌고 전쟁터로 가는 할머니를 바라보는 책임감 강한 소년은 그렇게 되고야 말 것이다.

키프로사는 처음부터 그 길에서 배제되어 있었지만 제임을 부러워하지 않았다. 자신에겐 다른 길이 있다고 믿었기 때문이었다. 세계의 수도에 비하면 전나무의 성은 장난감 같은 존재였다. 꿈속에서 눈새를 타고 내려다봤던 것처럼. 그러나 눈새는 떠났다. 이제 무엇이 그녀를 구원할 것인가?

성문이 열렸다. 아침빛을 받아 창날들이 수숫대처럼 붉었다.

군대가 움직이기 시작했다. 사람들이 던지는 봄꽃들이 그들의 발아래 짓이겨졌다. 핏방울 같은 봄꽃에서 꽃 비린내가 진동했다. 수없이 있어 온 일이기에 아무도 신기하게 여기지 않았다. 몇 명인가는 어지러워 쓰러졌다. 그것도 늘 있던 일이다. 군대가 멀어져 갔다. 키프로사는 아무도 배웅하지 않았다. 로지아도 키프로사의 배웅을 기대하지 않았을 것이다.

키프로사는 오키드나와 함께 성을 내려가 오랜만에 뒤뜰로 갔다. 사냥꾼들이 떠난 매 우리는 고요했다. 초라한 몰골의 소녀가 살금살금 걷던 길이었지만 오늘은 아가씨 태가 나는 키프로사와 오르골에 조각한 아기 천사 같은 오키드나가 지나갔다. 질척하게 녹은 흙에서 쇠 냄새가 풍겼다.

텅 빈 새장 안에는 아무것도 없었다. 오물은 깨끗이 치워졌고 무엇보다 새장 자체도 절반밖에 없었다. 이번 출병에 필요한 무기를 만드느라 상당 부분이 해체된 까닭이었다. 키프로사는 늘 서던 자리에 서서 새가 있던 때처럼 허공을 올려다보았다. 철이 들 무렵 찾아오기 시작해 십 년도 넘게 보았던 새의 잠자는 얼굴을 떠올려 보았다. 너무 자주 보았기에 이 자리에 없는데도 있는 것처럼 생생하게 그릴 수 있었다. 키프로사는 조그맣게 중얼거렸다.

"지금쯤 어디에 있을까."

"어디 있느냐고? 세계의 수도에 있지."

등 뒤에서 불쑥 나타난 데니가 나란히 서서 새장을 올려다보았다. 키프로사가 입을 비죽였다.

"데니가 어떻게 알아?"

"내가 왜 모르냐? 난 마법사가 아니더냐?"

"그래. 쥐 잡는 마법사지."

"맞았다. 쥐 잡는 법 좀 알려주랴?"

키프로사가 대꾸하지 않자 데니가 다시 말했다.

"란드리도 세계의 수도에 가고 싶어 했던 걸 아느냐?"

처음 듣는 이야기였다. 키프로사가 데니를 쳐다봤다.

"그래서, 갔어?"

"갔으니 나하고 만난 게 아니냐? 그런데 처음 만났을 때 그놈은 심한 향수병에 걸려 있었더란 말이야. 그래서 고향이 뭐 어떤 데기에 그렇게 그립냐고 했더니 하는 소리가 한 해에 겨울이 다섯 달이고, 눈이 왔다하면 어깨까지 쌓이며, 몇 년에 한 번씩 눈사태가 닥치는 데다, 봄이 되어 눈 밑을 파헤쳐 보면 죽은 사람이 예닐곱 명씩 나온다고 하더군. 그딴 곳에 정말로 가고 싶으냐고 했더니 가고 싶어서 숨이 넘어갈 지경이라고 하더구먼."

"나 같으면 다신 안 돌아오고 싶을 텐데."

데니가 피식 웃었다.

"아직도 가고 싶으냐?"

키프로사는 데니 앞에서 세계의 수도에 가고 싶다고 말한 적이 없었다. 키프로사가 대꾸하지 않자 데니가 반쯤 남은 새장을 짚더니 다른 손을 펴서 허공을 쓰다듬었다. 그의 손을 따라 금빛이 번져나갔다. 마치 팔에 감긴 베일을 펼치는 듯했지만 그런 것은 없었다. 햇살이 뭔가에 반사된 것도 아니었다. 그건 정말로 금빛이었다. 금빛 풍경이었다.

"봐라."

수많은 지붕들이 키를 견주며 넘실거렸다. 기와는 햇빛에 바랜 자색과 청색, 주황색이었다. 그 사이로 하얀 방첨탑과 오색 타일을 바른 돔이 솟았다. 청록색 도자기를 입힌 다리의 아치 너머로 높다란 성문이 솟아올랐고, 끝이 보이지 않는 행렬이 그 아래를 통과하고 있었다. 갈기를 물들인 말과 비단 휘장을 드리운 낙타, 당당한 좌대를 인 코끼리가 섞인 가운데 수레 위에는 기묘한 짐승이 갇힌 우리가 실렸고 진귀한 과일이 빛났다. 붉고 노란 천막이 너울거리는 시장에는 갖가지 옷을 입은 사람들이 물결처럼 흘러갔다.

"저기가······."

"세계의 수도, 위대한 도서관의 도시, 델피나드다."

그 이름이 발음되는 것을 처음으로 들었다. 델피나드. 음악처럼 흡족한 이름이었다. 키프로사는 입술을 움찔거렸다. 데니가 가리키며 말해주는 풍경 속을 뚫어져라 보았다. 저기 푸른 깃발이 달린 곳이 도서관의 지붕이지. 그 뒤는 식물원이다. 꽃 한 포기에 보석 한 줌씩 쥐어 줘야 하는 값진 식물들이 그득한 곳이지. 저쪽 시장에는 전 대륙의 산물이 다 모인다. 금화만 있으면 용의 눈알도 살 수 있고말고.

멍하니 듣던 키프로사가 중얼거렸다.

"비르기온의 박물지에 나온 것들이 저기 다 있네."

"비르기온이 델피나드 사람인데, 당연한 노릇 아니겠느냐."

"데니는 정말로 마법사였구나. 그리고 아버지도······."

"레이븐은 내 말을 귀담아 듣지 않았지. 그놈이 그렇게 된 후로 다시는 아무도 가르치지 않으려 했다."

데니가 도서관을 가리켰다.

"저 안에는 마법을 가르치는 자만도 수백이다. 배우려는 자는 그 백 배쯤 될 게다. 대충 휩쓸려 다닌다고 마법사가 되는 줄 아느냐? 굳은 마음을 먹고 왔다가도 포기하고 떠나는 놈이 부지기수니라. 이루지 못하면 버리고 온 고향을 욕되게 하는 게야. 그래도 가고 싶으냐?"

키프로사가 데니를 바라봤다. 아주 오랫동안 그러고 있었다. 오키드나가 손을 잡아당기고서야 정신이 돌아와 동생을 내려다봤다. 그러더니 그 손을 끌어다 꽉 쥐었다.

눈의 새

"갈래."

데니가 고개를 끄덕였다. 지키는 자가 있다면 나아가는 자도 있다. 그 모두가 성의 자손이었다.

"내가 보내 주마."

란드리 데이어가 잡아왔던 눈새는 그 손녀에게 길들여졌다. 32년 만의 일이었다.

눈의 새

그림자 성

전나무의 성은 데이어 고원에 솟은 창날이었다. 춥고 황량한 그곳에서 홀로 날카롭게 빛나고 있었다.

그들의 영주는 '전나무의 왕'이라고도 불렸다. 왕을 자처할 만큼 넓은 영지도, 부유함도, 많은 백성도 없었건만 누구도 그 이름이 어울리지 않는다고 하지 못했다. 본래 그들은 북 메어 왕국에 충성을 맹세한 소영주였다. 그러나 동시에 이름 높은 정예 데이어 창병의 지배자이기도 했다.

전나무의 왕, 제임 데이어가 전사하고 그의 아내 로지아가 영주가 되었을 때 가문에는 세 아들이 있었으나 누구도 뒤를 잇지 못한 채 사라져갔다. 세월이 흘러 늙은 로지아에게는 손자 하나와 손녀 하나만 남았다. 할아버지와 이름이 같은 제임 데이어, 그리고 아버지가 실편백나무의 이름을 따서 붙인 키프로사 데이어.

실편백나무는 무덤, 죽음, 영원한 고통을 상징하는 나무여서 사람들은 괴상하다며 혀를 찼다. 키프로사의 삶은 이름보다 더 나빴다. 아버지는 미치광이 소리를 듣다가 성을 떠났고, 어머니는 갓 난 딸을 버리고 친정으로 돌아가 버렸다. 영주인 할머니는 그녀를 미워하여 하녀들 사이에서 부엌데기로 자라게 했다.

성을 떠났던 아버지가 동생 오키드나를 보내왔던 날, 로지아는 대노하여 아기를 내버리라 명했다. 키프로사는 밤중에 홀로 나갔다. 숲에 버려진 아기를 찾으려 했지만 어느새 길을 잃었다. 혹한이 다가오는 시기였다. 걷고 또 걸었지만 사냥꾼의 오두막 하나도 나타나지 않았다. 그 대신 별빛이 점차 사라진다 싶더니 높은 벼랑이 앞을 가로막았다. 길을 단단히 잘못 든 모양이었다. 이대로는 아기를 구하기는커녕 키프로사가 먼저 얼어 죽을 판이었다.

키프로사는 반쯤 자포자기해서 벼랑을 따라 걸었다. 그러다 보니 어른이 겨우 들어설 법한 갈라진 틈이 나타났다. 내부가 어떻든 칼바람이 몰아치는 바깥보다는 나으려니 싶어 키프로사는 안으로 들어갔다. 입구 언저리는 좁았으나 좌우를 손으로 더듬으며 나아가던 도중 갑자기 주위가 탁 트였다. 사방에 불빛이 있어 키프로사는 자신의 눈을 의심했다. 이 모두가 추위와 피로로 쓰러진 자신이 죽어가며 꾸는 꿈은 아닐까?

그런지 어떤지 모르지만 동굴 속은 연옥색 대리석으로 지은 둥근 홀이었다. 불빛은 벽을 따라 걸린 램프들에서 나고 있었다. 키프로사는 홀을 한 바퀴 돈 다음 아치형 출구를 발견해 그리로 들어섰다. 복도를 지나 어느 방으로 나온 소녀는 깜짝 놀랐다. 다름 아닌 자신의 침실이었던 것이다. 더 놀라운 것은 같은 곳이 분명한데 풍경이 전혀 달랐다. 벽난로에 불이 활활 타오르는 가운데 포근한 거위깃털 이불이 깔린 침대가 있었다. 이불 위에는 한 번도 입어본 적이 없는 파란 벨벳 드레스가 놓여 있었다.

키프로사가 머뭇거리며 드레스를 만져보고 있는데 문 두드리는 소리가 났다. 마치 도둑질하다 들킨 것처럼 몸이 딱딱하게 굳었다. 처음에는 들어온 사람이 누구인지도 몰랐다. 그는 키프로사를 보고 놀라지도 않고 다가와 나란히 앉더니 머리를 쓰다듬었다.

"어딜 갔다가 이제 오느냐, 로사. 이 추운 데 혼자 나갔다가 길이라도 잃으면 큰일 난다."

이 사람은 누굴까? 누구이기에 이렇게 다정한 말을 할까?

키프로사는 남자의 얼굴을 유심히 보았다. 그러고 있자니 성에 걸린 초상화 하나가 생각이 났다. 란드리 큰할아버지가 죽기 전에 그렸다던 그 초상화와 꼭 닮았다. 할 말을 몰라 눈만 깜빡이던 키프로사는 그제야 상대가 누구인지 알았다. 큰할아버지를 유독 닮았다던 아버지, 레이븐이었다.

키프로사가 갓 났을 때 성을 떠났다는 아버지가 어째서 이곳에 있을까? 알 수 없었지만 이렇듯 상냥한 그를 보자 저도 모르게 온몸에 따뜻한 기운이 돌면서 어깨까지 퍼지는 듯했다. 아버지는 키프로사가 쥔 드레스를 내려다보고 웃었다.

"바느질 방 할멈이 서두른다더니 그새 옷이 다 됐구나. 한번 입어보

그림자 성

련?"

키프로사는 얼른 고개를 저었다. 이런 고운 옷이 자기에게 어울리지도 않을 것 같았고, 바느질 방 할멈이 자기 옷을 만든다는 것도 어색했고, 무엇보다 그런 짓을 하면 꿈이 깨져버릴 것 같아서였다. 꿈이더라도 아직은 깨고 싶지 않았다. 이윽고 부녀는 방을 나와 아래층으로 내려갔다. 레이븐은 내려가는 내내 키프로사의 손을 잡고 있었다. 손의 온기가 어찌나 낯설고도 눈물겨운지 키프로사는 내내 그 손에 꼭 매달려 있었다.

내려가서는 또 한 번 놀랐다. 두 번째라 그나마 빨리 예상할 수가 있었다. 어머니가 의자에 앉아 있다가 일어나 키프로사를 안아주더니 머리를 다시 묶어주며 서둘렀다. 세 가족은 식당으로 갔는데 그곳에는 죽은 시어드릭 삼촌, 도망친 덴 삼촌, 심지어 키프로사가 태어나기도 전에 죽은 할아버지까지 모두 다 있었다. 할머니 로지아는 키프로사를 자기 곁에 앉히고 옷매무새를 만져주더니 빙그레 웃으며 말했다.

"우리 손녀가 어찌 이리 고우냐."

전나무의 성에서 만찬 자리가 이렇게 왁자지껄했던 적은 없었다. 아버지는 시어드릭 삼촌과 내일 사냥 나갈 계획을 짜고 있었고 덴 삼촌은 무슨 농담인가를 하다가 할아버지에게 핀잔을 듣고는 키프로사에게 도와달라고 눈짓했다. 키프로사는 자신이 무슨 말을 했는지도 몰랐지만 할아버지는 곧 껄껄 웃음을 터뜨렸다.

키프로사는 자신이 이렇게 많이 웃었던 날이 있었던가 생각했다. 그러다가 차가운 정적에 싸인 전나무의 성이 떠오르는 순간 깨달았다.

여기가 어디인가를. 그림자 성이었다. 아버지가 남긴 일지에 쓰여 있던 그곳이 틀림없었다.

깊은 숲 어딘가에 있다는 그림자 성에서는 모든 일이 전나무의 성과 반대로 일어난다고 했다. 그러니 할아버지는 전사하지 않았고, 할머니가 영주가 될 일도 없었고, 아버지는 떠나지 않았고, 삼촌도 죽지 않은 것이었다. 그리고 그 모두가 키프로사를 사랑하는 것이었다. 이랬으면 좋겠다고 상상한 일은 없었지만 이렇게 좋을 줄도 몰랐다. 어찌나 좋은지 이대로 여기에 눌러 살아야겠다고 거의 결심했을 정도였다. 그때 누군가가 문을 열고 만찬장으로 들어왔다.

이번에는 아는 사람이었다. 엘마 숙모였다. 그런데 그녀의 품에 아기가 안겨 있었다. 시어드릭 삼촌이 얼른 일어나 다가가자 엘마가 아기를 넘겨주며 말했다.

"실컷 먹고도 칭얼대잖아. 아빠가 보고 싶은 것 같더라고."

시어드릭이 죽지 않았으니 엘마가 아기를 또 낳은 것은 조금도 이상하지 않았다. 그런데 아기를 가만히 보고 있자니 자신이 뭔가를 잊고 있다는 기분이 들었다. 뭐더라.

아, 생각났다. 키프로사는 아버지를 바라봤다.

"아빠, 오키드나는요?"

레이븐이 천천히 고개를 기울이는 것이 보였다. 오른쪽으로 기우뚱하게. 그가 말했다.

"오키드나? 그게 누구지?"

깨달음은 느리게 왔다. 따뜻한 소음이 다시 만찬장을 메운 사이 키

키프로사는 일어났다. 천천히 의자를 밀고 나와 식탁에서 멀어졌다. 도무지 발길이 떨어지지 않는다 싶었지만 어느새 입구까지 와 있었다.

키프로사가 읽었던 일지 속에서 아버지는 그림자 성을 찾으려 했었다. 찾지 못하자 마법으로라도 불러내고자 집요하게 연구한 흔적이 있었다. 어쩌면 그때 아버지가 불러냈기 때문에 지금 키프로사가 이곳에 들어왔는지도 모른다. 그렇다면 아버지도 이곳에 왔을 텐데 그는 어디로 갔을까?

아버지는 이곳에서 키프로사와 같은 것을 보았을까? 이 풍경은 그에게도 행복한 것이었을까? 그렇지 않았기에 여기에 남지 않았던 걸까? 아니면…… 그는 남았지만 키프로사에게는 보이지 않는 것일까?

정말로 그렇다면, 그는 어디에 있다고 할 수 있을까?

아버지가 그림자 성을 찾고 싶었던 심정은 이해가 갔다. 키프로사와 같았을 것이다. 전나무의 성이 을씨년스럽고, 영지를 다스리고 창병대를 지휘하느라 아들을 돌봐주지 않는 로지아가 원망스러웠을 것이다. 그러나 그림자 성에 남으면 모든 일이 해결될까? 그건 키프로사가 이곳에서 진짜 레이븐, 미치광이 레이븐을 찾지 못한 것을 보면 알 수 있었다.

그림자 성은 진짜가 아니었다. 거기서 일어난 일은 사실이 아니었다.

그림자 성에서 오키드나는 영영 태어나지 않을 것이다. 아버지가 성을 떠나 다른 여자를 만날 일이 없을 테니까. 그러나 키프로사가 여기에 남아버린다면 진짜 세상에서 숲에 버려진 오키드나도 죽어 사라

전나무와 매

질 것이다. 지난밤 키프로사는 목숨을 걸고 성을 나왔다. 오키드나를 찾기 위해서. 그리 쉽게 저버릴 결심이 아니었다.

그림자 성을 빠져나오는 것은 쉬웠다. 전나무의 성과 똑같았기 때문에 익숙한 길 그대로 성문으로 나오면 되었다. 키프로사는 지난밤에 그랬듯 혼자 숲으로 나가며 발그레한 난롯불이 일렁거리던 침대와 그 위에 놓여 있던 파란 벨벳 옷을 생각했다. 다시는 입어볼 일이 없을 그 옷은 언제까지나 그 자리에 있게 될까? 아니면 그곳에 어울리는 그림자 소녀가 그 옷을 입고서 즐거워할까?

그새 눈이 내려 숲이 하얗게 빛났다. 어제는 왜 길을 잃었는지 모를 정도로, 마치 누군가가 인도하기라도 하는 것처럼 키프로사는 곧 아기가 우는 소리를 들었다. 동시에 멀리서 늑대 우는 소리도 들렸다. 겁나지 않았다. 걸음을 재촉해 나아가자 저만치 아기가 든 바구니가 보였다. 달려갔다. 망토자락이 전나무 가지를 스치자 언 눈이 부서져 떨어졌다. 얼어 죽지만은 않았기를. 제발 살아 있기를.

오른쪽 검

진의 본명은 폴리티모스였다. 진짜 이름을 알기까지 9년이나 걸렸지만. 그는 본명을 찾은 후로도 여전히 진이라는 이름을 선호했다. 그 이름은 단순하고 가볍고 친숙했다. 또한 진이 진실로 그리워하는 세월을 담고 있었다.

진은 에페리움에서 태어났으나 여덟 살까지는 그 이름을 한 번도 못 들어보았다. 어머니가 의도적으로 말해주지 않았던 것이다. 에페리움으로 돌아오고도 진은 어린 시절의 그림자가 드리워진 뒷골목을 잊지 못했다. 그러나 거리로 나가는 것은 금지되어 있었다. 진도 감히 나가려 하지 않았다. 적어도 6년간은 그랬다.

열네 살이 된 어느 날, 족쇄에 묶인 신세를 참다못한 진은 충동적으로 담을 넘어 밤거리로 나갔다. 비록 그가 자란 거리는 아니었지만 온갖 사람들이 북적거리는 야시장을 걷자 묘하게 기분이 좋아졌다. 길도 모르면서 정처 없이 걷다보니 어느새 시장의 끝까지 왔다.

에페리움은 더운 땅이어서 해가 진 후에도 카페나 시장이 활기찼지만 자정 무렵이 되면 다들 서둘러 문을 닫고 집으로 돌아갔다. 자정 이후는 밤의 족속들의 시간이었다. 도둑, 강도, 폭력단, 금지된 교단, 아편장수, 인신매매 상인, 유곽, 그리고 돈이라면 무슨 주술이든 걸어주는 주술사들과 누구든 죽여주는 암살자들이 바로 그들이었다.

에페리움에 돌아온 후 줄곧 갇혀 지내다시피 한 진은 그런 사실을 몰랐다. 시장이 끝나는 곳에는 선술집이 하나 있었는데 옛날 진을 귀여워하던 술집 주인의 가게와 비슷해 보였다. 실은 그리 많이 비슷하지는 않았지만 진은 대담하게 안으로 들어갔다. 약간의 반항하고픈 충동도 작용했을 것이다. 안에서는 우락부락한 사내들 서넛이 모여앉아 술을 마시고 있었다. 다른 손님은 없었다. 잘 차려입은 도련님 같은 진을 본 사내 하나가 기가 막힌 표정을 짓더니 말했다.

"썩 나가."

진은 사내의 말을 무시하고 한쪽 테이블에 앉아 커피를 주문했다. 주인은 재미있다는 표정으로 커피를 가져다주었다. 진이 커피를 마시며 창밖을 내다보고 있는데 또 다른 사내가 그를 불렀다.

"아가, 왜 그러느냐? 엄마가 당밀과자를 감춰두고 주지 않더냐?"

진이 대꾸했다.

"당밀과자도 안 줄뿐더러 저랑 같이 자주지도 않더군요."

사내가 다시 말했다.

"그거 슬프군. 우리 엄마는 빗자루를 휘두르며 너 따위는 영영 집

문턱을 넘을 생각도 말라고 소리쳤지."

진이 다시 대꾸했다.

"우리 엄마는 모두 널 위한 거라고 말하면서 제가 세상에서 제일 싫어하는 일만 골라서 하는 분이시죠."

사내는 후리후리한 장신에 온 몸이 근육질이었고 드러낸 어깨와 팔에는 무수한 흉터가 있었다. 날렵한 몸만 보면 삼십대 같은데 얼굴은 예순 살은 먹은 사람처럼 주름투성이였다. 젊었을 때는 잘생겼다는 소리를 들었을 법했지만 지금은 웃을 때만 부드러운 인상이 되었다. 마침 사내는 껄껄 웃음을 터뜨렸다.

"이 세상 엄마들은 아들들을 괴롭히기 위해서 살지. 안 그러냐?"

사내는 술을 한 잔 따라 진에게 건네주었다. 진은 사양 않고 마셨다. 일생 처음 마시는 술이었고 독했지만 잘 참아냈다. 그러자 다른 사내가 그들이 먹던 말린 대추야자를 던졌다. 비스듬히 날아가는 것을 낚아채어 한 입 깨물자 처음의 사내가 어깨를 으쓱했다.

"꼬마, 너 손 좀 쓰는구나."

사내의 이름은 베카라고 했다. 그는 검투사였다. 에페리움 왕도 시민들이 가장 즐기는 유흥거리였지만 진은 한 번도 검투장에 가본 일이 없었다. 그날 술을 좀 더 마신 베카와 동료들은 집에 들어가지 않겠다는 진을 검투사 숙소로 데리고 갔다. 그들도 술에 취했기에 그랬을 테지만 한 잔 이상 마시지 않은 진은 눈이 휘둥그레졌다. 휘장으로만 나뉘진 방들은 어디든 땀과 술 냄새가 코를 찔렀고 사방에서 옷을 적게 걸친 여자들이 튀어나왔다가 깔깔 웃으며 사라졌다. 베카는 진을 자기

오른쪽 검

방으로 데려가 침대에서 자게 해 주었다.

익숙하지 않은 잠자리에서 한참을 뒤척이다가 잠들었던 진은 새벽녘에 낯선 소리를 듣고 깨었다. 눈만 가늘게 뜨고 보니 어느새 일어난 베카가 방 한구석에 앉아 칼을 갈고 있었다. 그 태도가 마치 제단에 경배를 드리는 사람처럼 진지했다. 베카는 두 자루의 칼을 공들여 갈더니 비어 있던 옆방으로 갔다. 진은 긴장해서, 실은 조금 겁을 먹고 휘장 너머를 뚫어져라 보았다. 베카의 그림자가 공격 자세를 취했다. 그러더니 칼을 휘둘렀다. 찔렀다. 베었다. 물러났고, 돌아섰고, 기습했다. 상대는 허공이었다.

진은 숨도 못 쉬고 그 모두를 보았다. 최고의 선생에게 교육받고 있었지만 생전 처음 보는 빠르기와 절도 있는 움직임에 완전히 압도되었다. 베카의 몸놀림은 현란하지 않았다. 꼭 필요한 동작뿐이었고, 동작과 동작을 연결할 때마저 낭비가 없었다. 마침내 멈췄을 때 진의 머릿속에는 한 가지 생각밖에 없었다. 베카가 방으로 돌아오자 진은 벌떡 일어나 바닥에 무릎을 꿇고 앉았다. 베카가 씩 웃었다.

"잠 설쳤냐? 괜히 따라왔다 싶지?"

진은 고개를 숙였다. 스승에게 취하던 자세였다.

"가르쳐주세요."

예상대로 베카는 쉽게 설득되지 않았다. 진은 하루 종일 베카를 따라다녔다. 검투장까지 갔다. 처음으로 검투 광경도 보았다. 온갖 사나운 검투사들이 있었지만 베카는 그들 중 누구보다도 강했다. 그런데 베카는 그 점을 불만스러워했다. 마침 젊은 검투사 하나가 베카에게

도전해서 모든 관중이 흥분하며 그 경기를 기다리고 있었다. 베카는 싱겁게 이겼다. 무릎을 꿇은 상대를 죽일 가치도 없다는 것처럼 가슴팍을 차 넘어뜨리며 소리쳤다.

"나 따위를 이길 자가 없단 말이냐!"

모두가 오만한 외침이라고만 생각했지만 진의 생각은 달랐다. 어쩌면 저건 말 그대로의 뜻일지 몰랐다. 베카는 스스로가 보잘것없다고 생각하는데 더 나은 실력자를 만나지 못해 답답해하고 있었다. 화가 난 베카는 대기실로 돌아와 진을 보더니 다짜고짜 따귀를 후려쳤다.

"아직도 안 가고 여기서 뭘 해!"

바닥에 처박혔던 진은 일어섰다. 입가가 찢어지고 머리가 어찔어찔했지만 하려던 말은 잊지 않았다. 차근차근 하려던 말이었지만 얻어맞은 분노 때문에 저도 모르게 외치고 말았다.

"제가 당신을 이길 겁니다!"

베카의 표정이 기묘해졌다.

"뭐야?"

진은 입가의 피를 손등으로 닦아내며 베카를 노려봤다.

"당신이 가르쳐주기만 한다면!"

침묵이 길었다. 이윽고 베카가 이를 드러내며 웃더니 말했다.

"내게 거짓말을 한 놈을 내가 어떻게 하는지 궁금하지 않나?"

베카는 갑자기 테이블 위의 단지를 걷어찼다. 바닥에 떨어지기 직전, 베카의 검이 단지를 꿰뚫으며 바닥에 꽂혔다. 바스러진 단지에서 술이 뿜어져 나왔다. 베카와 진의 눈이 마주쳤다. 진이 말했다.

오른쪽 검

"거짓말을 한 적이 없으니 저하고는 관계없군요."

그러자 베카가 바닥을 가리키며 말했다.

"맹약의 술이다. 마셔라."

진은 망설임 없이 엎드리더니 더러운 바닥을 흐르는 술에 입술을 축였다. 베카가 다가와 진의 목덜미를 붙잡아 일으키더니 세 번 껴안았다.

진은 베카의 제자가 되었다. 사흘에 한 번, 밤중에 찾아오는 조건이었다. 때로는 감시가 엄중해서 빠져나오지 못하기도 했지만 진은 약속을 거의 지켰다. 그리고 지키지 못할 때는 두 배로 연습해 왔다. 그런 나날은 4년이나 이어졌다. 4년간의 밤 외출이 발각되지 않을 수는 없었다. 그러나 열여덟 살이 된 진은 예전처럼 남의 명령을 들어야 하는 어린아이가 아니었다. 미행이 붙기도 했지만 따돌리는 진의 실력이 더 뛰어났다. 수업은 순조로웠다. 진은 베카가 검뿐 아니라 어떤 무기든 완벽히 다루는 것에 놀랐고, 베카는 진이 그 모두를 빨아들이는 속도에 놀랐다.

그러는 동안 베카의 이력에 대해서도 알게 되었다. 베카는 북부에서 태어났다고 했다. 젊은 시절은 세계의 수도라고 불리는 위대한 도시, 델피나드에서 보냈다. 스물여덟 살에서 마흔 살까지 그는 델피나드에서 가장 악명 높은 존재였다. 그는 암살자였다. 몇 백 명을 죽였다고 했다. 어마어마한 돈을 만졌지만 모조리 써버렸다. 검 두 자루만으로 그날의 빵을 벌지 못하면 스스로 목숨을 끊을 작정이라고 했다.

베카는 아직도 그럴 수 있었다. 그러나 전성기의 실력은 사라졌다.

오른손 때문이었다. 정확히는 오른손 새끼손가락이 날아갔기 때문이었다. 그는 본래 오른손잡이였으나 그 후로 왼손을 수련하기 시작했다. 왼쪽 검으로도 에페리움에서 가장 강했지만 신출귀몰하던 오른손에는 미치지 못했다. 베카의 경쟁자는 다름 아닌 자신의 전성기였다. '오른쪽 검'이었을 때 그는 델피나드의 일인자였다. 전 대륙의 실력자들이 모여드는 델피나드였으니 어쩌면 전 대륙에서 가장 강했을는지도 모를 일이었다.

손가락을 잃은 후 베카는 델피나드를 떠났다. 그간 쌓은 명성을 스스로 무너뜨리고 싶지 않았기 때문이었다. 너무도 깨끗이 사라져 델피나드에서는 아직도 그의 행방이며 생사여부를 모른다고 했다. 베카는 그의 본명이 아니었다. 그는 진에게도 본명을 말해주지 않았다. 진도 자신의 본명을 말하지 않았다.

검투장에 소문이 돌았다. 남부에서 최고라는 검투사 '붉은 칼'이 온다고 했다. 왕도가 술렁거렸다. 모두가 베카와의 대결을 기대하고 있었다. 베카는 웃었다. 그자가 정말로 강하길 기대한다고 했다. 진만이 베카의 내심을 알고 있었다. 베카는 이미 예순 셋이었다. 엄격하게 가다듬어 왔건만 몸은 점차 쇠해가고 있었다. 무엇보다 눈이 침침하다고 했다. 이대로라면 몇 년 뒤 베카는 보잘것없는 자에게 져서 죽을지도 몰랐다. 그런 치욕을 용납할 수 없다고 했다. '죽으려면 진짜로 강한 자에게 죽어야지.' 베카가 입버릇처럼 뇌까리던 말이었다.

붉은 칼과의 대결을 앞둔 전날 밤, 베카는 진을 불렀다. 그리고 자신의 최후를 보아달라고 했다. 관중석 맨 앞줄에서, 누구보다도 정확히 보아달라고 했다. 그런 후 델피나드에 가서 한 사람에게 전해달라고 했다. 사는 곳과 이름까지 말해주었다. 진은 그곳에 가면 베카의 진짜 이름을 알게 되리라는 생각이 들었다.

어쩌면 베카는 일부러 이런 말을 하는지도 몰랐다. 4년간 베카는 진을 아들처럼 여기게 되었다. 동료들에게 감추던 델피나드에서의 과거까지 말해주었지만 아직도 본명과 출신은 숨겼다. 베카가 죽고 나면 그의 과거를 전할 사람은 진밖에 남지 않을 것이다. 아니, 베카의 존재를 증명할 사람이 진뿐이었다. 델피나드를 떨게 했던 베카의 재주는 바람결처럼 사라졌다. 그 일부라도 물려받은 자로서 진은 베카와의 약속을 지킬 의무가 있었다.

이야기를 마친 베카는 내가 정말로 진다면 말이지만, 하고 말하며 웃었다. 진은 웃을 수 없었다.

검투장이 꽉 찼다. 오랜만의 큰 경기였다. 흥분한 관중들이 꾸역꾸역 밀고 들어오는 가운데 진은 베카와 약속한 자리에 앉아 있었다. 표정은 딱딱했지만 마음속에서는 혼란이 소용돌이쳤다. 정말로 바라보는 것만이 최선일까? 베카가 이 자리에서 죽더라도?

크고 작은 경기가 모두 끝나고 드디어 마지막 경기, 베카와 붉은 칼의 대결이 시작되었다. 베카의 실력은 조금도 녹슬지 않은 듯했다. 붉은 칼도 강하긴 했지만 잠깐 사이에 세 군데나 상처를 입었다. 이대로라면 베카의 승리였다. 진은 마음을 놓았다. 괜한 걱정을 했다 싶었다. 진이야말로 베카의 실력을 가장 잘 아는 사람이었다. 그동안 진도 빼어나게 성장했지만 베카를 이기려면 멀었다. 베카가 약해졌다고 끊임

없이 뇌까리지만 그건 자신의 전성기와 비교하기 때문일 뿐이었다. 아직까지 그는 무시무시하게 강했다.

그때 베카가 잠시 비틀거렸다. 진은 깜짝 놀랐다. 그럴 리가 없는데. 베카는 방향을 돌리려 했지만 붉은 칼이 틈을 주지 않고 공격해 왔다. 잠시 후 다시 한 번 베카가 고개를 돌렸다. 그러다가 한쪽 팔에 상처를 입었다.

진은 뒤를 돌아보았다. 누군가가 관중석에서 거울을 갖고 장난질을 하고 있었다. 아니, 장난이 아니었다. 비열한 승부조작이었다. 그는 당장 뛰어올라가려 했지만 사람이 너무 많아 쉽지 않았다. 그가 기를 쓰고 올라가는 사이 베카는 다시 상처를 입었다. 언뜻 보인 상대는 겁먹은 얼굴의 소녀였다. 소녀는 진을 보았는지 사람들 틈으로 사라져버렸다. 진은 숨을 몰아쉬며 베카를 내려다봤다. 그 사이 승부는 완전히 반대로 기울어졌다. 눈이 나빠진 후로 베카는 햇빛의 잔상을 잘 참지 못했다. 두려운 상상이 뇌리로 파고들었다. 이대로 베카가 진다면?

그럴 수 없었다. 그래서는 안 되었다. 베카가 어떤 승부를 기대해왔는데, 어떤 최후를 원했는데, 저따위 장난질로 지다니!

소녀를 찾는 것이 문제가 아니었다. 경기를 멈춰야 했다. 진은 사람들을 헤치고 나아갔다. 귀족들의 특석은 까마득히 멀어보였다. 실은 멀지 않았지만 무한한 시간이 걸리는 듯했다. 마침내 특석을 지키는 경비병 앞에 선 진은 안쪽에 앉은 대신을 향해 외쳤다.

"난 폴리티모스 왕자다! 명령이니 당장 경기를 멈춰라!"

특석에서 소란이 일어났다. 진은 왕자다운 차림새가 아니었기에 입

오른쪽 검

에서 입으로 상황이 전해져 왕자의 얼굴을 잘 아는 사람이 불려왔다. 그러는 사이 시간은 시시각각 흘러갔다. 왕의 조언자, 시중 안탈론이 나타나 진에게 허리를 굽혀 보이자 특석의 모든 귀족이 일어나 허리를 굽혔다. 안탈론이 물었다.

"어떤 연유로 경기를 멈추고자 하시나이까?"

진은 고개를 흔들며 발을 굴렀다.

"설명할 시간이 없으니 당장 멈춰요!"

안탈론이 명령을 내리자 노란 깃발이 올라갔다. 무효를 알리는 깃발이었다. 그러나 싸우고 있던 두 검투사는 그 깃발을 즉시 보지 못했다. 경기를 멈춰야 할 자들도 마찬가지였다. 모두 손에 땀을 쥐고 승부를 바라보고 있었기 때문이었다. 그리고 다시 한 번 반사광을 받은 베카는 잠시 시력을 잃고 잘못된 방향을 노렸다. 그 순간 붉은 칼이 베카의 목 아래를 찔렀다. 진의 입에서 자신이 찔린 양 신음이 흘러나왔다.

베카는 당장 쓰러지지 않고 서 있었다. 승리를 느낀 붉은 칼은 몇 걸음 물러나 칼을 겨누었다. 베카는 오른손으로 흉갑을 묶은 어깨끈을 풀었다. 피가 분수처럼 솟아나고 있었지만 선 채로 견뎌냈다. 이윽고 흉갑이 바닥에 떨어졌다. 베카는 진이 앉아 있던 쪽을 향해 등을 돌렸다. 베카의 등에 처음 보는 문신이 보였다. 목 아래, 견갑골 위였다. 두 장의 날개가 펼쳐져 있었다. 머리는 사나운 새였다.

이윽고 베카는 진을 돌아보려 했다. 진은 그가 보는 자리에 자신이 없다는 데 생각이 미쳤다. 약속했는데. 그곳까지 달려가기에는 늦었다. 그리고 귀족들이 보고 있었다. 단 수 초의 망설임 후 진은 외쳤다.

"저 여기 있어요!"

그리고 베카는 쓰러졌다.

진은 내려갔다. 이제는 모든 관중이 진, 아니 폴리티모스 왕자를 위해 비켜섰다. 경기장에 뛰어내려 시체를 향해 달려가면서 진은 생각했다. 마지막 순간에 베카는 진의 목소리를 듣지 못했다고. 진을 보지도 못했다고. 그래서 진이 약속을 지키지 않았다고 생각하며 죽어갔다고.

그러나 진은 약속을 지킬 것이었다. 베카가 부탁한 것을 델피나드에 전하고, 언젠가 베카를 능가하는 존재가 될 것이었다. 그럼으로써 한때 이 세상에 베카라는 뛰어난 사내가 살았음을 증명하고야 말 것이었다.

그러자 눈물이 쏟아졌다.

맨발과 빈손의 새벽

젊은이는 자신의 팔뚝을 바라보았다. 흰 민소매 튜닉 아래로 어깨까지 드러난 팔은 사내들치고 굵은 편은 아니었다. 그러나 잔 근육이 탄탄하게 붙었고 피부는 그을렸으나 매끈했다. 손목에는 금팔찌 두 개가 꼭 맞게 감겨 있었다. 주먹 쥔 손 아래로 손목뼈가 날카롭게 솟았다가 사라졌다.

젊은이는 천천히 손을 폈다. 단련된 손바닥이었다. 검을 잡을 때, 창을 잡을 때, 고삐를 잡을 때 단련되는 곳은 모두 달랐다. 류트를 뜯을 때, 붓을 쥘 때, 바늘을 잡을 때 단련되는 손가락이 모두 다른 것과 같았다. 그는 자신의 손에 든 수많은 굳은살들이 어째서 생겼고 어떻게 쓰이는지 알고 있었다. 그것들은 그의 삶 자체인 듯 보였다.

젊은이는 창턱에서 뛰어내렸다. 창을 닫고 커튼을 쳤다. 정원이 사라졌다. 그는 이 자리에서 내려다보이는 정원의 모습을 좋아했다. 정확히는 정원의 구획이 오래 전에 살았던 시골의 옛 성탑에서 내려다보던 시가지를 연상시키기 때문에 좋아했다. 그때 그 시가지는 젊은이가 품을 수 있었던 가장 큰 희망이었다. 그는 그곳에 가서 말을 돌보는 사람이 되기를 꿈꾸고 있었다. 정확히는 말구종이라 해야 할 것이다. 근사한 말 십여 마리를 가진 도시의 부자 샤라풋은 말 한 마리마다 말구종을 따로 뒀는데 여물을 주고 빗질하는 것은 물론 매일같이 운동을 시키는 것도 말구종의 몫이었다. 그러다 보면 몰래 말을 타볼 기회도 생길 터였다. 샤라풋의 검은 말 '밤별'은 엉덩이에 흰 점이 있어 그런 이름이 붙었다. 천둥 같은 소리를 내며 달리는 모습은 복수의 신 아달누스의 검은 손아귀 같았다. 어머니가 밤낮으로 아달누스의 이름을 되뇌었기에 그에게는 가장 친숙한 신이기도 했다.

젊은이는 밤별을 타보지 못했다. 그런 미래는 까마득한 곳으로 사라져버렸다. 그는 다시 그곳에 갈 일이 있을지 알지 못했다. 아마도 없기가 쉬울 것이다. 한때 그렇게 근사해 보였던 시가지였건만 이제는 무엇 하나 볼 것 없는 흔한 소도시일 뿐이었다. 왕족들은 그런 곳에 가지 않았다. 변변한 여관조차 없기 때문이었다.

방을 가로질러 문을 열자 조각상 받침대에 걸터앉아 있던 동생이 반색을 했다.

"형!"

젊은이는 다가가 동생과 손바닥을 마주쳤다. 동생이 웃었다. 젊은이가 말했다.

"먼저 왔으면 들어오지 그랬어?"

"아니. 문을 보고 있자니 형이 곧 나올 것 같더라고."

"마법사들과 공부한다더니, 투시라도 배워왔어?"

"그랬다면 좋았게. 하긴 뭐, 그런 걸 할 줄 안다면 형의 방문 같은 거나 바라보고 있진 않겠지만."

"그럼 뭘 하게?"

동생이 키득거리며 웃었다. 상냥한 얼굴에 장난기가 반짝였다.

"마법사들은 꼭 필요한 기술은 알려주지 않는단 말이야. 그런 걸 할 줄 안다면 지루한 연회도 한결 재미가 날 텐데."

젊은이는 씩 웃기만 했다. 둘은 복도를 통과해 넓은 뜰로 나갔다. 입구에 섰던 위병들이 창을 재빨리 치웠다. 동생이 앞장서서 걷다가 돌아보더니 짓궂게 웃었다.

"그런 기술이 생겨도 테아 마마는 눈감아 줄 테니까 염려 마."

동생은 재빨리 달아났지만 젊은이는 열의 없이 쫓아가 가볍게 목을 조르는 시늉을 하고 말았을 뿐이었다. 곧 둘은 마구간 앞에 이르렀다. 둘이 다가가자 마부들이 긴장해서 뛰어나왔다. 노회한 마부 하부디가 허리를 굽혔다.

"폴리티모스 왕자님, 팔라소스 왕자님, 납시셨습니까?"

폴리티모스라는 이름은 여전히 맞지 않는 옷처럼 버석거렸다. 태어 났을 때 얻었던 이름이라지만 젊은이가 처음 들은 건 아홉 살이나 되어서였다. 그 전까지 그는 진이었다. 짧고 익숙한 이름이었다. 더 이상 써서는 안 된다고 하자 두 배로 좋아졌다. 동생 팔라소스도 그걸 알고 있었다.

"내 말을 끌고 와. 형님의 것도."

"한바탕 달리시려굽쇼? '날빛'과 '반쪽이'는 잘 먹고 푹 쉬어서 아주 팔팔합니다요."

뒤에서 젊은 마부가 말 두 마리를 끌고 나왔다. 날빛은 진의 말, 반쪽이는 팔라소스의 말이었다. 날빛은 이름처럼 희게 빛나는 말이었고 반쪽이는 이름과는 달리 모자란 면이라고는 없는 늘씬한 회색 말이었다. 팔라소스는 자기 소유물에 희한한 이름을 곧잘 붙였는데 이유를 물어봐도 미소만 지을 뿐이었다.

"갈까?"

왕궁 북문 밖에 솟은 산기슭은 형제가 즐겨 말을 달리는 장소였다. 그 근처로 가면 두 왕자가 경쟁하듯 산등성이를 올라갔다 내려갔다 하는 모습이 보인다고 해서 일부러 기웃거리는 사람들도 많았다. 젊은 여자도 있었고, 아이도, 늙은이도 있었다. 비록 먼발치였지만 두 왕자가 나타나면 박수를 치기도 하고 손수건을 흔들기도 했다. 몇 년 전부터 생긴 이런 풍경을 왕궁에서도 제지하지 않고 내버려두었다. 그들이 왕자들을 사랑할수록 왕국도 사랑하게 되기 때문이었다. 한때 왕손이 태어나지 않아 온 나라가 애태웠던 시절을 기억하는 자들일수록 더욱 두 왕자를 좋아했다. 훤칠하고 빼어난 스물한 살, 열일곱 살의 두 왕자는 에페리움의 번영을 나타내는 상징과 같았다.

멀어서 얼굴은 보이지 않건만 흰 말이 형인 폴리티모스, 회색 말이 팔라소스라는 것도 다들 알고 있었다. 형이 항상 더 빠르다는 것도. 네 살이나 많으니 당연하다고들 했지만 좀 더 낮은 소리로는 동생이 형을 못 당한다고, 동생도 잘났지만 형이 원체 출중해서 어쩔 수가 없다고들 속삭였다. 그런 말은 드러내놓고 할 만한 것은 못 되었는데 두 왕자의 출신에 큰 차이가 있었기 때문이었다. 비록 형이긴 해도 진의 어머니는 천한 무희 출신이었고 팔라소스야말로 왕비의 몸에서 태어난 적자였다.

처음엔 가볍게 달렸다. 좋은 날씨였다. 이 계절에는 산등성이에서 내려오는 바람 덕택에 승마뿐 아니라 무엇을 해도 쾌적했다. 곧 여름이 오면 말과 몸을 붙이는 것만으로도 더워질 것이다. 그래서 봄이 가기 전에 전차 경기도 열리고 야외 연극도, 제전도 열릴 예정이었다. 여름이 오면 연회는 밤에만 열릴 것이다. 진은 작년부터 꿀을 넣은 포도주를 마시며 밤을 새우는 어른들의 연회에 갈 수 있게 되었지만 팔라소스는 아직이었다.

"형, 잔다나 족 토벌전에 출전하기로 했다면서?"

두 사람의 말이 잠시 느려졌을 때 팔라소스가 물었다. 진이 고개를 끄덕이자 팔라소스는 말을 조금 앞서 몰며 형을 돌아보았다.

"괜찮겠어? 첫 전투인데 그런 먼 곳까지 가서."

"다음 달이면 스물두 살인데 이 세상에 못 갈 데가 있겠어."

"꽤나 사나운 놈들이라던데."

"잔다나 족은 대대로 왕자들의 친구였지."

에페리움의 불문법에 의하면 성년이 된 왕자는 한 번 이상 전쟁에 나가 공을 세워야 했다. 진정한 왕은 옥좌뿐 아니라 야전 막사에서도 능력을 발휘해야 한다는 명분이었지만 갓 성년이 된 왕자를 위험한 전쟁터에 보내고 싶어 하는 왕은 없었으므로 지방 반란 토벌군에 합류하는 정도가 적당했다. 잔다나 족은 에페리움의 남쪽 변경에 살면서 몇 년에 한 번씩 소란을 일으켰는데 토벌군과 두어 번의 전투를 치르고 나면 쉽사리 진압되었다. 그렇다 보니 왕자들이 첫 전투를 경험할 상대로도 안성맞춤이었다.

"하긴. 아바마마께서도 잔다나 족과 싸웠다는 이야기를 하신 적이 있지. 그게 첫 전투였는지는 말씀해주시지 않았지만. 그럼 나도 역시 그러려나?"

"네가 성년이 될 때에 맞춰 잔다나 족이 교역권을 늘리고 싶다거나, 새 사냥터가 필요하다거나, 자기네들이 하늘의 선택을 받아 에페아를 지배할 운명을 타고났다거나 하는 생각을 해낸다면."

팔라소스가 웃음을 터뜨렸다.

"혹시 전갈이라도 받는 것 아냐? 이번에 왕자 하나가 새로 성년이 됐다는군, 한바탕 들고 일어나야 그 녀석이 진짜 어른이 되지, 뭐 이런?"

"왕자가 무사히 전투를 치르고 돌아가면 고맙다고 황금 몇 단지쯤 보내줄지도 모르지."

그런 식의 대화가 오가자 팔라소스도 긴장이 풀렸는지 표정이 가벼워졌다.

"그럼 가서 살살 쓰다듬어주고 와. 빠르다고 막 내달리지 말고."

"막 내달려서 잔다니지까지 갈지도 모르지."

잔다니지는 잔다나 족의 왕도라고 알려진 숲 속의 도시였다. 잔다나 족의 생활수준으로 보건대 도시라기보다 부락에 가까울는지도 몰랐다. 어쨌든 가본 사람은 아무도 없었다.

"그런 야만족 소굴에 뭐 쓸 만한 게 있겠어?"

"한 모금 마시는 것만으로 천국에 다녀올 수 있는 술이 있다던데."

"그거 양귀비 즙 같은 거 아냐?"

팔라소스가 아랫입술을 내밀어 보이자 진은 피식 웃었다.

"내가 갔다 와서 말해줄게."

진은 갑자기 속도를 냈다. 팔라소스가 신이 나서 따라붙었다. 완만한 능선을 따라 달리다가 갑자기 방향을 돌려 잡목 숲을 뛰어넘고 뒤이어 사방에 바위가 솟은 비탈로 접어들었다. 날빛은 교묘히 흙이 있는 곳만 디디면서도 속력을 줄이지 않고 달렸다. 진은 평지를 달리는 것보다 이렇듯 모험적인 길을 좋아했다. 이럴 때면 말 잔등에 착 붙은 진과 흰 화살 같은 날빛은 기수와 말이 아니라 한 몸인 듯했다. 험로에서도 이럴진대 평지를 달릴 때면 무섭도록 빨랐다. 팔라소스가 뒤따라가다가 힘에 부치자 킥킥 웃으며 소리쳤다.

"에이 참, 형! 빠른 거 아니까 자제 좀!"

흰 말은 그리 머리가 좋지 않다는 속설이 있었는데 마부들도 날빛만은 예외라며 고개를 흔들었다. 다만 날빛이 망아지였던 때부터 돌봤던 늙은 하부디만은 그런 말에 피식 웃곤 했다. 날빛이 그렇게 명마라면 진의 말이 되었을 리 없었다. 왕궁에서 가장 좋은 것은 절대로 진의 차지가 아니었다.

진이 속도를 줄이자 팔라소스가 뒤쫓아와 말 머리가 나란해졌다.

한동안 발을 맞추다시피 달렸다. 진이 흘긋 돌아보자 팔라소스가 말했다.

"딱 내 최고 속도에 맞추는 거 봐. 동생 실력을 잘 안다 그거지. 어휴, 능구렁이."

"너도 한눈을 안 팔면 더 빨라져. 해 봐."

"안 돼. 그건 내 방식이 아니거든. 한 점만 보고 달리는 건 형이지. 나란 녀석은 주변을 두리번두리번 해야 해."

그러자 진이 즉시 말고삐를 당기며 멈추었다. 오던 속력 때문에 날빛은 몇 걸음 미끄러지고 팔라소스가 탄 반쪽이는 수십 걸음을 더 달려가다가 멈췄다. 팔라소스가 돌아보며 외쳤다.

"뭐야, 갑자기!"

"예상했어야지."

진이 팔라소스 쪽으로 말을 몰아가더니 고삐를 잡은 손을 보였다.

"아까부터 이렇게 잡고 있었잖아. 이러면 곧 멈추는 거지."

팔라소스는 콧잔등을 찡그려 보였다.

"내가 살피는 건 그런 게 아니라고."

"그럼 뭔데?"

"저길 봐."

팔라소스가 어깻짓으로 가리킨 곳에는 평소처럼 왕성 주민이 삼삼오오 나와 왕자들을 바라보고 있었다. 여자들도 몇 섞여 있었다. 팔라소스는 일부러 그쪽을 보지 않으면서 싱글거렸다.

"저 중에 녹색 옷 입은 여자, 예쁘지 않아?"

"여기선 얼굴도 안 보이는데?"

"아까 말 달릴 때 꽤 가까이 갔었거든."

"못 봤어."

"그러니까 두리번거려야지. 이제 알았어?"

팔라소스가 재빨리 말의 배를 차서 먼저 치고 나갔지만 진이 곧 따라붙더니 허공에 대고 머리를 한 대 쥐어박는 시늉을 했다. 팔라소스가 웃음을 터뜨리더니 말을 겅중겅중 뛰게 했다. 멀리서 봐도 둘이 농담을 하고 있음을 다들 알 법했다.

"어제는 에우시페 양이 좋다고 하더니."

"생각이 바뀌었어. 이젠 녹색 옷이 제일이야."

"그렇게 관심 있으면 가서 말이라도 걸어 보든가."

"안 돼. 내가 말을 걸면 긴장해서 기절하고 말 거야. 그런 민폐를 끼칠 수야 없지."

"그럼 네 녀석의 사랑은 영영 이뤄지지 못할 운명이군."

"형이 그렇게 말하니 갑자기 마음이 싱숭생숭해지는데. 내 나이 열일곱에 손도 못 잡아본 여자한테 실연이라니. 정말 이대로 끝내야 한단 말인가? 하지만 내가 뭐라 하든 어마마마가 허락하시지 않겠지. 아, 대체 어마마마는 무슨 생각을 하시는 거람. 날 결혼시킬 생각은 있으신 거야? 아무나 적당한 여자로 골라 줄 것이지 뭘 그렇게 재는 거야? 이러다가 아들이 왕자님 구경 나온 동네 처녀하고 결혼하게 생겼잖아. 녹색 옷을 데리고 저기 어디 동굴 같은 데 들어가 하룻밤 치르고 나오면 허락해 주시려나?"

맨발과 빈손의 새벽

진은 기가 막힌다는 듯 웃었을 뿐이었다. 말은 그렇게 해도 팔라소스가 그렇게 섣부른 녀석이 아닌 줄은 알고 있었다. 팔라소스는 형 앞에서만 흰소리를 지껄이는 버릇이 있었다. 반면 다른 자리에서는 모든 어머니가 바라마지않는 기품 있는 소년의 모습이었다.

"형, 웃는 거야? 불공평하다고 생각하지 않아? 형은 테아 마마하고 열두 살에 결혼했잖아."

"결혼은 신중할수록 좋은 거지."

"어이, 그 말은 형의 결혼이 신중하지 않았다는 것처럼 들리는데?"

"신중한 결혼은 스무 살쯤 되어서 하는 거야."

"글쎄다. 테아 마마도 그렇게 생각했을까?"

"일곱 살 테아가 자기한테 무슨 일이 일어나는 줄이나 알았겠어? 이 얘긴 그만하자."

팔라소스는 어깨만 으쓱했다. 진이 그만하자고 하면 이야기는 거기서 끝난 것이었다. 어느새 둘은 산이 끝나는 곳까지 돌아와 있었다. 저만치 북문이 보였다. 북문 앞에 서 있는 사람을 보자 진의 얼굴색이 변했다.

"먼저 들어가라. 난 좀 더 달리고 올게."

대답도 듣지 않고 즉시 말 머리를 돌렸다. 진이 멀어져 가자 팔라소스는 얼굴에서 웃음기를 지우고 북문으로 내려갔다. 기다리던 자가 인사를 했다.

"작은 왕자님이 아니십니까? 바람 쐬고 오십니까?"

"시중이시로군요. 북문에 무슨 볼일이라도?"

국왕을 가장 가까이 모시는 직책, 시중 자리를 20년이 넘도록 차지해 온 안탈론은 이미 예순이 넘었으나 허리가 꼿꼿했고 성큼성큼 걸었으며 눈매가 매서웠다. 그의 안광을 처음 본 자들은 성품을 지레짐작하고 두려워했으나 안탈론은 궁에서 단 한 명의 적도 만들지 않는 온화한 인격자로 소문나 있었다. 다만 첫인상이 완전히 잘못된 것은 아니었는데 그걸 아는 소수의 사람들 중에는 어린 팔라소스도 있었다.

"큰 왕자님을 기다리고 있었습니다만 도중에 다른 볼일이 생각나신 모양이더군요."

그들을 큰 왕자, 작은 왕자라 칭하는 사람은 안탈론이 거의 유일했다. 왕비의 측근들이 눈치를 주곤 했지만 그는 '큰 왕자님을 큰 왕자님이라 부르고 작은 왕자님을 작은 왕자님이라 부르는데 왜 문제가 되느냐'라며 꿋꿋이 호칭을 고수했다. 반면 당사자인 팔라소스는 그 호칭을 전혀 불쾌하게 여기지 않았다.

"그런가 보더군요. 그럼 먼저 갑니다."

"잠시만, 한 말씀 여쭤 봐도 되겠습니까?"

안탈론이 부르자 팔라소스는 미심쩍은 얼굴로 한쪽 눈썹을 올렸다. 안탈론이 팔라소스에게 용건이 있을 까닭이 없거니와 왕비는 안탈론이 하는 말에 귀를 기울이지 말라고 누누이 아들에게 말한 바 있었다.

"혹시 왕비마마께서 최근에 외국인의 접견을 허락하신 적이 있으시옵니까? 우리말을 잘하지 못하는 자들 말입니다."

팔라소스는 잠시 생각하는 표정을 짓더니 옆을 흘끗 보았다.

"모르겠는데요. 왜 그런 걸 물으십니까?"

"아, 별 건 아닙니다. 요즘 여러 나라의 고귀한 분들을 찾아다니는 사기꾼들이 있다는 이야기를 들어서 그렇습니다."

"그래요? 어마마마께서 그런 자들에게 속아 넘어갈 것처럼 보이십니까?"

"그런 자들에게는 누구나 속을 수 있지요. 달콤한 물건과 달콤한 약속을 지니고 다니니까요. 그럼 이만 소신은 큰 왕자님을 뵈러 가보겠습니다. 편히 쉬시옵소서."

안탈론은 절을 하더니 북문 밖으로 나갔다. 팔라소스는 어깨를 몇 번 움씰거리고는 말을 재촉해 궁으로 들어갔다. 그는 북문 밖 산등성이가 걸어서 말 탄 사람을 찾기에는 적절치 않은 장소임을 알고 있었다. 안탈론이라고 모르지는 않을 것이다. 팔라소스는 소년이었지만 궁정 안 일들이 돌아가는 이치를 꽤 잘 알고 있었다.

대기실의 긴 의자에 비스듬히 앉아 허공을 쏘아보고 있었다. 왕이 사랑하는 여인, 첫 왕자의 어머니, 그럼에도 불구하고 왕비는 아닌 에렉티나는 왕도에서 가장 화려한 귀부인이었다. 모든 것을 가졌다고들 했다. 출신 때문에 왕비라는 이름은 얻지 못했지만 귀비의 자리에 올랐고, 온 백성이 사랑하거니와 무엇보다 왕이 자랑스러워 못 견디는 근사한 아들을 두었는데 무엇이 걱정이겠느냐고 했다. 미래는 그녀의 편이었다. 시간도 그녀의 편이었다. 에렉티나는 마흔을 넘겼는데도 왕의 침실에 처음 들어가던 열아홉 살 때보다 한층 매혹적이라는 평을 받았다. 흡사 농익은 장미 같다고들 했다. 한 발짝만 더 나아가면 꽃잎

이 추하게 벌어질 테지만 그 한 발짝을 용케 몇 년 째 미루어왔다. 궁의 후원에는 바깥쪽은 검고 중심은 붉은 장미가 숲을 이루며 자랐다. 어디선가 진상한 품종을 보고 에렉티나가 자신을 닮았다고 하자 왕이 가꾸도록 명령한 것이었다. 이름조차 '에페리아나', 즉 '에페리움의 여자'라고 지어졌다. 에렉티나가 에페리움의 여자라면 왕비는 무엇이란 말인가? 그러나 장미는 무성하게 자라났고 왕은 에렉티나의 허리에 한 팔을 두른 채 그곳을 산책하기를 즐겼다. 장미 덩굴이 아치를 이룬 오솔길 속에서는 웃음소리가 끊이지 않았다.

궁녀가 왕비의 도착을 알렸다.

에렉티나가 일어서자 궁녀 하나가 재빨리 무릎을 꿇고 옷자락을 정리했다. 사비나 왕비가 들어오자 에렉티나는 허리를 굽혀 보인 뒤 미소를 지었다. 남자들은 저도 모르게 다시 쳐다보고 여자들은 본능적으로 경계심을 느낀다는 특유의 미소였다. 사비나 왕비는 냉담하게 인사를 받고는 에렉티나가 앉아 있던 의자에 앉았다. 틀어 올린 머리 아래 목덜미는 미끈했으나 눈가와 입가에는 근심이 그어놓은 수많은 주름이 꿈틀거렸다. 군살이 붙기 시작한 허리나 윤기가 가신 손은 이제 돌이키기 어려웠다. 한때 그녀도 아름다웠지만 50대 중반이 되어 나이를 감추기란 쉽지 않았다.

"기분이 좋아 보이는군."

"물론이지요. 왕비마마."

"아들이 전쟁터에 나가는데 어째서 기분이 좋지?"

"아들이 진정한 에페리움의 사내대장부가 되고자 떠나는데 어찌 즐겁지 않을 수 있겠사옵니까?"

"사내대장부가 될지 졸장부가 될지 그건 갔다 와봐야 아는 것 아니야?"

"소첩은 아들을 믿기 때문에 그때까지 기다릴 필요는 없을 듯하옵니다."

"그런 걸 허세라고 하는 게야. 속으로는 겁을 잔뜩 먹었으면서."

에렉티나는 빙그레 웃었다.

"어쩌면 조금은 그럴지도 모르겠사옵니다. 저도 어미니까요. 한데 오늘은 어쩐지 마마께서 더 창백한 것 같사옵니다. 설마 폴리티모스를 걱정하시지는 않을 테고, 3년 뒤에나 있을 팔라소스의 출정을 벌써 걱정하시는지?"

이날 사비나 왕비의 화장은 조금 희게 된 감이 있었다. 왕비가 발끈하여 고개를 쳐드는 순간 에렉티나는 허리를 깊게 굽혀 절하더니 얼굴도 보지 않고 문간을 향해 걸어갔다. 왕비가 소리쳤다.

"어찌 감히 네가 먼저 나가려는 게냐!"

"마마께서 말씀하셨다시피 오늘은 소첩의 아들이 사지로 떠나는 날인데 어미로서 아들 곁에 서고픈 마음 정도는 능히 헤아려주시리라 믿사옵니다."

문이 열렸다. 기다리고 있던 궁녀들이 재빨리 양산을 펴고 깃털부채를 세워 들었다. 에렉티나가 당당히 걸음을 옮기자 우레 같은 환성과 박수가 터졌다. 왕자의 첫 출정을 축하하기 위해 모여든 왕도 시민들은 먼저 단상에 서 있던 국왕과 진 곁에 에렉티나가 와서 서는 광경을 지켜보았다. 비록 잠깐이지만 세 사람만이 국왕 일가인 듯한 풍경이 그들의 뇌리에 박혔다. 잠시 후 화가 나서 더욱 창백해진 사비나 왕비, 그리고 팔라소스 왕자가 나와 섰다.

승리의 여신과 에페리움의 수호신, 그리고 전쟁의 신을 섬기는 사제들이 나와 차례로 축도를 하는 동안 에렉티나는 눈물을 글썽거렸고 왕은 그녀의 손을 잡아주었다. 사비나는 뻣뻣한 태도로 앞만 바라보았다. 사람들이 자기를 어떻게 볼 것인가 따위는 이미 궁금하지도 않았다. 오직 당했다는 생각만이 머릿속을 맴돌았다. 사비나도 바보는 아니었으므로 에렉티나가 오늘 한 일이 어떤 효과를 불러올지 정도는 짐작하고도 남았다. 팔라소스보다 먼저 성년이 되어 전쟁터로 떠나는 진의 모습만으로도 태자 책봉 다툼에서 크게 불리해지는데 왕비인 자신까지 들러리로 만들어버리다니.

하필 진이 출정하는 날이라 이 문제를 따지기 어렵다는 점이 더욱 분노를 부채질했다. 한동안 에렉티나는 아들을 전쟁터로 떠나보내고 상심한 어머니의 역할을 근사하게 해낼 테고, 거기다 대고 단상에 나오는 순서가 틀렸니 어쩌니 하는 소리를 해봤자 왕의 귓구멍에인들 들어갈 리 없었다. 오히려 노성이나 듣지 않으면 다행이었다.

에렉티나는 이 모두를 계산에 넣고 있었을 것이다. 한두 해 에렉티나에게 당해 온 것이 아니었다. 교활한 여자. 자기 아들의 출정식조차 한 푼의 낭비도 없이 이용해먹는 여자. 사비나였다면 정말로 아들 걱정을 하느라 이런 계략은 떠올리지도 못했을 것이다. 밉살스러웠지만 동시에 무섭기도 했다. 이런 여자를 상대로 과연 팔라소스에게 태자 자리를 지켜줄 수 있을까?

사비나가 그런 생각을 하는 동안, 에렉티나가 전혀 계산에 넣지 않은 상대의 얼굴은 차디차게 굳어져 있었다. 진이었다.

"뭘 하느냐?"

에렉티나가 눈앞에 서 있었다. 막 진에게 망토를 둘러준 참이었다. 다음에는 왕이 검을 건네줄 것이다. 전례도 없는 이런 우스꽝스러운 식순은 에렉티나의 머릿속에서 나온 것이었지만 구경하는 사람들은 아주 좋아했다. 진은 에렉티나를 쏘아보았다. 그의 주변을 맴도는 아가씨들 못지않게 아름다운 어머니의 눈은 조바심을 억누르고 있는 듯했다. 들리지 않는 말을 하는 듯도 했다. 해야 할 일을 하라고. 네 기분 따위는 중요하지 않다고. 불쑥 이 자리를 떠나고픈 충동이 일어났다. 단상에서 뛰어내려 저 사람들 사이로 사라진다면.

그럴 수 없을 것이다. 어차피 곧 발견되고 말 것이다. 하긴 붉은 비단 망토에 사슬갑옷까지 걸치고서야 어디서든 숨을 수도 없는 노릇이었다. 진은 어머니를 형식적으로 껴안고는 곧 떨어졌다. 에렉티나는 아들이 자신을 밀쳐내는 느낌을 받았다. 그러나 멀리 있는 사람들에게는 단지 이별을 아쉬워하는 모자간으로 보였을 뿐이었다.

왕이 말했다.

"승리하고 돌아오너라. 폴리티모스."

진이 아무것도 하지 않아도 승리할 테지만 진은 말없이 검을 받아들었다. 오른손에 쥐고 사람들 앞에 내밀어보이자 환호가 거세어졌다. 발을 구르며 주먹을 휘두르는 사람들, 꽃다발을 흔들고 울먹거리는 사람들을 보며 진은 웃지 않으려고 무진 애를 썼다. 처음 출정하는 자신에게 무얼 기대하는 걸까. 말먹이나 주고 막사나 청소하면 적당한 풋내기가 지휘를 맡다니 휘하로 배속된 자들이 불쌍하기 짝이 없었다. 아니, 어쩌면 역전의 용사들로만 뽑았을지도 모른다. 지휘관이 길이라도 잃지 않도록 잘 돌봐줘야 할 테니까.

"형, 오늘 모습 끝내주는데. 그런 모습으로 나타나면 잔다나 족이 잔다니지까지 뺑소니치겠어."

"그래? 너 내 부대에 들어올래?"

"아니. 형을 뒤따라 잔다니지까지 뛰어야 하는 거라면 사양이야."

둘이 소곤거리자 사비나 왕비의 눈매가 매서워졌지만 팔라소스는 개의치 않고 싱긋 웃어 보이더니 딴전을 피웠다. 저 태연자약함이 부러워졌다. 저런 느긋함이야말로 정말로 왕자다운 자질인지도 모른다.

백발의 베락수스 장군이 단상으로 올라왔다. 이번 토벌전을 이끌 총지휘관이었다. 왕이 진의 어깨를 두드리자 진은 장군 앞으로 가서 허리를 굽혀 인사했다. 장군도 허리를 굽혀 인사를 받았다. 진은 그의 부관으로 종군할 예정이었다. 앞으로 원정 기간 동안 장군은 진 앞에서 허리를 굽힐 일이 없을 것이다. 장군을 뒤따라 단상을 내려가 열을 지어 선 군대에 합류했다. 장군에게는 부관이 넷 있었는데 진은 그중 첫 번째였다. 틀림없이 본래 첫 번째였던 자가 지금 곁에 서 있을 것이다. 그자가 보기에 자신은 어떨까. 애송이 주제에 왕자라고 앞자리나 차지하는 역겨운 놈이구나 싶겠지.

왜 이런 생각만 떠오르는지 몰랐다. 그저 단순히 기뻐하면 안 되는 걸까? 공을 세우도록 잘 짜인 대본대로 자신은 그저 따라 하기만 하면 되는데. 그걸 성의로 여기고 한가롭게 즐기다가 오면 안 되는 걸까? 진은 무심코 단상을 돌아보았다. 그러자 그때까지 진을 보고 있던 팔라소스가 입 모양으로 말했다.

형은 생각이 너무 많아.

하루하루 더워져갔다. 후원에는 검붉은 장미가 만발했지만 테아는 산책 한 번 나가지 않고 방안에 틀어박혀 있었다. 바늘을 쥐었으나 통 진도가 나가지 않았다. 조금 전에 궁녀가 들여온 수박 셔벗도 맛보는 둥 마는 둥 숟가락을 놓아버렸다. 이 더위에 숟가락을 들었다 하면 바닥을 보지 않고는 못 견딘다는, 계절의 왕과도 같은 진미(珍味)이건만 테아의 입에는 차갑고 깔깔할 뿐이었다. 어울리는 대접을 받지 못한 셔벗이 느리게 녹아가는 동안 달콤한 냄새가 방안을 떠돌았다.

문밖에서 궁녀가 불쑥 말했다.

"본가의 어머니께서 오셨습니다. 드시라 할까요?"

정물화 같던 테아의 얼굴에 표정이 번졌다. 당혹감이었다.

"어머니라고? 어디 계신데?"

"지금 문밖에 계시옵니다."

테아는 어찌할 바를 몰라 하다가 쥐었던 바느질거리를 치마 밑에 감춰넣었다. 어머니가 왔다는 소식은 조금 일찍 전해 달라고 누누이 일렀지만 궁녀들은 당연하다는 듯이 잊어버렸다. 어쨌든 상대는 어머니인데 별일이야 있겠느냐는 투였다. 테아가 궁녀들을 따끔하게 야단

칠 줄 알았더라면 이 지경이 되지는 않았을 테지만 그런 날은 앞으로도 오지 않을 것 같았다.

어머니 니메아는 들어서자마자 왕자비에게 응당 갖춰야 할 예법도 생략하고 대뜸 무릎을 맞대고 앉더니 손을 낚아채 잡았다.

"마마, 어찌 이리 손이 차십니까? 새로 올려드린 약은 드시고 계신 겝니까?"

"……네."

"아니 드시는 게지요. 어미가 어떤 마음으로 지은 약인 줄 번히 아시면서도 단지 입에 쓰니까 아니 드시는 게지요. 본가의 어미와 형제자매들이 마마만 바라보고 있노라고 그토록 말씀 올렸는데도 여전히 어린 계집아이처럼 구시는 게지요. 아닌가요?"

약은 먹고 있었다. 먹고 있다고 누차 말하고 보다 못해 궁녀들까지 증언해주어도 믿지 않으니 더 말할 기력이 없을 뿐이었다. 약을 먹으면 팔에 금이라도 하나씩 그어졌으면 했다. 반점이라도 생겼으면 했다. 하지만 다 소용없을 터였다. 니메아는 자신이 믿기 싫은 것은 믿지 않았다. 테아의 손은 여전히 차고 얼굴에는 핏기가 없으며 가슴도 올라오지 않으니 약을 먹었을 리가 없는 것이다.

또다시 니메아는 테아의 침묵을 좋을 대로 해석했다. 항변했더라도 마찬가지였으리라는 것을 알아도 위로는 되지 않았다.

"어미는 가슴이 미어집니다. 뱃속에서 불이 납니다. 내 속으로 낳았는데 어찌 이것 하나를 따르게 할 수가 없는지 바위에 이마를 짓찧고 싶어요. 마마의 오라비들이 떠오르지 않으십니까? 가보를 내다팔아

하루하루 살아가고 있다고 수없이 말씀 올리지 않았습니까?"

테아의 오라비들은 눈 먼 벼슬자리라도 떨어지지 않나 여기저기 기웃대며 세월을 보냈는데 가보는 내다팔지언정 일할 마음은 먹지 않았다. 명색이 왕자비의 오빠인데 남의 상회에 들어가거나 아이들을 가르치거나 하는 것은 가당치 않다는 것이었다. 실제로 왕자비의 오빠이다 보니 어딜 가든 쫓겨나는 일은 없었다. 아침은 이 댁에서, 점심은 저 댁에서, 차는 다른 댁에서 마시고 저녁에는 놀러 나가는 어느 댁 자제의 친우들 사이에 뻔뻔스럽게 끼어 공짜 술과 요리를 밤이 이슥하도록 즐기노라면 한 달도 하루처럼 흘러갔다. 눈치만 좀 없으면 만고에 편한 인생이었다. 이 부끄러움을 모르는 젊은이들에 대한 소문은 왕궁 연회에까지 들려와 테아는 얼굴을 들지 못할 지경이었다.

"본가 식구들이 밤낮으로 근심하면 무얼 하나요? 마마께서는 어미도 오라비도 아쉬울 거 없고 그저 마마만 궁에서 편히 지내시면 그만이시라는데요. 명색이 왕자비의 어미인 제 손가락에 금가락지 하나가 있는지 없는지 관심조차 없으시지요? 경대며 문갑은 옛날 옛적에 텅 비었답니다. 마마가 어려서 갖고 노시던 자개 인형마저 장사치의 더러운 자루 속으로 들어가 버린 마당인데요!"

자개 인형 얘기는 수년 전부터 수십 번은 들었다. 정작 테아는 기억도 나지 않건만 니메아는 늘 원통해하면서, 그리고 자기가 원통하면 테아도 마찬가지이리라고 믿어 의심치 않으며 그 이야기를 꺼냈다. 그러면서 테아의 얼굴을 엿보는 것이다. 그런 상황에서 적절한 표정을 짓는 능력은 테아에게 없었지만 어차피 무슨 표정이든 니메아를 만족시킬 수 없다는 점에선 똑같았다.

"그래요. 아쉽지도 않으시지요? 비단 금침을 덮고 온갖 진미를 드시며 지내시는 마마는 곳간이 텅 빈 본가 따위는 어찌되어도 좋다는 게지요? 정녕 마마의 피붙이들이 몸을 팔러 전쟁터에라도 나가야 속이 시원하시겠습니까?"

하마터면 테아는 그것도 좋겠다고 말할 뻔했다. 그때 눈치 있는 궁녀 하나가 약이 준비되었노라고 고했다. 어머니와 딸이 모두 반색을 했다. 검은 구정물 같은 약을 받쳐 들고 들어오자 내실 안에 고약한 냄새가 가득 찼다. 니메아는 인상을 찌푸리며 손수건을 꺼내 들었다. 테아는 아무렇지도 않게 약을 마시고는 궁녀에게 그릇을 돌려주었다. 궁녀가 나가자 니메아가 중얼거렸다.

"냄새 한번 고약하네."

테아는 말없이 헛구역질을 삼켰다. 한 번 마시고 나면 반나절은 뱃속이 쓰린 이 약을 무엇으로 만들었는지, 어떻게 만들었는지 궁금하기도 했지만 그건 니메아도 몰랐다. 누군가가 비밀스러운 조제법이니 진귀한 재료니 어쩌고 속삭이며 비싼 값에 팔아먹었을 것이다. 딸의 말은 믿지 않으면서 다른 사람의 말은 어찌 그리 잘 믿는지 불가사의하기까지 했다. 물론 다 테아를 위해서였겠지만, 아니 오라비들을 위해서였겠지만 어쨌든 그 약을 먹기만 하면 얼굴에 화색이 돌고 몸도 풍만해지며 바라마지 않는 달거리도 시작된다고 했다. 그중 어떤 일도 일어나지 않았다. 차라리 어머니의 말이 맞기라도 했다면.

"어머니, 제가 좀 어지러워서 자리에 들어야겠어요. 그러니 이만……."

"어지럽다니요! 그간 약만 잘 드셨어도 그럴 일이 없지요! 대체 언제 분별을 갖추시렵니까? 하긴 이제 이런 세월도 길지 않게 생겼습니다. 귀비마마께서 왕자마마의 귀도(歸途)에 맞춰서 두 번째 왕자비를 알아보려 하신답니다. 마마께서 열일곱이신데 새 왕자비가 웬일이겠습니까? 그게 다 마마께서 이렇게 연약하시니까 그런 게지요. 왕자가 두 비를 둔다는 이야기는 듣도 보도 못했건만 폐하의 귀비마마에 대한 익애가 하늘을 찌르시니 전례가 없어도 무슨 일이든 다 되는 게 아니겠습니까?"

테아는 아무 말도 하지 않았다. 니메아는 말을 하다가 제풀에 목이 탔는지 테아가 남겨둔 녹은 셔벗을 한숨에 마셔버렸다. 그러더니 입술까지 핥으며 말을 이었다.

"만에 하나 좋은 가문에서 새 왕자비가 들어와 회임이라도 하면 마마의 신세가 어찌될지 번히 상상이 안 되십니까? 예전에 왕비마마께서 팔라소스 왕자님을 낳지 못하셨을 때 얼마나 구차한 대접을 받으셨는지, 마마는 어려서 모르시지만 저는 봐서 압니다. 지금도 폐하의 익애는 첫 왕자님을 낳으신 귀비마마께 있지 않습니까? 하긴 어찌 보면 왕자마마께서 혈기 왕성하신 보령 스물하나가 되도록 잘도 마마를 기다리신 게지요. 그 보답이 지금쯤은 와야 했는데 마마는 아직도 이 모양이시고……. 그분께서 승마에 몰두하시는 것도 따지고 보면 다 마마 탓인 걸 모르시겠습니까?"

진이 말을 좋아한 것은 세 살도 되기 전부터이건만 니메아는 좋을 대로 갖다 붙이며 목소리를 높였다. 테아의 얼굴에 미세한 홍조가 번져갔다. 진을 생각하면 늘 손끝 발끝이 저릿해지며 입술이 말랐다. 테아는 진을 무서워했다. 남편이라고 생각하면 더 무서웠다. 결혼한 지 10년째이건만 아직도 실감이 나지 않는 존재였다. 먼발치에서 보기만 해도 몸이 굳어졌다. 남편이 아니었다면 나와는 상관없는 사내라고 생각해버리면 되었을 텐데. 그러나 진은 남편이었고 테아는 언젠가 그의 아이를 낳아야 했다. 물론 그 전에 여자의 몸이 된다면.

열일곱 살인데도 정식 신방을 차리지 못하는 테아를 두고 여기저기서 말이 많다는 것을 그녀 자신도 모르지 않았다. 작고 가녀리고 병치레가 잦은 테아가 아이를 낳을 수나 있겠느냐고, 후원을 걷고 있노라면 수군대는 소리가 한 발짝 뒤에서도 들려왔다. 그럴 때면 돌아보기는커녕 오히려 걸음을 빨리했다. 후원에는 나가지 않으면 되었지만 눈앞의 어머니는 피할 길이 없었다. 테아가 내내 묵묵부답이자 니메아는 마침내 무례함조차 잊고 테아의 손등을 찰싹 쳤다.

"그 전에 무슨 일이 있어도 신방을 차려야 합니다. 자, 이걸 받으세요. 치마 안쪽에 달고 다니시면 효과가 있을 겝니다."

니메아가 내민 것은 향낭처럼 생긴 주머니였다. 하지만 향기 대신 기묘한 냄새가 풍겼다. 테아가 손을 내밀다가 물었다.

"여기 든 게 뭔가요?"

"만드라고라 열매로 만든 특별한 약입니다. 주머니는 자식 일곱 낳은 여자의 속옷 조각을 발정난 종마의 오줌에 적셔 만들었지요."

테아가 흠칫 놀라 내밀던 손을 거두자 화가 난 니메아가 테아의 무릎을 때렸다.

"뭘 하시는 겝니까? 남편을 빼앗기게 생겼습니다! 왕자마마 같은 사내는 왕자가 아니라 해도 세상 모든 여자들이 탐내는 상대예요. 아무리 분별이 없어도 자신이 얼마나 복에 겨운 줄은 알아야지요. 왕자마마가 그럴 생각이 없다 해도 세상 여자들이 가만히 두지 않아요. 원정을 다녀오시면 왕자마마는 태자가 되실 것입니다. 그때도 마마가 신방을 차릴 준비가 안 되셨다면 새 왕자비의 간택은 피할 수가 없다는 걸 아셔야지요!"

"하지만 이런 건……."

"이런 게 아니라 더한 거라도 하셔야지요!"

결국 니메아는 직접 주머니를 달아주었다. 치마 속에 넣으니 냄새는 거의 사라졌지만 그런 물건이 몸에 닿는다는 생각만으로도 테아는 속이 메슥거렸다. 그러다가 니메아는 테아가 치마 속에 감춘 바느질감을 보고 말았다. 자그마한 소맷자락을 발견한 니메아가 반색을 했다.

"이게 뭡니까?"

그러나 꺼내고 보니 옷은 너무나 작았다. 아기 옷인 줄 알았는데 인형 옷이었다. 니메아가 이를 악무는가 싶더니 노성이 터졌다.

"이년이 아직도 인형을 못 버렸어!"

왕자비로서 들을 수 없는 폭언을 듣고도 테아는 니메아의 눈을 피했다. 일곱 살에 궁에 들어오던 날로부터 외로운 나날을 함께 견뎌 온 인형을 니메아는 수년 전부터 버리라 했다. 인형이 있으면 아기가 생기지 않거니와 어린아이의 장난감인 인형을 못 버리니 어른의 표지인 달거리도 시작되지 않는다고 철석같이 믿었기 때문이었다. 니메아의 성화가 너무 심해 테아는 작년에 인형을 버렸다고 거짓말을 했다. 그런데 다시 인형 옷을 봤으니 니메아가 눈이 뒤집히지 않을 리 없었다. 대뜸 옷을 두 조각으로 찢어버린 니메아는 따귀라도 때릴 듯 손을 떨다가 벌떡 일어났다.

"어디 숨겼어? 어서 바른대로 말하지 못해!"

니메아는 문갑이며 옷장을 열어젖히고 손에 잡히는 대로 물건들을 끄집어냈다. 테아가 팔에 매달리자 뿌리치며 밀쳐버렸다. 바닥에 넘어졌던 테아는 궁녀가 들어와 볼 것이 두려워서 오히려 자기가 문을 걸어 잠갔다. 반짇고리가 쏟아지고 자투리 천과 인형 옷 몇 개가 꾸역꾸역 나온 끝에 드디어 인형이 나타나자 니메아는 바닥에 떨어졌던 가위를 잡더니 목을 잘라버렸다.

"아……."

테아의 얼굴이 창백해지든 말든, 니메아는 두 조각이 난 인형을 천으로 감아 움켜쥐고 나가버렸다. 테아는 넋을 놓고 의자에 앉아 두 손으로 얼굴을 감쌌다. 그제야 궁녀가 문을 열고 들여다보았다.

"마마? 무슨 일이시옵니까?"

궁녀가 들어와 쏟아진 물건을 정리하려 하자 테아가 손에 얼굴을 묻은 채 말했다.

"나가줘."

궁녀는 고개를 까딱 하고는 나가버렸다. 이윽고 일어난 테아는 남은 인형 옷을 주섬주섬 주워 문갑 속에 밀어 넣고 니메아가 달아 준 주머니도 떼어 넣고는 문을 닫았다.

사방이 해였다. 숨을 곳이라고는 없었다. 계속 나아갈 도리밖에 없었다. 말도 사람도 지쳤으나 다행히도 해는 기울어지고 있었다. 기울어가는 해는 정오의 해보다 뜨거웠지만 오늘 저녁에 샘그늘 성에 도착하리라는 안내인의 전언이 있었기에 더위에 지친 자들이 품은 한 가닥 희망은 점점 커져갔다.

샘그늘은 황야에 솟은 샘을 중심으로 생겨났기에 붙은 이름이었다. 황야를 가로지르는 대상들이 들러 가기에 좋은 위치여서 마을이던 곳이 성으로까지 발달했으나 최근에는 방문객이 뚝 끊겼다. 남쪽의 성들이 하나하나 점령되다 보니 어느새 잔다나 족과 최전방에서 대치하는 성이 되었기 때문이었다. 아직까지 큰 전쟁을 겪어본 적이 없는 샘그늘 성은 군사 거점이 될 만한 장점이 전혀 없어서 베락수스 장군은 일찌감치 평원으로 나가 진을 칠 예정이었다. 그렇다고 해도 한 달 가까이 되는 긴 행군을 해온 군대가 하루 정도 휴식하기에는 알맞은 곳이기도 했다. 상인들의 발길이 끊긴 후로 성 안의 많은 숙박 시설은 텅 비어 있을 터였다. 맛있는 술과 과일, 저장된 햄도 그득히 남아 있을 것이다.

진은 날빛의 등에서 흔들거리며 이맘때면 왕궁에서 먹곤 하던 셔벗을 생각했다. 달고 시원한 맛을 떠올리자 입 안에 침이 돌았다. 안장에 물주머니가 매달려 있긴 했지만 조금 전에 마셨던 물은 미지근하다 못해 뜨뜻한 데다 불쾌한 가죽 맛이 감돌았다. 어쩌면 다른 병사들은 느끼지 못하는 맛일 것이다. 진은 자신도 잊어버리려 애를 썼지만 한 달이 된 지금도 성공하지 못했다.

진은 몸이란 적응하는 존재라고 믿었다. 더러운 뒷골목에서 발가벗고 숨바꼭질하며 자란 그가 백성들에게 공개된 공식 조찬 자리에서 입가에 기름 한 방울 묻히지 않고 말끔하게 식사를 마칠 줄 알게 된 걸 보면 불가능은 없는 듯했다. 행군하는 동안 진은 물주머니에 흙이나 말먹이, 심지어 말똥까지 넣어보며 뭐든 견딜 줄 알게 되려고 애를 썼다. 실제로 견딜 수는 있었지만 결코 옛 맛을 잊거나 새 맛을 즐기게 된 것은 아니었다. 노력이 부족해서 그렇겠지, 라고 생각하며 진은 물주머니를 열어 입술에 댔다. 그나마 그가 거느린 병사들에게는 저녁이 되도록 주어지지도 않는 물이었다.

"그늘나무가 보입니다!"

길잡이와 함께 돌아온 척후가 외치자 장군 곁에 선 부관들의 표정에 생기가 돌았다. 장군이 진을 돌아보았다.

"먼저 가서 도착을 알리고 성을 살펴보도록 하라."

"예, 장군님."

진은 고개를 숙여 답하고는 부하들 중 다섯을 지적해 따르도록 지시한 뒤 채찍을 뽑아들었다. 외마디 외침이 울리는가 싶더니 흰 번뜩임이 화살처럼 뻗어나갔다. 뒤를 따르는 부하들은 한참 뒤에야 흙먼지를 뒤쫓아 갔다. 군대의 눈도 지평선에 박혀 있었다. 왕자의 빠른 말에 대해 익히 들어왔지만 함께 행군하는 동안에는 실감할 기회가 없었다. 오늘에야 가까이에서 보니 조금도 허명이 아니었다. 과연 쾌마였다.

군대가 다시 움직이기 시작하자 장군으로부터 조금 떨어진 부관 다닐이 다른 부관 시스토스에게 말했다.

"빠르긴 진짜 빠르네."

"오죽이나 좋은 말이겠어?"

"말만 좋다고 저게 되나?"

"당연히 실력도 좋겠지. 고귀하신 신분에 종일 말이나 타는 것 말고 딱히 할 일도 없을 텐데 뭘. 농사를 지어야 하겠어, 장사를 해야 하겠어?"

"그래도 여자는 품어야 되겠지?"

둘이 킬킬대며 웃자 부관 벨콘이 비웃듯 한쪽 입술을 올렸다.

"너희가 왕자비 마마를 아직 못 봤군 그래."

벨콘은 사비나 왕비의 넷째 오빠인 두난의 아들이었다. 왕자비 얘기가 나오자 다른 둘이 흥미로 눈을 빛냈다. 웬만한 귀족들도 방에만 숨어 있는 테아를 보기란 쉬운 일이 아니었다. 테아는 심지어 출정식에도 나타나지 않았다.

"그분을 뵈었어? 본 사람이 거의 없다던데?"

"비쩍 말라 입맛 딱 떨어지게 생긴 어린애야. 장작개비를 품는 것보다 재미없을걸."

조금 지나치다 싶은 말에 다닐과 시스토스는 입을 다물며 주위를 둘러봤다. 대화를 엿듣는 사람이 없다 싶자 다닐이 먼저 호기를 부렸다.

"아, 그래? 그거 안됐군. 그렇지만 왕자가 왕자비 아니면 여자가 없겠나?"

"그런 여자가 어떻게 왕자비가 됐다지? 가문도 별 볼일 없다던 것 같은데."

벨콘은 더 대꾸하지 않고 말을 재촉해 앞으로 나아갔다. 이번 원정대에서 벨콘은 네 번째 부관이었는데 본래 첫 번째였다가 왕자가 끼어드는 바람에 네 번째로 처진 장본인이었다. 두 번째나 세 번째가 되지 못한 이유는 부관들 모두가 지휘하는 부대를 바꿔 혼란을 가중시킬 필요는 없기 때문이었다. 네 번째 부대는 본래 없었는데 벨콘을 위해 급히 병사를 모아 만든 부대로 다시 말해 오합지졸이었다. 벨콘은 보름 동안 말단 병사에서 갑자기 정예병으로 상승한 자들을 다루느라 짜증스러운 일을 수없이 겪었다. 출정식 때 진에 대한 그의 감정이 불쾌감이었다면 이제는 증오심에 가까웠다. 더구나 그는 사비나 왕비의 조카였으므로 평소에도 에렉티나와 진을 좋게 생각할 이유가 없었다.

진은 그늘나무 아래에 이르러 숨을 몰아쉬었다. 이렇게 서두를 필요는 없었지만 한 달 동안 느릿하게 행군해 온 터라 오랜만에 달릴 기회를 놓치고 싶지 않았다. 아직 만족스럽게 달리지는 못했지만 임무를 잊지는 않았다. 그늘나무는 샘그늘 성 앞에 홀로 우뚝 솟은 대추야자나무였다. 그 위치에 서자 성문이 잘 보였다. 보기만 해도 저절로 한숨이 나왔다. 이 그늘나무만 뽑아다가 몇 번 쳐도 그냥 부서질 것처럼 생겼다.

진은 성문 앞으로 말을 몰아갔다. 성벽 위에도 지키는 병사들의 그림자는 찾아볼 수 없었다. 말발굽 소리가 들리자 몇 명이 빠끔히 고개를 내밀었다. 진이 외쳤다.

"영광된 이스칸드의 별이 수호하는 존엄하신 국왕 폐하의 이름으로 잔다나 족을 정벌하기 위해 온 원정군이다! 성문을 열고 나와 영접하라!"

내다보던 자들이 깜짝 놀라 모습을 감추었다. 잠시 후 성문이 삐걱대며 열렸다. 나온 사람은 붉은 말을 탄 여자였다. 남쪽 사람들답게 가장자리에 긴 베일이 달린 모자를 쓰고 흰 드레스를 입고 있었다. 그 뒤로 병사 서넛이 대열도 이루지 않고 달려 나오고 있었다. 여자가 말을 멈추더니 진을 바라보며 말했다.

"존엄하신 국왕 폐하 만세. 여러분의 도착을 손꼽아 기다리고 있었습니다. 저는 샘그늘 성주 아드리함의 딸 달샤드입니다."

달샤드가 가까이 오자 진은 흠칫했다. 진보다 서너 살쯤 많아 보이는 달샤드는 궁정에서도 쉽게 보기 힘든 미인이었다. 그 즈음 진의 부하들도 도착해 진을 에워쌌다.

"베락수스 장군께서 먼저 가서 군대의 도착을 알리라 하셨소. 본대는 앞으로 한 시간 정도 후면 도착할 것이오."

"알겠습니다. 이미 성에 기별을 해두었습니다. 성주가 직접 나와 영접해야 마땅하나 작년에 갑자기 쓰러지신 후로 거동을 하지 못하십니다. 이 점 너그러이 용서해 주십시오."

"알겠소. 장군께 말씀 올려두도록 하겠소."

"고맙습니다. 그럼 안으로 드실까요?"

달샤드의 인도를 받아 들어가 보니 성의 상태는 밖에서 봤던 것보다 더 엉망이었다. 성문 쪽은 그나마 성벽이라도 멀쩡했지만 뒤로 갈

수록 오래 전에 허물어진 것을 보수하지 않아 높이도 들쭉날쭉하고 곳곳에 금이 가 있었다. 어느 곳은 인가의 높이가 성벽보다 높을 지경이었다. 내부에는 큰 광장과 작은 광장이 경사를 따라 올라가며 8자 모양으로 연결되어 있었는데 작은 광장 너머에 성주가 사는 내성이 있었다. 내성 뒤쪽은 깊은 계곡이라 옹벽이 높아서 그나마 그쪽으로 공격당할 염려는 없을 듯했다. 작은 광장에 이르러 주위를 둘러보던 진이 물었다.

"그런데 병사들은 어디 있소?"

달샤드가 계면쩍어하는 표정으로 뒤따르던 자들을 돌아보았다. 그들도 갑옷 같은 것을 걸치긴 했으나 진을 따라온 다섯 명에 비하면 마치 밭이라도 지키러 나온 농부들처럼 보였다.

"저희 성은 여염의 장정들이 곧 병사이므로 당번을 제외하면 모두 일터에 있습니다. 오랫동안 훈련을 받지 못한 터라 병사라 말하기가 부끄럽습니다만."

"수는 얼마나 되오?"

"5백 정도이나 팔다리가 성하기만 하다면 열다섯 살 소년부터 예순 살 노인까지 모조리 센 숫자입니다."

답변이 너무 솔직해 차마 혀를 찰 수도 없었다. 내버려뒀더라면 당장 내일이라도 잔다나 족에게 깨끗이 쓸렸을 듯했다. 그랬다면 달샤드는 무슨 꼴을 당했을까. 진은 쓸데없는 생각을 떨치려 고개를 흔든 후 말했다.

"장군께서 성을 조사해두라고 하셨소. 길잡이를 몇 명 붙여주면 내

부하들이 임무를 더 잘 수행할 수 있을 것이오."

"그렇게 하겠습니다. 지금쯤 영접 준비가 되었을 테니 대장님께서는 저와 함께 가시지요."

"나는 대장이 아니오. 장군님의 부관일 뿐이오."

달샤드의 얼굴에 미소가 번졌다. 왜 웃는지 알 수가 없었다.

"그렇습니까? 혹시 성함을 여쭤 봐도 될는지요?"

"진이오."

원정지에서는 신분을 밝히지 않기로 되어 있었다. 혹시라도 적들이 알면 표적으로 삼을 수도 있기 때문이었다. 달샤드는 다시 한 번 미소를 짓더니 진을 내성으로 안내했다.

"그건 문제가 안 돼. 어차피 여기서 싸울 일은 없으니까."

진의 보고에 장군이 내뱉은 말이었다. 그 말이 맞을 수도 있었다. 그러나 진은 못내 아쉬움을 떨쳐버릴 수가 없었다.

성 곳곳을 조사하고 돌아온 부하들의 보고에 따르면 외성벽에서 적이 침입 가능한 지점은 열다섯 군데나 되었다. 웬만큼 수리하면 될 정도가 아니라 한때 성벽이었던 흔적에 불과한 곳들도 있다고 했다. 부하 하나는 이렇게 말했다.

"토끼뜀으로도 넘겠더군요."

더구나 성벽 곳곳에 백성들이 짚단이며 잡동사니를 제멋대로 쌓아둬서 혹시 불화살이라도 날아든다면 성은 삽시간에 화염에 휩싸일 터였다. 중요 거점 사이에는 멋대로 지은 집이 질서 없이 얽혀 있고 가축 우리나 짐짝 따위가 길을 막고 있어 효율적인 연락망 구축 같은 건 애초에 불가능했다. 병사들, 아니 백성들의 무장 상태는 곡괭이나 낫보다는 좀 나은 상태였고 갑옷의 보급률은 절반도 되지 않았다.

성주 아드리함은 지난해 쓰러진 후 반신불수가 되어 통치는 딸인 달샤드가 도맡고 있었다. 달샤드는 아름답긴 해도 통솔력 있는 성주 대리는 아닌 듯했다. 형제라고는 열두 살 먹은 동생 하나뿐인데 이 조그마한 녀석은 자기가 사내니까 진짜 성주 대리는 자기라면서 사사건건 누나를 방해하는 것을 삶의 보람으로 알았다. 오늘 낮에 베락수스 장군이 입성했을 때만 해도 누나가 성을 외지인들에게 팔아넘기려 한다면서 바락바락 날뛰다가 기어이 영접실의 촛대를 하나 엎고서 뒷방에 갇혀 울부짖고 있었다.

"장기간 행군을 해온 데다 숙영지를 만드느라 병사들은 지쳤어. 체력을 비축해서 내일은 나가 싸워야지. 안 그런가?"

그 이상 조언하는 것은 부관의 본분에 어긋났다. 부관은 어디까지나 장군을 보좌하고 각 부대를 연결하는 역할일 뿐, 군사 회의의 참모는 아니었다. 만약 진이 진짜 부관이었다면 몇 마디 더 해보았을지도 모른다. 그렇지 않았기에 진은 더 말하면 월권이 된다고 느꼈다. 원정 기간에는 아무리 장군이 진을 일개 부관으로 대한다지만 마음속으로 부담을 느끼지 않을 리 없었다.

"알겠습니다. 그럼 편히 쉬십시오."

진이 돌아서서 나가려 하자 장군이 불쑥 말했다.

"조사하느라 수고 많았네. 오늘 밤은 자네도 좀 쉬게. 오늘은 더 부르지 않을 테니까."

예상대로였다. 한 달 가까이 행군하면서 진의 얼굴은 해쓱하다 못해 날카로워졌고 피부도 심하게 그을렸다. 왕자의 그런 몰골을 보자니 장군의 마음이 편치 못했던 모양이었다. 진은 말없이 절을 하고 밖으로 나왔다.

갑자기 수천 규모의 군대가 들이닥쳤지만 샘그늘 성의 분위기는 평소와 크게 다르지 않았다. 성의 체계가 엉망인지라 군대를 수용할 여력이 없어서 병사들은 성 밖에 숙영지를 세우고 머물게 되었다. 오면서 한 기대와 달리 성에 들어가 보지도 못한 병사들은 불만이 대단했다. 대장들도 기습을 대비해 숙영지에 머물렀다. 다만 장군만은 내성에 준비된 숙소로 들어갔으므로 부관들은 모두 성 안에서 자게 될 예정이었다.

진이 큰 광장으로 나와 보니 병사들이 싱글벙글하며 술통을 나르고 있었다. 한 명을 불러 세워 묻자 독수리대 대장이 병사들에게 술을 주라고 했다는 대답이 돌아왔다. 병사들의 불만을 잠재우기 위해 취한 조치인 듯했다. 술을 징발당한 술집 주인과 상인들은 화가 난 기색이었지만 상대가 창검을 가졌다 보니 대놓고 말하지는 못하고 저들끼리 삼삼오오 모여 떠들어댔다. 성주에게는 술이 없었단 말인가? 진이 묻자 한 사내가 대답했다.

"성주님께서 술을 드시다가 저렇게 되셨다고 달샤드 님께서 성 안에 술을 두지 못하게 하셨지 뭐요. 그땐 성주님 창고에서 나온 술을 우리끼리 나눠 가져서 좋았지."

"그랬으면 다시 내놓아도 불만이 없어야 할 게 아닌가?"

"다시 내놓다니? 그 술은 이미 한 방울도 안 남았고, 이 술은 내가 새로 빚은 술이란 말요! 엄연히 다르지!"

충성심이라고는 밀알 한 톨만큼도 없는 상인들은 다시 자기들끼리 떠들기 시작했다. 진은 그 자리를 뜨면서 왕도 시민들이 같은 말을 하는 환청을 들었다. 아니, 왕도 시민뿐 아니라 전 에페리움의 백성들일지도 몰랐다. 그들의 왕자이고, 언젠가 왕이 되는 일에 의미는 있을까?

무심코 걷다 보니 어느새 외성벽 쪽으로 와 있었다. 부하들이 이미 다 살펴보고 보고했지만 다시 한 번 같은 길을 걸어 보았다. 토끼뜀으로도 넘을 수 있다는 자리도 나타났다. 진은 그 자리에 걸터앉아 밖을 내다보았다. 멀리 숙영지의 불빛이 보이고 그 너머에 어스름 숲이 자리 잡고 있었다. 아니, 보이지는 않았지만 그런 기분이 들었다. 그 숲 너머에 잔다니지가 있을 것이다. 오기 전에 팔라소스와 했던 대화가 떠올랐다. 그때 진은 잔다니지까지 달려가 돌아오지 않는다면, 이라는 생각을 하고 있었다. 입 밖에 내지는 않았지만. 출정식 때도 비슷한 생각을 했다. 도망쳐 숨어버린다면. 어머니가 결코 바라지 않는 대로. 아니, 어쩌면 바라마지 않는 대로.

에렉티나가 출정식에서 무엇을 노렸는지 진도 모르지 않았다. 아주 좋은 기회였을 것이다. 다른 때라면 월권이라고 비난의 화살이 쏠렸을 텐데 출정하는 진이 훌륭한 방패막이가 되어주었다. 가서 부상이라도 입고 돌아오면 더 기뻐할지도 모른다. 또 어딘가에 이용할 거리가 되어줄 테니까. 물론 에렉티나는 그 모두가 진을 태자로 만들기 위해서였다고 주장할 것이다. 정작 진의 의견은 한 번도 물어본 적이 없으면서.

그러니 아예 사라진다면. 불쌍하다고 부왕이 왕비로 만들어줄지도 모르는 일 아닌가. 에렉티나는 아직 젊으니 태자가 될 자식쯤은 또 낳으면 될 테고.

"부관님, 여기서 뭘 하십니까?"

이치에 안 맞는 줄 알면서도 분노가 자아낸 상념에서 빠져 있다가 깨어나고 보니 부하들이 진을 바라보며 싱글거리고 있었다. 자말리크, 한본, 가야르. 모두 평민 출신이고 척후와 전령으로 잔뼈가 굵었으며 가장 젊은 가야르도 진보다 아홉 살이나 많았지만 누구도 더 이상 승진할 가망은 없었다. 이렇듯 어디선가 날아온 귀족 출신 애송이를 상관으로 모시면서 공을 세워 승진시켜주다가 퇴역하게 될 운명이었다. 이번 경우는 왕자였지만 그렇다고 애송이가 아닌 건 아니지, 그렇게 생각하며 진은 씁쓸하게 웃어 보였다.

"자네들이야말로 쉬지 않고 왜 이런 데까지 온 겐가?"

"바람결에 부관님 냄새가 흘러와서 말이죠."

"냄새를 맡아보니 술 한 병 갖고 오는 놈이 있으면 근위병으로 만들어줘야지, 하고 생각 중이신 걸 알았습죠. 자, 어떻습니까?"

자말리크가 품에서 술 한 병을 꺼내 보이며 웃었다. 왕실 근위병은 귀족 출신 젊은이들만의 전유물이었으므로 이들의 이야기는 순전한 농담이었다. 진은 피식 웃으며 술병을 받아들었다. 어차피 숙영지로도 술이 간 터라 오늘 밤은 음주가 허가된 셈이었다.

"날 오래 섬기고 싶다는 얘기로 알아듣겠네."

"정말입니까? 그럴 수만 있다면 좋겠는데요."

진이 맡게 된 부대는 예상대로 빼어난 병사들의 집합소였다. 이들을 거쳐 간 상관들은 대부분 이들의 능력에 기대어 이런저런 공을 세운 후 승진해서 떠나갔다. 얼마 전까지 이 부대를 맡고 있던 벨콘은 그 사실을 알고 유난히 조바심치며 닦달했던 모양이었다. 이들은 모두 벨콘에게 질려 있었다. 반면 진과는 아직 전투 한 번도 같이 해본 적이 없었지만 대부분이 호감을 품고 있었다. 왕자라기에 잔뜩 긴장했는데 벨콘보다 너그러운 것은 물론이고 상상 이상으로 소탈하기까지 했던 것이다.

진은 다른 부관들이나 장교들과 어울리기보다 평민 출신 병사들과 대화하기를 더 즐겼다. 그들이야말로 진이 전쟁터에 와서 경험하고자 한 새로운 생활이었던 까닭이었다. 게다가 뛰어난 승마술은 전령들이 특히 높게 평가하는 부분이었다. 한본은 자신이 부대에서 가장 빠르다는 자부심을 품고 있어서 농담 삼아 대결해보고 싶다고 말하기도 했는데 오늘 낮에 진을 뒤따라 달려보고는 그런 말이 쏙 들어갔다.

어느새 둘러앉은 그들은 술병을 하나씩 들고 부딪친 후 마셨다. 한본이 안주라며 삶은 누에콩을 내놓자 모두 한 주먹씩 나눠 쥐고 씹었다. 진이 그들을 둘러봤다.

"자네들은 그간 변경 전투 경험이 여러 번이겠지. 잔다나 족은 어떤 상대인지 경험 없는 신참한테 얘기 좀 해주게."

병사들은 머쓱한 표정을 했다. 이런 식으로 말하는 상관도 진이 유일했다. 선임병인 자말리크가 말했다.

"저희가 경험이 많아봤자 윗분들 지시에 따라 코앞이나 막기 바쁘지 아는 게 뭐 있겠습니까."

"아니. 바로 그걸 묻는 거야. 자네들은 코앞에서 잔다나 족을 봤을 게 아닌가. 검도 맞대 봤을 테고. 어떻던가? 강한가?"

"그야……."

자말리크가 머뭇거리자 가야르가 말했다.

"솔직히 코앞에서 보면 꽤나 무섭습니다. 일단 몸집부터가 크고요, 힘도 세거든요. 쟁기만 한 낫을 한 손으로 풍차 돌리듯 하지요. 사실 저희는 일대일로 잔다나 족과 맞붙지 않습니다. 둘이나 셋씩 짝지어서 상대하는 게 좋습니다. 처음 맞닥뜨린 병사들은 도망가지나 않으면 다행이고요."

"그래? 그럼 나도 도망가지 않는 걸 목표로 해야겠군."

가야르가 멍한 표정을 했다가 한본이 팔을 툭툭 치자 고개를 수그리고 킥킥거렸다. 자말리크가 말했다.

"저희는 부관님의 이런 점이 참 좋습니다. 가끔 저희끼리 얘기하다가 말입죠, 부관님께서는 어째서 다른 귀족들과 이렇게 다를까 하는 소리가 나왔거든요? 물론 저희가 본 귀족이 그리 많지는 않습니다만요."

"왕족은 아예 처음 뵈었지요. 왕족이라서 다르신가? 그런 생각도 해봤습니다만."

"실은 저희가 어디선가 그런 얘기를 들었거든요. 부관님께서는 옛날에 궁 밖에서 자라신 시절이 있다고요."

진은 고개를 끄덕이고 술을 몇 모금 마셨다. 더운 지방 술답지 않게 꽤 독했다.

"어쩌다가 그런 일이 있으셨는지야 저희가 여쭤볼 일이 아니겠습니다만, 그러니까 말인데요, 부관님께선 그럼 아홉 살 때까지는 저희처럼 사셨던 게지요?"

가야르의 말에 자말리크가 팔을 툭 쳤다.

"야, 이놈아. 저희처럼이라니. 어찌 우리 같은 놈들하고……."

"그래."

진이 불쑥 대답하자 가야르가 거봐라는 것처럼 자말리크에게 웃어 보였다. 그러자 자말리크가 다시 말했다.

"설마요. 저희는 어려서 발가벗고 전쟁놀이 하고, 여자애들 치마 올리고 도망가고, 이웃집 수박도 슬쩍 해서 먹어치우고, 아가씨들이 지나가면 천한 말이나 지껄여 놀리는 망나니들이었는뎁쇼."

"말만 했나. 노래도 불렀지."

병사들의 당황한 표정을 보니 재미있었다. 곧 가야르가 킥킥 웃더니 말했다.

"그럼 어디 부관님, 근사한 노래 하나 가르쳐 주십쇼?"

진은 술 한 모금을 더 마셨다. 독한 술이라 얼굴이 붉어졌지만 밤이라 보이지 않았다. 시원한 바람이 불어오자 기분이 좀 나아졌다. 한때 그는 노래하기를 좋아했다. 어머니가 삯바느질로 밤을 새우던 시절에. 궁에 돌아오고 나니 노래는 예인들이나 하는 것이었다.

이웃집 아야트가 내 손 잡고서
여기 한번 손 넣어보라고
그래서 넣어봤더니 이게 웬걸
축축하고 물컹하니 기분이 나빠
재빨리 빼고서 뺨 한 대 때렸더니
울면서 도망가 버렸네.
그러기에 괜히 오징어통발에 손은 넣으래갖고는.

처음에는 눈이 둥그레졌던 병사들이 마지막 소절을 듣자마자 킥킥 웃어댔다. 진도 웃었다. 하늘을 올려다보니 별이 쏟아질 듯했다.
"아, 진짜 놀랐습니다. 부관님 입에서 그런 노래를 듣게 되다니요."
"하나 배웠습니다. 고향 가면 써먹어야겠습니다."
"자네들은 언제 고향에 가나?"
진이 묻자 병사들은 서로 얼굴만 쳐다봤다. 이윽고 자말리크가 대답했다.
"실은 모릅니다요. 안 간 지 십 년은 됐습죠. 십오 년인가?"
"왜 안 가나? 먼가?"
"멀기도 합니다만 가면 돌아올 수가 없거든요. 고향에 갔다가 온다는 규정 자체가 없어서 가려면 계급장 내놓고 가야 합니다."
그러자 한본이 말했다.
"전 내년에 돌아갈 겁니다. 계급장 내놓고 가라면 내놓고 가야죠. 아들놈이 성년식을 하는데 아비가 되어가지고 그 자리에 안 갈 순 없거든요."

그 아들은 십 년 넘게 군대에 묶여 있던 아버지의 얼굴을 기억도 못할지 모른다. 진은 문득 부왕을 떠올렸다. 자신은 부왕으로부터 저만한 사랑을 받았던가? 부왕은 분명 지금 진을 애지중지했지만 아홉 살 때 꾀죄죄한 모습으로 궁에 돌아왔을 때는 그런 기색이 아니었다. 그때 부왕의 관심은 온통 잘생기고 의젓한 팔라소스에게 쏠려 있었다.

"돌아가면 아들이 기뻐하겠군."

"글쎄요. 누굴 찾아 오셨냐고 하지 않을까요?"

한본이 웃자 다른 두 병사도 웃었다. 다들 비슷한 처지였던 것이다. 한본이 다시 말했다.

"하긴 저도 아들놈을 제대로 알아볼지 자신이 없습니다. 하지만 언젠가 부관님도 아이를 낳으시면 제 기분을 아실 겁니다."

진은 미소를 지었다.

"그런 날이 와야겠지. 그나저나 자네만 한 전령도 드문데 장군께서 아쉬워하시겠군."

"아닙니다. 아까 낮에 부관님 모습 보고 지금까지 떠들고 다닌 말이 부끄러웠습니다. 이제 어디 가서 말 잘 탄다는 말은 절대로 안 할 겁니다."

진은 고개를 흔들었다. 그러자니 세상이 약간 흔들리는 듯했다. 가야르가 조금 전에 진이 부른 노래를 흥얼흥얼 따라했다. 그러자 자말리크가 또 다른 노래를 불렀다. 역시 예쁜 여자가 어쩌고 하는 노래였다. 듣고 있던 가야르가 불쑥 말했다.

"그나저나 이런 시골구석에 제대로 된 미인이 있더구먼요."

"그렇지? 아, 진짜 제대로더구먼."

가야르가 웃다가 진에게 물었다.

"부관님께서 보시기엔 어떻던가요? 이 성 아가씨 말입니다. 부관님은 궁에서 예쁜 여자를 많이 보셨을 게 아닙니까? 역시 거기 가면 그냥저냥입니까요?"

그러자 한본이 말했다.

"누구인들 왕자비 마마만 하겠나."

"아, 그렇지. 왕자비 마마가 계셨지."

그 누구인들 테아와 달샤드를 나란히 세워 놓고 테아가 더 예쁘다고 하지는 못할 터였다. 병사들이 테아를 볼 일은 앞으로도 없을 테지만. 진은 여기서 잠시나마 그들의 상관 노릇을 하고 있을지 몰라도 테아는 지고한 왕자비 마마인지라 함부로 화제에 올릴 수는 없는 노릇이었다. 진에게 말을 붙이기가 뭣해진 병사들은 자기들끼리 추리하기 시작했다.

"그나저나 저렇게 미인인데 그 나이까지 결혼을 안 한 걸 보면 뭔가 이유가 있겠지?"

"지참금 마련이 안 되어서 그런 게 아닐까? 이 성 꼴을 보건대 돈은 영 없을 것 같으니 말이야."

"그 정도 예쁜데 지참금이 무슨 상관이겠수? 나라면 땡전 한 푼 안 줘도 절을 넙죽 하고 데려간다."

"아니, 고향에서 기다리는 마님은 어쩌고?"

"그 마님께서는 벌써 새 서방 얻었을지 알 게 뭐람."

"얼쑤. 그러든 말든 여기 아가씨가 네 몰골을 보고 눈인들 깜빡하겠나?"

그때 진이 불쑥 말했다.

"지금 달샤드가 결혼해서 떠나면 이 성은 도둑 소굴이 되어버릴걸."

그 말도 맞는 말이었다. 병사들이 머쓱해하고 있는데 어둠 속에서 목소리가 들렸다.

"재미난 얘기가 들려오는데 이 몸도 한자리 끼어도 되겠지?"

벨콘이었다. 병사들은 퍼뜩 긴장해서 자세를 바로잡았다. 벨콘은 진처럼 스스럼없이 병사들과 대화하거나 술까지 같이 마신 일은 한 번도 없었다. 벨콘은 허락하는 사람이 없어도 적당히 자리를 잡고 앉더니 품에서 술 한 병을 꺼내 들었다.

"오늘 모여 앉은 놈들 치고 그 아가씨 얘기가 안 나온 데가 없다는데 내 술 한 병을 건다."

그러더니 병을 따서 꿀꺽꿀꺽 마셨다. 진은 벨콘이 팔라소스의 외사촌이라는 것을 알았기에 웬만하면 부딪치지 않을 작정이었다. 그런데 벨콘이 진을 보더니 킬킬 웃었다.

"그런데 말이야, 달샤드가 자네를 보는 눈이 심상치 않던데?"

조금 전에 왕자비 마마 얘기까지 나왔던 터라 병사들은 함부로 말을 받지 못하고 진의 눈치를 살폈다. 진은 술을 한 모금 더 마시며 대꾸했다.

"잘못 봤겠지."

"아냐. 이런 쪽에는 내가 꽤 정통하거든. 보아하니 노처녀던데 남자가 좀 그리웠겠나? 왕도에서 오신 백마 탄 젊은이를 보니까 마음이 동한 게지."

벨콘이 일부러 자신을 도발한다는 생각이 들었다. 말려들 필요는 없었다. 진은 목소리에 약간 힘을 주어 대꾸했다.

"무례한 소리를 하는군."

"자네한테? 아니면 그 아가씨한테? 이것 봐. 선남선녀를 연결해주려는 내 노력을 하찮게 보는군. 마음 있다는 아가씨를 마다할 필요는 없지 않나? 오늘이 만난 첫날이다 보니 얌전 빼고 있는 모양이던데 왕자라고 슬쩍 흘리면 오늘밤 침대 속이 따뜻해질걸? 안 그래?"

진은 발끈해서 일어나려다가 겨우 참았다. 원정 중에 동료와 싸우는 것은 탈영만큼이나 큰 죄였다. 그때 한본이 불쑥 말했다.

"부관님, 귀한 댁 아가씨를 놓고 말씀이 지나치십니다."

벨콘은 기가 막힌 눈으로 한본을 보았다.

"네놈이 지금 왕자님 믿고 옛 상관한테 대드는 게냐? 왕자님께서 원정이 끝나고도 네놈을 거둬 가실까봐?"

한본은 성품이 강직하기도 했지만 내년에 군대를 그만둘 생각을 하고 있어서 더 대담해졌을는지도 몰랐다. 진은 더 가만히 있을 수가 없어 벌떡 일어섰다.

"벨콘. 그 문제로 한 마디만 더 떠들면 가만히 두지 않겠다."

"아이고, 여부가 있겠습니까? 왕자님께서 명령하시는데 입 다물어야지요."

"여기서는 신분을 논하지 않기로 한 걸 잊었나?"

"예, 예, 부관님."

벨콘은 순순히 입을 다무는가 싶더니 술을 벌컥벌컥 마셨다. 단숨에 한 병을 다 비우더니 다시 웃으며 횡설수설하기 시작했다.

"전 다 왕자님, 아니 부관님을 생각해서 한 말이었는데 섭섭하네요. 전, 그 뭐시냐, 꼭 필요할 줄 알았거든요. 모름지기 사내가…… 아니, 뭐, 부관님도 사내시니까. 저도 혼인을 했는데 마누라라는 게 아무리 예뻐도 좀 지나면 싫증도 나고 그런데, 심지어 별로 예쁘지도 않으면 더할 것이고, 아니지, 아니구나, 아직 신방도 못 차렸으니 더 말할 것도 없는데. 얼마나 답답하셨을까 싶은 게, 이 먼 데 오셨을 때라도 한번 회포를 푸셔야……."

별은 쏟아질 듯 가까워져 있었다. 조금 전에는 주위가 흔들린다고 생각했는데 지금은 하늘과 땅이 붙으려는 듯 생각됐다. 그 사이에 서 있으니 짓눌려 숨이 막힐 지경이었다. 취기 치고는 이상했다. 아니, 그건 술 때문이 아니었다. 분노 때문이었다.

벨콘은 그동안에도 말을 멈추지 않았다. 점점 더 놀라운 얘기가 쏟아져 나왔다. 오래 전, 벨콘의 할아버지이자 대 부호였던 에케노스의 저택에 드나들던 식객 중 하나의 아내가 니메아였으며 니메아는 에케노스의 손자 손녀들 중 하나에게 자기 딸을 주고 싶어 안달이 나 있었다고, 만약 부인으로 삼기 어렵다면 첩으로라도 좋다면서 매달렸다고, 하루는 니메아가 딸이라며 테아를 데리고 왔는데 그 초라한 꼴을 보고 벨콘은 깜짝 놀랐다고, 예쁘기나 해야 데려올 그런 가문인 주제에 어찌 그리 볼품이 없는지, 그런 테아를 왕궁에서 데려간다고 했을 때는 다들 장난하는 줄 알았는데 웬걸 정말로 왕자비가 되더라고…….

병사들은 얼어붙어 있었다. 아무리 벨콘이 부호의 아들이고 왕비의 조카라 해도 상대는 왕자였고 화제는 왕자비였다. 미치지 않고서야 어떻게 저런 소리를 한단 말인가? 그들이 아는 벨콘은 거만하고 야심이 많긴 해도 미치지는 않았다. 도무지 이해하기 힘든 상황이었다.

진은 천천히 일어섰다. 벨콘은 히죽히죽 웃고 있었다.

"벨콘. 넌 내 아내를 모욕했다."

침착한 목소리였다. 벨콘은 눈을 크게 뜨는 시늉을 했다.

"그러니 난 너를 죽여야겠다."

진은 검을 뽑았다. 첫 참전의 첫 검을 이런 상대에게 뽑게 될 줄은 몰랐지만 이미 망설임은 없었다. 벨콘이 잽싸게 일어나더니 마주 검을 뽑으며 소리쳤다.

"먼저 뽑으셨으니 저도 뽑은 것뿐입니다. 잊지 마시길!"

목소리를 들으니 벨콘은 전혀 취하지 않은 듯했다. 취했다면 진이 더 취했다. 둘이 마주서자 병사들도 일어섰다. 진은 손을 내저어 끼어들지 말라는 표시를 했다. 가야르가 자말리크를 돌아봤다.

"누, 누구 말릴 사람이라도 불러와야 하나?"

"너 돌았냐? 장군님께서 아시면…….”

동료끼리 검을 뽑는 일은 이유 불문하고 가장 무거운 군율로 다스려졌다. 병사들이 판단을 내리지 못하는 사이 벨콘의 검이 진의 오른쪽을 노리며 들어왔다. 다음 순간 벨콘은 무릎을 꿇고 있었다. 벨콘의 공격을 흘려보내고, 돌아서고, 등 뒤에서 허벅지 근육을 잘라버리기까지 걸린 시간은 침 몇 번을 삼키는 시간보다도 짧았다. 이처럼 신속한 공격, 그리고 패배는 처음 보는 것이었다. 더구나 거창한 준비동작 없이 허를 찌르는 움직임은 왕자들이 교육받는 검술답지 않았다. 마치 암살자 같은 공격이었다.

벨콘의 앞으로 돌아온 진은 검을 쳐들었다. 그때 한본이 외쳤다.

"왕자님!"

부관이 아닌 왕자라는 호칭이 문득 진을 현실로 불러왔다. 목을 날려버리려던 검이 움찔, 하고 허공에서 멈췄다가 다시 움직여 벨콘의 얼굴을 그었다. 사선으로 두 번, 얼굴 한가운데를 교차한 무늬에서 피가 번졌다. 그제야 정신이 든 벨콘이 자기 얼굴을 만져 보더니 흥건한 피를 보고 정신 나간 표정이 되었다. 진의 한쪽 입술이 올라갔다.

"이제 남의 외모를 논하기에는 적당치 않은 얼굴이 됐군그래."

얼굴 한가운데에 가위표가 그려졌으니 어디서도 고개를 쳐들기 어려울 것이었다. 진은 검을 거두어 꽂고 그 자리를 떠나며 말했다.

"팔라소스의 사촌이라 네 목이 붙어 있는 줄 알아라."

진은 처분을 받아들였다. 화는 나지 않았다. 약간의 씁쓸함은 남았다.

이튿날, 군대는 떠났다. 떠나지 못한 것은 진과 스무 명 남짓한 진의 부대뿐이었다. 고된 행군을 견디며 여기까지 왔는데 잔다나 족의 창끝 하나 보지 못할 운명이었다.

동료와 싸운 죗값은 근신이었다. 저지른 일에 비해 가벼운 처분이고 어찌 보면 특권 같기도 했으나 진에게는 그렇지 못했다. 그는 왕자로서 전투를 경험하고 공을 세우기 위해 왔지 후방에서 산책이나 하러 온 것이 아니었다. 출정식에서 환호하던 사람들을 떠올리자 얼굴이 화끈거렸다. 만약 전투가 한 번으로 끝난다면 남은 건 치욕적인 귀환뿐이었다. 그렇다고 전쟁이 길어지기를 바라는 것도 기막힌 일이었다. 단 한 번, 동료의 피를 묻힌 칼을 가지고 돌아가서 승리하고 돌아왔다는 칭송을 견딜 수 있을까.

벨콘은 허벅지 근육이 잘려 걷지 못했으므로 역시 전투에 나갈 수 없었으나 샘그늘 성에 남겨지는 대신 이웃 성으로 옮겨졌다. 장군은 둘을 같은 성에 두었다가는 두 번째 싸움이 시작될지도 모른다고 판단했던 모양이었다. 그 생각은 맞았다. 벨콘의 얼굴에 남긴 칼자국은 꽤 깊어 쉽사리 지워지지 않을 전망이었다. 죽였다면 더 큰 문제가 되었겠지만 살려 둔 결과 죽을 때까지 미워할 원수를 얻은 셈이었다.

벨콘의 휘하 병사들은 모두 전투에 참전했다. 진에게 병사를 남겨 둔 것도 어찌 보면 배려였다. 혼자 남으면 그야말로 벌을 받는 것처럼 보이므로 명목상이나마 샘그늘 성을 지키라는 임무를 받았던 것이다. 전략적으로 지킬 필요도 없고, 무엇보다 스물 몇 명으로 지켜낼 만한 상태도 아니었지만 누구도 그런 점을 지적하지 않았다.

군대가 떠난 샘그늘 성은 갑자기 텅 빈 듯했다. 그래서 달샤드와 마주쳤을 때는 대단한 우연의 일치라도 일어난 기분이었다.

"남아서 저희를 지켜주시기로 하셨다고 들었습니다."

달샤드가 정중하게 절을 하자 진은 얼른 그 자리를 뜨고 싶어졌다.

반면 달샤드는 진과 산책이라도 하고 싶은 듯했다.

"첫날 오셔서 성을 돌아보셨지요. 어떻던가요? 잔다나 족이 쳐들어와도 튼튼히 지켜질 것 같아 보이던가요?"

이 여자가 뭘 얼마나 알고 이런 말을 하는지 알 도리가 없었다. 진은 그냥 솔직하게 대꾸했다.

"아니오. 만약 누가 쳐들어온다면 차라리 성을 버리고 달아나는 편이 좋겠소."

"내성도 마찬가지인가요?"

"내성은 좀 낫지만 한나절 버티면 고작일 게요. 적과 한 번 맞선 뒤에는 후퇴하기가 어려워지니까 아예 처음부터 멀리 도망가시오."

어느새 둘은 나란히 걸어 성문 쪽으로 내려가고 있었다. 달샤드가 목례를 했다.

"조언에 감사드립니다."

"대단한 의견은 못 되오. 난 책으로 전쟁을 공부한 사람이니까. 헛소리를 늘어놨을 가능성도 배제하지 마시오."

"괜찮습니다. 어차피 따를 수도 없는 걸요."

진은 이 여자가 자기를 놀리는가 싶어 고개를 홱 돌려 얼굴을 보았다. 그러자 달샤드가 미소를 지었다.

"아버지께선 말은커녕 수레도 타기 어려우셔서요."

진은 다시 부끄러워졌다. 어디에서나 옳은 전술 같은 것은 없었다. 모두 그때그때의 조건에 달려 있었다. 상대의 조건을 파악하지도 못하고 이래라저래라 지껄이다니.

"내가 섣부른 소리를 했소. 사과하겠소."

진이 즉시 말하자 달샤드의 얼굴에 왠지 웃음을 참는 듯한 표정이 떠올랐다. 진이 이유를 묻기 전에 성문 쪽에서 병사 하나가 나는 듯이 달려왔다.

"부관님! 큰일입니다! 군대가 보입니다!"

진은 순간적으로 상황을 이해하지 못해 되물었다.

"군대라니? 장군께서 돌아오셨단 말인가?"

"아니오! 잔다나 족의 군대 말입니다!"

진의 눈이 커졌다. 잔다나 족이 왜 여기 있단 말인가? 그들의 주둔지는 여기서 이틀이나 떨어진 곳에, 그것도 잔드 강 건너에 있었다. 오늘 출발한 군대도 강을 건넌 후 하루 더 숙영할 예정이었다. 저쪽에서 먼저 출발해 길이 엇갈렸을까? 그렇더라도 강 너머에서 기다리다가 도강하는 에페리움 군을 공격하면 훨씬 유리할 텐데 무엇 때문에 강을 건너 여기까지 온단 말인가?

"규모는?"

"아직 확실하지 않습니다만 1천은 되는 것 같습니다. 그놈들이 일으킨 흙먼지가 끝이 보이지 않을 지경입니다!"

저도 모르게 이를 악무는 바람에 턱이 부르르 떨렸다. 뒤이어 튀어나온 명령은 고함에 가까웠다.

"어서 가서 성문을 닫아! 다른 병사들은 보이는 대로 내성 앞으로 오라고 해! 달샤드, 당신은 가서 종을 울리도록 하시오! 백성들이 종소리의 의미 정도는 알겠지? 싸울 수 있는 자들은 작은 광장에 집결하도록 하시오! 성벽에는 아무도 올라가지 못하게 해! 그리고 자말리크를 불러와! 어서!"

진 자신도 몸을 돌려 내성을 향해 달려갔다. 뛰면서 생각해 보니 부하도 아닌 달샤드에게까지 명령을 하고 왔다. 따지고 보면 성주 대리는 진이 아닌 달샤드였다. 비록 왕도에서 온 군대의 일원이긴 해도 부관 주제에 성주 대리에게 호통을 칠 수는 없는 노릇이었다. 왕자임을 밝힌다면 이야기가 다르겠지만…….

퍼뜩 그건 안 될 일이라는 생각이 들었다. 잔다나 족이 자기들이 포위한 성에 에페리움의 왕자가 있음을 알면 어떻게 될까? 이게 웬 떡이냐며 춤을 추지 않겠는가? 왕자를 죽여 복수를 하려 하든, 포로로 잡아 협상을 하려 하든 어느 쪽이든 신바람 나는 일이겠지. 반면 왕도에서는 이만저만 곤혹스럽지 않을 테고…….

거기까지 생각하자 부왕과 왕비, 그리고 어머니의 얼굴이 떠오르면서 치욕감으로 얼굴이 붉어졌다. 그 순간 진은 결심했다. 포로가 되어 몸값 협상 따위의 제물이 되느니 차라리 그냥 개죽음당하겠다고.

작은 광장에 접어들 무렵 종이 울리기 시작했다. 오랫동안 손질하지 않았는지 종소리는 좀 이상했다. 중간 중간 덜그럭거리는 소리가 섞여 우스꽝스럽기까지 했다. 그러나 더 난감한 것은 종소리를 들은 사람들의 반응이었다. 몇몇은 종루 쪽을 보며 손가락질하고, 몇몇은 고개를 갸웃거리다가 할 일로 돌아갔다. 심지어 귀를 막는 자까지 있었다. 어떤 자들은 킬킬 웃으며 쑥덕거렸다.

"무슨 일 났나? 달샤드 님께서 혼인이라도 하시는 게야?"

진이 내성 앞에 다다르자 자말리크가 기다리고 있다가 경례를 했다. 그도 긴장된 얼굴이었다.

"전군 소집 명령 전달했습니다! 현재 다섯 명을 제외하고 모두 도착했습니다! 다섯 명 중 하나는 망루에, 나머지 넷은 이곳 병사들에게 집합 명령을 전하러 갔습니다. 부관님, 명령 하달해 주십시오!"

전군이라고 해 봐야 스물두 명뿐이다. 전투고 뭐고 가능한 상태가 아니었다. 샘그늘 병사들은 병사라고 부르기도 어려운 자들이었지만 달샤드의 말을 곧이곧대로 받아들인다 해도 적군 수효의 절반에도 미치지 못했다.

"외성은 버린다. 여자와 노인, 아이들은 내성에 수용한다. 무장이 된 자들은 작은 광장에 집결케 하고, 그렇지 않은 자들은 내성 문 앞에 방벽을 쌓도록 하라. 작은 광장을 둘러싼 집들에서 농성에 필요한 물자와 집기를 징발해 모두 내성으로 옮겨라. 무엇보다 장군께 이 사태를 알려야 한다. 누가 지원하겠나?"

눈이 마주치기도 전에 한본이 앞으로 나왔다.

"제가 가겠습니다. 친서를……."

진은 손에서 반지를 뺐다.

"편지를 쓸 겨를이 없다. 이걸 가져가서 장군께 전하고 즉시 돌아와 달라고 요청 드려라. 지금 당장 출발하라!"

한본은 반지를 받아들어 끼더니 마구간으로 달려갔다. 다른 병사들도 흩어졌다. 그때 달샤드가 돌아왔다. 진이 물었다.

"내성에는 식량이 얼마나 비축되어 있소?"

"본래 거주민에 부관님 부대까지 포함한다면 닷새 정도겠네요. 전 백성이 먹을 식량 같은 건 없어요. 자기들 먹을 것은 갖고들 와야 할 텐데."

달샤드의 목소리는 비아냥거리는 듯했으나 진은 거기에 신경 쓸 정신이 없었다.

"당신이 성주 대리니 물자 징발을 지휘하시오. 작은 광장을 벗어날 필요는 없소. 더 멀리 있는 것은 그게 뭐였든 버리시오."

"역시 외성은 포기하시는 모양이군요. 당연한 일이긴 하지만 어쩐지 그냥 버리기에는 아깝네요."

"무슨 소리요?"

"우리가 버린 것은 잔다나 족이 모조리 차지하고 잔치를 벌일 게 아닌가요? 어차피 버릴 외성, 적에게 약간의 피해라도 줘야 덜 아깝죠."

진이 눈가를 찌푸렸다. 햇살 때문만은 아니었다.

"지금 외성에 불이라도 지르자 그거요? 사람들이 아직 다 탈출하지도 못했을 텐데?"

"종소리도 못 알아듣는 귀머거리들이라면 이제부터 달려오려 해도 늦겠네요. 어차피 제 시간에 내성 안에 들어오지 못하면 밖에서 살아 있어 봤자 잔다나 족의 손에 고깃덩이가 될 뿐이에요."

"그자들은 당신 백성들이오!"

"아까 제게 뭐라 하셨던가요? 작은 광장 밖에 있는 건 그게 뭐였든 버리라고 하셨죠?"

진이 달샤드를 쏘아보았을 때 백성들이 작은 광장으로 쏟아져 들어

맨발과 빈손의 새벽

왔다. 여자들이 달샤드를 보자 달려와 무릎을 꿇으며 외쳤다.

"아가씨, 이제 우리는 어떻게 되는 건가요? 여신께서 우리를 지켜주시겠지요? 그리고 아가씨께서도요?"

진은 바쁘다 보니 달샤드와 지휘 계통 얘기를 하지 않았다는 데 생각이 미쳤다. 달샤드가 여자들에게 말했다.

"물론 그럴 거야. 하지만 당장은 저분께 기도를 하는 편이 나을걸. 여신보다도 먼저 우리를 보살피고 계시니까."

여자들은 진을 보았지만 새파랗게 젊거니와 부관에 불과한 터라 별로 신뢰가 가지 않았던 모양이었다. 하지만 할머니들은 다가와 진의 손등에 입을 맞추며 말했다.

"누이 여신께서 부관님을 보살펴 주시기를."

"젊기도 하지. 이렇게 젊은데 우리처럼 거추장스러운 늙은이들을 돌보셔야 하다니."

진은 달샤드를 보았다.

"당신이 성주 대리이니 당신이 총지휘자가 맞소. 난 내 부대만 지휘하겠소."

"아뇨. 그래서는 혼선만 생길 거예요. 성이 안전해질 때까지 부관님께 제 권한을 드리겠어요. 다만 저는 조언자로서 아까 말씀하신 작전을 강하게 권하겠어요. 그게 내성으로 들어온 백성들이 한 명이라도 더 살아나는 길이니까요."

장군이 언제 돌아올지 모르는 지금, 힘들게 버텨내다가 구원군이 당도하기 전에 간발의 차이로 몰살할 가능성은 얼마든지 있었다. 그것은 한본의 빠른 말에, 병사들의 피땀에, 그리고 잔다나 족이 벌이는 공세의 강도에도 달려 있었다. 돌멩이 하나, 화살 하나의 차이로 모든 노력이 수포로 돌아갈 수도 있다. 그렇게 생각하는 순간 진은 마음을 정했다.

"자말리크, 외성에 불을 놓는다. 병사 여섯을 뽑아 절반씩 동쪽 성벽과 서쪽 성벽을 타고 가도록 해라. 성문 좌우에서 기다리고 있다가 첫 번째 잔다나 족이 성문을 뚫고 안으로 들어오는 순간 불을 놓으며 달려 돌아오는 거다. 적을 유인하기 위해 성문을 완전히 닫지 마라. 참, 토끼뜀 구간 조심하고."

자말리크가 싱긋 웃었다.

"알겠습니다. 제가 맡을 테니 염려 놓으십시오."

자말리크가 병사들을 부르러 달려가자 달샤드가 갑자기 진의 손을 잡았다.

"제 권한을 받으셨으니 이걸 끼세요."

달샤드는 끼고 있던 커다란 반지를 뽑아 진의 손가락에 끼워 주었다. 그 반지는 모양으로 보건대 달샤드의 것이라기보다 성주의 표지인 듯했다. 손을 놓으며 달샤드가 묘한 표정을 지었다.

"그런데 결혼반지가 사라졌네요?"

한본에게 주어 보낸 반지는 결혼반지가 맞았지만 달샤드에게 그런 말을 한 적은 없었다. 결혼했다는 말도 한 적이 없었다. 사실 진의 나이에 결혼한 사람은 그리 많은 편이 아니었다. 진이 뭐라 대꾸하기 전에 달샤드는 내성 안으로 사라져버렸다.

성은 불탔고, 종소리는 멎었으며, 잔다나 족은 작은 광장을 꽉 메우고 있었다.

피난 온 백성들로 내성은 만원이었다. 사방에서 아이 우는 소리, 다투거나 욕지거리를 하는 소리, 기도하는 소리, 우는 소리가 메아리쳐 명령도 제대로 전달하기 어려울 지경이었다. 싸울 수 없는 자들을 지하로 보내려 하자 여자들은 무섭다고 울부짖고 노인들은 죄가 없는데 왜 내려가느냐며 버티었다. 내성 지하는 감옥이었던 것이다. 그러나 이미 죄수도 없었다. 조금이라도 싸움에 덜 휘말릴 장소는 거기뿐인데 어쩌면 이렇게 말을 듣지 않는지 몰랐다.

제대로 된 전투 병력이 스무 명 남짓이다 보니 수백 명에게 질서를 강제하기가 쉽지 않았다. 무엇보다 지휘자가 고작 부관에 불과하니까 명령을 따를 마음이 들지 않는 모양이었다. 달샤드를 불러오는 방법도 있었지만 어차피 그녀의 명령도 그리 잘 듣지 않았거니와 달샤드는 조금 전부터 성주의 방에 들어가 있었다. 갑자기 전황을 알면 아버지가 놀라 돌아가실지도 모른다고 생각하는지 성주의 방에만은 아무도 들어오지 말아달라는 부탁이 있었다.

"잔다나 족 한 놈만 여기 풀어놓으면 꽁지 빠지게 튀어 내려갈 거면서."

병사 하나가 내뱉은 말은 다른 병사들의 심정을 그대로 대변했다. 그런데 문제의 잔다나 족은 아직 한 명도 내성에 얼씬하지 않았다. 이 혼란 틈에 쳐들어왔더라면 내성도 손쉽게 수중에 떨어졌을 텐데, 외성의 불을 끄고 내성을 포위한 후로는 뭔가를 기다리기라도 하는 것처럼 히죽히죽 웃으며 올려다보고만 있었다.

진도 드디어 잔다나 족을 가까이에서 보았다. 병사들이 해주던 이야기는 어느 정도 맞았다. 그들은 키가 컸고 몸이 억셌으며 말도 잘 다뤘다. 외성에 불을 질렀을 때도 말들이 날뛰리라 생각했는데 기대만큼의 대혼란은 없었다. 그래도 상당한 피해는 끼친 듯했다.

주력을 이루는 지위 높은 전사들은 온몸에 흰 물감으로 무늬를 그렸고 목에 여러 개의 짐승 이빨을 단 목걸이를 걸고 있었다. 잔다나 족은 짐승 이빨을 신부의 지참금으로 준비할 정도로 귀중히 여긴다는 이야기를 들은 일이 있었다. 그들에게는 말, 그리고 짐승 이빨이 화폐였다. 그중에서도 사자의 이빨은 특히 귀해서 수사자의 엄니 한 대는 말 스무 필에 해당하는 값진 재산이라 했다. 수사자를 잡은 자는 나이 고하를 막론하고 단숨에 최고 계급의 전사로 올라가는 것은 물론 부도 함께 누리게 되는 것이었다.

이러한 전사들은 대열을 이루지 않고 부족 병사들 사이에 제멋대로 섞여 있었으나 주위 모두의 존경을 받고 있음이 느껴졌다. 그런데 전사보다 더 존경 받는 자들이 있었으니 바로 몇 명의 여자들이었다. 주술사나 예언자가 아닌가 싶긴 했는데 전사들조차 이들을 왕녀라도 되는 것처럼 조심스럽게 대했다. 그렇다고 보호를 받고 있지는 않았고 역시 전사들처럼 군대 틈에 아무렇게나 섞여 있었다.

밖을 살핀 후 1층으로 내려온 진은 수군수군대며 흰 눈으로 쳐다보는 백성들을 훑어보고 무장을 갖춘 샘그늘 병사들을 홀 가운데에 세우도록 지시했다. 그들은 무기를 갖췄으니만큼 이제부터 전투가 시작된다는 긴장감을 깨닫고 있어 비교적 지시에 잘 따랐다. 일정 간격을 두고 대열을 짓도록 하자 1층 홀이 꽉 차서 나머지 사람들은 벽에 바짝 붙거나 계단참으로 비키는 수밖에 없었다. 그때 위층 계단참에서 무장한 진의 부하들이 우르르 내려왔다. 백성들은 저도 모르게 내려가는 계단 쪽으로 몰렸다. 진은 그들은 아랑곳 않고 맨 앞에 섰다.

"달샤드 님으로부터 이 성의 전투 중 지휘권을 넘겨받았다. 나는 진이라고 한다. 부관님이라고 부르면 된다. 이제부터 너희를 십인대로 편성하겠다. 내 부대원들이 각 십인대의 대장이 될 것이다. 각 줄 맨 앞에 선 자가 너희의 십인대장이니 그자의 명령에 절대 복종하라. 그자들이 너희의 생사여탈권을 쥔다. 잊지 마라. 이 모두는 너희의 생존을 위해서이다. 목표는 구원군이 돌아올 때까지 살아남는 것이다."

5백여 명이라는 샘그늘 병사들 중 제대로 전투를 할 만한 자들의 숫자는 2백 명 정도뿐이었다. 그들이 대열의 앞쪽을 이루고 있었다. 십인대장이 된 진의 병사들이 한쪽 발로 바닥을 차며 일제히 소리를 질렀다.

"절대 복종하겠습니다!"

샘그늘 병사들은 날카로운 외침에 당황하면서도 긴장감을 느끼고 경직되어 있었다. 진이 그들을 휙 둘러봤다.

"뭘 하나? 대장이 복종한다는데 너희는 입 닥치고 있을 참인가?"

"절대…… 복종하겠습니다!"

"복종하겠습니다!"

전나무와 매

"따, 따르겠습니다!"

어설프나마 사방에서 외침이 터져 나왔다. 그즈음 되자 구석으로 밀려나 있던 자들은 슬금슬금 아래층으로 내려가기 시작했다. 이어 진이 눈짓하자 십인대장들은 자기 부대를 모아서 명령받은 자리로 달려갔다. 남은 것은 삼백 명 가량 되는 비무장 병사들이었다. 정확히는 낫, 쇠스랑, 곤봉 따위로 무장한 자들이었다. 상당수는 나이가 너무 많거나 너무 어렸다. 진은 그들을 향해 말했다.

"너희는 보충대다. 이쪽 절반은 1층 홀에서 전투 지원을 한다. 저쪽 절반은 먼저 농성 장비를 위층으로 옮겨 놓고, 그 후에는 1층에서 만들어낸 공격용 물품들을 계속 나르도록 한다. 그러는 틈틈이 2층과 3층 전투를 지원하라. 그리고 맨 앞의 다섯 명, 너희는 전령조다. 나를 따라다니면서 내 명령을 각처로 전달하거나 전황을 보고한다."

진이 지적한 다섯은 모두 소년들이었다. 대답도 힘찼다.

"네!"

"그럼 모두 위치로!"

병사들이 흩어지자 진은 내성 입구 쪽으로 걸음을 옮기려 했다. 그러다가 그곳에 선 병사를 보고 등골에 얼음이라도 넣은 기분이 들었다.

"한본!"

한본은 즉시 돌아보더니 달려와 무릎을 꿇고 머리를 숙였다.

"제 역량이 부족하여 제 때 포위망을 뚫지 못했습니다. 전령으로서 최후의 순간까지 달렸어야 마땅하나 잔다나 족에게 찢겨 죽기 전에 여기서 할 일이 하나라도 더 있지 않을까 싶어 이렇게 돌아오고 말았습니다. 비겁했다 하셔도 변명하지 않겠습니다. 승리하신 후에 제 목을 성문에 매다셔도 원망하지 않겠습니다."

그럼 장군에게 구원을 청할 길은 완전히 사라졌단 말인가? 순간 앞이 캄캄해지며 목에 쓴물이 넘어가는 기분이 들었다. 소년 전령들이 곁에 있다는 것도 잊고 얼굴을 감싸 쥘 뻔했다. 한본이 하는 말도 제대로 들리지 않았다. 그러다가 '목을 매달라'는 말을 듣자 문득 정신이 들었다.

진이 보아온 한본은 제 한 몸 돌보려고 임무를 내팽개치는 무책임한 병사가 아니었다. 붙잡혀 죽을 때까지 달릴 수도 있었겠지만 스물두 명으로 천여 명의 잔다나 족과 싸워야 하는 진과 전우들의 얼굴이 떠올랐던 것이 틀림없었다. 장군에게 소식을 전하지 못한 이상 어차피 돌아와도 죽는다. 죽기 전에 조금이라도 도울 마음으로 돌아온 자를 꾸짖을 수는 없었다. 이미 한본은 오는 도중 어깨에 화살을 맞은 모양이었다. 진은 억지로 목에 힘을 주었다.

"알았다. 1층 전투를 지원해라. 이쪽의 보충대에서 병사를 뽑아 써도 좋다."

"명령, 따르겠습니다."

진은 돌아서려다가 한마디를 더 남겼다.

"그리고 수고했다."

다시 돌아섰기에 한본의 표정은 보지 못했다. 한본은 진이 멀어진 후에도 한참 동안 뒷모습을 바라보고 있었다.

교전 소식은 2층에서 먼저 왔다. 의욕이 앞선 샘그늘 병사 하나가

지시도 받지 않고 끓는 기름을 밖으로 끼얹은 것이 시작이었다. 진이 달려가 보니 샘그늘 병사 둘이 화살을 맞고 쓰러졌고 그 후로는 가야르가 큰 담요를 창에 걸쳐 화살을 받아내고 있었다. 진을 본 가야르가 씩 웃었다.

"화살이나 몇 개 모아놓을까 하고요."

느긋하게 대답했지만 실제로는 느긋한 상황이 아니었다. 내성은 홀로 우뚝 선 것이 아니라 좌우에 다른 집들이 있었다. 그런 집의 지붕으로 올라간 잔다나 족 중 하나가 올가미를 던져 내성 꼭대기의 요철에 줄을 매더니 단숨에 이리로 건너왔다. 샘그늘 병사들은 비명을 지르며 우르르 물러났다. 가야르가 했던 '도망치지 않으면 다행'이라는 말은 과연 진실을 담고 있었다. 가야르가 벌떡 일어나 검을 찔러갔다. 가야르는 그런 말도 했었다. '둘이나 셋씩 짝지어서 상대하는 게 좋다'라고.

진은 검을 뽑아들고 달려들었다. 상대는 잔다나 족 치고도 상당히 커서 그 앞에 선 진이나 가야르가 어린애처럼 보일 지경이었다. 가야르가 공격을 받아넘기는 사이 진이 옆구리를 찔러갔다. 그런데 적은 등 뒤에 눈이 달린 것처럼 돌아보더니 팔뚝에 감은 두터운 가죽으로 검을 받아냈다. 그러나 진의 움직임이 더 빨랐다. 어느새 반 바퀴 돌며 가슴 아래에 검을 찔러 넣었다. 피보라와 함께 적이 넘어지자 통나무가 쓰러지는 것 같은 소리가 났다.

그 와중에 두 명의 잔다나 족 전사가 더 건너왔다. 그들은 쓰러진 동족을 보자 기묘한 소리를 질러댔다. 이제 진과 가야르가 하나씩 상대하는 수밖에 없었다. 그제야 샘그늘 병사 중 둘이 달려왔다. 진은 적을 상대하면서 소리쳤다.

"올라가서 밧줄을 잘라! 그리고 아래층 전황을 살피고 와라!"

병사들이 허둥지둥 움직였다. 진이 막 적을 쓰러뜨리고 가야르 쪽을 보는 순간 넘어오려던 잔다나 족 하나가 허공에서 떨어지는 것이 보였다. 샘그늘 병사들이 쉬는 안도의 한숨이 진의 귀에까지 들렸다. 그때 전령조의 소년이 달려왔다.

"아래층에서도 싸우기 시작했어요! 야만족이 엄청 많이……."

소년은 말하다가 문득 입을 다물고 말을 생각하더니 외쳤다.

"전사 아홉, 부상 다섯, 현재까지 지원 불필요. 자말리크 대장님이 그렇게 전하시랍니다!"

진은 부관인데 자말리크가 대장이 되어버렸지만 진은 굳이 지적하지 않았다. 고개를 끄덕여 보인 후 가야르가 상대하던 적의 견갑골 사이를 찔렀다. 적이 쓰러지자 진은 가야르의 어깨를 두드려주고는 내성 꼭대기로 올라갔다. 샘그늘 병사 몇이 손도끼를 들고 밧줄이 날아들지 않는지 지키고 있었다. 진은 그들에게 미소를 보인 후 요철 사이로 아래를 내려다봤다. 작은 광장을 무질서하게 채우고 있던 잔다나 족은 내성 입구를 향해 노도처럼 밀려들고 있었다. 안쪽도 마찬가지일 것이다. 마주치는 지점에서 피와 살점이 튀는 것이 실제로도 보였다. 2층에서 쏟아 붓는 끓는 기름도 잠깐씩 흐름을 끊을 뿐이었다. 진은 내성 입구에 급히 쌓은 방벽이 얼마나 허술한지, 그 너머를 막는 한 겹의 방어진이 얼마나 연약한지 잘 알고 있었다. 지금 잠시 버티고 있지만 고작 달걀막 정도의 탄력에 기대고 있을 뿐이었다. 한 군데만 뚫리면 갈

가리 찢어질 게 뻔했다.

순간 두려움이 끼쳐왔다. 진은 저도 모르게 한 손으로 목덜미를 쓸어내렸다. 소름이 돋아나 있었다. 무력감 때문이었다. 왕궁으로 돌아온 후 수년간 혹독하리만치 갈고 닦아 스스로를 지킬 힘을 손에 넣었지만 그까짓 능력으로 오늘 이 상황을 뒤집지는 못했다. 그는 휘말려 들었고, 그의 목숨은 저 얇디얇은 방어진의 미래에 달려 있었다. 처음에는 두렵다가 화가 났고, 이윽고 슬펐다. 죽어가는 사람들 때문은 아니었다. 그는 아직 백성의 목숨을 자신의 것처럼 느끼지는 못했다. 아직은 왕도, 샘그늘의 성주도 아니었다. 휘말려든 자리에서 할 만큼 해보려고 마음먹은 자일 뿐이었다.

그러나 스물두 명의 부하들은 아니었다. 처음 느껴본 책임감이었다. 진은 자신의 손을 내려다보았다. 단련된 손이었다. 그 안에 무언가가 있기를 빌었다. 진은 입속으로 중얼거렸다.

"자말리크, 내가 간다."

조금 전까지는 아니었더라도 이제는 지원이 필요할 것이다. 진이 막 뛰어 내려가려 하는데 어디선가 뿔나팔 소리가 들려왔다.

부우우우우…….

다들 어디서 난 소리인지, 무슨 의미인지 몰라 머뭇거렸다. 그런데 잔다나 족의 흐름이 멈추더니 집중되었던 군세가 물러나기 시작했다. 퇴각 나팔이란 말인가? 지금 같은 때에? 진은 광장 맞은편, 외성벽과 두 광장이 맞물리는 곳의 보초탑을 쏘아보았다. 그곳에서 난 소리였다. 높은 곳에 있었기에 파악이 가능했다. 이윽고 잔다나 족 전사 하나가 탑 꼭대기에서 모습을 드러냈다. 온몸에 빼곡하게 그린 흰 무늬에 세 겹의 이빨 목걸이, 어깨에는 사자 가죽을 걸쳐 왕처럼 위엄 있는 모습이었다. 그자가 입을 열었을 때 진은 눈을 부릅떴다. 에페리움 말이었기에, 그리고 상상도 못한 말이었기에.

"나오라, 에페리움의 왕자여!"

꼭대기에 올라와 있던 부하가 깜짝 놀라며 진을 보았다. 저들이 어떻게 알아냈을까? 샘그늘 백성들도 모르는 일을?

"신탁을 받은 자여! 네가 전사인지 알고 싶다! 나와서 싸우라! 우리는 비겁한 일을 하지 않을 것이다!"

진도 신탁을 알고 있었다. 오래 전 자신이 잉태되기도 전에, 예언으로 유명한 갈대무리 신전에서 받아왔다는 신탁이었다. 진은 다른 사람들처럼 여러 신전을 참배했고 사제들을 존중했지만 신탁을 진심으로 믿어본 적은 없었다. 신들은 그의 소원을 한 번도 들어주지 않았다. 그가 효험이 있다고 생각하는 신의 이름은 단 하나뿐이었다. 쫓기던 시절, 어머니가 밤낮으로 부르던 검은 복수자 아달누스.

그런데 그런 신탁을 어떻게 잔다나 족이 알고 있단 말인가?

"왕자여 나오라! 나와서 싸우라!"

이어 그자가 잔다나 족의 말로 외치자 모든 잔다나 족이 한 목소리로 소리치기 시작했다. 외침은 광장 전체에 메아리치고 내성까지 웅웅 울렸다. 병사들은 다들 굳어 있었다. 사태를 이해하지 못하는 자가 대부분이었고 진실을 아는 자들은 입 밖에 내어도 되는지 몰라 주춤거렸다. 그러는 사이 잔다나 족은 작은 광장 너머로까지 물러나 활처럼 휘어진 횡대를 이루었다. 보초탑에 올라갔던 잔다나 족 전사가 내려오자 모두가 길을 내주었다. 그자가 왕인지, 전쟁 지휘관인지, 단순히 존경받는 전사인지 알 수가 없었다. 그간 그렇게 여러 번 싸웠으면서도 아직 잔다나 족의 왕을 보았다는 자는 없었다. 에페리움 말을 하는 잔다나 족을 보았다는 이야기도 듣지 못했다.

이 와중에 팔라소스와 하던 농담이 떠올랐다. 왕자 하나가 성년이 되면 잔다나 족이 들고일어나 성년식을 치러 준다던. 이제는 그 얘기가 농담으로 들리지 않았다. 그제야 진은 내통자의 그림자를 느꼈다. 왕도에서부터 샘그늘 성까지 드리워진.

횡대 앞으로 걸어 나온 그자가 사자 가죽을 벗어 던졌다. 손에는 대검을 쥐고 있었다. 잔다나 족의 무기라기보다 에페리움 전사들의 것처럼 생긴 검이었다. 병사들은 저런 검을 쓰지 않지만 검투장에서는 곧잘 볼 수 있었다. 한때 진은 왕도의 늙은 검투사로부터 싸움을 배웠다. 검투사는 몸집이 큰 자일수록 큰 검을 쥐면 두 배, 네 배, 여덟 배로 유리해진다고 말했다. 그렇다면 저자는 무기를 잘 택한 셈이었다. 그렇긴 해도 어쩌다가 적의 검을 자기 무기로 택하게 되었을까?

그런 생각을 하는데 갑자기 예감이 찾아왔다. 진은 벌떡 일어나 1층으로 달려갔다. 나선 계단을 내려가는 동안 그자의 목소리가 커졌다 작아졌다 하며 울리고 있었.

"나오라! 나와서 싸우라!"

1층에 다다르자 모든 병사들이 진을 돌아보았다. 흘러나오던 수군거림이 뚝 멎었다. 진은 한본을 찾았다. 눈이 마주치자 즉시 달려온 한본이 말을 하려 했다.

"저, 부관님. 이건……."

"한본, 말은 어디다 뒀지?"

한본은 하려던 말을 삼키고 즉시 대답했다.

"내성 뒷벽과 옹벽 사이입니다."

"옹벽에서 성벽 뒤로 내려갈 수 있겠나?"

한본의 눈이 약간 커졌다. 옹벽을 넘으려면 일단 3층으로 올라가 그곳 창에서 벽을 타고 내려가야 했다. 옹벽 아래는 물살이 세찬 계곡이었고 바닥까지의 높이는 3층의 다섯 배쯤 되었다. 무엇보다 적이 눈치챘다면 그대로 개죽음이었다. 그러나 한본은 곧 대답했다.

"할 수 있습니다."

"좋다. 밧줄을 가져가라. 단숨에 내려가는 거다. 네 말을 외성벽 틈으로 탈출시킬 텐데, 혹시 잔다나 족이 죽여 버린다면 벨콘을 후송했던 성에 가서 말을 빌려라. 빌려주지 않거든 내가 줬던 반지로 사라."

"알겠습니다. 지금 당장 갑니까?"

"아니."

진은 입구 쪽을 돌아보았다. 조금 전부터 잔다나 족이 발을 쿵쿵 울리기 시작해 사방이 울림으로 꽉 찬 듯했다. 진은 검의 자루를 한 번 잡았다가 놓고 한본의 등을 쳤다.

"내가 나가서 저들의 관심을 끌고 있을 때."

작은 광장은 텅 비어 있었다. 단 한 명의 잔다나 족을 제외한다면.

진은 그자를 향해 걸어 나가며 예전에 검투장에 섰던 때를 떠올렸다. 진은 왕자이니만큼 검투장에서 싸워 본 적은 없었다. 그러나 검투사였던 그의 스승은 수백 번을 싸우고 승리했다. 스승이 마지막으로 그 자리에 섰던 날, 진은 검투장에 뛰어 내려갔었다. 그 뒤로 진은 검투장에 가지 않았다.

그날의 기억과 오늘의 풍경은 관련이 없었다. 떠오른 이유는 노란 흙이 깔린 텅 빈 광장, 그리고 뒤통수에 박힌 수많은 눈 때문이었을 것이다. 순수한 응원의 시선만은 아니었다. 많은 샘그늘 사람들은 겁을 먹고 의혹을 품었다. 진이 정말로 왕자가 맞는지, 만약 그렇다면 진이 죽을 경우 샘그늘 성은 어떻게 될 것인지, 살아난다 해도 왕자를 위험에 빠뜨렸으므로 국왕 폐하의 분노를 사지 않을지, 온갖 이야기가 연기처럼 돌아다녔다. 진에게 지나치게 무례하게 군 적은 없었는지 모두가 기억을 뒤지고 있었다. 그러면서도 적의 부름에 응해 당당하게 나가는 왕자의 모습을 보며 자랑스러움을 느끼기도 했다. 특히 진이 전령으로 뽑았던 소년들은 잔뜩 흥분해서 주먹을 꽉 쥐고 있었다. 그들 중 하나가 2층에서 내려다보며 말했다.

"왕자님이, 아니 부관님이, 아니 왕자님이 이기시겠죠?"

샘그늘 병사 하나도 중얼거렸다.

"저놈 키가 왕자님보다 머리 하나는 크겠네. 검 길이는 두 배는 되겠고."

"그래도 왕자님이 이길 거잖아요? 그렇죠? 그렇잖아요?"

"어휴, 누가 뭐래? 걱정되어서 하는 말이잖아."

창턱을 짚고 서 있던 가야르가 진에게서 시선을 떼지 않은 채 내뱉었다.

"부관님은 일대일에는 귀신같으시다. 걱정 따윈 붙들어 매라."

가야르의 말에는 진심이 담겨 있었다. 그는 지금까지 진만큼 쉬운 듯 가볍게, 그러나 효율적으로 싸우는 사내를 본 적이 없었다.

진이 잔다나 족 전사와 마주서자 잔다나 족이 함성을 보냈다. 질세라 내성의 병사들도 고함을 질렀다. 둘은 고작 세 걸음을 사이에 두고 있었다. 잔다나 족 전사가 말했다.

"기로스."

이름인 듯했다. 진도 말했다.

"나는 진이다."

상대는 폴리티모스라는 이름을 알지도 몰랐지만 진은 개의치 않았다. 기로스의 입술 끝이 올라갔다. 동시에 검도 올라갔다. 진도 검을 뽑았다. 진의 검은 일반적인 장검보다 길이가 조금 짧았다. 그의 스승은 두 자루의 검을 썼지만 진에게는 오른손 검만을 가르쳤다. 왼손 검의 실력 따위는 하찮은 것이라 했다. 본래 스승은 오른손 검사였다. 손가락 하나를 잘리기 전에는.

첫 일격이 진의 어깨를 스치고 날아갔다. 그 서슬에 흉갑 끈 하나가 잘라졌다. 그때 진은 검을 뻗어 상대의 상박을 찔러가고 있었다. 상대도 비켰다. 위치가 반대가 되었다. 진이 더 많이 움직였다. 검이 짧으니 어쩔 수 없었다. 거리를 벌리자 기로스가 대검의 길이를 이용해 진의 팔을 노렸다. 피하고 몸을 돌리는데 기로스의 검이 방향을 바꿔 찌르고 들어왔다. 목과 흉갑이 연결되는 곳이었다. 귓가인지라 베이는 소리까지 잘 들렸다. 서걱, 하며 피가 바닥에 흩뿌려졌다.

곧 등이 축축해졌다. 피가 상당히 흐르는 듯했다. 진은 자신이 시간을 끌려 했음을 깨달았다. 그러나 기로스는 시간을 끌어도 될 만큼 만만한 적이 아니었다. 이제 무조건 최선을 다하는 수밖에 없었다. 오래 싸울수록 부상을 입은 자신이 불리했다.

거리를 좁히자 기다렸다는 듯 기로스가 밀고 들어왔다. 진은 한 번 피하고 다시 자세를 돌림과 동시에 반원을 그으며 내리쳤다. 닿지 않았다. 조금 멀어지는가 싶다가 상대가 갑자기 땅을 박차고 맹렬하게 찔러왔다. 진은 비키지 않고 가슴을 열었다가 마지막 순간 한쪽 발과 상체를 옆으로 미끄러뜨렸다. 모래먼지가 튀었다. 처음으로 숨소리가 닿도록 가까워졌다. 가까울 때는 짧은 검이 유리했다. 진은 갑자기 검을 반대쪽으로 돌려 잡으며 올려치고, 동시에 물러섰다. 처음으로 상대의 가슴에 붉은 금이 그어졌다.

멀리서 들리는 함성이 어느 쪽의 것인지 구별이 가지 않았다. 검투장의 관중석만큼이나 먼 듯했다. 순간 진은 자신이 검투장에 있다는 착각에 사로잡혔다. 그러자 한쪽 입술이 실룩거렸다. 언젠가 그런 꿈을 꾸어본 일이 있었다. 검 한 자루로 하루 먹을 빵을 버는, 내일을 생각하지 않는 검투사가 되는 꿈을. 말구종만큼 간절한 꿈은 아니었지만 어쨌든 왕자보다는 나을 듯했다. 그런 생각 속에서 샘그늘 성이며 포위되었다는 사실 등은 아득히 멀어져 있었다. 그러자 역설적으로 진의 동작에 활기가 붙었다. 잠깐 사이에 두 번, 세 번 내리치고, 물러나고,

어깨를, 허벅지를, 팔목을 연달아 찔렀다. 어느 것도 치명상은 아니었으나 상대는 이미 완전한 수세였다. 구경하던 샘그늘 사람들도, 잔다나 족도 말을 잃고 입을 벌렸다. 가야르는 무심코 주먹을 꽉 쥐면서 중얼거렸다.

"저 공격을 받고 저놈이 아직 안 죽었다는 게 믿기질 않네."

기로스는 수세였지만 과연 잘 견디고 있었다. 그러나 진이 웃기 시작한 후로 그의 얼굴은 모욕감으로 붉어져 있었다. 밀리고 있는 것보다 적이 웃고 있다는 점이 더욱 신경을 건드리는 것 같았다. 거칠어진 대검이 진의 목을 노렸다. 몇 번이나 베어질 듯했으나 진은 잘 빠져나갔다. 갑자기 펄쩍 뛰어 물러난 기로스가 고함을 질렀다. 잔다나 족의 말이었으므로 뜻은 몰랐으나 일종의 기원이 아닌가 싶었다. 이어 허공에서 뭔가를 움켜쥐는 것 같더니 진을 향해 내던졌다. 아무것도 보이지 않는다고 생각했으나 갑자기 진은 얻어맞은 것처럼 비틀거렸다. 흡사 공기가 복부를 가격한 것만 같았다. 고개를 든 진은 잔다나 족 진영에서 여자 하나가 일어서서 두 팔을 들어 올리고 있는 것을 보았다. 주술사의 축복이라도 받은 것인가? 진의 얼굴에서 웃음이 사라졌다.

"잔다나 족의 전사가 되려면 마법도 알아야 하는군."

서녘에 박힌 해는 광장을 대장간처럼 달궜다. 등을 적신 땀이 미끈거렸다. 이마에서 흐른 땀은 속눈썹에 맺혔다. 전사라면 나와 싸우라고 외치던 주제에 다른 힘을 빌렸다는 것이 몹시 거슬렸다. 진은 오른손으로 검을 꺾어 잡은 채 등 뒤로 돌렸다. 빈 왼손을 내밀어 기로스를 가리켰다. 올 테면 와보라는 도발이었다. 기로스의 얼굴이 일그러졌다.

대검이 정수리를 노리며 내리쳐져 왔다. 진은 역수로 쥔 검을 올려쳐 기로스의 배를 갈랐다. 동시에 상체를 휘청할 정도로 꺾어 머리를 피하고, 몸을 비틀어 빠져나왔다. 보통의 유연함으로는 불가능한 동작이었다. 조금 전까지 진이 서 있던 자리로 기로스의 몸이 쓰러졌다. 모래 위에 거대한 붉은 얼룩이 생겨났다.

"이겼다!"

가야르가 쥐었던 주먹으로 허공을 올려치고, 샘그늘 성 전체가 단말마인지 환성인지 모를 소리를 내질렀다. 그때 자말리크는 이미 진을 데려올 준비를 마치고 있었다. 두 십인대가 뛰어나와 반원형으로 진을 둘러쌌다. 잔다나 족도 횡대를 풀며 움직이기 시작했다. 진은 기로스의 대검을 집어 들었다. 그걸로 잔다나 족을 가리키며 외쳤다.

"기로스는 졌다! 기로스가 내게 한 약속을 지켜라!"

대부분의 잔다나 족은 에페리움 어를 모를 테지만 기로스의 예로 보아 누군가는 알리라고 믿었다. 과연 잔다나 족에서 한 전사가 앞으로 걸어 나왔다. 그가 진을 가리키며 말했다.

"윰바난!"

그러자 모든 잔다나 족이 일제히 무기를 들어 올리며 소리쳤다.

"윰바난! 윰바난!"

무슨 뜻인지 몰랐지만 어쩐지 나쁜 뜻은 아닌 것 같았다. 그때 샘그늘 성에서 여자의 목소리가 들렸다.

"부관님, 돌아오세요! 저들은 공격하지 않을 거예요!"

돌아보니 2층 창에서 달샤드가 몸을 내밀고 있었다. 진은 기로스의 검을 가진 채 내성으로 돌아왔다. 두 십인대도 진을 감싸듯 하며 성으로 들어왔다. 그러는 동안 잔다나 족은 계속해서 '윰바난!'을 외치고 있었다.

진은 돌아오자마자 자말리크를 찾았다. 자말리크는 싱긋 웃고 있었다.

"한본은?"

"잘 빠져나갔습니다. 벌써 계곡을 따라 멀리 내려갔을 겁니다."

진은 조금 전, 최후의 긴장이 광장을 사로잡고 있던 때 기수도 안장도 없는 말 한 필이 내성 뒷문에서 뛰어나와 외성벽 위로 뛰어올라 넘어간 것을 알고 있었다. 명기수인 한본의 말은 과연 주인의 명령을 잘 알아들었다. 모두가 진과 기로스의 대결에 몰입해 있던 때라 잔다나 족은 물론이고 샘그늘 병사들도 대부분 말이 나갔는지 어쨌는지 깨닫지 못했다.

옹벽 아래 계곡은 잔드 강으로 이어졌다. 계곡을 따라가는 사이에 계획대로라면 말이 한본의 휘파람소리를 알아들어 줄 것이다. 이제 남은 것은 구원군이 올 때까지 버티는 것뿐이었다. 과연 어느 정도의 시간이 있을지는 진도 알지 못했다. 진은 대검을 1층 홀 바닥에 내던지고 말했다.

"잔다나 족 최고의 전사가 여기 누워 있으니까 정중히 모셔라."

병사들이 킥킥 웃었다. 이 대검은 병사들의 자신감을 북돋워 줄 것이다. 반면 진 자신은 피로를 느끼고 있었다. 아직은 쉴 때가 아니기에 표현하지 않을 따름이었다. 출혈에 비해 부상 자체는 심각하지 않은 듯해 다행이었다. 여자들이 지혈 약초며 수건을 가져왔다. 붕대는 진이 거절했다. 그런 게 없어도 버틸 만했고 다쳤음을 자꾸 적에게 상기시키고 싶지 않았다. 간단한 치료를 받는 사이 사람들이 진을 둘러쌌다. 병사 하나가 머뭇거리며 물었다.

"그런데 정말로 왕자님이신가요?"

"그러면 어떻고 아니면 어떤가."

"그간 혹시 저희가 뭔가 결례를 저지른 건 없었는지요?"

"없어."

대답이 너무 간단해서 병사들은 저들끼리 얼굴을 흘끔거렸다. 치료가 끝나자 진은 2층을 살펴보려고 계단 쪽으로 갔다. 그때 달샤드가 2층에서 내려오며 진을 보더니 활짝 웃었다. 이런 상황에서 미소쯤 마주 보내주지 못할 것은 없었다. 그런데 달샤드는 한달음에 달려 내려오더니 진의 목을 껴안고 뺨에 입을 맞추었다. 떨어지고 보니 둘 다 얼굴이 상기되어 있었다. 달샤드가 말했다.

"윰바난은 '으뜸가는 전사'라는 뜻이에요. 잔다나 족에게는 최고의 칭찬이죠."

"그걸 어떻게 알았소?"

"여긴 변경이잖아요."

달샤드는 다시 2층으로 올라가버렸다. 진은 뒤따라가고 싶지 않아 도로 1층으로 돌아왔다. 병사 하나가 보고했다.

"잔다나 족이 대열을 갖추는 것 같습니다."

농성은 길어야 오늘 오후와 밤, 내일 새벽이면 고비가 될 것이다.

반면 한본이 장군의 군대를 찾아내어 회군시키려면 빨라도 내일 오후는 되어야 했다. 한본이 자기 말을 되찾지 못해 이웃 성까지 가야 한다면 하루 낮이 더 늦어질 수도 있었다. 어찌되든 버티는 도리밖에 없었다. 진은 다시 손을 내려다보았다. 죽든 살든 내일이면 다 끝난다. 짧아서 오히려 최선을 다할 수 있을 듯한 느낌이 들었다.

새벽은 생각 이상으로 멀었다. 아니, 영영 오지 않을 듯했다. 기다리기 때문일까? 기다리는 것은 본래 오지 않는 것일까? 새벽이 없는 하루도 있단 말인가? 새벽을 건너뛰고 새로운 날이 오기도 한단 말인가?

피로가 어지럽힌 머릿속에서 온갖 이상한 질문들이 떠돌았다. 해답은 어쩌면 없겠지만 실은 생각할 겨를도 없었다. 벌써 열두 시간째, 잠시도 쉬지 못했다. 사슬갑옷과 손목 가리개는 광택을 잃었고 바지와 장화는 수십 겹의 핏물로 색이 변하고 뻣뻣해졌다. 밤이 아니었더라면 진의 모습은 보는 사람이 흠칫할 정도로 무시무시했을 것이다. 아마 테아라면 기절했을지도 모르지.

테아를 생각하는 순간 진의 한쪽 뺨이 움찔했다. 결혼반지는 진의 손에 없었다. 일이 잘 된다면 다시 돌아오겠지만 어쩌면 비루먹은 말 한 마리와 바뀌어 어느 상인의 손가락에서 반짝이게 될지도 모른다. 굳이 되찾자면 불가능하지는 않겠지만 진은 자신이 그 정도로 의욕을 느끼지는 못한다는 것을 깨달았다. 그렇다고 또 아무렇지도 않은 것은 아니었다. 이번 원정에 참전하면서 신분을 보여주는 귀중품은 모두 빼어 두고 왔지만 결혼반지만은 빼지 않았던 것이다. 이런 일이 생길 줄 알았기 때문에?

"부관님! 기르함 대장님이 전사했습니다! 두 단 더 밀렸습니다! 어떻게 할까요?"

진은 부관이고 병사들은 대장인 우스개는 여전히 진행 중이었다. 왕자님이라고 부르면 진이 불편한 기색을 보인다는 것을 다들 알아차렸기 때문에 샘그늘 병사들도 슬금슬금 처음의 호칭으로 되돌아갔다. 방금 적 하나를 해치운 진은 돌아보지 않은 채 대꾸했다.

"가야르로 교체하게 해라. 지금쯤은 손가락이 새로 돋아났을 테니까."

가야르는 조금 전까지 진과 함께 싸우다가 왼손 두 손가락이 잘려 2층 어느 방에서 붕대를 감고 있었다. 간 지 십 분도 채 되지 않았다. 전령이 달려가는가 싶더니 곧 가야르가 뛰어나와 달려갔다. 가야르의 십인대는 이미 모두 죽었고 기르함의 십인대를 물려받겠지만 아마 몇 명 남아 있지 않을 것이다. 하지만 오른손이 성한 가야르의 존재만으로도 큰 힘이 될 터였다. 쉬지 않고 싸워온 하루 밤낮 사이에 진은 가야르가 부하들 중 가장 전투 실력이 뛰어나다는 것을 알게 되었다.

1층은 이미 잃었다. 내성 꼭대기와 3층도 빼앗겼다. 남은 건 2층뿐이었다. 살아남은 병사는 백 명도 되지 않았다. 잔다나 족은 그 다섯 배는 되었다. 기로스는 역시 잔다나 족의 왕은 아니었던 모양이었다. 왕이 죽었는데 저렇게 동요 없이 행동하는 부족은 상상하기 힘들었다. 게다가 야만족은 피로도 덜 느끼는지 공격의 강도는 조금도 줄어드는 것 같지 않았다.

진은 군대를 둘로 나눠 1층에서 올라오는 계단, 그리고 3층에서 내려오는 계단을 막고 있었다. 자말리크와 십인대장 여섯이 1층 쪽, 진과 십인대장 둘이 3층 쪽이었다. 가야르가 옮겨갔으니 이제는 단 둘이서 샘그늘 병사 몇을 이끌고 3층 쪽을 막아야 했다. 물론 적의 공격은 1층 쪽이 더 격렬했다. 계단이 좁지 않았더라면 이미 어제저녁 무렵에 진을 비롯한 모두는 벽에 매달린 시체가 되어 있었을 것이다. 잔다나족은 1층을 꽉 채우고 내성 꼭대기를 점령하고도 일부가 광장에 남아야 할 정도로 아직 많았다. 창 너머에서는 돌을 던지거나 뜻 모를 말을 외치는 소리가 여전히 들려왔다.

두 계단은 바로 연결되는 것이 아니라 복도의 양 끝에 따로따로 있었다. 아마 성주의 허락 없이 내성 꼭대기로 올라가는 것을 막으려 한 것 같았다. 이런 구조라면 2층에 있는 성주의 방 앞을 지나야만 위층으로 갈 수 있을 테니까. 진은 그나마 이 괴이한 구조가 다행스럽다고 생각했다. 그는 이미 최후의 저항을 할 자리를 점찍어 놓았다.

전령 소년도 다섯 중 둘만 남아 있었다. 진 곁에 있었던 탓에 쉽게 표적이 되었던 것이다. 남은 둘 중에 아샤벨은 눈치도 있고 몸도 빠른 데다 상황 요약도 잘 하는 녀석이어서 진은 이 소년을 왕성으로 데려가 심부름꾼으로 쓰면 어떨까 하는 생각을 했다. 물론 살아난다면 말이지만. 진도 아샤벨도 둘 다.

"부관님! 조심하십시오!"

잠깐 생각에 빠진 사이 어둠 속에서 적의 도끼가 튀어나왔다. 고개를 홱 돌리자 도끼는 벽에 박혔다. 이쪽 계단은 내려오는 적을 상대해야 해서 여러 모로 불리했다. 진은 한 발짝 물러나며 적이 내려오기를 기다렸다. 잔다나 족은 호전적인 반면 교활하지 못해 유인에 쉽사리 걸려드는 편이었다. 그러나 이번에는 적도 기다렸다. 진은 싸움이 진행될수록 자신을 상대하는 잔다나 족이 신중해지는 것을 느꼈다. 그들은 진을 두려워하고 있었다.

진은 곁에 선 십인대장에게 눈짓했다. 그가 한 발짝 내닫으며 찌르기를 하자 적도 바로 응수해 왔다. 진은 재빨리 적의 팔을 베고 무릎을 걷어찼다. 앞으로 쓰러지는 적을 피했다가 머리를 짓밟으며 목에 검을 꽂았다. 그리고 돌아보니 다른 적이 샘그늘 병사 하나를 해치운 참이었다. 이제 이쪽에 남은 병사는 십여 명뿐이었다. 저쪽에는 세 배 정도 있을 것이다. 몇 분 더 버틸 수 있을까?

그때 아샤벨이 복도를 달려오는 소리가 들렸다. 그가 큰 소리로 외쳤다.

"부관님! 1층 쪽 계단이 뚫렸습니다! 지금 후퇴하고 있어요!"

생각보다 빨랐다. 진은 입술을 깨물며 소리쳤다.

"모두 다음 자리로 이동한다! 당장 달려!"

병사들이 복도로 달려가는 사이 진이 뒤를 살폈다. 적들은 복도가 어두워서 그런지 선뜻 쫓아오지 않았다. 이것도 그들이 신중해진 덕택일지 몰랐다. 진도 몸을 돌려 달렸다. 목적지는 2층 한가운데, 가장 튼튼한 문이 있는 방이었다. 조금 전까지 닫혀 있던 문은 어느새 활짝 열려 있었다. 달샤드의 목소리가 들렸다.

"어서 들어오세요!"

1층 쪽 계단에서 후퇴하는 병사들은 접전을 벌이고 있었다. 넓은 복도로 접어들자 잔다나 족은 거침없이 병사들을 도륙했다. 고작 두 명만 설 수 있는 좁은 계단에서 몇 시간이나 고전한 대가를 치르게 할 셈인 모양이었다. 진은 그쪽 전투에 뛰어들었다. 언뜻 보니 곁에 자말리크가 있었는데 얼굴에 피가 흘러 엉망이었다. 진이 소리쳤다.

"안으로 들어가!"

"부관님이 먼저 가십쇼!"

"자네가 안 가니까 병사들이 안 가잖아!"

"좋습니다! 다들 동시에 돌아서서 달린다! 하나! 둘!"

신호가 떨어지자 모두가 돌아서서 문을 향해 달렸다. 뒤처진 몇은 난도질을 당했고 한둘은 던지는 무기를 맞아 쓰러졌지만 대부분은 문 안으로 미끄러져 들어갔다. 먼저 들어가 기다리던 병사들이 문을 닫고 널빤지로 빗장을 건 후 다른 방에서 끌어 모아 둔 집기를 쌓아올렸다. 자말리크가 병사들을 둘러보더니 씩 웃었다.

"이제부터 잠깐 동안 흰 물감을 칠한 대가리를 보지 않아도 된다."

열두 시간 만의 휴식이었다. 병사들은 대부분 그 자리에 주저앉았다. 진도 가슴이 터질 듯해 기침과 함께 심호흡을 했다. 검을 놓고 보니 손아귀가 얼얼했다. 진은 기막힌 기분이 들어 웃고 말았다. 자신은 한 달 전까지만 해도 고작 마상 시합, 그리고 드물게 뒷골목에서나 싸워본 신출내기였다. 그런 자신이 오늘 몇 명을 죽였는지 계산도 되지 않았다. 샘그늘 병사들도 대부분 비슷할 것이다. 이 순간까지 살아남은 자들은 자신들이 일생 상상도 못해봤던 활약을 했다. 그들이 오늘의 무용담을 자랑할 날이 온다면 좋으련만.

문이 울리기 시작했다. 쿵, 쿵, 쿵.

달샤드가 다가와 앉아 있는 진 곁에 무릎을 꿇었다. 진은 반지를 빼서 내밀었다.

"성주님께 드리시오."

성주의 반지니까 그가 끼고 죽는 것이 옳을 것이다. 가장 튼튼한 문이 달린 방은 다름 아닌 성주의 방이었다. 성주는 저만치 보이는 침대에서 이미 죽은 것처럼 꼼짝도 않고 누워 있었다. 달샤드는 반지를 받는 대신 말했다.

"아버님께서 부관님을 뵙고 싶어 하세요."

이제 와서 만난들 무슨 소용이 있겠는가? 지금껏 진은 성을 지키기 위해 싸웠지만 정작 성주와는 일면식도 없었다. 진은 고개를 흔들려다가 문득 생각을 바꾸었다. 죽음을 앞두고 만감이 교차하는 것은 성주도 똑같을 것이다. 비록 마지막 한두 해를 시체처럼 누워 보냈다 한들 사람은 끝내 사람이니까. 자기 성에 이렇듯 어마어마한 일이 벌어졌는데 끝까지 방관자이고 싶지는 않을 것이다. 어차피 다들 죽게 된 마당에 그까짓 소원을 무시해서 무엇 하겠는가.

진이 다가가자 아드리함 성주가 손끝을 움직였다. 진이 말했다.

"베락수스 장군님의 부관 진입니다."

진은 반지를 성주의 손에 끼워주었다. 성주는 여전히 눈을 뜨지 않다가 진이 손을 놓자 말했다.

"고므스니드."

진은 눈을 몇 번 깜빡거렸다. 성주가 발음도 제대로 하지 못하는 줄은 몰랐다. 문득 반신불수라 해도 말을 할 수 있었다면 통치권을 놓을 필요는 없었으리라는 생각이 떠올랐다. 가마나 의자에 앉아 다니면 되었을 테니까. 달샤드가 '고맙다고 하시는 거예요'라고 하자 진은 고개를 까딱했다.

"감사합니다."

"여스으시이으. 시이 므이 이르즌느므 이르니리 으스드덴데."

"용서하시라고, 아버님께서 이런 몸이 아니셨더라면 이런 일이 없었을 거라고 하세요."

"아닙니다."

서로 곧 죽을 처지에 겸양을 늘어놓을 필요는 없었다. 성주는 잠시 심호흡을 했다. 이윽고 다시 입을 열었는데 곁에 선 달샤드의 기색이 어쩐지 심상치 않았다.

"워즈니이 어드 브이시데, 어드에 타새아스느데. 그름 브느 배스으드니. 베으게스 브츠르 여스해 즈스기으."

진은 달샤드를 보았다. 해석 없이는 도저히 알아들을 수 없어서였지만 달샤드는 진의 눈을 피했다. 성주의 말은 계속됐다.

"시이 므이 이르흐으 즈즈나지 므하미 츠므르 흐스릅스느드."

갑자기 달샤드의 눈에 눈물이 고였다. 진은 영문을 몰라 어안이 벙벙했다.

"흐즈믄 워즈니끄스느 즈지으느그스으느드. 슨트그 븐드스 이르으 즈느드……."

뒤로 갈수록 발음이 한층 뭉개져 무슨 말인지 추리조차 되지 않았다. 달샤드는 아무 말도 하지 않았다. 그러다가 고개를 숙이더니 성주의 귓가에 무어라 속삭였다. 잠시 사이를 두고 성주가 갑자기 눈을 부릅뜨더니 비교적 분명한 발음으로 내뱉었다.

"여궈데 이스크드이 브리 스흐아느 즈느마슨 그워베으 마세."

마지막 말만은 진도 알아들을 수 있었다. '영광된 이스칸드의 별이 수호하는 존엄하신 국왕 폐하 만세.' 성주는 고개를 떨어뜨렸다. 죽었나 싶어 흠칫했지만 달샤드가 말했다.

"기력을 쓰셔서 그래요. 이제 가세요."

쿵쿵거리는 소리는 온 성을 부술 듯이 커져 있었다. 문은 사방에 금이 갔고 경첩은 곧이라도 떨어질 듯했다. 진은 머릿속이 산란했지만 고개를 흔들어 떨쳐냈다. 마지막 싸움이 눈앞이었다. 성주가 무슨 말을 했는지는 저승에 가서 물어보면 될 일이었다. 병사들은 모두 일어나 무기를 쥐고 문을 쏘아보고 있었다. 진은 그들 가운데 섰다. 쿵, 쿵, 쿵. 마침내 한가운데의 목재가 쪼개지고 도끼날 하나가 안으로 들어왔다. 진이 문득 보니 병사들이 모두 진을 바라보고 있었다. 자말리크가 말했다.

"한 말씀 해주시죠."

진은 고개를 숙였다가 들면서 피식 웃었다.

"모두 수고했다. 십 분 뒤는 왕자가 베푸는 잔치다. 고기와 포도주가 무한히 나올 거다. 다들 목구멍 씻고 기다리도록."

아마 그 잔치는 저승에서 하게 될 것이었다. 병사들의 입술이 실룩거렸다. 웃을 만한 여유는 없었지만 다들 마음은 같았다.

"잔치 전에 몸 좀 풀자. 멍청한 놈들, 오라고 해라."

세워 든 검 끝에 긴장이 서렸다. 호흡에 따라 오르락내리락 했다. 닦을 겨를도 없어 피 얼룩이 거무튀튀하게 말라붙은 검이었다. 문에 난 구멍은 점점 커졌다. 온갖 무기가 비집고 들어왔다. 그와 함께 짐승 같은 울부짖음도 밀려들었다. 잔다나 족도 단단히 화가 난 듯했다. 쿵, 쾅, 쿵, 쾅.

"쳐라!"

한 명이 상체를 내밀자 병사들의 검이 일제히 찔러 들어갔다. 그러는 동안 왼쪽 문짝이 흔들흔들하더니 마침내 경첩이 빠졌다. 손들이 달려들어 문짝을 들어냈다. 발은 쌓인 집기를 걷어찼다. 집기 너머로 보이는 복도는 꽉 차 있었다. 그때 샘그늘 병사 하나가 달려들어 맨 앞에 선 잔다나 족을 찔렀다. 장창이 튀어나와 병사의 몸을 꿰뚫더니 허공으로 올렸다가 내리쳤다. 다른 병사들도 일제히 달려들었다. 진도 그들 사이에 있었다. 집기들이 쌓인 틈으로 무기가 찔러지고, 찔러 들어오고, 얽혔다. 그때였다.

부우우우우우…….

한 번 들었던 소리였다. 잔다나 족의 뿔나팔이었다. 그때는 퇴각 나팔이었다. 하지만 지금은 그럴 리 없었다.

부우우우우우…….

잔다나 족이 동요하기 시작했다. 아래에서 누군가가 뛰어올라오는 발소리가 들렸다. 흥분한 외침이 오갔다. 뜻은 이해할 수 없었지만 뭔가 놀라운 일이 벌어진 듯했다. 나팔 소리는 다시 들렸다. 갑자기 잔다나 족이 썰물처럼 물러나기 시작했다. 병사 하나가 눈을 크게 뜨더니 중얼거렸다.

"어딜 가?"

승리를 코앞에 두고, 십 분이면 섬멸될 고작 삼십여 명을 두고 잔다나 족은 퇴각했다. 이윽고 복도에는 한 명도 남지 않았다. 병사들이 참지 못하고 쌓았던 집기들을 들어냈다. 진도 복도로 달려 나가 창밖을 내다보았다. 작은 광장 너머, 큰 광장을 꽉 채운 창검과 깃발을 보았다. 그 너머로 끝이 보이지 않게 밀려드는 에페리움 군을 보았다. 그리고 또 한 가지를 보았다.

새벽이 밝아 있었다.

"부관님은 거짓말쟁이십니다."

그 말은 사실이었다. 진은 민망한 얼굴로 허공을 곁눈질했다. 그의 손에는 컵 하나가 들려 있었다.

"글쎄, 정말이지 말입니다. 전 믿었는데 말입니다."

가야르가 낄낄 웃으며 컵을 내밀자 진이 컵을 부딪쳤다. 둘은 컵을 들이켰지만 안에 담긴 건 민트 차였다. 가야르가 외쳤다.

"캬, 차 맛 좋다."

진도 웃을 도리밖에 없었다. 어떻게 싸워서 어떻게 이겼는데, 승전을 축하할 술이 한 방울도 없었다. 외성에 불을 질렀을 때 모조리 타버렸던 것이다. 내성에는 물론 술이 없었다. 이 문제 때문에 살아남은 병사들의 불만은 하늘을 찌를 듯했다. 몇몇은 술을 싫어하는 달샤드 님이 이 사태를 예상하고 외성에 불을 지르자고 한 게 아니냐고 떠들기도 했다.

"저도 기대했는데. 고기랑 포도주."

진의 발치에 앉아 있던 아샤벨이 중얼거리자 가야르가 머리를 쥐어박는 시늉을 했다.

"술 마실 나이도 안 된 놈이."

아샤벨은 실실 웃으며 달아났지만 곧 한 바퀴 돌아 다시 진 곁으로 왔다. 진이 말했다.

"이젠 날 안 따라다녀도 된다."

"아, 그게 버릇이 돼서요."

돌이켜보면 꿈같기도 했다. 한잠 자고 일어나서 더 그런 느낌이 드는지도 몰랐다. 한나절 전까지만 해도 상상도 못하던 미래를 맞고 있자니 민트 차를 마셔도 술에 취한 기분이었다. 그렇다고 술이 없는 아쉬움이 완전히 가시지는 않았다. 술이었다면 코끝에 걸린 피비린내 정도는 깨끗이 날려주었을 텐데.

몸을 씻고 옷도 갈아입었지만 아직도 피비린내는 도처에 있었다. 사실 이유가 없지만도 않은 것이 장화를 갈아 신지 못했다. 가죽장인의 공방이 타버려서 적당한 대용품을 찾지 못했던 것이다. 불그죽죽한 장화코를 내려다보자 문득 지난밤이 되살아났다. 갑자기 몸서리가 쳐졌다. 맞은편에서 죽 진을 지켜보고 있던 자말리크가 주위를 둘러봤다.

"어이, 뭐가 그리 불평이 많아. 바람 시원한 성벽 가에 둘러앉아 컵 들고 잡담이나 하고 있으니 이게 바로 천상 풍경 아닌가. 고기와 포도주가 무한히 나오는 저승보다 난 여기가 좋군그래."

"아, 자말리크. 역시 자넨 내 친구야."

진이 얼싸안는 시늉을 하자 자말리크가 킥킥 웃으며 컵을 내밀었다. 둘이 컵을 부딪치는데 등 뒤에서 누군가가 말했다.

"부관님, 장군님께서 부르십니다."

진이 벌떡 일어나 돌아서더니 호통을 쳤다.

"장군님은 좀 기다리시라고 하고, 어서 이리와 앉아!"

한본이었다. 어제 탈출 임무를 맡긴 후로 첫 재회였다. 에페리움 군이 남은 잔나다 족을 모조리 죽이고 내성으로 들어왔을 때 진과 병사들은 긴장이 풀리고 피로가 몰려와 더 서 있기도 힘든 상태였다. 한본이 무사하다는 말까지만 듣고 일단 쓰러져 한잠 잤다. 저녁 무렵에 일어나고도 한본은 장군의 부름을 받았다면서 내내 모습을 드러내지 않았다. 그러더니 슬그머니 진 뒤에 와 서 있었던 것이다.

"장군님께서 빨리 모셔오라고 하셨지만…… 민트 차 한 잔은 마셔도 되겠죠."

진이 와락 껴안았다가 놓자 한본은 어깨 부상 때문에 인상을 찌푸리고 있었다. 그런데 찌푸린 인상은 진도 마찬가지였다. 목덜미의 상처가 아팠던 것이다. 상처란 것이 참 우스워서 한참 싸울 때는 신경도 쓰이지 않는데 평화로워지고 나니 몹시 신경을 건드렸다.

진이 한본에게 컵을 건네자 아샤벨이 차를 따랐다.

"이 발에는 혹시 날개가 달린 게 아닌가?"

가야르가 한본의 발을 툭 걷어차자 차가 약간 쏟아졌다. 한본이 아깝다는 듯 얼른 받아 마시며 대꾸했다.

"부관님하고 자네들은 혹시 불사신이 아닌가? 난 솔직히……."

한본이 말을 멈추고 진의 얼굴을 보았다. 눈이 마주쳤다. 하긴 한본도 말을 달리는 내내 속이 타들어갔을 것이다. 말을 멈춰 물 한 모금도 마시지 못했다고 했다. 두려웠을 것이다. 진과 전우들이 버티어낼지, 간발의 차이로 모두 죽는 것은 아닌지…….

진이 벌떡 일어섰다.

"다 됐고, 할 말이 있는데. 난 자네들을 놔줄 수가 없을 것 같아. 물론 다들 군 생활에 아쉬움은 있겠지만……."

한본이 눈을 크게 떴다가 킥킥 웃었다. 십 년 넘게 돌아가지 못해 아들 얼굴도 잊어버리는 군 생활이었다. 진도 빙그레 웃고 있었다.

"모두 내 곁에 있어줘야겠어. 근위병은 규칙이 많으니 답답할 테고, 내가 궁 밖에 나갈 때마다 호위하는 무관이 되어 주게. 원한다면 가족들도 왕도로 부를 텐데 고향을 등지게 해서 죄송하다고 정중히 사과 말씀 전해드리고. 참, 자네들 뜻은 묻지 않겠네. 내 마음대로 할 거니까. 왕자가 그 정도 횡포는 부려도 되겠지."

얼굴마다 웃음이 번져갔다. 그러자 아샤벨이 말했다.

"저는요?"

"넌 물론 무관이 못 되지."

아샤벨이 실망해서 어깨가 처지려는 순간 진이 말을 이었다.

"넌 역시 전령이 어울려. 내 심부름꾼이 돼라."

"고맙습니다!"

이윽고 진은 일어나 장군을 만나러 갔다. 장군도 탁자에 민트 차 한 컵을 얹어 놓고 있었다. 진이 와서 서자 장군이 고개를 끄덕거리더니 입을 열었다.

"푹 쉬었나?"

"네."

"다친 곳은?"

"괜찮습니다."

온 몸에 크고 작은 상처들이 있었다. 상당수는 한잠 자고 일어나서야 발견한 것들이었다. 장군은 의자에 기댄 채 두 손을 겹쳐 턱을 괴었다.

"오백스물두 명으로 잔다나 족을 칠백 명이나 죽였더군. 그중에 오백은 훈련도 못 받은 동네 푸줏간 주인, 농부, 서기, 배불뚝이 술집 주인 같은 놈들이었는데 말이야. 내 솔직한 얘기를 하나 하자면."

장군이 등받이에서 몸을 뗐다.

"왕자님께서 이런 분이실 줄은 정말 예상 못했습니다."

장군은 다시 등받이에 몸을 기댔다. 진은 아무 말도 하지 않았다. 장군이 차를 한 모금 마시더니 인상을 찌푸렸다. 장군도 술이 필요한 모양이었다.

"궁금한 게 있는데, 왜 달아나지 않았나? 한본이 탈출한 그대로 했으면 됐을 게 아닌가? 이곳이 연고지도 아닌데 목숨까지 걸어야 할 이유가 있었나?"

맨발과 빈손의 새벽

"없었습니다. 그냥 어쩌다 보니 그렇게 된 것 같습니다."

"어쩌다 보니 그렇게 됐다? 책임감이 아니고?"

진은 잠깐 생각하다가 답했다.

"책임감보다는 단지 구차한 꼴을 보이기 싫었던 것 같습니다."

대답은 했지만 실은 진도 확신이 서지 않았다. 물론 첫 출전에서 줄행랑을 쳤다는 얘기가 따라다니는 것은 원치 않았다. 그게 목숨과도 바꿀 만한 가치였을까?

"살아남은 병사들이 자네를 무척 따르더군. 하긴 결과를 보면 죽은 자들도 마찬가지였겠지. 자네는 이번이 첫 출전이지 않나. 그자들은 몇 년씩 군대 생활을 했고. 그런데 그자들이 자네와 일심동체가 되었어. 내가 한본에게 자네에 대해 물어봤더니 '겸손하다'고 평하더군. 그자들은 평민 병사들이고 자네는 왕자인데 말이야! 이게 말이 된다고 생각하나?"

"처음부터 왕자가 아니었기 때문이겠지요."

장군은 뜻밖의 말을 들었다는 표정이었다. 어머니였다면 절대로 입 밖에 내지 말라고 했을 말이라는 생각이 들었다. 그러자 더더욱 대답하고 싶어졌다. 말을 하는 동안 기묘한 쾌감마저 느껴졌다.

"태어나면서부터 왕자였다면 몰랐을 것들을 벼락부자가 된 기분 덕택에 잘 알게 된 것 같습니다."

왕자임을 알았어도 달샤드가 침대로 오는 일은 일어나지 않았다.

진의 손에는 반지가 돌아와 있었다. 한본이 돌려준 것이었다. 침대에 누워 반지가 겪은 우여곡절을 생각하고 있자니 웃음이 나왔다. 그러면서 테아가 보고 싶어졌다. 예전에는 이런 생각을 해본 일이 없었다. 아마 멀리 와서 온갖 일을 겪었기 때문일 것이다.

일곱 살 테아는 정말로 작디작았다. 그런 아이에게 거창한 대례복을 입히고 머리를 올려놓으니 머리장식에 눌려 줄어드는 건 아닐까 싶을 정도였다. 첫날밤을 치른답시고 마주 앉았던 때, 일곱 살과 열두 살은 무엇을 해야 할지 몰라 얼굴만 멀뚱멀뚱 보고 있었다. 지루함을 참다못한 진이 몇 마디 붙이자 테아는 그만 울음을 터뜨리고 말았다. 별얘기도 아니었는데. 기껏 부모님이 보고 싶겠다는 얘기였을 뿐인데. 그나마 예전에 온갖 아이들과 어울려 보았던 진은 일곱 살 여자애와 잘 지내기가 어렵겠다는 예상을 조금 했었다. 그래서 나름 회심의 장난감을 준비해 놓았었다.

그때 문 두드리는 소리가 났다. 이미 한밤중이었다. 진은 벌떡 일어났다. 어제 일 때문에 몸에 밴 긴장이 아직도 가시지 않았다.

"누구냐?"

문이 열렸다. 진은 당황해서 눈을 크게 떴다. 달샤드였다.

"다행히 아직 안 주무시네요."

"무슨 일이오? 이런 시각에?"

"방해가 되었나 보군요. 밤늦도록 누굴 기다리고 계셨나요?"

낮에 쓰러져 자는 바람에 밤잠이 오지 않았던 것뿐이었다. 진은 들어와 문을 닫는 달샤드를 당혹스러운 눈으로 보고 있었다. 달샤드가 가까이 오다가 웃음을 터뜨렸다.

"전 잔다나 족이 아니랍니다. 그런 눈으로 보지 마세요."

"너무 늦은 시각이라 그렇소."

"저희 아버님께서 하실 걱정을 부관님께서 대신 해주시는군요."

"당신 아버님께서 편찮으시니 다른 누구라도 그런 걱정을 해야 할 것 같소."

달샤드는 더 말대답하지 않고 곁의 의자에 앉았다. 그러더니 품에서 뭔가를 꺼냈다. 목이 긴 병과 잔이었다.

"부관님께 특별히 드리는 상이에요."

뚜껑을 따서 한 잔 따르더니 진에게 내밀었다. 향긋하면서도 아릿한 냄새가 풍겼다.

"몇 년 전에 제가 직접 빚게 했던 향쑥 술인데 부엌 구석에 딱 한 병 남아 있더라고요. 누가 숨겨 놓은 건지. 명령을 어긴 셈이지만 굳이 추궁은 않기로 했어요."

진은 잔을 받아들었다. 사실 무척 반가웠지만 너무 반색하는 모습을 보이고 싶지 않아 일부러 무뚝뚝하게 물었다.

"왜 내게만 상을 주는 거요?"

"성을 지켜주셨잖아요."

"아, 그렇군."

진이 잔에 입을 대자 달샤드는 곁의 탁자에 병을 내려놓더니 물러나 인사하고는 밖으로 나갔다. 역시 벨콘이라는 놈은 헛소리만 지껄이는 놈이 틀림없었다. 진은 긴장했던 자신이 우스워 술을 거푸 몇 잔 마셨다. 그러자 곧 잠이 쏟아졌다.

전나무와 매

깨고 나니 한낮이었다. 주위가 환했다. 그런데 바닥이 몹시 흔들렸다. 침대 위가 이럴 리 없었다. 혹시 성에 무슨 일이 생긴 건가? 진은 급히 몸을 일으키려 했다. 그러자 누군가가 말을 걸었다.

"왕자님, 이제 깨어나셨습니까? 몸은 어떠신지요?"

앓다가 일어난 것도 아닌데 왜 저렇게 묻는지 몰랐다. 반쯤 몸을 일으키자 머리가 깨질 듯 아팠다. 그제야 주위가 눈에 들어왔다. 누워 있던 곳은 수레 위였다. 좌우로 호위병들이 말을 타고 걷고 있었다. 진은 아직도 꿈을 꾸는가 싶었다.

"여긴 어딘가? 내가 왜 여기 있지?"

수레에 함께 탄 사람은 의사였다. 그가 이곳은 왕도로 가는 황야길 위이며 샘그늘 성에서는 사흘쯤 떨어져 있다고 말해 주었다. 진이 너무 깊이 잠들어 깨어나지 않는 바람에 그대로 수레에 싣고 돌아가는 중이라 했다. 처음에는 풍토병이라도 걸렸나 싶어 의사와 주술사가 불려오고 소동이 벌어졌으나 별일 없이 자고 있다는 진단이 내려지자 일단 큰 성으로 옮겨가기로 했다고 했다.

사흘이나 내리 잤다니, 믿어지지 않는 이야기였다. 자말리크를 불러 오라고 하자 한참 만에 나타난 자말리크가 깨어난 진을 보고 반색을 했다. 자말리크가 해준 이야기도 같았다. 진이 깨어나지 않자 몇 명 남지도 않은 진의 부대는 해산되고 자말리크, 한본, 가야르 등은 다닐의 부대에 들어가 있다고 했다. 전투를 끝내고 돌아가는 길인지라 부관대가 하나 없어진들 별 영향은 없지만 진은 어쩐지 기분이 상했다. 전투 끝에 좀 지쳤다고 원정 동안 일개 부관으로 지내기로 했던 결정은 멋대로 사라지고 어느새 호위를 받는 왕자로 되돌아가다니. 몸에 걸친 것도 잠들 때 입었던 단순한 옷이 아닌 비단 실내복이었다. 잠자는 사람에게 갑옷을 입힐 필요까지는 없지만 그걸 깨닫는 순간 진은 여장이라도 한 것처럼 얼굴이 화끈거렸다.

진이 자신의 말을 끌고 오라고 명령하자 의사가 말했다.

"더 쉬시는 편이 좋습니다. 아직 그런 일이 일어난 이유도 모르니까요. 풍토병이 아니라면 혹시 나쁜 주술에 걸리셨는지도 모를 일입니다. 곧 도착할 성에는 마법사가 있다고 하니 그때까지는······."

의사가 말하는 동안 진은 이미 윗도리를 벗어 던지고 수레에서 뛰어내렸다. 자말리크가 날빛을 끌고 오자 즉시 올라타고 대열 맨 앞으로 갔다. 장군이 탄 말 앞에 이르자 장군도 놀란 표정을 했다. 진이 돌봐주신 은혜는 황공하지만 이제 그만 부관으로 돌아가겠노라고 말하자 장군은 이맛살을 찌푸렸다.

"그럴 필요는 없네. 이 정도면 충분해. 아니, 이미 지나쳤어. 내가 폐하께 꾸지람을 듣길 바라나?"

"이런 우스꽝스러운 꼴로 귀환해서야 왕자가 일개 부관으로 종군한 의미도 빛이 바래고 말 것 같습니다. 다시 부관으로 돌아가 섬기도록 허락해 주십시오."

고집을 부리자면 왕자인 진이 이길 수밖에 없었다. 다시 갑옷을 찾아 입고 고작 다섯 명 남은 부대를 모아 거느리자 겨우 숨통이 좀 트였다. 문득 아샤벨이 떠올라 묻자 데려오지 못했다는 대답이 돌아왔다.

전나무와 매

진이 갑자기 의식 불명이 되어 소란이 벌어진 가운데 꼬마 녀석 하나를 데려갈지 말지 하는 이야기는 끼어들 틈이 없었던 모양이었다. 자말리크나 가야르 등은 농성전 때 대장으로 불렸을지 몰라도 실제로는 발언권조차 없는 일개 병사에 불과했다. 진은 약속대로 불러올 테니 걱정 말라고 했지만 실제로는 그 녀석 때문에 군대의 행군을 멈출 수도 없고 그렇다고 왕도까지 혼자 오게 할 수도 없어 일이 복잡해질 듯했다.

"그런데 대체 왜 그리 오래 주무셨습니까? 혹시 주무시기 전에 뭔가 수상한 일은 없었습니까?"

한본이 묻자 달샤드가 가져다 준 술이 떠오르며 진의 안색도 약간 변했다. 실은 처음부터 의심하고 있었지만 이미 달샤드는 사흘이나 떨어진 곳에 있었다. 되돌아가 캐묻고 싶다고 생각하지 않은 건 아니었다. 그러나 만약 추궁당할 만한 음모였다면 달샤드는 벌써 달아났을 테고, 그렇지 않다면 개인적인 일로 군대를 되돌리고 싶지 않았다. 무엇보다 그렇게 된 과정을 일일이 밝히고 싶지 않았다. 밤중에 달샤드가 찾아왔다는 이야기가 나오면 모두가 똑같은 의심을, 아니 확신을 할 게 뻔했다.

한본이 다시 말했다.

"저희 고향에서는 드물게 그렇게 잠드는 사람이 있는데 그걸 고치잠이라고 부릅니다. 나비고치의 그 고치죠. 짧으면 하루 밤낮, 길면 사흘 정도까지도 잡니다. 고치잠을 자고 일어난 사람은 소명을 받았다고들 하는데 사제나 주술사들이 찾아와 이런저런 질문을 합니다. 대답

내용에 따라 신전에서 데려가 사제로 삼기도 합니다. 가끔은 고치잠을 자다가 영영 일어나지 않는 사람도 있습니다. 그래서 사실 저도 부관님을 몹시 걱정했습니다만…….”

"무슨 질문을 하지?"

"꿈입니다. 보통은 아주 뚜렷한 꿈을 꿉니다."

진은 자신도 꿈에서 뭘 보았는가 생각해보려 했다. 그 순간 눈앞이 하얗게 변했다.

황야와 태양은 사라지고 낯선 식물이 뒤엉킨 벽이 나타났다. 흰 꽃과 묵은 줄기, 녹색 잎과 노란 이끼가 오래된 벽돌을 빼곡히 감싸고 있었다. 얼마나 오래되었을까. 천 년? 만 년? 서늘한 기운이 파고들어와 몸이 떨렸다. 이슬 맺힌 식물들은 안개로 된 숨을 내뿜는 듯했다. 미지의 숲이 그 너머에 있었다. 벽 뒤였다. 지고의 완전함이 깃든 낙원이 있었다. 들어가고 싶다고 생각하는 것조차 완전함을 깨뜨릴 듯해 감히 생각도 못한 채 바라보기만 했다. 벽 한 가운데에 문이 있었다. 잠기지 않은, 누구나 가볍게 밀면 열릴 듯한 문이…….

"부관님?"

진은 정신을 차리고 한본을 돌아보았다. 막 입을 열 뻔하다가 다시 다물었다. 어쩐지 아무에게나 말하면 안 될 느낌이었다. 그렇다고 달리 누구에게 말해야 할지도 확실치 않았다. 사제들? 진은 고개를 흔들어 보이고 다시 앞을 보았다. 그러나 머릿속에서는 내내 방금 떠오른 영상, 완벽한 곳으로 가는 문의 영상이 지워지지 않았다. 꿈속의 자신은 그 문에 손을 대었던가?

누군가에게는 불쾌한 승전보였다. 사비나 왕비는 가슴이 덜컥 내려 앉고 니메아는 겁을 더럭 먹었다. 닥쳐올 파란에 대한 예감은 두 사람에게 가장 먼저 찾아왔다.

왕은 승전 기념식을 준비하라고 명령했다. 사흘 동안 연회를 열어 백성들에게 포도주와 밀가루를 나눠주고 대욕장과 검투장을 무료로 개방하며 죄수 백 명을 석방하라 했다. 왕은 폴리티모스 왕자가 드디어 진정한 성인이 되었고, 한 사람의 군인으로서 완전해져 왕이 될 재목으로 손색이 없음을 증명했다고 했다. 그걸 대신들이 듣는 어전 회의에서 말했다고 했다. 왕이 될 재목이라니? 천한 무희의 아들이?

그런 말을 정말로 했다가는 왕비라 해도 목이 달아날 지경이었다. 승전보가 날아온 후로 왕은 하루 종일 폴리티모스 생각뿐이라 정사도 제쳐놓다시피 했고 말을 걸어도 알아듣지 못할 때가 많았다. 그 기쁨을 나누기에 가장 적절한 상대는 물론 에렉티나였다. 하루에도 몇 번씩 에렉티나의 처소에서, 장미 후원에서 두 사람이 웃는 소리가 흘러나왔다.

그렇듯 치마폭에 싸여 있던 결과 왕자를 위한 승전 연회에 좋은 가문의 처녀들을 빠짐없이 초대하라는 왕명이 떨어졌다. 공식적으로 왕자비를 새로 뽑겠다는 의미였다.

진이 열두 살 때 테아를 비로 들인 것이야말로 사비나 왕비가 가장 잘했다고 생각하는 일이었다. 그때만 해도 진과 에렉티나는 왕비가 멋대로 왕자비를 골라 주어도 거절하지 못하는 처지였다. 거리를 떠돌다

맨발과 빈손의 새벽

가 돌아온 진은 예의도 법도도 몰랐고 글조차 읽지 못하는 깡마른 아이였다. 그런 아이가 점차 달라져가면서 눈여겨보는 가문이 하나 둘 늘어가자 사비나는 문득 친정 집안에 드나들던 몰락 귀족의 부인을 떠올렸다. 그 여자의 가냘프고 창백한 딸을 떠올리는 순간 무릎이 탁 쳐졌다.

그날의 선견지명은 이제 무위로 돌아갈 상황이었다. 새 왕자비가 들어오면 아이가 태어나는 것은 시간 문제였다. 지금껏 어떻게 막아놓았는데. 사비나는 참다못해 다른 사람을 시켜 궁정에서 한 명 이상의 여인을 취하는 것은 군왕만의 권리이며 왕자가 두 비를 두는 것은 청사에 없는 일이라고 주장하게 해보았으나 대답은 시시할 정도로 간단했다.

"문제가 되면 하나만 남기면 될 일이 아닌가?"

그 또한 전례가 없는 일이라 실제로 테아를 폐할 가능성은 적었지만 왕이 그렇게까지 말하는데 더 이상 반대할 신하는 없었다. 사비나는 이제 물러설 수 없는 곳까지 왔음을 깨달았다. 해야 할 일은 하나뿐이었다.

테아는 후원 앞 의자에 우두커니 앉아 있었다. 누군가가 볕을 좀 쬐면 몸이 나아지리라 해서 하루에 두 시간씩 이렇게 앉아 있었지만 머리만 어지러워질 뿐이었다. 발밑에는 새 몇 마리가 날아와 뿌려 놓은 모이를 쪼고 있었다. 부지런히 먹느라 고개 한 번 쳐들어주지 않는 무심한 존재들이었다. 테아는 눈을 감았다.

바람결에 궁녀들이 소곤거리는 소리가 들려왔다. 테아가 잠든 줄 알 것이다. 늘 이러다가 잠에 빠지면 궁녀들이 깨우지도 않고 처소로 업어가곤 했다. 이야기가 바람에 휘말린 재처럼 맴돌고 있었다.

"······그럼 우리 마마는 허깨비 신세가 되는 거구나. 하긴 언젠가 이렇게 될 줄 모르지는 않았다만."

"마마도 안되시긴 했지만. 그래도 말이야 바른 말이지, 어찌 저리도 늦되시다니? 난 왕자마마가 불쌍할 지경이었어."

"끝물에 피는 꽃이 곱다는 말도 있지만 이제는 그것도 너무 늦었네. 그래도 언젠가는 피어나시겠지."

"꽃도 다 때가 있는 거야. 눈 내린 뒤에 피려 한들 그게 되겠어?"

"솔직한 기분으로는 햇볕도 못 견디는 마마를 보고 있으면 저러다 그냥 시들 것만 같다."

"쉿."

일어나 꾸짖을 기운도 없어 테아는 서서히 백일몽으로 빠져 들어갔다. 언젠가 말을 달리러 나간 진을 기다리며 북문 앞에 서 있었던 적이 있었다. 말발굽 소리가 들려오자 긴장한 심장이 간헐적으로 뛰기 시작했다. 호흡이 곤란해지고 얼굴이 창백해졌다. 마침내 테아는 더 견디지 못하고 근처의 전각 기둥 뒤에 숨었다. 그 직후에 달려 들어온 진은 왠지 말을 멈추고 주위를 두리번거렸다. 테아는 앞에 나서고 싶었으나 왜 왔느냐고 하면 무어라 대답할까, 왜 숨었느냐고 하면 더더욱 무어라 대답할까 몰라 얇은 입술만 꼭 물고 있었다. 그러면서 진의 옆얼굴을 바라보았다. 창날 같다. 그가 탄 말은 바람 같다. 그의 뺨을 감싸면 내 손은 베이고, 붙들려 하면 허공만 남을 것 같다.

이윽고 진은 가버렸다. 테아는 빈손만 내려다보고 있었다. 무언가를 잡고 싶었는데. 그 후로 다시는 북문에서 기다리지 않았다. 다른 날, 복도에서 우연히 마주치자 진이 테아의 손을 잡은 일이 있었다. 테아는 화들짝 놀라며 손을 뺐다. 진은 잠시 빈손을 내려다보고 있다가 그대로 지나가버렸다.

진과 팔라소스가 대화하는 것을 듣고 있으면 즐거웠다. 팔라소스는 어쩌면 저렇게 쉽게 진을 웃게 하는지 몰랐다. 팔라소스는 종종 테아도 대화에 끌어들이려 했지만 어느새 둘만 이야기하고 테아는 듣고만 있었다. 한 번은 테아가 무슨 말을 했더니 둘이 너무나 경청하고 있어 얼굴이 빨개지기도 했다. 사실 진보다는 팔라소스와 대화하기가 더 편했다. 팔라소스는 테아도 곧잘 웃겼다. 그러나 진이 불쑥 한마디 했을 때처럼 심장이 뛰고, 조여들고, 숨이 가빠지는 일은 없었다. 그래서 테아는 진이 무섭다고 생각했다. 언젠가는 그들도 다른 부부들처럼 잠자리를 함께 하고 아이도 낳게 될까? 말다툼도 하고, 사랑한다는 말도 하게 될까?

궁에서의 10년이 어떻게 흘러갔는지 가끔은 기분이 이상했다. 하루하루가 죽어가는 반딧불처럼 잠깐 빛나다가 이내 어두워졌다. 그런데도 돌이켜 보면 뭔가가 반짝이고 있었다. 그게 무엇인지 알았더라면, 그랬더라면 붙잡아 보았을지도 모르는데.

테아가 열두 살이 되었을 때 진이 근사한 나비잠을 선물한 적이 있었다. 테아는 그날 밤새 그걸 꽂아 보려고 했지만 머리숱이 너무 적어서 흘러내리기만 했다. 그래서 이튿날 평소 꽂던 자개 빗으로 머리를 올리고 밖에 나왔더니 진이 먼발치에서 보고 그대로 걸음을 돌려 가버렸다. 테아는 당황해서 눈이 빨개졌다. 마침 팔라소스가 그 모습을 보고 '우리 테아 마마는 울보'라며 말 앞에 태워 산기슭을 한 바퀴 돌아주었다. 그러고 있자니 진도 나타나 팔라소스는 테아를 태운 채 경주하자고 형을 졸라댔다. 진은 마지못해 그러는 것처럼 테아를 자기 말에 옮겨 태웠다. 형제는 다시 산기슭을 달려갔다. 해가 지고 있었다. 흰 꽃이 붉게 물들어 있었다.

이윽고 잠이 든 테아의 뺨에는 눈물이 한 줄기 흘러 있었다. 궁녀들이 보고 서로 입술에 손을 갖다 대며 가만히 업고 처소로 데려갔다.

여름 연회에는 물이 있어야 했다. 연회장을 둘러싼 사각 수로를 타고 시원한 물과 꽃잎과 촛불이 흘렀다. 수로 중심의 작은 분수에서는 사프란이 든 음료가 솟아올랐다. 끝없이 음식이 올라오는 식탁에서는 장미수, 계피, 카르다몸의 향이 뿜어져 나왔다. 사방에 금빛 등불이 빛났다. 예인의 노랫소리가 느릿하게 흘러갔다.

진은 식탁 앞의 긴 의자에 비스듬히 앉아 있었다. 어느새 자신에게 어울리지 않는다고 생각하게 된 비단옷에 샌들, 금팔찌와 반지를 끼고서. 그는 식욕이 없었다. 꿀을 탄 포도주를 약간 마셨을 뿐이었다. 맞은편의 한 여인이 말을 걸었으나 그는 무시했다. 진이 무척 기분이 좋지 않을 때만 저지르는 무례였다. 이런 날의 그는 저 옛날 마음에 들지 않는 녀석을 노렸다가 진흙탕에서 발을 걸어 넘어뜨리던 시절로 돌아가 무엇이든 밀치고 던져 엉망으로 만들고 싶은 기분에 사로잡혔다.

진은 손을 내려다보았다. 지난 전투에서 얻은 흉터가 손등에 희미하게 남아 있었다. 주먹을 느리게 쥐었다가 도로 폈다. 그는 왕자였다. 여인들은 그의 손님이었다. 손님답게 예우해야 했다. 비록 그가 초대하지는 않았지만. 하긴 누구도 자기 인생에 초대했던 적은 없었다. 그런데도 온갖 인간이 그의 인생에 바글거렸다. 그래, 어머니의 손님이었지. 어머니는 손님을 좋아했지.

등 뒤에서 웃음소리가 났다.

"형은 이제 진짜 사내가 되었네. 그렇지?"

진은 반색하며 몸을 돌렸다. 팔라소스에게는 비단옷도 장신구도 어색해 보이지 않았다. 늘 그렇듯 미끈하고 귀티 나는 얼굴에 잘 어울렸다.

"밤 연회에 열일곱 살 먹은 녀석이 웬 볼일이냐?"

"잔다나 족의 정복자이신 형님 후광 좀 빌렸습니다. 헤헤."

팔라소스가 맞은편에 앉자 진도 그제야 아몬드가 든 대추야자를 하나 집어 먹었다. 팔라소스가 상체를 기울이며 눈을 반짝였다.

"전쟁 얘기 좀 해봐. 듣고 싶은데 참느라 손발이 다 꼬였네. 형이 하룻밤 동안 잔다나 족을 칠백 명이나 죽였다면서? 그럼 한 시간에 백 명씩 죽이면 되는 거야?"

팔라소스의 농담 정도는 애교로 들릴 정도로 오늘 연회에서는 온갖 과장된 소문이 돌아다녔다. 사실을 확인해줄 진이 입을 꾹 다물고 있었으므로 헛소문은 가둬서 키우는 거위처럼 살이 붙고 있었다. 진이 팔짱을 꼈다.

"아니. 두 시간 만에 다 죽이고 남는 시간에는 잠을 잤지."

"역시. 그럼 형의 부하들은 뭘 했어?"

"한 명 죽일 때마다 벽에 빗금을 긋고 있었지. 계산은 정확해야 하니까."

실없는 소리를 하자 술기운이 올라왔다. 그제야 연회다운 기분이 났다. 팔라소스가 키득거렸다.

"아, 나도 형과 같이 갈걸. 그럼 공짜로 잔다나 족의 정복자가 되는 건데. 아니 왜 그런 눈으로 보는 거야? 나도 형의 등 뒤 정도는 지켜줄 재주가 있다고."

진이 고개를 숙이더니 웃음을 터뜨렸다.

"고맙다. 그런데 말이야, 마지막 순간에 내 뒤에는 말도 제대로 못 하는 늙은 성주밖에 없었거든?"

형제는 함께 큰 소리로 웃었다. 팔라소스는 포도주를 마시더니 뺨이 달아올랐나 슬쩍 만져보고는 몸을 의자에 기댔다. 비스듬한 자세는 어른들만의 것이건만 근사하게 흉내 냈다.

"실은 농담이 아니야. 곁에서 직접 봤으면 좋았겠다는 생각을 몇 번이나 하고 있었어."

"솔직히 직접 볼 만한 게 못 됐어. 무척 끔찍했거든."

"그랬겠지. 살아 돌아온 게 기적이라는 말을 들었어. 전쟁은 실제로는 아주 무시무시할 거야. 그렇지?"

"그래."

"그런데 말이야, 그런데도 난 형이 싸우는 모습을 못 봐서 조금 아쉬워."

진은 포도주를 더 마신 후 대꾸했다.

"아마 봤다면 나인 줄 알아보지도 못했을 거야."

팔라소스는 말을 잇는 대신 진을 바라보았다. 상상을 해보는 듯했다. 아마 위엄 있는 역전의 용사나 뭐 그런 모습이리라. 진은 굳이 말리지 않았다. 언젠가는 팔라소스도 겪을 일인데 굳이 공상을 깨뜨릴 필요는 없었다. 아니, 팔라소스라면 그런 끔찍한 일은 겪지 않아도 되리라.

"역시 형이니까. 형이라서 잘 해냈겠지. 나였다면 금세 죽어버렸을 거야."

"그야 넌 어리니까."

"내가 형 나이가 된다고 형처럼 될 것 같지는 않아. 뭐랄까, 형하고 나는 근본적으로 다른데, 아, 그런 근본이 아니라."

궁에서 흔히 말하는 근본은 적출과 서출 이야기였다. 진도 팔라소스가 그런 소릴 할 녀석이 아닌 줄 알고 있었다.

"형한테는 왕족이나 귀족이 갖지 못한 뭔가가 있어. 딱 집어 말하기는 어려운데 뭔가 강하고, 끈질긴 뭔가가. 그래서 그런 상황에 던져져도 제 몫을 해내는 것 같아."

"꼭 좋은 것만은 아닐 수도 있어."

"상관없어. 난 그게 좋으니까. 따라 할 수 없다는 건 알지만. 형이 없었더라면 아마 난 그런 것의 존재도 몰랐겠지."

그때 시종 한 사람이 와서 진 곁에 허리를 굽혔다. 그가 무어라 말했지만 진은 듣고 있지 않았다. 무슨 말을 할지 알고 있기 때문에 귀를 기울일 필요가 없었다. 진은 일어섰다.

"가볼 시간이라는군."

"형이 살아 돌아와서 기뻐."

진이 고개를 끄덕이자 팔라소스가 몸을 일으켜 바로 앉더니 다시 말했다.

"형이기 때문에 걱정 안 했지만, 아니 실은 걱정했지만, 그래도 미안해."

진은 무슨 소리냐고 묻고 싶었지만 말이 길어질 듯해 일단 자리를 떠났다. 시종을 뒤따라 걷는 동안 나무그림자 같은 여인들이 나부시 절을 하며 지나갔다. 진은 일부러 눈을 마주치지 않았다. 이 순간을 위해 마음 졸였을 그들에게 지금 그가 지을 수 있는 유일한 표정을 보여주고 싶지 않았다. 그들은 어머니의 초대에 응한 죄 없는 손님들이었다. 아니, 실은 공정해지려는 마음과 사나운 어린애로 돌아가고픈 마음이 자리다툼을 벌이고 있었다. 진은 걸음을 빨리해서 그들로부터 벗어났다.

연회장 가장자리까지 와서야 진은 주위를 훑어보았다. 누구에게도 표정을 읽힐 염려가 없는 곳에서 그는 테아를 찾고 있었다. 왔을지도 모른다고 생각했다. 하지만 오지 않았을 가능성이 더 크다고 생각했다. 과연 테아는 없었다. 그런데 다른 얼굴이 나타났다. 진은 잘못 보았는가 싶어 눈을 크게 떴다.

"달샤드?"

그러자 여자가 다가왔다. 머리를 올려 목덜미를 드러내고, 자수정 목걸이를 걸고, 긴 아마 드레스를 입은 모습은 붓꽃처럼 우아했다. 과연 궁중의 내로라하는 여인들 사이에서도 부끄럽지 않은 아름다움이었다. 영리한 미소가 감도는 입가는 샘그늘 성에서 보았던 그대로 매력적이었다.

"어떻게?"

"저 같은 시골 처녀가 올 만한 자리가 아닌 줄은 알아요. 그래서 약간의 돈을 썼어요. 전 부자거든요."

무슨 소리인지 몰랐다. 진이 알기로 달샤드의 가문은 잔나 족의 발호로 상인들의 걸음이 끊긴 후 크게 쪼들려서 태워버린 외성을 고칠 돈도 없었다. 그래서 왕도에 돌아가면 불태우라는 명령을 내린 일말의 책임감으로 지원금이라도 타내야겠다고 생각해 왔었다. 그런데 달샤드는 어느새 값비싼 드레스를 입고 왕도에 나타나 있었다. 무슨 소리냐고 다시 물으려다가 진은 그보다 먼저 물어야 하는 질문을 깨달았다.

"잠깐. 나한테 해줄 말이 있지 않소? 그날 밤……."

"제게 뭔가가 궁금하신가요? 하지만 왕자님을 기다리는 분이 계신 듯하군요."

사실이었다. 진을 인도하던 시종이 재촉하는 눈길로 바라보고 있었다. 진이 연회 내내 한자리에서 꼼짝도 않자 연회장을 한 바퀴 돌면서 처녀들을 살펴보라며 부왕이 보낸 시종이었다. 진이 한 여인, 그것도 어느 가문인지도 모를 엉뚱한 여인 곁에서 떠나지 않자 시종은 조바심을 내고 있었다. 진은 고개를 흔들었다.

"아니. 난 들어야겠소. 그 술을 마신 후 나는……."

"그 얘기는 이곳보다 더 적절한 장소에서 해드릴 수 있을 것 같군요."

진이 손목을 붙들려 하자 달샤드는 살짝 물러나 절을 하더니 재빨리 다른 여인들 틈으로 미끄러져 들어갔다. 진은 뒤따라가 붙잡고 싶었지만 사람들, 특히 여인들이 궁금해 죽겠다는 눈으로 쳐다보고 있었기에 차마 그러지 못했다.

그러나 이 순간 진의 머릿속은 꿈에 본 신비로운 문의 영상으로 꽉 차 있었다. 그 문을 떠올리자 조금 전까지 자신을 휘어잡았던 분노도 반항심도 이슬처럼 말라버리고 초겨울의 서늘한 안개가 밀려드는 듯했다. 꿈을 꾼 지 한 달이나 되었지만 여전히 생생한 풍경이었다. 그곳이 어디인지 궁금했다. 정체를 알고 싶었다. 가보고 싶었다. 그러려면 달샤드에게 이야기를 들어야 했다. 그녀 말고는 달리 물어볼 사람이 없었다.

팔라소스는 진이 간 후 술을 한 잔 더 마시고는 입구 언저리를 눈으로 훑었다. 입구는 여러 개였는데 과연 그중 한 입구 앞에 있었다. 언제라도 달아날 태세로 그늘에 숨어 있는 자그마한 소녀가. 팔라소스가 일어나 그쪽으로 가려 했을 때 소녀는 무언가를 본 듯 얼굴빛이 변하더니 뒷걸음질쳐서 밖으로 나가버렸다. 팔라소스는 그녀를 뒤따라갔다.

테아는 처음부터 성장을 하고 연회에 와 있었다. 그러나 차마 진 곁에 갈 수가 없었다. 오늘 연회는 진의 새 아내를 뽑기 위한 것임을 테아도 알고 있었다. 그 곁에 서면 모두가 그녀를 측은해하는 눈으로 바라볼 게 뻔했다. 그 시선을 견딜 용기가 나지 않았다.

그러나 떠나지는 못했다. 니메아는 그 연회에서조차 테아가 안주인이어야 한다고 말했다. 어떤 여자들은 남편의 새 아내를 골라주기도 할지 모르지만 테아는 그러고 싶지도 않았고 그럴 준비도 되어 있지 않았다. 그러나 달아나버리면, 그러면 정당한 권리조차 버리는 꼴이었다. 니메아의 말이 아니었더라도 그래서는 안 된다고 생각했다. 그날 테아는 난생 처음으로 도망치고 싶은 자리에서 애써 버티며 서 있었다. 마지막이라 생각해서였을까. 새로운 경험이었다. 생각보다 버틸 만했다. 늘 도망칠 필요까지는 없었을 것만 같았다.

그러나 진이 어떤 여자와 이야기하는 것을 보았을 뿐인데, 단지 대화였는데도 테아의 자제심은 무너졌다. 정신을 차리고 보니 이미 밖에 나와 있었다. 테라스 난간을 쥐자 아주 약간 마셨던 음료가 그대로 쏟아져 나왔다. 기침을 하는데 누군가가 뒤에서 등을 두드려 주었다.

"괜찮아요. 다 뱉어버려도."

누구인지 깨닫자 눈물이 쏟아졌다. 테아는 몇 번 더 구역질을 하고는 뒤를 돌아보았다.

"죄송해요."

"뭐 어때요. 연회에서는 누구나 속이 뒤집힐 수 있는 거지."

숨을 돌리자 난간 아래가 눈에 들어왔다. 흰 꽃들이 노란 물을 뒤집어쓰고 있었다. 처량 맞은 몰골이었다. 팔라소스가 어느새 옆에 와서 같이 내려다보고 있었다.

"노란 물이 들었네. 사프란 주스를 드셨군요."

"아주 조금밖에 안 마셨는데……."

"누가 조금 마시래요. 실컷 드시지. 그게 다 테아 마마 건데."

테아는 억지로 웃으려 했으나 입술만 떨었을 뿐이었다. 팔라소스가 고개를 기울여 테아를 보았다. 둘은 동갑이었다. 그러나 겉보기에는 테아가 두어 살은 어려 보였다.

"어차피 무슨 일이 일어나도 다 마마 겁니다. 저 여자들이 다 마마의 시중을 들고 싶어서 줄을 서고 있는 거라고요. 이왕이면 한꺼번에 스무 명쯤 뽑으면 어때요? 그래서 바닥도 닦게 하고 잡초도 뽑게 하고……."

테아의 표정은 웃는 것도 우는 것도 아니어서 기묘하다 못해 우스꽝스러웠다. 팔라소스는 결국 한숨을 쉬고는 뒷머리를 긁었다.

"이런 말로 전혀 위로가 안 되죠? 나도 다 알아요."

테아의 눈에서 다시 눈물이 떨어졌다. 팔라소스가 어깨를 움츠리며 말했다.

"우리 울보 테아 마마."

'테아 마마'라는 애칭은 팔라소스가 붙여준 것이었고 그 혼자만이 불렀다. 문득 지난 10년 동안 진보다 팔라소스가 더 테아의 이름을 자주 불러주었다는 생각이 들었다. 동시에 진이 '테아' 하고 부르는 목소리가 귓가에 되살아났다. 목소리만으로도 가슴이 아파왔다. 테아는 입술을 꽉 물었다가 내뱉었다.

"난 그분의 걸림돌일 뿐이에요. 귀비마마도, 폐하도 다 그렇게 생각하실 거예요. 어쩌다가 나 같은 애가 그분의 짝이 되었는지 모르겠어요. 너무 우스워요. 이 얼마나 안 어울리는 짝인가요? 그분에겐 흠 하나 없는데 나 같은 이지러진……."

팔라소스가 손을 저어 말을 막으며 테아의 양 어깨를 잡았다.

"테아 마마뿐 아니라 나도 형의 걸림돌이거든요. 하지만 형은 신경 안 써요. 형한테는 상관없다고요. 형은 정말 관심 없어요. 그런 것에, 정말로! 마마는 형이 어떤 사람인지 너무 몰라요. 형이 얼마나 폭발하기 직전인지, 얼마나 자기 꼴에 넌더리내고 있는지, 저 안에서 여자들에게 둘러싸인 상황을 얼마나 역겨워하고 있는지 전혀 모르는군요. 내가 다시 묻죠. 그래가지고 형의 짝이 될 수 있겠어요?"

테아는 팔라소스를 올려다보았다. 고인 눈물을 훔쳐냈지만 다시 흘렀다.

"난 모르겠어요. 그분이 무슨 생각을 하시는지, 무엇을 좋아하고 싫어하시는지 하나도 모르겠어요. 나, 난 그분이 무서워요. 목소리만 들어도 심장이 터질 것 같아요. 차라리 도망치고 싶어요. 저 안에서 무슨 일이 일어났는지 그냥 모르고 싶어요. 어디든 좋으니까, 저 북쪽이든 남쪽이든, 아무 소리도 들리지 않는 곳으로……."

"우리 마마가 이렇게 말씀 많이 하시는 거 처음 보네."

그러더니 팔라소스는 테아를 끌어당겨 껴안았다. 테아는 깜짝 놀라 몸이 굳어졌다. 비록 동갑내기고 농담도 주고받으며 10년을 보냈지만 온몸이 이렇게 가까이 닿은 적은 없었다. 남편의 동생의 품에서는 약한 향기가 났다. 껴안은 채로 팔라소스가 속삭였다.

전나무와 매

"도망쳐 나와야 하는 곳은 왕자비 자리나 저 연회장이 아니라 마음속 지옥이죠. 내가 그렇게 해줄까요? 나 그런 것 잘하거든요. 이리로 건너올래요?"

테아는 말문이 막혀 떨었다. 그러나 팔라소스가 테아의 뺨을 감싸 쥐고 입술을 찾으려 하는 순간 평소 생각도 못하던 힘으로 그를 밀치고 말았다. 떨어지고 보니 팔라소스는 입가에 미소를 머금고 있었다. 테아는 떨려서 말이 제대로 나오지 않았다.

"나, 난 정말로, 저, 이건, 이런 건……."

"우리 마마가 아주 연약한 꽃은 아니었군요. 다행스럽기도 하고, 약간 아쉽기도 하고."

저런 말을 담담히 하는 팔라소스가 처음으로 무서웠다. 정신을 차리고 조금 전의 상황을 곱씹자 팔라소스의 시선을 받으며 똑바로 서 있기조차 힘이 들었다. 겨우 나온 말이 이랬다.

"난 이걸 어떻게 받아들여야 할지……."

"뭘 어떻게 받아들여요. 그냥 잊어버리면 되지. 아니면 가끔 형이 화나게 할 때 복수 삼아 떠올리든가요. 앞으로도 그런 일이 수도 없을 텐데. 형은 나하고 달라서 여자 마음 같은 거 잘 모르니까. 이 꼴이 뭐예요? 이까짓 걸로 덜덜 떨고. 형이 오늘밤을 혼자 지낼 가능성은 없다는 거 다 알면서 왜 이래요?"

테아는 더 말하지 않았다. 다만 꽉 쥐었던 손을 쥐었다가 펴자 하얀 손에 붉은 기운이 그물처럼 번져 있었다.

"오해는 말아요. 난 형을 무척 좋아하니까. 형과 나는 아주 다르지만 좋아하는 건 틀림없죠. 물론 테아 마마도 좋아하고."

팔라소스는 재빨리 테아의 얼굴을 끌어당겨 이마에 입맞춤을 했다. 테아는 장님처럼 비틀거렸을 뿐이었다. 팔라소스가 뒷걸음질로 몇 걸음 물러나며 빙그레 웃었다.

"하지만 강해지세요. 테아 마마. 강해져서 형의 아이를 낳으세요. 이대로는 절대로 형의 여자가 되지 못할 겁니다. 작고 가엾은 테아 마마. 형은 매 같고 사자 같은 사내입니다. 이렇게 연약해서는 매의 발톱도, 사자의 이빨도 견디지 못해요."

침대에 앉아 있자니 한 달 전에 벨콘이 하던 말이 자꾸 머릿속을 맴돌았다. 어쩐지 기가 막혔다. 동시에 초조하기도 했다. 진은 문득 거슬리는 기분이 들어 웃옷을 벗어 던져버렸다. 그때 은 대야를 가지고 돌아온 달샤드가 재미있어하는 표정을 지었다.

"생각보다 성급하시네요."

"그냥 비단옷을 싫어하는 것뿐이오."

"아, 그래요? 그래서 오늘 밤에는 아무것도 하지 않을 작정이시고요?"

"아니. 얘기를 들을 작정이지."

"그래요? 전 얘기를 하라고 불려온 아가씨로군요. 재미있는 얘기를 못 하면 내일 아침에 목을 베실지도 모르겠네요."

"내겐 그런 권한이 없소. 군왕이 아니니까. 자, 그럼 그 술이 무엇이었는지부터 얘기해주시오. 아니지, 술이 아니고 독약이었나?"

왕과 에렉티나가 골라온 온갖 내로라하는 가문의 아가씨들을 마다하고 달샤드를 고른 이유는 오직 이야기를 듣고 싶어서였다. 그렇다고 믿고 있었지만 완전히 진심인지는 확신이 서지 않았다. 어쨌든 오늘밤에는 어느 상대하고든 동침하지 않을 수 없었다. 왕이 친히 마련한 선물을 거절하는 것은 왕을 모욕하는 처사였다. 다른 사람도 아닌 왕자가 그런 짓을 할 수는 없었다. 그러나 동시에 그런 식으로 새 왕자비를 들이려는 에렉티나의 계획에 맞춰 꼭두각시 춤을 추고 싶지는 않았다. 변경의 가난한 가문 출신인 달샤드는 에렉티나가 기대하는 새 왕자비감이 아니었고, 그 점도 선택에 영향을 끼치지 않았다고는 할 수 없었다.

달샤드는 대야를 내려놓고 진의 발치에 앉아 발을 잡았다. 고귀한 분을 섬기는 하룻밤의 첫 단계였다. 대야 속의 물에서는 오렌지꽃 향기가 났다.

"그건 술이 맞아요. 제가 직접 빚게 했다는 말은 거짓말이었지만. 만드는 방법은 저도 몰라요. 아마 에페리움의 그 누구도 모를 거예요. 다만 저는 쓰는 방법을 알고 있을 뿐이죠. 그 술의 이름은 '신의 으뜸가는 꽃'이라고 해요. 아, 물론 우리말로 옮겼을 때 그렇다는 거고 본래는 '페르티데 윰바렌타'라고 하죠."

단어의 어감이 익숙했다. 진이 미간을 찌푸리자 달샤드가 고개를 끄덕였다.

"바로 알아들으셨네요. 네, 맞아요. 잔다나 족의 말이에요."

"그럼 잔다나 족의 술이란 말이오? 그런 것을 왜 당신이 갖고 있고 또 내게 먹였지?"

"제가 손에 넣게 된 경위는 조금 뒤에 말씀드리고, 그 술은 잔다나 족에게도 아주 귀해서……."

"그런 건 됐고, 그 술을 마시면 다들 잠을 사흘씩 자게 되는 거요?"

달샤드가 진을 올려다보며 키득 웃었다.

"제가 뭘 숨겼다가는 정말로 목을 베실 기세시네요. 아뇨. 그렇지는 않아요. 보통은 하루 정도 깨어나지 못하고, 가끔은 아예 잠조차 들지 못하고, 그리고 가끔은 영영 깨어나지 않기도 하죠."

"잠깐. 그런데 그게 독약이 아니라고?"

달샤드가 다시 소리 내어 웃었다.

"누군가에게는 독약인 셈이긴 하군요. 하지만 실제로는 제삿술일 뿐이고, 잔다나 족이 몇 년에 한 번 지내는 천제에서만 쓰이는 아주 귀한 술이랍니다."

'신의 으뜸가는 꽃'은 천제에서 새로 윰바난, 즉 '으뜸가는 전사'의 자격을 얻은 자에게 내려지는 술이라 했다. 윰바난은 잔다나 족 전체에서 열 명 안팎밖에 갖지 못하는 명예로운 칭호였다. 윰바난은 그걸 마시고 잠이 들었다가 깨어나는데 가끔 깨어나지 못하는 자는 윰바난의 자격이 없었다는 결론이 내려진다 했다. 왕의 후계자가 뽑혔을 때도 같은 과정을 거쳤다. 진이 문득 잔다나 족에게도 왕이 있느냐고 묻자 달샤드는 여왕만이 있는데 신과의 소통을 담당하며 잔다니지 밖으로 나오는 법이 없다고 말해 주었다.

"그 술은 신이 인간에게 말을 거는 통로라고 해요. 잠이 든 자는 꿈을 꾸는데 그게 바로 신이 보낸 말이라는 거죠. 윰바난들은 그 꿈을 생생히 기억하고 벽화로 새겨 남기게 한답니다. 잔다니지에는 그런 벽화가 많이 있어요."

"나도 꿈을 꾸었소. 그 꿈은 잔다나 족의 신이 내게 보낸 얘기란 말이오? 그럼 그건 실재하는 장소는 아닌 거요?"

"잠깐만요. 장소라고요? 무엇을 보셨는데요?"

"문이었소. 주변에는 식물로 뒤덮인 벽이 있었는데……."

진이 꿈속의 풍경을 설명하는 동안 달샤드는 눈을 크게 뜨고 입술을 약간 벌리고 있었다. 진이 그 문 너머가 낙원이라고 믿었다고 말하자 달샤드는 고개를 흔들었다.

"그런 얘기는 처음 들어요. 윰바난들이 보는 건 보통 자신의 과거나 미래예요. 미래라 해도 자신이 무엇 무엇을 했다는 내용이지 처음 보는 낯선 장소에 갔다는 얘기는 못 들어봤어요. 게다가 그 장소…… 대체 어딜까요? 왕자님의 얘기만으로는 이 세상에 존재할 것 같은 장소가 아니네요."

"나도 그렇게 생각하긴 했지만……."

진은 내심 실망스러웠다. 그 장소가 어디인지 무척 궁금했던 것이다. 고작 잔다나 족의 상상 속 낙원이라면 이만저만 한심한 노릇이 아니었다. 진은 신앙심이 별로 없는 편이라 에페리움의 신들도 그리 믿지 않았으므로 잔다나 족의 신이 대단한 일을 해줄 거라는 기대는 아예 들지 않았다.

"알았소. 이 얘긴 그만둡시다. 그런데 그런 술을 왜 내게 먹인 거요?"

"일종의 시험이었다고 할까……. 저런, 그런 표정 짓지 마세요. 제게도 선택의 여지가 별로 없었어요. 왕자님께서 뭔가를 드셔야 성벽을 고칠 돈도 생기게 되어 있었고."

"무슨 소리요, 그게?"

달샤드는 드레스 가슴 섶 안쪽에서 비단 주머니 하나를 끄집어냈다. 끈을 끄르고 손바닥에 쏟자 엄지손톱만 한 루비 일곱 개가 굴러 나왔다. 달샤드가 그중 하나를 집어 내밀었다.

"왕자님 같은 분의 목숨 값 치고는 너무 싸지 않나요?"

루비는 진의 손으로 옮겨갔다. 진은 말없이 그것을 들여다보았다. 언젠가 이런 날이 오리라 예상하지 못한 것은 아니었으나 직접 보니 상상 이상으로 입맛이 썼다. 진이 왕과 에렉티나의 눈이 닿지 않는 곳으로 가는 드문 기회를 왕비는 놓치고 싶지 않았을 것이다. 계획의 첫 단계는 벨콘이었다. 그는 일부러 진을 모욕해서 폭력을 유도하고, 그 결과 혼자 성에 남겨지게 만들라는 명령을 받았다. 그렇게 장군과 군인들의 눈을 피한 후 달샤드가 은밀히 독약을 먹이고는 성 밖으로 유인하기로 되어 있었다. 장군과 군대가 돌아오면 진은 후방에 남겨진 것을 참지 못하고 혼자 군대를 뒤쫓아 갔다고, 왕자의 고집을 아무도 꺾지 못했다고 알리면 되었다. 잔다나 족이 사방이 깔려 있는 곳이니 그러다가 행방불명이 된들 이상하게 보일 까닭은 없었다.

"저는 단번에 숨이 끊어지는 것이 아니라 서서히 죽어가는 약을 준비하겠다고 했어요. 그래야 왕자님이 성을 떠나는 모습을 보여줄 수가 있으니까요. 떠나시게 하는 것도 어려울 것 없었어요. 잔다나 족의 전

서구를 손에 넣었는데 장군님의 군대가 함정에 빠졌다고 알리는 거죠. 왕자님이시라면 반신반의하더라도 일단 출발하시리라 생각했어요. 어때요? 그랬을 것 같지 않으세요? 왕자님은 전군 최고의 기수이시기도 하고."

아마 그랬을 것이다. 부하를 보낼 수도 있지만 직접 가는 것이 가장 빠르다고 생각했을 것이다. 결국 빠지고 말았을 것만 같은 함정 이야기를 듣자니 속이 좋지 않았다. 그렇게 완벽했던 계획이 첫 번째로 어긋난 것은 벨콘이 너무 심하게 다쳐 다른 성으로 옮겨졌던 것이었다. 벨콘이 사라지자 감시에서 벗어난 달샤드는 자유롭게 행동할 기회를 얻었다. 그녀는 왕비의 밀명을 받아들이기는 했지만 언제 어떻게 행하느냐는 자신의 재량이라고 생각했다. 그녀는 진을 죽이기 전에 시험해 보고 싶었다. 거기에 두 번째 변수가 끼어들었다.

"잔다나 족 사이에는 왕자님이 신탁을 받은 분이라는 소문이 파다하게 퍼져 있었어요. 한 판 싸움을 기대하던 잔다나 족의 전사들은 왕자님께서 성에 남았다는 것을 알자 목표를 바꿔 성으로 달려왔어요. 저는 왕자님 없이는 성을 지킬 수가 없는 처지에 빠지고 말았죠. 그래서 계획은 싸움 뒤로 미루어졌어요."

"그럼 성에서 전투가 벌어졌던 게 나 때문이란 말이오?"

"책임감이 느껴지시나요? 어차피 그러지 않았더라면 장군님과 함께 간 군대가 대신 당했을 텐데요, 뭐. 그때 잔다나 족도 성을 기습하느라 군대를 절반도 못 데리고 왔던 거예요. 만약 잔다나 족이 제대로 진을 친 상황에서 에페리움 군이 잔드 강을 넘으려 했다면 분명 큰코

다쳤겠죠."

 듣자니 조금 기분이 이상했다. 마침 달샤드는 발을 다 씻어주고는 대야를 물렸다. 그녀가 침대 위로 올라오자 진이 물었다.

 "그런데 잔다나 족이 내가 원정군에 속했다는 것이나 혼자 뒤에 남았다는 것을 어떻게 알았단 말이오? 주술로 먼 곳을 들여다보기라도 하나?"

 "그건 좀 있다가 설명 드릴게요. 어쨌든 잔다나 족은 왕자님에게 도전했다가 졌지요. 그 과정을 모두 지켜보고 있자니 이런 분을 그냥 죽일 수는 없다는 생각이 커져가더군요. 무엇보다 신기한 건 아무 말도 안 했는데도 아버님께서 제가 하려던 일을 알고 계셨던 거예요. 만일 아버님께서 제대로 말씀을 하실 수만 있었더라면 왕자님은 그곳에서 제 목을 베어버리셨을지도 모르겠네요. 이런 걸 다행이라고 해야 할지."

 그래서 달샤드는 진에게 독약을 주는 대신 '신의 으뜸가는 꽃'을 주었다. 그것은 자격이 있는 사람에게만 신성한 꿈을 불어넣어주는 술이었다. 그 술을 마실 자격이 없는 자는 죽고 만다. 달샤드는 진에게 약속된 미래가 있는지, 살아남아 해낼 일이 있는지 궁금했다고 했다. 그래서 진이 살아난다면 이렇게 찾아와 모든 것을 털어놓을 생각이었다고 했다.

 "진정한 윰바난은 생전에 반드시 위대한 일을 하게 돼요. 기로스처럼 다른 윰바난에게 임무를 물려주고 죽기도 하지만 말이에요. 왕자님께 약속된 미래는 무엇일지 궁금해요. 제가 그걸 알 기회가 있을지 모르겠군요."

"난 잔다나 족의 윰바난이 아니오. 윰바난이 무엇을 할 운명이든 관심도 없소. 무엇보다 난 잔다나 족을 그리 높게 평가하지 않소. 사실 좀 실망했지. 일대일 전투를 청해 놓고 주술의 도움을 받다니."

"혹시 왕자님께서 결투 중에 웃지 않으셨던가요? 그들은 싸움 중에 웃는 자는 악마가 들렸다고 생각해요. 악마는 즉시 퇴치하지 않으면 정당한 승부를 망치고 말죠."

돌이켜 보니 그랬던 것 같기도 했다. 진은 어깨를 움츠렸다가 물었다.

"그런데 내가 죽지도 않았는데 어떻게 보상을 받은 거요?"

"물론 전 선금을 받았고 분명 왕자님께 죽을 수도 있는 술을 드렸어요. 왕자님께서 살아나신 것뿐이죠. 전 왕비님께 왕자님에게 독살은 통하지 않는 것 같다고, 앞으로 시도하시지 말라고 써서 보냈어요. 독약을 드셨는데 사흘 주무시더니 되살아나셨다고 말이에요."

달샤드가 유쾌하게 웃자 방울을 울리는 듯한 소리가 났다. 그때 둘은 뻗으면 손이 닿을 정도의 위치에 앉아 있었는데 진은 그때까지 그녀의 몸을 건드리지도 않았다. 달샤드가 손을 머리 뒤로 돌리더니 비녀를 뽑았다. 숱 많은 검은 머리채가 흘러내렸다. 머리카락이 귀를 덮자 샘그늘 성에서 보았던 아리따운 여인의 모습이 되살아났다.

"그런데 왕자님. 아니 부관님. 혹시 그때 제가 술을 갖고 찾아갔을 때 오늘 같은 밤을 약간 기대하지는 않으셨나요?"

진이 선뜻 대답하지 않자 달샤드가 조금 가까이 다가앉았다.

"희롱하려는 게 아니에요. 제 자존심 때문에 여쭤보는 거예요. 솔직히 그때 부관님의 완강함에 조금 놀랐거든요. 물론 그때는 동침할 마음도 없었지만. 시험이 끝나지 않았으니까 말이에요."

그날 진은 테아를 생각하고 있었다. 오늘 반지는 진의 손에 없었다. 연회의 목적이 뻔한지라 차마 끼고 나올 수가 없었다. 테아는 지금쯤 자고 있을까. 잠들지 못했을까.

"잠시 기다렸다가 병을 치우러 돌아가 보니 참 사랑스럽게도 주무시더군요. 전날 피투성이 전쟁의 신 같던 모습은 상상도 할 수 없게요. 전 남자들의 그런 점이 재미있어요. 그래서 실은 이미 입술을 한 번 댔답니다."

달샤드는 검지와 중지 두 손가락으로 진의 이마를 살짝 건드렸다. 왕자에게는 실로 무례한 행동이었지만 진은 웃어야 할지 화를 내야 할지 알 수가 없었다. 그때 달샤드가 품으로 파고들더니 입을 맞추었다. 얼결에 키스를 하고 난 후 진은 즉시 말했다.

"난 당신을 왕자비로 거둘 수 없소."

"알아요."

"그러니 차마 당신을 침대로 끌어들일 수가 없군. 당신 아버지까지 만난 입장에서."

"아버님께선 기뻐하실 거예요. 왕자님이 아니면 딸이 죽을 때까지 신방도 못 치를 테니까요."

"그게 무슨 소리요?"

달샤드의 탄력 있는 몸이 감겨왔다. 진이 밀어내자 달샤드는 웃었다.

"이유가 알고 싶으시군요. 알았어요. 그건 왕자님께서 윰바난이기 때문이죠."

달샤드는 이어 놀라운 이야기를 해 주었다. 그녀는 절반이 잔다나 족이었다. 오래 전에 성주의 누이가 잔다나 족의 포로가 되었다가 달샤드를 낳았는데, 달샤드가 다섯 살이 되던 해 남편이 죽자 샘그늘 성으로 돌아왔다가 얼마 안 되어 죽고 말았다. 성주는 부모가 없는 달샤드를 딸로 받아들여 키웠다.

그런데 문제는 잔다나 족이 여전히 달샤드를 동족으로 생각하는 데 있었다. 잔다나 족 여자는 전사로 인정받은 사내하고만 결혼했다. 만일 그렇지 않은 사내와 결혼하면 모욕당했다고 생각한 전사들이 그 사내를 죽였다. 잔다나 족의 전사가 되는 방법은 두 가지였다. 하나는 사자 사냥, 또 하나는 이미 전사로 인정받은 자와의 정식 결투.

"어느 쪽도 에페리움 사내들이 해내긴 어려운 일이죠. 저는 누구와 결혼하든 과부가 되고 말 운명이었어요. 그래서 이렇게 나이가 차도록 어떤 청혼도 받아들일 수가 없었어요. 물론 잔다나 족과 결혼하는 방법이 있지만 제게도 문명인의 눈이 달려 있지 않겠어요?"

진은 윰바난이었던 기로스와 일대일로 싸워 승리했기에 달샤드와 결혼할 수 있는 유일한 에페리움 남자였다. 진은 기가 막혀 달샤드를 쏘아보았다. 달샤드가 말했다.

"아까 왕자비 마마를 봤어요. 어리고 연약한 분이더군요. 저는 그분을 위협하지 않을 거예요. 왕자님도 그걸 생각해서 저를 고르신 게 아닌가요? 국왕 폐하께서 원하는 새 왕자비는 저 같은 여자가 아닐 테니까요. 전 단지 제 뜻으로 왕자님과 눕고 싶어요. 제 마음과 운명이 함께 허락되는 분을 다시 만나기란 쉽지 않을 것 같거든요. 그래서 그런 기회를 놓치고 싶지가 않네요."

"난 정숙한 여자들은 평생 한 명의 남편만 원하는 줄 알았소."

"에페리움의 정숙한 여자들은 그렇겠지요. 하지만 전 절반이 야만 족이거든요. 기로스는 제 소꿉친구였어요. 꽤 많은 잔다나 족 전사들이 제 옛 친구들이죠. 잔다나 족의 여왕은 일생 수많은 남자와 결혼해요. 잔다나 족 남자들이 결투로 너무 쉽게 죽기 때문이기도 하지만 무엇보다 여왕처럼 고귀한 존재는 많은 남자들을 보듬어줄 의무가 있기 때문에 그래요. 여왕은 자비롭기 때문에 가능한 한 많은 남자들에게 우정을 베풀어 주지요. 그렇다 해도 여왕이 성스럽고 존엄하며 산 위의 눈처럼 깨끗한 존재라는 사실은 변하지 않는답니다. 전 여왕이 아니지만 일생을 혼자 지내고 싶지도 않고 마음속에서 제 남편이 누구인지만 알면 될 것 같아요. 아, 오해는 마세요. 그 남편은 언젠가 바뀔 수도 있으니까요. 전 아직 젊거든요. 참, 제가 왜 왕자님을 좋아했는지 알려드려도 될까요?"

달샤드가 불쑥 손을 내밀더니 진의 목덜미를 쓰다듬었다. 아물어 붙은 상처가 손에 닿자 천천히 매만졌다.

"가장 매혹적인 점은 제가 한 번 당신의 목숨을 손에 쥐었다는 사실이에요. 저는 그걸 손에 쥐고 누를까 말까 생각하며 한동안 즐거웠어요. 그러면서 점점 당신한테 빠져든 거예요. 당신은 그날 샘그늘 성에서 가장 강한 존재였어요. 하지만 전 그런 당신의 작은 급소에 손가락을 얹어놓고 있었죠. 사실을 안다면 단숨에 날 베어버릴지도 모르는

전나무와 매

데, 그런 당신이 칼을 칼집에 꽂은 채 제 앞에 서 있는 거예요. 아무것도 모르고 제 이야기에 귀를 기울이면서, 그걸 생각하면 어찌나 사랑스럽던지……."

진이 달샤드의 손목을 움켜잡았다.

"뭐든지 멋대로 하는군. 멋대로 나를 죽이려다가 살리고, 그 얘기를 다시 내게 해주고. 내가 지금 화가 나서 당신을 죽이면 어쩔 참이오?"

"그러고 싶으신가요? 거절하지는 않겠어요."

달샤드의 손이 물고기처럼 휘감겨 도로 진의 손목을 잡더니 끌어당겨 자신의 목에 갖다 댔다.

"왕자님께 그럴 권리가 있음을 부인할 생각은 없어요. 왕자님은 저와 다른 선택을 하실 수도 있죠."

마음대로 진의 목숨을 가지고 놀다가 이번에는 제 목숨을 진의 손에 얹어 놓고 빤히 바라보고 있었다. 죽일 리 없다고 믿기 때문인지도 모른다. 정말 죽어도 상관없다고 생각하는지도 모른다. 다른 계략을 감추고 있기 때문인지도 모른다…….

그 순간 진은 달샤드가 느꼈다는 매혹을 이해했다. 죽일 수도 있는 대상을 사랑하고 싶은 기분을. 달샤드가 가르쳐 준 것이었다. 세상에는 온갖 관계가 있었다. 사랑하거나 미워하는 것 말고도. 견디거나 도망치는 것 말고도.

안개 같은 것에 휩싸인 듯 현기증이 났다. 이 기묘한 운명을 가진 여자에게는 설명하기 힘든 힘이 있었다. 처음에는 단지 아름답다고만 생각했지만 이 순간에는 마치 여신처럼, 그래, 여신처럼, 저 밤하늘을 차지한 여신처럼 끊임없이 되돌아오고 새로워지고 되살아나 누구도 죽이지 못하고 더럽히지 못하고 어느 순간 다시 완전해져 있을 듯했다. 그녀는 자신의 운명을 스스로 결정했다. 반면 자신은 늘 누군가가 결정해 준 운명 속에 있었다. 이 순간조차도. 문득 그녀에게 나눠 받고 싶어졌다. 그런 힘을.

달샤드가 희미하게 웃었다.

"이 이상 저를 거절하셔서 모욕을 안겨 주시진 않으리라 믿겠어요."

진은 달샤드를 밀어 침대에 쓰러뜨렸다. 달샤드는 가슴 섶을 여민 끈을 쥔 채 진에게 미소를 보냈다.

진은 새벽에 깨어났다. 희미하고 만족스러운 꿈이 사라지자 진은 손을 뻗어 침대 옆을 만져보았다. 비어 있었다. 달샤드는 지난밤에 말했던 대로 혼자 사라져버렸다.

어젯밤에 달샤드는 어떤 별 이야기를 해 주었다. 다른 별들이 정해진 길만을 되풀이해서 돌 때 제멋대로 머나먼 곳까지 갔다가 수십 년 만에 돌아오는 별이 있다고 했다. 제자리에 가까워질수록 점점 더 환해져서 마침내 대낮에도 빛나는, 이 세상을 바꿔놓고야 마는 별이라 했다. 진도 본 일이 있었다. 그 별이 달리면서 흩날리는 휘황한 망토를.

상냥한 아들에서 훌륭한 왕자가 되는 도정에도 한 가지 길만이 있지 않았다. 벗어나서는 안 될 것만 같아 견뎌 왔는데, 모두를 위해서라고 생각했는데, 자신을 위한 길만은 아니었음을 잊고 있었다. 왜 견딘단 말인가. 왜 뛰쳐나가면 안 된단 말인가.

진은 시종을 불러 원정 나갔을 때 입었던 옷을 가져오게 했다. 허리띠를 감고 장화를 신었다. 피 얼룩이 아직 희미하게 남아 있었다. 그는 호화로운 방을 떠나 후원을 가로질러 어머니 에렉티나가 머무는 별궁으로 갔다.

에렉티나의 별궁은 낙원의 오두막이라고 불렸다. 왕이 직접 내려준 이름이었다. 그러나 그 오두막은 일곱 개의 화려한 방, 장미와 재스민과 라벤더를 띄운 욕장, 십 수 명이 들어가는 식당, 북부와 남부의 온갖 향신료로 들어찬 부엌을 갖춘 곳이었다. 입구에 이르자 궁녀들이 놀라며 절을 했다. 아직 어스름이 덜 가신 시각이기도 했지만 진이 어머니의 처소를 찾아온 것 자체가 실로 오랜만이었다.

문 안쪽에서는 기척이 있었다. 벌써 일어난 모양이었다. 진이 문 앞에 서자 왕자님께서 오셨다고 아뢰어야 할 궁녀들이 머뭇거렸다.

"저, 잠시만 기다리시옵소서. 마마께서 아직 아침 단장을 마치지 않으셨나이다."

"상관없을 텐데."

단장을 하지 않았다고 아들을 만나지 못할 이유는 없었다. 게다가 진은 에렉티나가 단장은커녕 바느질로 밤을 새워 퀭한 눈으로 머리조차 묶지 못한 모습을 수없이 보았다. 새삼스럽게 격식을 갖출 필요는 느껴지지 않았다. 왕이 와 있을 가능성도 없었다. 왕은 어젯밤 연회에서 너무 술을 많이 마셔 곯아떨어졌다.

"황공하옵나이다. 다만 저희는 귀비마마의 궁녀인지라 귀비마마께서 명하신 대로······."

"귀비마마께서 오늘 옥체가 미령하신 관계로……."

구구한 말을 듣고 있자니 짜증이 났다. 진은 바로 어머니를 만나고 싶었다. 하고 싶은 말을 품고 왔기에 기다리고 싶지 않았다. 진이 문을 열어젖힐 기세로 한 걸음 나오자 궁녀들이 기겁을 하며 앞을 막았다. 진은 기가 막혀 그들을 쏘아보았다.

그때 문이 열렸다.

"큰 왕자님. 지난밤은 편히 보내셨나이까."

진은 자신에게 절을 하는 키 큰 사내를 노려보았다. 기름한 얼굴에 핏줄처럼 뻗은 주름들이 두 점으로 빨려들어 갔다. 소용돌이의 중심에 누르스름한 눈이 박혀 있었다. 누군가의 심장을 멎게 하기도 했다는 그 눈이 오늘은 만족스럽게 풀려 있었다. 그 사실을 깨닫자 진의 얼굴이 확 붉어졌다.

"그럼 물러가겠사옵니다."

안탈론은 다시 절을 하고 입구로 걸어 나갔다. 진은 꼼짝도 않고 서 있었다. 그의 어깨가 떨리는 것을 본 궁녀들이 겁을 먹고 슬그머니 물러났다. 그때 내실에서 목소리가 들렸다.

"들어오너라."

에렉티나는 흰 가운을 걸치고 비스듬히 앉아 있었다. 검은 머리채가 한쪽 어깨로 굽슬굽슬하게 흘러내렸다. 창백한 맨얼굴에 박힌 붉은 입술은 정말로 후원의 장미 에페리아나를 닮았다.

십여 년 전 왕비의 추적자들에게 쫓기며 공포와 가난에 시달리던 어머니는 아름답다기보다 애처로웠다. 일부러 얼굴에 검댕을 묻히고 머리를 풀어헤치고 멍청한 표정을 지어 미모를 숨기고 있었다. 그때 진은 어머니를 위로하기 위해서라면 무엇이든 할 준비가 되어 있었다. 어머니가 훔치라고 하면 훔쳤고, 버리자고 하면 버렸고, 여자아이 옷을 입으라고 하면 입었다. 바느질감을 쥔 채 곯아떨어진 어머니 대신 바느질을 하려 한 적도 있었다. 어머니가 지쳐 눈물을 지으면 껴안고 노래를 불러 주었다. 안탈론이 찾아와 자신이 왕자임을 알려줬을 때도 미리 알려주지 않은 어머니를 조금도 원망하지 않았다. 어머니는 어린 자신이 자칫 발설해서 추적자들을 불러들일까봐 비밀을 지켰던 것이었다.

이제 그 여인은 왕의 여인이자 왕국의 실세였다. 궁에 돌아온 후로 진은 딱 한 번 에렉티나가 눈물짓는 모습을 보았다. 궁으로 돌아온 진을 위해 열린 첫 연회가 끝난 밤이었다. 왕조차 오래 머물지 않은 그 연회의 텅 빈 홀에서 에렉티나는 진을 붙들고 '너를 반드시 진짜 왕자로 만들겠다'고 말했다. 진은 진짜 왕자가 무엇인지 몰랐지만 어머니가 간절히 바라는 것을 느꼈기에 고개를 끄덕였다. 그 후로 에렉티나는 눈물을 흘리지 않았다. 대신 미소를 지었다. 점점 더 아름답게. 몇 년 뒤 진은 옛 생각에 잠겨 있다가 어머니를 보고 문득 놀랐다. 세월이 거꾸로 흐른 듯 뺨은 꽃잎을 찍은 듯하고 입술은 이슬을 머금은 듯하고 눈초리는 푸른 깃털 같은 어머니가, 그게 새파랗게 날이 서서 그런 줄을 그때는 몰랐다.

"일찍 일어났구나."

"어머니께선 더 일찍 일어나셨군요."

"난 잠이 적지 않니. 항상 이 시간에는 깨어 있단다. 예전에도 그랬지. 기억나지 않니?"

"예전에는 누군가가 제 목을 노릴까 봐 그러셨지요. 지금은 그럴 필요가 없으실 텐데요."

"아니. 지금도 그렇단다. 그래서 한시도 쉴 수가 없어."

에렉티나는 경대를 꺼내 놓고 얼굴을 잠깐 들여다보더니 진을 돌아보며 빙그레 웃었다.

"우리 왕자님께서 참 많이 자라셨지. 어미는 이렇게 늙고. 이번 원정 얘기를 들을수록 내 아들이 언제 이렇게 달라졌나 싶어 신기하고 놀랍구나. 어제 병사들이 말하기를 네가 전쟁터에서 군신처럼 싸우더라는구나. 어미 품에서 떨어질 줄 모르던 때가 엊그제 같건만."

에렉티나는 어제 낮에 진이 왕도로 데려온 병사들을 궁으로 불렀다. 왕비나 할 법한 그런 행동을 스스럼없이 해서 자신의 힘을 과시할 작정이었을 것이다.

"다만 너 혼자 성에 남겨진 것이나, 야만족이 하필 그 성으로 온 것이나 음모의 냄새가 난다. 연꽃 관을 쓴 그림자가 드리워져 있구나. 하지만 우리 왕자가 그런 음모도 스스로 헤치고 나올 정도로 강하게 자랐을 줄은 몰랐겠지. 상상도 못했을 게야. 아, 생각할수록 자랑스럽구나."

연꽃 관은 왕비가 쓰는 관의 별칭이었다. 에렉티나는 머리를 빗질하기 시작했다. 보통은 궁녀가 손질해 줄 테지만 오랜만에 아들과 이야기하며 직접 다듬어 볼 작정인 듯했다. 아니, 일부러 옛 일을 떠올리게 해 진의 마음을 가라앉혀 볼 속셈일 것이다. 진은 불쑥 말했다.

"저는 적어도 어머니께서 부끄러워하실 줄 알았습니다."

에렉티나는 빗을 든 손을 멈추지도 않았다.

"내가? 무엇을? 난 아들을 지키는 어미란다. 널 위해서 하는 일인데 무엇이 부끄럽단 말이냐?"

"저를 위해서 폐하를 배신하신다고요? 폐하께서 아시면 저는……."

"폐하는 네게 육신을 주셨지만 미래를 베풀어주시지는 않는다. 그건 우리 손으로 얻어야 해. 안탈론은 그걸 도와줄 사람이지. 그리고 그는 너를 아낀단다. 그는 우리의 운명을 가로지르고 있어. 그가 나를 폐하께 데려갔고, 그가 쫓겨난 우리를 다시 찾아냈다. 그만이 날 도와 너를 태자로 만들 수가 있어. 난 언제까지나 그자가 필요해."

"그런 도움 따위 필요 없습니다! 원하는 건 스스로 손에 넣을 테니까요!"

"그게 그리 쉬운 일인 줄 아느냐? 처음 궁에 돌아왔던 때를 잊었어? 두 해가 가도록 폐하는 너를 거들떠보지도 않으셨다. 하지만 어제 폐하는 널 위해 연회를 베푸시고 네 모습이 흡족해서 만취하셨지. 내가 얼마나 가슴이 벅찼는지 넌 모를 게다. 그게 가만히 기다린다고 되는 일인 줄 아느냐?"

"그래요? 그래서 어머니는 이튿날 새벽에 폐하의 눈을 피해 부정을 저지르십니까?"

"내가 일찍감치 안탈론의 도움을 얻었더라면 네가 테아 같은 못난 계집애와 결혼할 일도 없었어!"

테아의 이름을 듣자 진은 가슴 한구석을 찔린 듯했다. 지난밤의 일로 둘 사이에 뭔가가 가로놓여 자신이 더 이상 테아의 남편이 아닌 듯한 기분이었다. 잘못이 있다면 자신의 것일 텐데, 분노는 저도 모르게 바깥을 향했다.

"제 아내를 모욕하지 마십시오. 전 테아에게 아무 불만도 없습니다. 10년 동안 어떤 잘못도 저지른 적이 없는 사람이고요. 잘못이 있다면 저한테나 있겠죠."

"불만이 없어? 잘못이 없고? 그 병든 강아지 같은 계집애는 네 아이를 낳아주지 못했거니와 앞으로도 못 그럴 게다. 왕비가 처음 데려왔을 때부터 이럴 줄 알았어. 왕비는 네 핏줄을 틀어막아 놓고 만족하고 있었겠지만 내가 그러도록 놔두지는 않지. 새 왕자비는 이미 골랐다. 폐하께 말씀드리면 한 달 내로 국혼이 예고될 거야. 어제 연회에서 네가 고르길 바랐지만 어차피 넌 테아한테 불만이 없을 정도로 눈이 낮으니 내가 골라줄 밖에."

"테아는 열일곱 살밖에 안 됐습니다. 그리고 어제 연회는 진절머리가 났습니다. 여자들을 즐비하게 세워놓으면 제가 좋아할 줄 아셨나요?"

둘 다 한마디도 지지 않았다. 단 둘이 도망 다니던 시절, 어디에도 정착하지 못했기에 어머니와 아들에게 친구라고는 서로뿐이었다. 둘은 서로를 속속들이 알고 있었다. 그러나 어머니였기에, 어머니가 아들을 더 잘 알았다.

"그래서 결국 뭔가 하지 않았니? 왜, 지난밤이 그리 즐겁지 못했어? 안됐구나. 어제 네가 말만 했더라면 그 여자들 중 열 명이라도 주었을 텐데."

 진의 얼굴이 붉어졌다. 그 사이 에렉티나는 단장을 마쳤다. 결혼한 여자는 머리를 올리는 법도조차 무시하고 길게 풀어 내린 검은 머리에서는 에페아의 별 다섯 개가 빛났다. 끝머리가 살짝 구부러진 오각별인 에페아의 별은 왕가의 여인의 상징으로 전통적으로 결혼하지 않은 왕녀들이 다는 장식이었으나 에렉티나는 단지 마음에 든다며 종종 달곤 했다.

 "폴리티모스."

 에렉티나는 궁으로 돌아온 후 다시는 진이라고 부르지 않았다. 진은 대답하지 않았다.

 "넌 잔다나 족을 섬멸했고 전쟁을 승리로 이끌었지. 이제 어른이 되었건만 아직도 내게는 내 가슴에 매달려 있던 어린 아기가 눈에 선하구나. 너 하나에게 희망을 걸고 살아온 세월이 너무 길었지. 하지만 아직 끝나지 않았어. 어미를 보렴. 우리는 아직도 갈 길이 멀단다. 이렇게 다툴 때가 아니야. 지금까지 잘 해온 것처럼 앞으로도 해나가야 해. 하지만 한 발만 잘못 디디면 벼랑 끝이란다. 난 우리가 곡예를 하고 있는 것만 같아."

 "곡예를 하는 분은 어머니시죠. 어머니가 떨어지시면 저까지 떨어지고 말 거고요."

 "그래? 네게는 지금 우리가 선 자리가 안전해 보이니? 왕비가 이빨 빠진 호랑이인 것 같아? 그분은 그런 분이 아니란다. 결코 포기하는 법이 없는 분이야. 거슬리는 것은 반드시 없애고 마는 여자라고!"

갑자기 에렉티나의 눈가가 반짝거렸다. 그러나 흐르기 전에 닦아냈다. 진은 자신이 잘못 보았다고 생각했다.

"그리고 오늘 처음 안 것처럼 그러지 말아라. 네가 이미 짐작한다는 것을 나는 예전부터 알고 있었어. 짐작은 괜찮고 눈앞에서 벌어진 것은 못 견디겠더냐? 그렇게 연약해서야 어찌 이 나라의 왕이 되겠어!"

에렉티나의 말은 사실이었다. 진은 전부터 알고 있었다. 그랬기에 안탈론을 마주보고 싶지 않았다. 안탈론의 정중한 미소를 보면 발가벗겨진 것처럼 기분이 나빴다. 안탈론이 진을 도와주고 보호하려 하는 모든 행동이 마치 진조차도 자기 것이라고 주장하는 듯해 견딜 수가 없었다.

다 알면서도 모르는 것처럼, 끊임없이 그 사실을 거부하려 했기 때문에 진은 자신의 자리에서도 늘 달아나고 있었다. 왕궁보다 평민 병사들 사이에 있을 때가 더 편안했고 왕자이기에 주어지는 모든 것이 제 것이 아닌 듯했다. 진이 불쑥 말했다.

"어머니, 거기에 가봅시다."

에렉티나는 마지막으로 머리끝을 매만지고 경대를 닫으면서 무심한 목소리로 물었다.

"거기라니?"

"아시면서 모르는 체하지 마세요. 제가 세 살까지 살았다는 그곳 말입니다."

진과 에렉티나는 생후 6개월 무렵에 궁 밖으로 쫓겨났지만 세 살까지는 어딘가에서 정착해 살았었다고 했다. 진은 그때의 기억이 아주 조금밖에 없었다. 마당에서 타던 목마, 이웃 농장에서 망아지를 탔다가 혼났던 일 등이 희미하게 남아 있었다. 동시에 얼굴을 기억할 수 없는 한 사람이 있었다. 방랑 시절에 진이 그 이야기를 꺼내면 에렉티나는 곧 울곤 했다. 그러면서 마지막에 항상 복수의 신 아달누스의 이름을 불렀다. 궁에 들어온 후 진이 그 이야기를 꺼내자 에렉티나는 화를 냈다. 다시는 입 밖에 내지 말라고 했다. 에렉티나는 그 사람의 이름을 알려주지 않았다. 거기가 어디인지도 결코 알려주지 않았다.

"무슨 소린지 모르겠다. 그렇게 오래된 일까지 기억하기엔 삶이 너무 바쁘구나."

"해바라기 꽃이 피어 있었죠. 말과 나귀가 있었고요. 고양이도 있었어요. 마당에는 목마가……."

에렉티나의 눈썹이 약간 움직였다.

"잊어버렸다고 했지."

"거짓말하지 마세요!"

진은 의자에서 일어나 에렉티나의 손을 잡았다. 에렉티나는 고개를 돌린 채 바닥을 내려다보고 있었다. 아니, 바닥이 아니었다. 그녀는 자신의 팔뚝을 내려다보고 있었다. 그곳에는 그녀의 유일한 흠이라고 하는 큰 흉터가 있었다.

"이 생활이 저한테만 힘겨울 리 없어요. 어머니도 그때가 그리울 겁니다. 그러니까 같이 가세요. 왕도 태자도 필요 없으니까 그냥 갑시다. 우린 위험하지 않아요. 이젠 제가 어머니를 지켜드릴 수 있어요. 어머니 아들은 검 한 자루로 성 하나를 지켜냈어요. 어머니 한 분이라면 죽을 때까지라도 지켜낼 겁니다. 그러니까 같이 가요. 저한테 말 타기를 가르쳐 주셨다는 그분을 만나보고 싶어요."

에렉티나가 느리게 고개를 들었다. 모자의 눈이 마주쳤다. 에렉티나가 일어섰다. 그녀는 입술을 떨고 있었다. 목소리마저 떨려 나왔다.

"두 번 다시 그런 소릴 하면 이 어미는 목을 매달아 버리겠다."

비가 내렸다. 여름이면 곧잘 내리는 한나절의 폭우였다. 이날의 비는 해가 질 무렵 한층 거세어졌다.

진은 흠뻑 젖어 북문으로 들어왔다. 마구간에 날빛을 맡기자 마부들이 가마를 가져오겠다고 수선을 떨었으나 거절하고 혼자 처소로 걸어갔다. 오가는 궁인들조차 사라진 뜰에 바람소리, 빗소리만이 울부짖었다. 그렇게 요란하게 내리다가 처소 앞에 이르렀을 무렵 언제 그랬느냐는 듯이 뚝 그쳤다.

궁인들이 뛰어나와 젖은 겉옷을 벗겨냈다. 마른 옷으로 갈아입고 침실에 들어가자 누군가가 기다리고 있었다. 궁인들은 알고 있었던 듯 등불과 자리끼를 내려놓고 물러갔다.

진은 말없이 의자에 앉아 물을 마셨다. 그림자가 길게 드리워졌다. 고요한 방 안에 옅지만 가쁜 숨소리가 흐르고 있었다.

"왜 왔소?"

진이 입을 열자 테아는 화들짝 놀랐다. 심장이 뛰어오르는 소리가 들릴 지경이었다.

"마마의…… 아내가 되기 위해 왔어요."

진이 뒤를 돌아보았다. 테아는 고개를 푹 숙이고 있어 얼굴이 보이지 않았다.

"그대는 이미 내 비요."

"저…… 마마께서 원정을 떠나신 사이에…… 그, 그게 있어서…… 이제……."

기묘한 침묵이 흘러갔다. 진은 말없이 입술을 짓씹고 있었다. 테아의 숨소리가 빨라지더니 마침내 말을 맺었다.

"마마의 진짜 아내가 되려고요."

다시 침묵이 흐르자 테아가 안절부절 못하는 것이 느껴졌다. 외등 하나만 켜진 방은 그늘이 깊어 서로의 표정을 가려 주었다. 이윽고 진이 말했다.

"누구였소?"

"네?"

"누가 가르쳐 줬소? 그런 거짓말을 하라고."

진은 일어섰다. 테아가 고개를 들었다. 처음으로 표정이 드러났다. 얼마나 겁을 먹었는지 눈이 두 배로 커진 듯 보였다. 그걸 보자 더욱 견딜 수가 없었다. 그렇게 겁나는 일을 왜 했어야 했단 말인가.

"테아. 난 그대만은 궁중의 거짓말에 물들지 않을 줄 알았는데."

진이 테아 앞에 서자 테아는 차마 눈을 마주치지 못했다. 떨리는 어깨는 금방이라도 울음을 터뜨릴 것만 같았다. 예전에 테아가 울면 진은 달래주기도 했고 그러지 않기도 했다. 오늘은 어떤 날일까. 진은 테아의 어깨에 손을 얹으려다가, 내밀었다가, 도로 거두었다. 그녀에게 손을 대어서는 안 될 것만 같았다. 그녀 때문이 아니라 자신 때문에.

"내가 그대의 어떤 점을 아꼈다고 생각하오? 나는 근사한 거짓말로 날 기쁘게 하려는 사람들을 수천 명이나 알고 있소. 하지만 그대는 아니었지. 그대는 서투르고 머뭇거리고 느릴지언정 거짓말을 하지는 않았소. 하지만 그대도 영영 그런 것은 아니었군. 그대도 어른이 되어야 하니까. 어떻소? 그런 거요?"

잘도 그런 말이 흘러나왔다. 테아에게 무슨 잘못이 있단 말인가. 테아가 왜 이 자리에 와서 떨면서 저런 말을 하는지 정녕 모른단 말인가. 어제 그런 일이 없었다면 테아는 여전히 테아였을 텐데. 그렇게 만든 자신이 테아를 비난하다니.

"이제 그대가 어른이 되었으니 나도 그대를 어른 대접 해야겠군. 일어나시오."

잠시 후 테아가 일어나 진을 마주보았다. 그런데 뜻밖에도 아직 그녀는 울지 않았다. 눈가가 발갛게 부어올랐을 뿐이었다. 입술을 꼭 다물고 있는 것을 보자 진은 속이 타면서 측은해졌다. 막 허리에 손을 얹는데 치맛자락 사이로 뭔가 낯선 것이 만져졌다. 무심코 꺼내고 보니 향낭이었다. 수상한 냄새가 확 끼쳐왔다. 진은 그게 무엇인지 알고 있었다. 기녀들이 돈 많은 남자들을 홀릴 때 쓰는 만드라고라 최음향이었다. 검투사 스승과 뒷골목을 누비던 때 맡아 본 적이 있었다. 이 얼마나 테아와 어울리지 않는 일이란 말인가. 진은 향낭을 낚아채어 창밖으로 던져버렸다.

"다시는 이런 짓 하지 마시오. 알았소?"

진은 테아를 내버려둔 채 침대에 누웠다. 생각할수록 화가 치밀고, 동시에 화를 내는 자신이 가증스러웠다. 몇 번이나 일어나 테아를 달래줄까 생각했지만 그 자체가 위선이라는 생각이 들어 결국 그러지 못했다.

테아는 가만히 앉아 있었다. 진을 부르지도 않았다. 이윽고 진은 잠에 빠져들었다. 오후 내내 말을 달렸거니와 심신이 모두 피로했다.

고른 숨소리가 날 무렵 테아는 일어났다. 침대 머리맡으로 다가가 잠든 진을 내려다보았다. 손을 뻗어 머리카락을 넘겨주려다가 머뭇거렸다. 결국 건드리지 못한 채 얇은 이불만 올려 주었다.

진이 마지막으로 테아를 안아준 것이 언제였던가. 원정을 떠나기 전날 밤에 테아의 처소로 찾아왔을 때였다. 진이 작별 입맞춤을 해주었지만 테아는 나무토막처럼 뻣뻣하게 굳어져 있었다. 진이 전쟁터에 나간다는 생각만으로도 겁에 질렸던 그녀는 전날 악몽까지 꾸었다. 죽은 진이 운반되어 오고 자신은 먼발치에서 바라보며 가까이 가지도 못하는 꿈이었다. 가지 말라고 붙들고 싶었지만 그래서는 안 되는 줄 알았기에 꾹 참느라 인사조차 제대로 하지 못했다. 진은 '마치 인형과 입맞추는 것 같군'이라고 말하고 떠나갔다.

꿈에 봤던 일은 일어나지 않았다. 진은 큰 공을 세웠고 사람들의 칭송을 받으며 개선했다. 그리고 다른 여자와 잠자리에 들었다. 그날 밤 테아는 한숨도 이루지 못했다. 팔라소스가 했던 말이 귓가를 맴돌고 있었다. 사자 같고 매 같은 사내의 어리고 약한 아내. 무엇이 잘못되었을까. 어떻게 해야 강해지는 걸까.

오늘 테아는 자신만의 뜻으로 진의 처소에 왔다. 진의 말을 듣자 금세 눈물이 나려 했지만 참아냈다. 처음이었다. 진이 화를 내는데도 달아나지도 울지도 않은 것은. 강해지려고, 그래서 진 곁에 서려고 얼마나 마음을 다졌던가.

이대로 물러서면 견뎌낸 것조차 허사라는 생각이 들었다. 여기까지 왔는데 다시 처음으로 돌아갈 순 없었다. 테아는 아침까지 기다리기로 마음먹었다. 자고 일어나면 진도 생각이 달라져 있을지 모른다.

밤이 한 겹 한 겹 깊어져갔다. 깊은 우물 속에 빠진 듯한 밤이었다. 진이 가끔 몸을 뒤척이는 소리뿐, 밤 꾀꼬리 울음 한 번 들리지 않았다. 테아는 오도카니 앉아 잠자는 진을 바라보다가 창문을 바라보다가 했다. 달빛의 방향이 서서히 바뀌다가 방 안을 깊숙이 비췄을 때 테아는 침대 밑에 놓인 익숙한 물건을 보았다. 상자였다.

테아는 그 상자를 알고 있었다. 오래 전에, 둘이 처음 이 방에 들어왔던 때 보았고 그 후로 다시 보지 못했다. 수없이 들어왔으면서도 머문 적이 없다보니 침대 밑을 들여다볼 일이 없었던 것이다. 저 상자가 저기 그대로 있을 줄은 몰랐다.

테아는 살그머니 다가가 바닥에 쪼그리고 앉아 손을 뻗었다. 누군가가 먼지를 털어온 듯 상자 위는 깨끗했다. 잠겨 있지도 않았다. 테아는 잠시 기대에 차 미소를 지었다. 아직도 그대로 있을까? 테아는 뚜껑을 열었다.

있었다. 헝겊과 솜으로 만든 인형이. 열두 살과 일곱 살의 첫날밤에 테아가 울음을 터뜨리자 진이 상자에서 꺼내주었던 두 개의 인형 중 하나였다. 파란 모자를 쓰고 녹색 튜닉을 입은 소년 인형. 다른 하나는 빨간 모자를 쓰고 흰 치마를 입은 소녀 인형이었다.

일곱 살에 집을 떠나 영문도 모를 어려운 의식을 치르고 낯선 소년과 마주 앉아 떨고 있던 테아는 소년이 안겨준 인형에 겨우 마음이 가라앉아 한참이나 인형놀이를 했었다. 돌이켜 생각해 보면 진은 얼마나 지루했을까. 하지만 진은 끈기 있게 소년 인형을 들고 테아의 상대역을 해 주었다. 주변의 컵이며 책, 쟁반 같은 것까지 끄집어내어 가면서. 처음으로 테아가 웃자 진도 피식 웃었던 생각도 났다. 마침내 테아가 끄덕끄덕 졸자 진은 인형을 안겨 주면서 다음에도 갖고 놀자고 말해 주었다.

테아는 그 인형을 오래 간직해왔다. 옷도 몇 개나 만들어주었다. 실제로 둘이 다시 인형을 갖고 놀 기회는 없었다. 열두 살 소년이 궁인들이 보는 곳에서 인형을 갖고 놀기는 좀 창피했을 것이다. 그리고 테아는 먼저 인형놀이를 하자는 말을 꺼낼 용기가 없었다. 나중에 진은 테아가 그 인형을 가진 걸 보고 자신이 줬다는 말을 하지 말라고 했다. 아마 사내아이가 할 만한 일이 아니라고 생각했던 모양이었다. 테아는 그 말을 지켰다.

소녀 인형은 이제 없었다. 니메아가 빼앗아 가위로 잘라버렸다. 하지만 소년 인형은 이렇게 남아 있었다. 테아는 빙그레 웃으며 생각했다. 진이 일어나면 왜 약속을 지키지 않았느냐고 해야겠다. 이 거짓말쟁이.

달이 구름 뒤로 숨자 방안은 다시 어두워졌다. 테아는 인형을 껴안고 웅크린 채 선잠에 빠져들었다. 전쟁터에서 싸우고 있는 진의 모습이 나타났다. 수없이 들었지만 상상이 가지 않던 광경이었다. 진은 수많은 야만족들을 피 한 방울 없이 쉽사리 물리치고 있었다. 저런 싸움이라면 테아도 뛰어들어 도와주어도 될 것 같았다. 그런데 갑자기 적 하나가 등 뒤에서 접근하는 것이 보였다. 테아는 순간 용감하게 달려들어 적을 등 뒤에서 껴안았다. 그러자 진이 돌아보았다. 진과 눈이 마주친 순간 갑자기 소름이 끼치며 테아는 눈을 떴다.

꿈과 현실이 뒤섞여 몽롱한 가운데 테아는 그림자 하나가 다가오는 것을 보았다. 그림자는 침대 곁에 웅크린 테아를 깨닫지 못한 채 진을 내려다보더니 무언가를 쳐들었다. 테아는 홀린 듯 일어나 그림자를 껴안았다.

그림자는 꿈이 아니었다. 꿈속의 적처럼 약하지도 않았다. 상상도 못한 힘이 테아를 밀쳤다. 등을 벽에 부딪치자 숨이 막혀왔다. 테아는 버티어냈다. 손만 놓치지 않으면 될 것 같았다. 깍지 낀 손가락에 불이 붙는 듯했다. 몸이 비틀리는가 싶더니 목이 선뜩해졌다.

진은 눈을 뜨자마자 침입자가 단도로 테아의 목을 긋는 광경을 보았다. 마치 기묘한 그림자 연극 같았다. 진은 벽에 걸린 검을 떼어낼 생각도 못한 채 달려들어 그자의 손을 움켜잡았다. 단도가 떨어지고, 테아도 쓰러졌다. 진은 맨손으로 침입자의 목을 졸랐다. 어쩌면 그러지 않았어야 했지만 분노로 손을 주체할 수가 없었다. 숨이 막힐 듯한 몇 초 후 침입자의 몸이 늘어졌다.

"테아!"

목이 절반 가까이 잘린 테아는 피의 호수 속에 누워 있었다. 진은 무릎걸음으로 걸어가 테아의 손을 잡았다. 테아는 아무 말도 하지 못했다. 입술은 겨우 움직였지만 소리가 나오지 않았다. 눈은 진을 보고 있었다. 진은 테아의 손등을 입술에 대었다. 쇠의 맛이 났다. 미친 듯 맥박이 뛰놀았다. 한 번, 두 번, 테아의 눈이 초점을 잃었다.

고요해졌다.

밖에서 나인들이 뛰어 들어왔지만 진은 아무 소리도 듣지 못했다. 목을 기묘한 각도로 떨어뜨린 테아는 목이 부러진 인형처럼 보였다. 그 곁에 진짜 인형이 떨어져 있었다. 그걸 집어 드는 순간 기묘한 냄새가 코를 찔렀다. 생전 처음 맡아보는 악취였다. 시체 냄새도, 피 냄새도 아니었다. 전쟁터에서 수없이 적을 베었지만 이런 냄새는 없었다. 숨이 막혀왔다. 그러면서 동시에 이 광경을 어디서 본 듯하다는 기분이 들었다. 그럴 리 없건만 진은 정신을 차리려 애쓰면서 생각했다. 어디였을까. 어디서 보았을까.

* * *

무화과나무가 우거진 작은 집이었다. 앞뜰은 식탁 세 개를 놓고 이십 명 정도가 둘러앉으면 꽉 찼다. 2층으로 된 빌라에는 서너 가족이 함께 살기 마련이었지만 이 집에는 두 가족만이 살았다. 부부와 딸 둘, 아내의 여동생으로 이뤄진 가족과 부부와 아들 하나, 딸 하나가 함께 사는 가족이었다. 두 번째 가족의 아내는 임신 중이었다. 남편들은 모두 군인으로 친한 친구 사이이기도 했다. 아내들은 작년부터 아는 사이가 되었지만 이내 좋은 친구가 되었다.

오늘 작은 앞뜰에는 두 가족이 이 빌라에서 살기 시작한 후로 가장 호화로운 상이 차려졌다. 소금에 절인 고기를 채워 넣은 새끼돼지 통구이, 구운 소시지, 호두를 채운 생선, 샐러리와 잣을 섞고 포도주와 올리브기름을 넣은 소스와 삶은 달걀, 가룸, 덩어리 빵, 후식으로는 말린 과일에 사워크림을 얹고 푸딩에는 값진 검은 후추를 뿌려 준비했다. 생 올리브와 복숭아, 석류, 무화과도 물론 나왔다.

이날은 두 번째 가족의 맏아들이 성년이 되는 날이었는데 평민의 성년식 치고는 좀 지나치게 차린 감이 있었다. 그러나 두 가족의 누구도 그런 생각을 하지 않았다. 여자들은 제일 좋은 옷을 입고 머리에는 꽃을 꽂았다. 성년식의 주인공인 소년은 머리에 올리브 관을 쓰고 있었다. 음식은 다 준비되었지만 아무도 식탁에 앉지 않았다. 소년의 아버지가 귀한 손님을 맞으러 갔기 때문이었다. 모두가 식탁 주위를 서성이며 흥분된 기색을 감추지 않았다.

손님은 시종도 거느리지 않고 바로 입구로 들어왔다. 오셨다고 알리는 외침이 없어 처음에는 바로 알아차리지 못했을 정도였다. 가장 나이 어린 소녀가 놀라 소리를 치고서야 모두가 그쪽을 보았다.

"그분이에요!"

이 집의 아이들은 모두 손님의 얼굴을 알고 있었다. 나이 찬 소녀들의 얼굴이 발그레해졌다. 꾸밈없는 옷차림에 검 한 자루만을 찬 진은 빙그레 웃었다.

"나 때문에 서 있는 거군? 모두 앉으시오. 손님이 할 말은 아니긴 하지만."

함께 온 한본이 허리를 굽히며 한 팔을 벌려 보였다.

"귀한 분께서 이리 누추한 곳까지 와주시니 황송합니다."

"누추하지 않은데."

만삭의 여주인이 다가와 손에 입맞춤을 하려 하자 진은 손을 얼굴 높이까지 올려 건넸다. 상대가 허리를 굽히기 힘들 것을 짐작했기 때문이었다. 진이 자리에 앉자 연회가 시작되었다. 진의 오른쪽에는 한본이, 왼쪽에는 성년이 된 한본의 아들이 앉았다. 또 다른 바깥주인인 자말리크는 임무를 받아 먼 곳에 갔는데 오늘에 맞춰 돌아올 예정이었으나 아직 도착하지 않았다.

"대단히 잘 차렸군. 내가 온다고 해서 괜히 부담을 준 건 아닌가 싶은데."

"아닙니다, 왕자님. 저희는 늘 이렇게 차려놓고 먹습니다. 이 정도는 먹어야 한 끼 식사라고 할 수 있죠."

왕도에서 가족과 함께 살게 되고서야 한본이 농담을 잘하는 줄을 알았다. 진이 고기를 집으며 말했다.

"그래? 그럼 나도 매일 여기 와서 이렇게 먹어야겠군."

"좋지요. 아내도 영광으로 여길 겁니다. 왕자님 얼굴도 좀 더 좋아지실 거고요."

진은 작년 원정 때보다 한층 말라서 턱 선이며 광대뼈가 가파르기 이를 데 없었다. 왕족다운 얼굴과는 거리가 멀었기에 차려입지도 않고 혼자 돌아다니면 알아보지 못하는 사람도 많았다. 그러나 이 집에는 자주 드나들다 보니 이웃들도 잘 알고 있어 어느새 입구에는 기웃거리는 사람들이 십여 명으로 늘어났다. 자말리크의 아내가 손짓했다.

"타이본의 성년을 축하하러들 오셨구료? 들어들 와요! 물론 빈손은 아니겠지?"

타이본은 진 곁에서 모처럼의 진수성찬도 먹는 둥 마는 둥 하며 잔뜩 긴장해 있었다. 진이 소년을 보았다.

"작년에 네 아버지가 내게 말하길 오늘쯤 군인 노릇을 그만두고 빵장수나 무두장이가 될 작정이라 했지."

"네…… 네?"

"어느 쪽이 나을까? 역시 가업을 잇는 쪽이 낫겠지?"

한본의 아버지는 본래 무두장이였다. 타이본이 눈만 둥그렇게 뜬 채 대꾸할 말을 찾지 못하고 있자 한본이 흘끗 보고 말했다.

"어서 잘못했다고 빌어."

타이본은 영문도 모른 채 의자에서 벌떡 일어나 바닥에 엎드렸다.

"잘못했습니다! 부디 용서해 주세요!"

진이 어이가 없어 웃음을 터뜨리자 한본도 웃었다. 진이 말했다.

"상대가 틀렸어. 절은 네 아버지한테 해라. 지금까지 키워 주셔서 고맙습니다, 라고. 물론 어머니한테도 하고."

연회가 무르익자 이웃들도 슬금슬금 끼어들어 분위기는 점차 들떠 갔다. 뒤늦게 가야르도 아내와 아들, 그리고 올해 초부터 데리고 살기 시작한 아샤벨과 함께 왔다. 가야르가 진 곁에 와서 보고했다.

"명하신 조사를 마쳤습니다. 다섯 곳으로 좁혀졌습니다. 피로아스의 한 마을이 제일 유력합니다. 내일 제가 직접 출발해 살펴보고 오겠습니다."

"수고했다. 쉬도록."

날이 저물기 시작하자 아이들은 집 안으로 들어갔다. 이웃들도 대부분 떠났다. 술을 몇 잔 마시고 대담해진 타이본은 진이 잔다나 족 전사와 싸웠던 이야기를 듣고 싶다고 졸라댔다. 진이 간단히 이야기해주자 타이본은 한참 골똘히 생각하더니 그 대검은 지금 어디에 있느냐고 물었다.

"어디 있긴. 샘그늘 성에 두고 왔지."

"누굴 주신 건가요?"

"아니."

"그럼 혹시 저한테 주시면 안 될까요?"

"글쎄다. 상관은 없지만 지금쯤 누군가가 차지해버렸을 것 같은데."

그때 자말리크가 나타났다. 가족들이 모두 일어나고 진도 일어났다. 긴 여행을 막 마친 자말리크는 온몸이 먼지투성이였다. 진은 자말리크와 포옹을 나눈 후 말했다.

"지쳤군. 일단 식사부터 좀 하게. 보고는 천천히 하고."

"아닙니다. 좋은 소식이 있습니다."

타이본이 자리를 비켜주자 자말리크는 진 곁에 앉았다. 가야르도 가까이 와 앉았다. 자말리크의 아내가 네 사람을 위해 포도주를 새로 가져다주었다. 자말리크는 입술만 축인 후 입을 열었다.

"그런 곳을 기록한 전설이 있다고 합니다."

진의 눈빛이 달라졌다. 자말리크의 표정도 긴장되어 있었다. 한 해 동안의 수색이 결실을 보는 순간이었다. 꿈에 보았던 낙원의 문을 찾으려고 잔다나 족이 사는 곳부터 시작해 남부의 왕국들을 샅샅이 뒤졌지만 그 비슷한 곳에 대한 이야기조차 없었다. 마침내 수색 방향을 북부로 돌려 자말리크가 세계의 수도로 불리는 위대한 도시, 델피나드에 다녀온 참이었다. 전 대륙의 사람들과 산물이 모이는 그곳에는 모든 신을 섬기는 만신전이 있었고 모든 책을 모았다는 도서관이 있었다. 비교적 잘 알려진 남부에 비해 미지의 땅인 북부를 모조리 여행할 수 없다면 남부와 북부의 중간에 위치한 델피나드에 가는 것이 가장 현명한 조사 방법이었다.

"그곳 도서관에는 없는 책이 없다고 하는데 일반 서고는 시민들에게 개방되어 있고 희귀본은 특별한 자격을 갖춘 자들에게만 보여준다고 합니다. 또한 도서관에는 학파라고 하는 것들이 있어 온갖 학문을 연구하는데 그런 학파들 중에서 유력한 학파의 학자들은 희귀본을 볼 수 있는 것 같습니다. 그러면 그 이야기가 학파의 제자들을 통해 퍼져 나오게 됩니다. 그런 자들 중 하나를 만나 세계의 배꼽이라고 불리는 곳의 이야기를 들었습니다."

세계의 배꼽에는 이 세상 어디와도 같지 않은 신비로운 낙원이 있다고 했다. 그곳을 '정원'이라고 불렀다. 그곳은 태초부터 오늘날까지 늘 존재해온 곳인데 자격을 갖춘 자가 올 때까지 문이 닫혀 있다는 것이었다. 문 안쪽에는 영원한 여름과 영원한 겨울이 함께 존재한다고 했다. 그 안에 들어가면 다시는 나올 수 없다고도 하고, 수백 년이 흘러야 나올 수 있다고도 하고, 그 안이 너무 좋기 때문에 나올 생각을 아무도 하지 않는다고도 했다.

진은 꿈속의 풍경을 아직도 생생하게 기억했다. 자말리크가 알아온 전설은 지금까지 알아본 중 진의 꿈에 가장 가까운 내용임이 틀림없었다. 다만 위치는 어디인지 알아내지 못했다. 그러나 도서관에서 희귀본을 직접 본 자를 찾아낸다면 혹시 더 많은 실마리가 있을지도 모를 일이었다.

진은 고개를 끄덕이며 자말리크의 어깨를 두드렸다. 그는 본래 언젠가 델피나드에 갈 작정이었다. 검투사였던 스승이 죽기 전에 진에게 한 부탁이 있었다. 진은 자신이 스승의 실력을 일부라도 보일 만큼 성장한 후 델피나드로 가서 약속을 지키려 했다. 어쩌면 그날은 그리 멀지 않을 것 같았다.

"왕자님, 우리 몇 년 있으면 델피나드에 가서 살게 되는 겁니까?"

"그럴지도 모르겠군."

"기대되는데요. 워낙 대단한 곳이라는 얘기를 많이 들어놔서. 거기가 애들 교육하기에 그렇게 좋다면서요?"

가야르의 아들은 아버지를 닮지 않아 학문에 관심이 많다는 모양이었다. 한때는 가족의 얼굴도 보지 못하고 살던 그들이 어느새 자식의 교육을 걱정하고 있었다. 진은 피식 웃으면서 술잔을 기울였다. 자말리크가 배를 좀 채우고 나자 식탁이 치워졌다. 그 뒤는 어른들의 밤 연회 시각이었다. 독한 포도주와 가벼운 안주가 나왔다. 진이 허락하자

가야르는 담배를 피웠다. 진은 등불을 가만히 쏘아보고 있었다.
"왕자님은 많이 달라지셨습니다."
가야르가 말하자 다른 둘도 고개를 끄덕였다. 원정 무렵만 해도 어른 한몫을 하려고 애쓰는 소년의 모습이 있었는데 어느새 누구도 가볍게 대하기 어려운 사내로 변해 있었다. 진의 심복이 되어 왕궁에 드나들게 된 세 병사는 온갖 소문을 들었다. 진과 어머니인 귀비의 사이가 눈에 띄게 나빠졌다는 이야기, 비록 소규모지만 진이 거느린 직속 부대를 놓고 왕비가 비난하자 진이 직접 찾아가 경고했다는 이야기, 왕자가 스스로의 거취에 대한 뜻이 워낙 분명해 왕마저도 미리 의견을 물어보고 명을 내리게 되었다는 이야기 등이었다. 그로 인한 가장 큰 결과가 국혼의 무기한 연기였다. 평민들도 재산만 있다면 스물세 살까지 독신인 경우가 드문데 왕자가 혼자라는 것은 이만저만 어색한 일이 아니었다. 십 년 간 함께 한 왕자비가 진의 목숨을 구하고 죽었다는 것까지는 알고 있었지만 그 이상의 이야기는 그들도 묻지 못했다.
"왕자님. 외람되지만 한 말씀 드려도 될는지요?"
한본이 불쑥 말하자 진이 고개를 끄덕였다.
"지금은 아니더라도 언젠가는 가족을 이루십시오."
다들 같은 생각이었지만 차마 하지 못하던 이야기였다. 진은 대꾸하지 않았다.
"왕자님 같은 위치에 계신 분에게는 사랑하는 가족이 상처가 되는 일이 많을지도 모르겠습니다. 사실 저희 같은 놈들에게도 그런 일은 있습니다. 왕자님이 아니셨더라면 오늘처럼 기쁜 날도 없었겠지요. 아들 녀석은 곁에 있어주지 않은 아비를 원망했을 게고 집사람은 빈손으로 돌아온 저 때문에 시름이 그칠 날이 없었을 겁니다. 저는 그걸 못 견뎌 싸구려 술이나 마시고 행패를 부렸을지도 모르죠."

"그건 한본답지 않은 각본이로군."

"저는 평범한 남편이자 아비에 불과하니까요. 다만 상처란 건 그저 모양을 달리할 뿐 어디에나 있는 것 같습니다. 그리고 약도 도처에 있고요."

진은 고개를 끄덕였다. 뜻을 받아들였다기보다 그렇게 말한 마음을 받아들였다. 진은 가끔 자신이 테아를 사랑했는지, 사랑해서 이러고 있는지 자신에게 물어보곤 했다. 그리고 영영 이럴 참인지도 물어보았다. 어느 쪽도 쉽게 대답이 나오지 않았다. 왕비에게 복수해서 팔라소스와 원수가 될 것인지를 결정하기가 어려운 것처럼. 진은 테아와 자신의 결혼반지를 목걸이로 만들어 걸고 있었다. 가끔은 그런 자신이 너무 감상적인 것 같아 우스꽝스럽다는 생각을 하기도 했다. 동시에 테아라면 틀림없이 기뻐해 주리라는 생각도 했다. 침대 밑에서 그 인형을 찾아내어 안고 있었던 테아라면.

분명한 건 이제 남이 그려준 운명의 지도 안에 갇히지는 않으리라는 것이었다. 그가 다시 결혼을 한다면 스스로가 그러고 싶기 때문이지 어머니나 왕국의 필요 때문에 그러지는 않을 것이다. 태자가 되는 것도, 왕이 되는 것도.

밤이 깊어가자 술기운이 많이 돌았다. 등받이에 머리를 기대고 눈을 감고 있자 부하들이 수런수런 이야기하는 소리가 귓가를 맴돌았다.

그러다가 문득 가야르의 말이 들려왔다. 잠이 쏟아지고 있어 아주 멀리서 들려오는 듯했다.

"델피나드에 가시면 근사한 아가씨가 기다리고 있지 않을까요? 왕자님이 왕자님이시든 아니시든 개의치 않고 사랑하는 강하고 똑똑한 아가씨가 말이죠."

〈'전나무와 매' 끝. '상속자들' 편에서 이어집니다.〉